酷威文化
KUWEI
图书 影视

第 一 世

[美] 吉娜·肖沃尔特 著　　舒丽萍 译

百花洲文艺出版社
BAIHUAZHOU LITERATURE AND ART PRESS

这是最好的时代,也是最坏的时代;这是智慧的年代,也是愚昧的年代;这是信仰的时期,也是怀疑的时期;这是光明的季节,也是黑暗的季节;这是希望之春,也是绝望之冬。

——查尔斯·狄更斯,《双城记》

TROIKA
【特罗里坎】

发件人：A_P_5/23.43.2
收件人：L_N_3/19.1.1
主题：藤莉·洛克伍德

哥们儿：

　　单挑本来不错，你怎么说是精神失常？

　　如果你无法读取我的笔记，纳尼，我很高兴把最新的情况告诉你。我是一个训练有素且隐藏很深的劳工。胜利不妨作为我的中间名字。我不是保姆。看护藤莉·洛克伍德是在浪费我的才华。

　　哦，我忘了提及她处在心理失衡的状态吗？

　　恕我直言，我宁愿用衣架掏出我的五脏六腑，也不愿留在这儿。我正式请求换岗。

光会带来视觉！

阿彻·普林斯

TROIKA
【特罗里坎】

发件人：L_N_3/19.1.1
收件人：A_P_5/23.43.2
主题：正式拒绝

普林斯先生：

  我不是你的哥们儿，我是你的上级。你永远只能用我的适当等级——将军——来称呼我，或者用任何时候都适用的称呼——先生，也可以。

  选择让你去做这项任务有两个非常重要的原因。你还年轻，而且（显然）不成熟，适合有意进攻。我们年长的劳工与洛克伍德小姐相处会有困难，但你应该适合。

  鉴于这一点，请你继续"照顾"洛克伍德小姐，否则我为你掏出你的内脏。

  此外，我需要每日报告。我可以毫不夸张地说，说服她与我们的王国签约是至关重要的。

光会带来视觉！
列维·纳尼将军

TROIKA
【特罗里坎】

发件人：A_P_5/23.43.2
收件人：L_N_3/19.1.1
主题：你真傻（我很成熟）！

亲爱的先生：

  在工资等级上，劳工比你低，但你难道不是那些和女孩相处有困难的"年长"绅士之一吗？你核实一下，看看我成功的那些案例。

  无论如何，我是一个很好的小机器人，先生。因此我当然会按你的吩咐做。但是先生，如果我必须从外面多听或多看一分钟，我就会摘掉我的角膜，用铅笔堵上耳朵。

  我想要我的壳体，先生。

  此外，这里是我按要求做的第一份报告。我的意思是，我是如此愉快地应你的要求做事，先生。在收容所里开办的创意写作课上，你的宝贝写了一首诗表达她对生活的感受。你可以过目一下副本。我估计你看完后想跳楼，先生。

坟墓是终点
而我永远不会接受
我已经摆脱了束得我的枷锁

> 我知道
> "死亡已经失去了胜利"是个谎言
> 因为一个更伟大的真理是
> "人生是无望的"

我得说，我认为藤莉·洛克伍德并不适合特罗里坎。我知道，我知道，我们喜欢那些不招人喜欢的人。我们为弱者争取权益。我不需要演讲。只要告诉我，是什么使她如此"必不可少"。

你忠实的仆人
阿彻

TROIKA
【特罗里坎】

发件人：L_N_3/19.1.1
收件人：A_P_5/23.43.2
主题：关于诗和一些其他事项。

  我在她身上的努力并没有白费，小子，我为你扫清了道路。想成功吗？学着点儿。

  我会给你一个壳体，但不要指望是你自己的壳体。我会从普通人当中给你选一个。你一定会怒气冲冲地回复："普通人？你在开玩笑吗，先生？"若是如我所料，就省去打字的麻烦吧。我不会给你你想要的，我只给你你需要的。你以后会感谢我。

  此外，关于这首诗，洛克伍德小姐明白任何事情都有两面。为什么你不明白？拜托你再读一遍这首诗。从下往上读。

  而且，普林斯先生，如果我必须告诉你这个女孩有什么特别之处，意味着我需要在你的大脑里安装一个急救电钻。请注意我发给你的关键词：光、中转者、损失、黑暗。

  哦，这里还有一个好词：白痴。再说一次，准备进攻。

TROIKA
【特罗里坎】

发件人：A_P_5/23.43.2
收件人：L_N_3/19.1.1
主题：四件事

  1. 老兄，我不想指出你明显缺乏智慧，但藤莉·洛克伍德不能成为一个中转者。鉴于你年事已高，你已经忘记了中转者必须由特罗里坎的父母抚养长大。他们是我们当中最忠实的，从开始到结束都是如此。
  2. 还有，我按照你的指示从下往上读这首诗，所以我得知你的"两面"理论。这并不意味着这首诗有什么好的。它甚至不押韵。
  3. 壳体我收到了。我真的恨你。我是纯男性的进攻，你希望我被当作一个小妞？是否有人会傻到相信这样一场闹剧？
  4. 米黎亚德派去了基利安。我见过他躲在黑暗中，看着那个女孩。是否允许我杀了他？

TROIKA

【特罗里坎】

发件人：L_N_3/19.1.1
收件人：A_P_5/23.43.2
主题：你的请求被拒绝！

  你和我一样了解我们的法律。第二个最重要的法令是什么？在人民的利益面前，个人恩怨必须放在一边。你是我们人民当中的一员。
  做好你的工作，别的都无所谓。

MYRIAD
【米黎亚德】

发件人：K_F_5/23.53.6
收件人：P_B_4/65.1.18
主题：我的新任务

  热辣又狂野。正是我喜欢的特点。藤莉·洛克伍德将是我的囊中之物，已经被贴上了标签。

强权就是公理！

基利安·弗林

MYRIAD
【米黎亚德】

发件人：P_B_4/65.1.18
收件人：K_F_5/23.53.6
主题：表现出一些尊重

  和这个女孩说话的时候，你要表现出尊重，否则宁可不要跟她说话。
  我几乎快要把你从这个任务中撤出来，弗林先生。其实，我不知道为什么我允许将军说服我，让我相信你可以做其他人想尽办法都做不到的事情。你太年轻，你获得成功的方式一直是不恰当的。但这一次不行！劝这个女孩与我们签约，不过当你做这件事情的时候，要拉好你的裤子拉链。不要失败。我们需要她。

强权就是公理！
珀尔·贝内特夫人

MYRIAD
【米黎亚德】

发件人：K_F_5/23.53.6
收件人：P_B_4/65.1.18
主题：失败？在第二世不会的——看到我在那里做了什么吗？

你以前从来不关心我的方法，只在乎结果。这一点改变过吗？这个女孩有什么重要的？如果你有内部消息，帮我个忙，与班上的其他同学共享。

只是想让你知道，我们不需要任何人。我们从来没有如此强大，我们在数量上以二比一的优势超过了特罗里坎。此外，这个女孩基本上只是一个"物件"。当她死了，她只是我们车轮上的又一个齿轮。但是，难道你不担心你漂亮的小脑袋？我会与她签约——以我的方式。

关于其他消息，特罗里坎派来阿彻。我要砍掉他的四肢，打得他二次死亡。

MYRIAD
【米黎亚德】

发件人：P_B_4/65.1.18
收件人：K_F_5/23.53.6
主题：不行！

　　控制你的脾气，直到和这个女孩签约。之后，我会用我最高的一双高跟鞋把阿彻踩在脚下，到时候你可以剥了他的皮当外套穿，如果你愿意的话。我讲清楚了吗？不要交战。还没到时候！

　　这个女孩绝不仅仅是一个"物件"或"齿轮"。每个人都可以是，但这个女孩……有一天，她会成为你的领导，她会成为我们俩的领导。如果我是你，我会小心对待她。

MYRIAD
【米黎亚德】

发件人：K_F_5/23.53.6
收件人：P_B_4/65.1.18
主题：很抱歉，但你不是我。

  你是谁？太可爱了。想象一下，我尴尬地畏缩在你面前说：我真的不关心你是否认可。考虑一下我最后的一条信息，仅供参考。
  你应该比大多数人都知道，我对待领导的方式和对待所有人是一样的。如果你不喜欢，夫人，你完全可以把我调走。我没有什么可失去的，我猜你有很多。

MYRIAD
【米黎亚德】

发件人：P_B_4/65.1.18
收件人：K_F_5/23.53.6
主题：没什么可失去？

　　收获是什么？签了这个女孩，我会给你你一直想要的东西。你妈妈的名字，以及在哪里可以找到她。

尽管死期将至……

人们告诉我,历史是由幸存者书写的。
但我知道也会有例外。
我的名字是藤莉·洛克伍德,不久之后我将会死去。
以下是我的故事——我的死亡仅仅是一个开始。

第一章

与其当一个忠于特罗里坎法则的奴隶,不如当一个未签约者。

——米黎亚德

我被锁在普林收容所已经三百七十八天(或者说九千零七十二个小时),这里毫无快乐可言。我知道确切的时间范围,并不是因为我观察天空中的日出和日落,而是因为每当我体内那一束好女孩变坏的光芒亮起来时,我都会用血在墙上做标记。

这座建筑物里没有窗户,至少我没有发现。我从来不被允许去收容所的外面。任何其他被收容者也是如此。说实话,我甚至不知道我们身在哪个国家,或者我们是否被深深地埋在地下。在被空运、船运、驱车运送或丢弃到这里之前,我们服用了大量镇静剂。总之,无论我们在哪里,都能感受到墙壁上透着刻骨的寒冷。每天,每小时,每秒,我们这里的空气都是躁动的。

我听见周围的同伴都在向工作人员了解详细信息,但得到的回应总是一样的:"答案是必须要赢。"

不用了，谢谢。对我来说，合作这种代价简直是太高了。

我畏缩着从床上爬起来，走到房间最远的角落里，每一步都痛苦不堪。我的后背很不舒服，肌肉太痛却无法罢工。昨晚我被鞭打，只是因为……

我在自己的心肝宝贝面前停了下来。我的日历，新的一天意味着一个新的标记。

我没有粉笔，钢笔或用于做标记的工具，所以我把食指尖放在地板上突出的锯齿状石头上，割破指尖的肉，挤出一些血。

我讨厌刺痛，但我喜欢刺痛留下的疤痕。我的伤疤给了我计数的工具。

计数是我酷爱的事情，而数字占卜让我上瘾。也许是因为我们的每一次呼吸就像时钟的一次滴答作响，让我们一步步接近死亡。死亡，一个新的开始。也许是因为我的名字叫藤莉（Tenley）——我的朋友都叫我藤（Ten，数字"十"的谐音）。

十，象征着结束。

我们有十个手指和十个脚趾。十是任何倒计时的标准开始。

我出生于十月的第十天上午，十点过十分。也许我迷恋数字是因为它们总在讲一个故事，而且与人不同的是，它们从不说谎。

在此，我简单地说一下我的故事：

十七——这个数字是我存在于这个世界的年头。就我而言，曾经的生活是过于强烈的词。

一——我约会过的男生数量。

二——自打监禁以来所结交和失去的朋友数量。

二——我将要经历的两种生活，也是所有人将要经历的生活：第一世，然后是第二世（即死后才开始的生活）。

二——我对永恒的未来所做的两种选择：第一，遵从父母的命令；第二，受苦。

我选择受苦。

我用血在石头上创建了另一个标记，然后心满意足地向"浴室"走去。盥洗室旁只有一个很小的开放式淋浴隔间，没有门，无法保留哪怕是一点隐私。我们被告知，这是为了保证安全，但我怀疑这是为了娱乐他人。所有的房间都被全天候监控，这意味着在一天中的任何时间，工作人员都被允许甚至鼓励查看实时监控录像。

万斯博士，普林收容所的所长，喜欢嘲弄我们："我看见和知道一切。"

还有相当一部分老师斥责我们："就会浪费时间！"

看护人员贬损我们："又肥了一些，不是吗？"

大多数看守不怀好意地斜睨我们，他们来自世界各地，尽管语言不尽相同，但他们的想法是一致的："你在乞求一样东西，而有一天我会给你这样东西。"

这只是普林收容所里提供的众多福利的其中一项。

我承认，并非每个人都是极不友好的。极少数的员工甚至努力阻止其他人做得太过分。但大家都知道，收容所之所以支付这里的每一位员工薪水，是为了让他们使我们对留在这里感到憎恶，并认为离开比什么都重要。这并非一个秘密。因为我们越想要离开，就越有可能去做我们的父母送我们来这里时希望我们去做的事。

我的朋友玛洛典当她妈妈的首饰，用换来的钱去买食品杂货。因此她需要改掉"盗窃癖"。

我的朋友克莱是个瘾君子，他需要戒掉毒瘾。

收容所令他们感到失望。几个月前，玛洛自杀，克莱……我不知道他发生了什么事。他曾计划逃跑，自那以后我再也没有他的消息。

我想念他们。每天如此。

我曾恳求克莱不要冒险逃走。我有一次也试图逃走，并且我有帮手。我男朋友詹姆斯是一个职位级别较高的看守。为了让我逃走，他安排关闭摄像头，让某些上锁的门处于解锁状态，并让其他看守在上班时间睡觉。但我仍然没有成功逃走。

詹姆斯努力帮我，导致他头部中弹。而我亲眼目睹了这一幕。

当我缓慢地褪下连体裤，滚烫的泪水涌出我的双眼，顺着脸颊向下滴流。每一个动作都伴随着又一波痛苦的冲击。最后，我赤身裸体地走到喷洒着温水的喷头下。我早就不觉得羞怯了，毫不夸张，但我还是尽快地洗完了澡。我们一天只配给少量的水，如果用完就没有了。太糟糕了！如此糟糕！有什么东西是从来不给我们的？剃须刀。我用从旧制服上扯下的线使腿部和腋下保持光滑。我已经感觉自己像只动物。

我这样做，并不是为了使外表看上去整洁美观。我们在用餐时间允许与异性交往，而我宁愿用生锈的勺子把心挖出来，也不愿意再次约会。没错，收获是巨大的，但风险更大。当一切陷入崩溃，我也粉身碎骨。但我还必须复原。

我本该抗拒詹姆斯的追求，但我一直处在低谷，极度渴望任何情感的表达。每次，当他关闭摄像头溜进我的房间，都是在拿工作冒险。他溜进来那么多次，事实上，他的记忆依然留在这里。每天晚上，当我爬上我的单人床，总会想起他带我走出最初羞怯的方式，还有每当我心里很难受，他抚慰我伤口的方式。他会把我拥入怀中，给我安慰和亲吻。他还想做更多，但我不肯。不想在这里，这里有潜在的观众。

忘记过去。专注于现在。

对。

我关掉水，尽可能地用毛巾擦干头发，两只脚踏进一条干净的黄色连体裤中，但是当我努力把连体裤提到腰上的时候，我的胳膊拒绝正常工作，我的肩部肌肉也提不起劲儿。

我该怎么办？我不能这样子离开房间。

随着一声咔嗒声，门突然被打开了。当我看到两个看守带着一个手臂胡乱挥舞的女孩走进我的房间时，我全身的血液瞬时变得冰冷。

我倒吸了一口气，我的惊讶给了我力量，使我立刻举起双手遮住我的胸部。

不夸张地说，这是一种特殊的屈辱。

看守松开女孩，把她推向我的方向。我注意到她的第一件事情是她留着一头修剪得参差不齐的粉红色头发。

"新室友。"其中一个看守对我说。当他注意到我部分身体裸露的窘态，便咧嘴一笑，"哇，我们都看到了什么？"

他的俄罗斯口音一如既往的浓重，这也是我称他"杜什同志"的原因。虽然我的脸颊发烫，我努力保持自信的语气："你看到的是一个未成年少女，她释放之后，保证让你待在监狱里直到腐烂。"

他向前一步朝我逼近，咧嘴的笑容变得更大。留粉红色头发的女孩朝他的肚子踢了一脚，这令我吃惊。

他转向她，抬起手给了她一击："苏卡！"

"苏卡"在俄语里的意思是"婊子"。他用这个词把我一同骂了。

女孩微笑着对他勾手指，谁都知道这是示意他放马过来。

另一个看守抓住杜什同志的胳膊，把他拽到走廊。当门滑动着关上的那一刻，两人皱眉看着我。

女孩一刻也不耽误地向我挥手，看上去几乎令我……头晕。我大惑不解地眨了眨眼。她感到高兴而不是害怕？真的吗？

"嗨，"她说，我发现她有轻微的英国口音，"我是鲍，你的新挚友。"

我觉得她是疯了。

"我并不想要新朋友。"我希望一个人独自待着。我不喜欢在别人面前睡觉。我的上一个室友告诉我，我夜夜辗转反侧，尖声抱怨我曾经忍受的痛苦或唱姑姑在我儿时教我的一首歌。

藤的眼泪掉下来，我大声叫喊。九百棵树，但只有一棵是为我而种。

八——

哦，不。现在我并没有迷失自己。

"有我在这里。"鲍向我走来，她的步伐长而有力。靠近些打量她，我发现她的眼睛闪出耀眼的光芒，奇异却迷人，"我来帮你。"

出于习惯，当她靠近我的时候，我会走出她能触到我的范围。但是……毫无意义！我不认为没有她，我能自己把连体裤穿上。

她模仿我往上推自己的乳房，笑容满面地说："乳房真美，是不？

23

其实就是肉弹。我不明白你们女孩总在抱怨什么。"

"你是说我们女孩?"

她的手从乳房上滑落:"朋友,欣赏它并没有错,通过我自己的商品和服务得到些什么也没有错。我这么性感,甚至连我自己都想要自己的点点滴滴。"

性感?这是值得商榷的。怪异,自恋且变态?毫无疑问,她同时拥有这三个特质。换句话说,这一次我运气不太好,有可能被谋杀。是的,就是我。

"我不想谈论你的商品和服务,谢谢。"我慢慢地转过身,背对着她。这对我来说是罕见的做法。这是个彻底绝望的时刻。假如她试图打了我之后跑开或采取任何肮脏的行为,我保证她会后悔。

她深深地吸了一口气,我猜测她在研究我后背大片的瘀伤。

"今天的某个时候变成这样的。"我没好气地说道,同时因为这明显的弱点被对方看到而感到恐惧。

她轻轻地将我的胳膊放到袖子里:"我希望你为第二世做准备。再有一次像这样的挨打会要了你的命。"

这很难说。万斯博士有折磨人的酷刑,他知道什么时候适合进行体罚。

"相信我,死亡不是发生在我身上最糟糕的事情。"

"当然不是。如果你没有为第二世做出正确的计划,你会希望自己不复存在。"

在第二世里,有两个统治王国:米黎亚德和特罗里坎——这两个王国掌管着死后的生活。据说"真正"的生活在死后才开始。

多年来,世界已经分成了两个阵营:支持米黎亚德和支持特罗里坎的阵营。没有人可以同时支持两个阵营。怎么可能做到?两个王国长期对立,是死对头——在任何事情上都是如此!

米黎亚德引以为豪的是自主权,极乐世界和放纵。对这个国家来说,第一世只是进入第二世的敲门砖,每件事发生都有命中注定的理由。当我们经历第二次死亡——在第二世的死亡——我们的灵魂将返回地球这个收获之地,与另一个全新的灵魂融合。

米黎亚德愿意通过谈契约条款来拉拢人。

另一方面,特罗里坎以结构,不断学习和绝对的一致而著称。对他们而言,第一世的重要程度绝不亚于第二世。命运是一个神话,当我们体验了第二次死亡,便会进入长眠状态,再也不会被人类或神灵看到。

特罗里坎拒绝谈契约条款,而是无一例外、无处不在地向大家提供同样的福祉和同样的规则。对他们来说,对即是对,错即是错,众生平等。

如果一个王国说天空万里无云,另一个王国一定会说暴风雨正在酝酿之中。

他们处于敌对状态已经有几百年之久,终极目标是将对方毁灭。这就是他们如此拼命争取灵魂的原因。这也是为什么选择正确的一方如此重要的原因。总有一天,有一方会输。

在地球上,米黎亚德和特罗里坎的支持者没有被完全隔离。他们试图共存,但却处在不完美的和谐状态,潜在的紧张局势一直存在。

有时骚乱爆发,政府被迫执行戒严,以防止激烈的争斗。

极少数人跟我一样,不知道该支持哪一方。我们同时看到两套信念的优点和缺点。

我们被称为未签约者。

对我们来说,还存在第三个灵魂国度的传闻,据说第三个灵魂国度是我们经历了第一次死亡之后最终死去的地方。我的父母曾经告诉我关于它的恐怖故事,故事在漆黑的夜晚被低声讲述。在多终点国度,噩梦会变成现实。

我经常在想,多终点国度会不会是一个用来吓唬孩子的虚构之地?

"你对第二世有什么计划吗?"鲍一边帮我拉上连体裤的拉链,一边问道。

"我不想和你讨论第二世。"

她失望地板起面孔:"为什么不?"

"我还将在这里待三百五十二天。"

3+5+2=10

"然后呢？"

她迟早要离开，宜早不宜迟。我知道她这种类型。她极其乐观，直到事情出了差错。在她第一次挨打之后，她就会投降，然后做她父母希望她做的任何事。肯定是这样。

"忘记第二世，说说当下的生活。告诉我，为什么你在这里？"我斜着下巴示意我们所处的小屋。

"我的监护人送我来这里，"她大步流星地走到第二张单人床坐下来，在她身上完全没有优雅或娇柔的女性特质，"告诉我要做一束光。"

啊，我没听错吧？绝对的一致："也就是说你签约特罗里坎了。"

她不无骄傲地点点头："是的。"

我们开始激烈的交锋："到底什么是光？"她将要向我灌输什么？

"竭尽所能帮助别人寻找出路，走出黑暗。"

黑暗。"你指米黎亚德。"

她不理会我冷冰冰的语气："指问题，任何问题。"

我已经遇到了足够多的问题，但我告诉自己，这种境况是养料，它一定会滋生出一些好东西。

"你为什么在这里？"她问我。

"我拒绝和米黎亚德签约。"契约——等同于用血签一份合约。

有时，我会试图说服自己签字放弃权利。这样我以后还能养尊处优，过舒适的生活，这不是很好吗？

这就是在米黎亚德将等待着我的。大多数时候，我在受折磨。这只是在多终点国度将要忍受的开始。最糟糕的是，不知道等待我的是什么。

"普林收容所应该与任何一个王国都没有关系。"她皱着眉头说。

"是的。"否则，万斯博士该如何说服一个孩子与米黎亚德签约，而另一个孩子与特罗里坎签约？他该如何选择？

我们四目相对，她有些惊讶，充满了很多希望："你想和特罗里坎签约吗？"

"一点儿也不想。"此时她的肩膀低垂,我补充说,"我不想扫你的兴,但你的监护人太可恶。他或她无缘无故判你下地狱。这里没有人会接受你的光。"这里的人们不相信任何人,质疑一切。

"也许没有人接受,但我还是会主动给予。昨天,今天和明天,我的行为很重要。"

在这一点上,我赞同她。我甚至可以把这个概念更推进一步。最具破坏性或建设性的行动往往始于一个简单的想法。而且最终,一个简单的行为就可以决定我们生活的走向,以及死亡的走向。

我会选择自己的道路。只是属于我自己的。我的选择除了影响我自己,不会影响到永恒的未来。

她张开嘴想说更多,但我摇了摇头。这个话题就此结束。

她跳起来绕着房间走了一圈,研究每一个角落,最后停在我的日历前目瞪口呆地凝视:"真的吗?你用手指当笔?难怪大家都叫你纳特(Nutter,在英国俚语中有疯子,狂人,怪人的含义)。你是这里最怪的人。"

她刚来到这里,她怎么知道别人叫我什么?

"大家叫我纳特是因为我的胆量大。"

她思索了一会儿,皱着眉说:"如果你的胆量这么大,他们为什么不叫你毛樱桃或长毛的肉丸?"

她轻拍下巴:"因为这两个名字都不足以形容你的暴脾气。哦!我知道了,我应该叫你精子库!这个词涵盖了胆量和爆发。"

我哼了一声,笑了。她非常勇敢。在这样的地方,缺乏畏惧是罕有和珍贵的。当然,如果她敢对我有一丝威胁,我会毫不犹豫地终结她。生存第一,其他是次要的。

"如果有人叫我精子库,我的脾气就全部冲你发,"我说,"而且我一定会叫你短柄斧。你的头发就是这个工具剪的,我猜。"

她捋了捋她那参差不齐的发尾:"我用菜刀剪的,谢谢。我相信这样的造型会凸显我的美丽。"

我不得不佩服她的自信。

我体内的生物钟突然敲响,谈话已抛之脑后。"早餐!"

她叹了口气:"进餐时间。好极了。"

"我数三个数,我们的门将会打开,三、二、一。"

两扇门滑开了。

"我们有三十秒的时间离开房间,"我解释道,"如果门关上了,而我们还在里面,就会错过这顿饭。"食物很差劲,只不过是一些残羹剩饭,但也有足够的维生素让我们保持健康。不管怎么样,总比饿死好。

"所以,我们就像笼子里的狗,只在规定的时间被放出去,这样我们就不会在一些重要的东西上拉屎或啃家具。真棒。"

我们一起冲进走廊。其他的同伴也冲了出去。我们总共有十二人。

十二——一年中月份的总数,陪审团成员的数量,也是钟表上的小时数。

片刻之间,大家开始彼此揣测。今天会有人发泄愤怒吗?如果没有人做出猥亵或暴力的姿态——嘿,这可能是很好的一天——我们就前往位于走廊尽头的出口。

简,一个较年长的被收容者,先是喃喃自语,然后停下来一鼓作气地用额头撞墙。她发际线上的皮肤破裂,血顺着脸颊向下淌。大家继续往前走,低头抱着双肩,仿佛在保护重要器官——抑或是在控制自己连珠炮似的宣泄的悲痛和苦恼。

我毅然决然地走在鲍身旁,第一次注意到她散发出野花和柠檬汁混合的香味。我喜欢这个味道,但我知道它不会持续多久。我们的水闻起来像化学制剂,给我们用的肥皂闻上去像油脂。

一声高亢的口哨声穿过空气,让我畏缩不前。"好了,好了,"一个声音从我身后传来,"我输在一件我非常确定的事情上。"

"像贝基一样。"其他人说道,随之爆发一阵窃笑。

我不需要回头就能判断出第一个说话的人是斯隆·奥布琼。她是万斯博士最喜欢的犯人,尽管她曾试图杀死他,哦,足足有十几次呢。她的至理名言是:"你不恨我,是因为我很漂亮,恨我是因为我打算杀了你。"

我听说，万斯博士对斯隆说她之所以在这里，不是因为她无法控制自己的脾气，就是因为她拒绝嫁给能挽救她祖父母遗产的老家伙。我一直倾向于相信第一个理由。包办婚姻仍然会有，但不是经常发生。

"藤莉没有在初次见面就杀了她的新室友，"她继续说道，她的南方鼻音甚至在嘲讽别人的时候也透出一股荒谬的可爱，"这意味着新来者还没有被干掉。"

这时响起一些嘘声，但也有一些欢呼声。

鲍转身对斯隆微笑："你输了什么？一些智商分数？"

我差点叹了口气，因为我能猜到接下来会发生什么。

斯隆像火山喷发般冲上前抓住鲍的衣领，迫使她停下来。

是的，就是这样。

我也停了下来，不确定该如何前进。我以前看见过这种表演——确切地说，有十一次，每次我的反应都不同。我总是假装又聋又哑，但也会在张狂尖叫的时候抛出一记重拳。

斯隆和我有不同的理念。我通常在被挑衅的时候猛烈回击，她是在第一时间攻击新人，以防止新人日后挑战她。

这样的生活太糟糕。我们已经适应了。

"上帝保佑你的心脏。"斯隆松开鲍，把双手放在臀部。她身材高挑，金发碧眼，模特胚子，拥有每个女孩梦寐以求的美丽。直到她开口说话，她的外在美便再也无法弥补她内心的丑陋。"你不够聪明，所以没有意识到我的这场表演。眼睛朝下看，舌头保持安静……否则你会失去这两样东西。"

鲍朝我投来逗乐的一瞥："喂，你怎么称呼一个弱智的金发女郎？天才！"

我真的夹在了她们中间？"你忘了你自己是金发女郎吗？"而且是特罗里坎阵营的！

"所以，"鲍一边说，一边轻拍下巴，"你是在暗示我告诉她这个信息？"

"来吧！对你的舌头说再见。"斯隆用力把鲍推倒在地。

在她能够做任何事情之前，我不假思索地把她的手臂打开。"放手。"我今天提出了抗议。这样做很可能弊大于利。像其他人一样，鲍必须学会保护自己，没有其他生存的办法。

斯隆眯起眼睛盯着我："你想干什么，纳特？嗯？"

"你真的想知道吗？"我轻声问。在一个充满了疯狂女孩的地方，作为疯狂女孩肯定有其优势。没有人能预见到我下一步的行动。"我言出必行。没有后悔药。"

斯隆和我以前就打过架，场面并不漂亮。忘记撕抓和揪头发，那是典型的"女人之间的战争"。我们像动物一样，互相拳打脚踢。

我们都伤痕累累。

我不害怕身体上的疼痛。再也不怕。

我被意外击中，我的室友对我说："伙计，你不觉得很搞笑？每当怨妇斯隆和藤莉说话，总是狗嘴里吐不出象牙。"

又一轮嘘声和欢呼声响起。

斯隆此时全然不理会我，满面怒气地露出牙齿："也许我不会摘掉你的舌头和眼睛……但我想让你看看我要对你做什么，你求饶我就不做了。"

"够了！"一个严厉的声音从头顶的扬声器飘来，"你们知道规矩，姑娘们。不许在走廊里徘徊。去食堂或者去鞭笞柱上待着。你们自己选择。"

我看着斯隆，她正瞪着鲍，鲍在冲着斯隆傻笑。

斯隆露出牙齿对我说："你应该知道，你男朋友并不是唯一一个能够付钱给看守使摄像头关闭的人，对吗？如果我是你，我从现在开始就连睡觉都睁一只眼。"说完，她拔腿愤然走开。

我抓住她的胳膊阻止了她，站到她面前，压低声音说："你若敢潜入我的房间，我会像切鱼那样把你大卸八块。没有人会注意你的尖叫声。你懂的，对吗？"

你尖叫，我尖叫，我们都尖叫。没人在乎。

这是收容所的非官方颂歌。

我向鲍投去一个严肃的微笑："欢迎来到普林收容所。"

第二章

令人欣慰的是我们的法则总是相同的。昨天,今天,永远如此。

——特罗里坎

鲍大笑,我不明白她笑容的含义。我的脾气一触即发。我不喜欢威胁,尤其不喜欢等待应对威胁。但是,她被逗乐了。

"得了。"我咕哝着,一边拽着她沿着走廊向前走,尽管我的身体不适。

这里有许多门道,每个门道都被漆成一种令人作呕的绿色。墙壁是医药托盘的那种灰色,地板是棕色的。上周,一名看守扬言要阉割一个新来的家伙,然后情况变得一团糟……

"谢谢你让我大吃一惊。"鲍用肩膀碰了碰我,含糊地向我道歉,"我本来想放倒她,这没有问题,但你仍然冲在了前面。"

"不用谢我。请保持头在项上,受到的侮辱降到最低。我不想清理你的遗体。"

她的笑容倏地一下消失了:"我不喜欢猛烈地打她。斯隆有一些相当大的精神包袱。但她的龃龉触到我内心的猛兽。我甚至不知道我内心有一只猛兽。我本该用不同的方式处理这个情况。"

"你怎么知道她有精神包袱？"

"呃，也许我词不达意。我的意思是，谁没有精神包袱，对不？"

确实如此。我们都带着各自的精神包袱来到这里。

我们穿过一片公共区域，我们通常在这片区域上课。读高中是无从逃避的，甚至在这里也是如此。这里有舒适的真皮沙发和三个由椅子排成的圆圈，分别意味着思想、语言和举止。

在拐角处通过一扇很大的双门，就是食堂。这是一间无趣却注重实用的房间，里面摆放的桌椅是固定死的。被收容的男性们已经落座，正吃着托盘里的食物。

当我和鲍来到自助餐台的末尾排队，我刻意把注意力放在细节上。这个房间里的人数：一百个女性和九十七个男性。不均衡。我不喜欢不均衡。比例应该始终保持平衡。

有二十个看守——十个男性，十个女性。一个"好人"负责看管十个"坏人"。尽管在收容所的墙外，无论在米黎亚德还是特罗里坎，每一百人当中就有一个劳工，但这里没有劳工。

"你在计数吗？"鲍问道，"你看上去像是在计数。这里有一个公式，我想你会喜欢。世界上大概有二十亿人，其中有两千万人是劳动者。根据这样的概率，我本来永远不应该被分配到你的房间。"

"你在暗示生活是一种零和游戏？你赢了，我输了。"

她哼了一声："基本上你中大奖了，你知道的。"

"或者，你的监护人支付了额外的钱，为了让你和一个未签约的、最好是有米黎亚德背景的人结伴。"就我的情况而言，这其实与万斯博士的目标适得其反。但这个人什么时候抗拒过额外的酬金？

"嘿，看看你自己！漂亮又聪明。"

"还有饿。"我抱怨道。

当我们缓慢地移动到队伍的前面，听到周围的多人对话。

"太糟糕。我先霸占了。"

"你把它们藏起来了？告诉我！"

"不要让米黎亚德的败类靠近我。"

这些孩子当中，有多少是亲米黎亚德，又有多少是亲特罗里坎的？有多少是未签约者？

鲍显然不知情。公开谈论第二世是被禁止的，只可以私下里彼此谈论。我猜，这是万斯博士防止高墙内发生骚乱的方式。

我推断斯隆是未签约者，这一点完全不难猜测，因为她无数次说"与其在其他国度混日子，我宁愿在多终点国度做个女王"。

其实并非无数次，是二十三次。

"我们将要一起度过很多时光，"鲍对我说，"让我们更好地了解彼此吧。"

"不用了，谢谢。"

她坚持追问："你是怎么知道这些国度的？"

"通常的方式。"由于公立学校不允许倾向于任何一个国度，只有私立学校才可以，私立学校的孩子们会听父母讲故事，而他们的父母对倾向于哪一个国度往往怀有偏见。此外，不同的学校会提供不同的虚拟旅游，这取决于谁在操纵旅游，因为旅游总是会倾向于其中一个国度。

我姑姑莉娜是我爸爸的孪生妹妹。有人告诉我，她患有某种精神紊乱症，据说这意味着融进她体内的古老灵魂强大到足以控制她的身体。当她十岁的时候，表现得不像一个会咯咯傻笑的小姑娘，而是用过去时说话，她去了一家名叫"眺望远方（A Look Beyond）"的旅游公司工作，这个公司归米黎亚德王国所有。

我见过夜色中满是兰花的城堡，石头和金属建造的摩天大楼与夜总会和温泉浴场混杂在一起，形成了繁华的城市风景。造型优美的银色桥梁和隧道将一切连接起来，被铁制的龙形灯照亮。月光下充满活力的白色沙滩上点缀着红宝石色、青玉色和翠绿色的珊瑚。

高科技的运用加上旧世界的魅力。

"每个人都会有收获。"在理智的时候,莉娜姑姑会这样说。她神志不清的时候呢?她会说:"光照进黑暗,黑暗死了,我不想死。"

另一方面,特罗里坎对米黎亚德的描述是令人瞠目的。黑暗弥漫。如此浓郁的黑暗,它像机油一样糊在你的皮肤上。枯死的树木一大片又一大片,树枝粗糙多节,树皮上滴着深红色的液体——血。能够在缺乏阳光的环境下生存的鸟儿发出响而粗的叫声,更像是在哭喊。城市人满为患,每个人就像罐子里的泡菜那样密密匝匝地挤在一起,海滩像垃圾箱那般大小。

米黎亚德对特罗里坎的描述也好不到哪儿去。无情的太阳炙烤着预示世界末日的荒地。

作为一个孩子,我曾经不顾一切地避开特罗里坎……直到我听到一个特罗里坎劳工的描述:斑驳的阳光洒落在错综复杂的花园、野花和彩虹上。蓬勃发展的大都市奇异且前卫,有着富丽堂皇的乡村庄园和各种形状和大小的建筑。

"你还是停止提及这些王国吧,"我最后说,"这会让你受惩罚。"

她呼出一口气:"好吧,我就谈点别的。一些有趣的事。比如食物。我敢肯定,这里做好的食物会跟没烹调之前看起来一样。"

她并没有错。

"如果你想换菜单,我们房间里的臭虫一直是个选择。蜘蛛闻起来像虾,蟑螂的味道像油腻腻的鸡肉。"

"好吧,我现在想抱着你呕吐,"她想了想说道,带着梦幻般的表情叹了口气,"也许我应该悄悄带来一些甜品。"

"祝你好运,"其他人已经试过并且失败了,"你会被抓住,而且——"

"处罚。是的,是的,我知道。"

我们俩各领到一个托盘。当我们寻找餐桌的时候,一群男孩匆匆扫视了鲍一眼。紧接着是一阵窃笑。

我僵硬地挺直身体,但鲍假装没看见他们,我们在他们右边的空桌旁坐了下来。

"我记得看守说她的名字叫鲍。"其中一人说道,他甚至没有试图保持安静。

"这名字适合她——不像她的制服,一点儿也不适合。鲍是死胖子。"另一位喃喃自语,引起他的朋友们爆发出阵阵笑声。

鲍不理会他们,抖了抖宽大的罩衣,仿佛完全不在乎。她个子矮小,骨骼粗大,相貌平平,但她是一个有感情的人。

我发现自己的脾气上来了:"正直比个头重要,人渣。"

他给我抛了一个飞吻:"为什么不过来坐在我的腿上,纳特?我让你看看我有多大。"

带有深意的话在普林收容所很常见,我通常视而不见。但今天,我的手指紧紧地攥着我的勺子。这里从来不给我们叉子或刀。那并不重要。我可以用勺子做很恶劣的事情。

我对他怒目而视,说道:"你还想要舌头吗?"

他冲我伸出舌头,并来回摆动他那根舌头。

我不想跟他打架——我太疼了——但我还是要跟他打。即便我输了,但至少会留下深刻印象。

鲍拍拍我的手:"别理他,精子库。他还不明白外表只是我们所有人的外壳。我的美丽是内在的,永不褪色。"

她不能这么和善。不能这样。

男孩们回到他们的谈话,彼此窃窃私语,装作几乎什么事情都没有发生。

我们陷入沉默。我仍然对周围的人保持警惕,当我清洁托盘的时候,也始终处于警觉状态。要尽可能地保持强大。鲍在就餐期间只是挑挑拣拣随便吃了些食物。不久她就会感到饥饿,然后会感激这些残羹剩饭。

当我们起身的时候,其中一个男孩试图从他朋友的托盘里抓走一些食物。

"触碰我的食物就去死。"这位朋友的咆哮是纯粹的威胁。

"我有,你可以拿我的。"鲍说。

男孩皱眉看着她:"少管闲事,肥婆。"

不相信任何人,质疑一切。

她耸耸肩,并不受影响:"这是你的损失。"

我不知道在心里该把她如何归类。她好得让人难以置信?值得仿效?或者不值得关注?

当我们从食堂鱼贯而出,我被送去接受晨间的心理治疗,鲍被送去接受晨间的身体锻炼。

斯隆把另一个女孩推开,坐在了我旁边的椅子上。"你需要给你的室友拴一个更短的狗链。"

假装我们没有威胁过对方?很好。

"我不是她的监护人。"我说。

"别傻了,"斯隆厉声说,"在这个地方,你的室友应该是你最好的朋友。她是当你后背受伤,叮嘱你小心背后的那个人。"她假笑着,一边按住我的肩膀说,"就像现在。"

我把她的胳膊打开,这个动作使我疼痛加剧。"我不需要你的建议。"

不要相信任何人……

"你显然需要。听说万斯博士今晚会离开。两名看守认为这是报复你掐死他们朋友再好不过的时机了。"

我僵住了。掐人事件发生在四个月前,这个记忆仍然困扰着我。她说的那个看守溜进我的房间,他认为我应该赢得他的好感。

我不这么认为。

最后,他被装在运尸袋里离开我的房间。

我不喜欢杀了他,即使是在自卫,但我也没觉得有一丝悔恨。我忍受了太多的殴打,或许是我目睹了太多的杀戮。孩子杀害孩子。看守杀害孩子。万斯杀害詹姆斯。我们很快变得麻木不仁。这里优胜劣汰。

想到米黎亚德,我赞同这个王国秉持的某些理念。强权就是真理。

"谢谢你的提醒。"我说,我的胃开始翻腾。我没有为另一场战斗做好准备。我还不够强。

没关系。我必须找到一个办法。

她皱眉看着我："我这么做不是为了你。你准备得越充分，杀死万斯那两个看守的机会就越大。"

这是个好斗成性的女孩。

"还有，我在坑里再待三十天的机会更大，这使你有机会趁我没法干预的时候欺负鲍。"坑指的是地下室里一个寒冷的牢房，里面唯一的水源是一个生锈的水龙头，木桶是那里唯一的家具。

"嘿，这只是一个很小的代价。"

"你当然会这样认为。你从来没有下去待过。"

"并不是因为缺乏尝试！"

我对此无法反驳。我常常在想，为什么她对于万斯博士来说那么特别？她跟他上过床？

我听过女孩用自己的身体获得特权的传闻。我还听说如果女孩拒绝，会被威胁得到更严厉的惩罚。甚至想到这些事情，我都会充满了愤怒。

有一个看守时不时地向我求欢。我每次都明确地拒绝。我从来没有过性行为。我的第一次不会是该死的商业交易。在我过去的生活中，我的一些朋友有了性经历之后又想戒掉。没过多久，我就注意到她们大多数都是失望地抱怨，只有极少数会带着梦幻般的表情叹息。

"你和这里的头儿睡过？"我问她。

她的脸颊立即泛起一片红晕。尴尬？耻辱？还是二者兼而有之？她跳起来冲我大发雷霆："滚到多终点国度去，人渣！"

"离开这些豪华的住所？"

她拂袖而去，选了一个新座位。

在心理治疗、不同的课程、午餐以及晚餐期间，我都极力地保持平静。没有人袭击我，但所有的看守都表现得过于亲切。每当我经过，他们都冲我微笑，还问我是否需要任何帮助。

那天晚上，我和鲍被锁在我们的房间。熄灯之后，我急忙用一条床单遮住了摄像头——以防万一——然后收集我用勺子和牙刷制成的刀具，平时我把它们隐藏在墙壁上的一块石头后面。

没有人告诉我除去床单，这本身就是一种暗示。看守并不希望任何人记录将要发生的事情。他们可以怪我缺乏食物，甚至声称我伤害自己是为了归罪于他们。

"发生什么事了？"鲍问我。

我向她说明了情况。她无动于衷地挥了挥手。

"不需要你这些东西，"她说，"我来搞定。你只需要坐下来观看表演。"

但愿如此。

我挪到门的一侧，站在岗哨的位置上。

鲍叹了口气，做了同样的事情。

两个小时过去了，我仍然留在原地。以前，米黎亚德和特罗里坎在我家前院发生暴乱，那时我也曾这样守夜过。

我的爸爸是米黎亚德众议院的议员，负责确保有利于米黎亚德的法律被通过，有利于特罗里坎的法律不被通过。

有时，当出现一个具有轰动效应的热点问题，比如，米黎亚德希望废弃人类政府——特罗里坎的示威者就会聚集在我们的草坪上，朝我们的门窗上扔腐烂的食物，并尖声喊叫一些刻薄的话。我只能等待这一切结束。

压力是最大的障碍。我感到四肢颤抖，心中一阵绞痛。汗水从我的脊椎滴下来。至少我不会畏缩。

我永远不会再畏缩。

"你确定他们今晚会来？"鲍漫不经心地问道。

"是的。不，我不知道。"斯隆有可能在骗我。

这是她报复的手段，我想。为了让我们明天不中用，所以今晚使我们保持疲惫不堪？这完全不是她惯用的伎俩。她喜欢用自己的撒手锏。

终于，门滑开了。我变得紧张，准备攻击。四名戴着黑色面具的男子潜入了房间。

他们知道我们的藏身之处。走在前面的两名男子挥起胳膊给我和鲍每人残酷的一拳。

我比平时反应慢，所以没能及时躲过。我飞起一拳直击对手的胸口——心怦怦直跳。然后在心跳进入过快的节奏之前又补了一拳。鲍很好地躲过了攻击，她抓住面前男子的胳膊，用自己的胳膊肘当作锤子，打断了对手的桡骨。当他痛苦地号叫，鲍又飞起一腿踢向我的对手的躯干，使他疼得直不起腰来。

我当机立断，用膝盖猛烈撞击他的鼻子。他跪了下来，另一个家伙朝我扑过来，把我撞倒在地。在这种冲击下，我感到极度痛苦。我几乎不能呼吸，眼冒金星。

起来！我一定要赢得这场战斗。

我尝试起来，却没有成功。我听到衣服发出的沙沙声，其他骨骼断裂的声音……紧接着是另一声痛苦的号叫。拖动的声音。女性发出的哼声。

一个影子向我靠近。我伸出手抵御。

"别怕，"鲍说，"是我。"

我松了一口气，垂坐在又冷又硬的地板上。

"这几个人被打得爬不起来，现在在走廊里。"

好，好极了。我猜想是她干的。

也许我可以信任她一些？

不，不。我必须抵制这种冲动。联盟不会产生任何好处。我们太不一样了，鲍支持特罗里坎，她很快将会攻击我。

"我想我们扯平了。"我说。她支持我对付斯隆，我支持她打败看守。

"哇。你真是一颗难以砸开的坚果。这不是恭维。"

"我以前很亲切，"我告诉她这是我道歉的方式，"我甚至害羞。"

我不怀念曾经的我。对我来说，曾经的我在很多方面都很陌生。软弱又怕事。

鲍用一种令我觉得不可思议的力量把我扶起来，然后把我抱到床上。

她一边把我横放到床垫上,一边说:"你需要的是——"

"不要说是光。"

"好的。把你的注意力从烦恼中转移出来。想要转移出来一点吗?"她的语气中透着调侃,"这将是一段令人遗憾的谈话,仅此而已。你是女性,但你还不是我喜欢的类型。你实在是太多嘴。哦,我知道!我可以教你更好地使用你的——"

"闭嘴。"我说,一边努力保持不笑。笑只会让伤口更疼。

"这是在婉言拒绝吗?"

"断然拒绝。我目前正在拍拖。"

她扬起一边的眉毛:"你有男朋友?"

"没有,"我很想你,詹姆斯。"我的对象是自己。"

鲍轻蔑地哼了一声:"你想听我的建议吗?和她分手。她对你没有好处。"

"嘿!"

"是真的。"现在她的当务之急都被严重地搞砸了。

接下来的六天过得出奇平静。

四名看守不见了。万斯博士说他们起床后就消失了。但这不可能是真的。他从来没有惩罚过他的下人。我想,这些浑蛋应该正在病房养伤。我只是不明白为什么我和鲍没有受到惩罚。

我们每天被供应三顿饭,在任何课堂上都没有被单独挑出来,而且斯隆也没有攻击我们。

这些都是小事。

我最大的抱怨是?鲍和我的大多数对话都始于"如果你签约特罗里坎,你会……"

发现快乐的真谛。

第一次知道什么是和平。

有机会接触世界上最好的顾问。

结交永远鼎力支持你的朋友。

挑选一个。选择所有的。饶了我吧！米黎亚德也做出了同样的承诺。

我在日历上标注了最新的血液标记，然后轻松地挺直身体。我的后背在好转，所以我的活动范围基本正常。

"告诉我一些事情。"鲍一边系靴子上的鞋带一边说。

我很惊讶她是清醒的。因为她整个晚上都在威胁墙壁："滚开，我要杀了你。我绝对可以伤害你。"

"你最近遇到新的米黎亚德劳工了吗？一个男孩？多半有点儿帅。"她插科打诨地说道，仿佛这个词是令人恶心的。"也许他已经暗中拉拢了你。"

米黎亚德劳工。

"没有。为什么？"

她不自然地耸了耸肩："我知道米黎亚德的惯用伎俩。当一个十几岁的女孩拒绝为之效劳，他们就会派来一个他们认为她会喜欢的男孩。这个男孩会发动她的引擎。"

"我的引擎已经被设置为闲置，还记得吗？也许永远如此。"詹姆斯之后就是闲置……

"嘿，别说我没提醒你。"

我的父母绝不会同意。

哦，开什么玩笑？他们会这样说。

"如果米黎亚德认为你一点儿用也没有，他们很可能会派人来杀你。"她坚称，一边弯下腰把胳膊环绕在头上。

特罗里坎也是如此。一直存在这样的窃窃私语：劳工毒害未签约者，以防止其签约其他国度。"第一，我没有接近签约期限；第二，如果我死在这里，万斯博士不会得到奖金。"

优点？这个贪婪的浑蛋会用一颗子弹救我。缺点？他会将对我的折磨提高到一个新的水平，这只是时间问题。

不管将来发生什么，我都会坚持不屈。我将会在十八岁生日时被释放。虽然我的父母在我未出世之前就和米黎亚德签约，但针对孩子的诞生存在特殊条款。

当我出现在这个世界上，他们的合约就已经失效，必须重新谈判。现在，他们的利益取决于我的决定。如果我到了法定成年年龄还没有与米黎亚德签约，那么我的父母会失去他们喜爱的一切，包括金钱，声望，家园，汽车，船。他们爱这些东西胜过爱我。

鲍叹了口气："又一天，又一顿早餐，或者说是充当早餐的一顿饭。"

一种厄运感笼罩着我，这是我无法摆脱的阴影。糟糕的事情要来了。糟糕的事情总会到来。六天没有发生坏事的时光已然逝去，很快，糟糕的事情就要发生了。

她用无奈的语气说："我们的房门即将打开——"

"三、二、一。"我报完数，门滑开了，我们冲进走廊。

斯隆认出我，对我轻弹指头。我知道她很高兴四名看守失踪，但她显然也为一些事情感到忐忑不安。

我上下打量她，发现她的脖子上有手指大小的伤痕。有人试图掐死她，而她现在站在这里，幸存了下来。

假如我对她表现出一丝同情，她就会用沙哑的声音攻击我。我向她抛了一个飞吻。

"走吧。"我对鲍说。

我们朝食堂走去。出于习惯，我在心里默数食堂里的人数。我的目光落到一个从未见过的男孩身上。哇，他看上去光彩夺目。我并不在乎一张漂亮的脸。漂亮可以隐藏魔鬼。但我可以毫不夸张地说，他是宇宙中每个女孩心目中梦想男孩的活广告。他的黑发悬垂在不苟言笑的额头一侧，我看不清他眼睛的颜色，但是我和鲍一样，能感觉到他目光的专注——因为它们锁定在我身上。他的鼻子笔直又完美，嘴唇是柔和的粉红色。他的下巴轮廓分明，上面有一些胡茬。

他靠在椅子上，将刻有文身、肌肉发达的手臂垂在旁边的椅背上。当他微笑的时候，一口洁白完美的牙齿便慢慢露出来。

在这样的时刻，我比平时更想念克莱，他是那么擅长解读人的性格。

他只要看一眼新来的囚犯或看守，就能告诉我们这个人是否心地善良或愚蠢透顶。我们称他心理分析师。

你在哪里，克莱？

"米黎亚德人的儿子，"鲍怒气冲冲地说，她上前一步，想要离开队伍，"他怎么敢露出他的丑恶嘴脸！"

我用力扣住她的手腕，使她原地不动。

"别担心，"她气喘吁吁地说，"我不会破坏规则谋杀他。我只是想让他尝尝我的拳头！"

当她继续挣扎，我起身站在她面前，迫使她专注于我："现在请冷静。否则，你会尖叫着被强拉硬拽地拖出这里。"

她试图越过我的肩膀怒视那个男孩。

"我的特罗里坎劳工曾经说过，仇恨就像喝了一瓶毒药，并期望它会伤害另一个人。"我这样告诉她，她最后平静了下来。"你不是在伤害那个家伙，而是在伤害你自己。"

"但是……但是……我是有道理的。"她抱怨地说。

"其他所有人都有自己的道理，我敢肯定。"当我凝视她，心里充满了好奇，"你怎么认识他的？他对你做了什么？"

她僵硬地转身离开："我们偶遇了一两次。他是纯粹的米黎亚德魔鬼，相信我。"

"他不会那么坏，我确定——"

转瞬之间，她又站在我的面前，抓着我的上衣，紧紧地抱住我，她铜红色的眼睛在恳求我明白她的心意："他坏透了。远离他，好吗？行不行？"

我又扫了一眼"纯粹的米黎亚德魔鬼"，他正在专注于鲍，上下打量她，仿佛他是一个捕食者，而进餐时间终于到了。他再次微笑，这次的笑容绽开得更缓慢，透着更多的狡黠，他的舌头卷在牙齿上，好像他已经可以品尝她……

我简直无法呼吸。

"走啊!"鲍后面的囚犯一边发号施令,一边推了鲍一把。

我退到鲍身边,冲推她的女孩面露怒容,以这种方式默默地向她施以暴力。直到她盯着自己的脚,我才向前迈出一步,从一个头发上满是油污,胡子甚至更油腻的人手上接过我的托盘。我敢肯定,万斯博士是特意雇用这样的人来吓唬我们。

鲍接过她的托盘,带着我穿过食堂,尽可能地远离那个新来的男孩。我由着她带我离开的原因只有一个:愚蠢的好奇心。一路上,我们经过斯隆身边,斯隆无法抗拒利用这个机会伸出腿绊倒鲍。但鲍是个天生的怪才,她跃过障碍回踢,将斯隆的脚踝勾在她的双脚之间,斯隆被迫从椅子上飞了出去。

斯隆跌倒了,她的胳膊砸在了托盘上。食物倒在她的头上,她惊声尖叫,食堂里的其他人顿时安静下来。最后,一声轻笑打破了沉寂,就像上课的铃声。房间里的其他人顿时爆发出嘎嘎的笑声。

鲍并没有因为胜利而眉开眼笑,而是皱着眉头,头也没回地说了声:"对不起。"

她真是一个令人猜不透的难题。她很聪明,具有不惜一切保护自己的本能。但她也有一个根深蒂固的需求,就是抚慰他人。

当我们找到一张桌子,她专注地盯着我说:"听着,现在情况不同了,是你不明白的一些情况。你要相信我,你必须从现在开始让我留在你身边,无论发生什么事,好吗?我负责你的安全,如果你愿意的话。"

"你无法负责我的安全,这里有太多的威胁。"没有人可以做到。

"我已经证明并非如此,但你仍然怀疑我?"

"我不想让你去尝试,"我继续说道,就仿佛没有听到她说的话,"我是认真的。你只会让自己陷入麻烦。"

"藤——"

"不,不要争论。"我可能会对未来感到困惑,但对现在并不困惑。我永远不会把自己的幸福放在别人手里。曾经,我信任我的父母。他们把我送到这里。我信任詹姆斯。自从他去世后,我一直无法摆脱一种可

45

怕的失落感。我信任马洛，她一直支持特罗里坎，但最终她不顾一切地离开收容所，加入特罗里坎，后来上吊自杀了。她还抛弃了克莱，克莱爱她。

现在，我不知道她实际上是在特罗里坎还是多终点国度。在这两个国度，自杀是明确禁止的，自杀甚至可以使合同无效。

我也信任克莱。他设法保持清醒和镇定，直到马洛死去为止。后来，他变得颓废不堪，从一个看护那里买毒品。

他神志混乱，让我和他一起逃跑。他说，他会付钱给看守，让他们做以前为詹姆斯做过的事。我已经失去了男朋友，难以接受再失去另一个朋友，所以我拒绝了他，并求他给我时间找到一个更好的办法。

第二天，他就不见了。

那是三个月前。他在哪里？他是自由了？或是被抓住了？他在这可怕的围墙里的某个地方吗？

有时候，我想我听到的惨叫声来自我脚下的混凝土地板。

"那个男孩他是米黎亚德人，你知道吗？"鲍喃喃自语。

她说"米黎亚德人"时语调的变化就像说癌症一样。她恨他，只是因为他签约了其他王国？

"你听说过HART吗？"

"人类对抗王国动乱组织？听说过。他们喜欢在米黎亚德众议院、特罗里坎众议院和白宫前对王国之间发生战争提出抗议。"

"没错。"以我对世界历史的了解，我知道他们的最终目标是在各王国和地球之间立约。

显然，多年以来，各王国有好几次都在表明"嗨，我们在这里，我们是真实存在的"，但人类将这个事实赋予浪漫传奇色彩。从瓦尔哈拉到奥林匹斯山的一切被称为米黎亚德，特罗里坎曾经被称为天堂。大约在十六世纪，这两个王国开始参与人们日常生活的存在，帮助人们走出黑暗时代。

"为什么？"鲍问道，她的语气非常谨慎。

"我想知道为什么各王国的成员们没有同意签订和平条约。正如你所知,他们只是互相排斥。我不明白为什么你恨一个男孩,只是因为他属于不同的王国?还是因为他伤害你是出于某些神秘的原因?你们特罗里坎人不是声称要宽恕吗?"

"宽恕别人和让他在我头上拉屎不是一回事。你听说过米黎亚德的效忠宣誓吗?在特罗里坎永远变成灰烬之前,我们不会罢休。此外,HART发起的运动是荒谬的。光明和黑暗不能共存。内部纷争,外患无穷。"她把她的托盘推到桌子中间,仿佛她已经失去了胃口,"我们将变成双头兽。我们会消耗自己。"

说到消耗,自从她来到收容所,她吃得很少。我开始担心她的健康。

"分散我的注意力。"她说。

"吃饭。"我回答。

"不,分散我的注意力。"她重复道。

"你想让我为你唱歌跳舞吗?"我语气冷淡地问。

"是!"

"没门,这不可能。"

"好吧。"她失望地叹了口气,"只是……我不知道,跟我说话,告诉我你来收容所以前的生活。"

我不想分享关于自己的具体情况,但我也不想她挨饿。很显然,现在她需要动力。

"我可以给你讲一两件事,但你必须把你盘子里的食物吃完。"

"你在开玩笑吗?它们这么恶心,而且——"

"相信我,你需要维生素。"

"好吧。"她做了一个鬼脸,然后把她的托盘放回合适的位置,"现在说吧。"

从哪里说起?关于我的过去,我已经有很长一段时间没有透露即使是很小的细节了。"我就读过一所米黎亚德所认可的私立学校。"

她等着我说更多的话。我没有。她再次推开托盘。

我皱眉看着她:"你想知道什么?"

"你都学了些什么?"

"除了一般的课程吗?"这个容易回答,"王国的内部工作。"那些课程由使者教授。使者负责传播他们所热爱的王国的消息。

我一直对他们的日常生活神往不已。和我们不同的是,他们不需要睡眠。他们一天只吃一顿饭,内容是一片吗哪(古以色列人在经过荒野时所得的天赐食粮),实际上就是一片蜂巢状的薄饼。任何十八岁以下的孩子都要上学,以了解他们的王国及其领导人。孩子们还被教授将来有一天可能会被分配的任何工作所需的技能。

每个十八岁以上的人都要不间断地完成被指派的任务,直到完成任务——即使任务要耗费数年时间,很像卧底警察。

鲍咽下一口食物,摆出一副痛苦的表情:"那你的朋友们呢?"

"他们被送进收容所,像我一样。"我毫不犹豫地回答道,就好像我已经习惯了分享。我们可以一起出去闲逛,但必须在有家长或米黎亚德劳工的视野范围内。不允许我们驾车。除了那个领薪水开车载我们的人,甚至不允许我们上其他人的车。"起初,我接受了。我认为我的父母爱我,想要保护我。然后是不满。我的父母只不过需要我活着罢了,无论付出什么代价。"

我十六岁生日那天,在我拒绝与米黎亚德签约之后,我偷了妈妈的车钥匙。在那之前我从来没有开过车,但自动驾驶仪使其毫不费力。我自由翱翔,从来没有那么快乐过。

但是那样的快乐从来都不会长久,不是吗?

第二天,我被送到收容所,心里吓坏了,感到震惊和困惑。

"特罗里坎选人的方式和米黎亚德相同吗?"我问。

"差不多。猎头监视地球上的人,寻找某些特征。"

猎头,领导者的一个分支。

"什么特征?"

"愿意。"

"愿意?"这是什么意思?

"总之,"她继续说道,"劳工被派去保护被选中的人,然后,等被选中的人到了承担责任的年龄,劳工会与之谈判契约条款,并指导被选中的人走完第一世的剩余部分。但在特罗里坎,如果签约者是被强迫签约,那么契约无效。在米黎亚德,被裹挟的签约者必须去法庭获得自由。"

法院?"也就是说有一条出路?"这个消息给了我希望。

"是的,但是太多人都败诉了,因为法院坚持让特罗里坎和米黎亚德双方代表都出席。签约者往往在问询过程中崩溃。"

哦,希望渺茫。

"我了解了来普林收容所之前的藤,"鲍挥舞着勺子对我说,"现在说说来普林收容所之后的藤吧。你获得自由之后,打算怎么办?"

透露我想成为谁,而不是我曾经是谁?这更困难。

"你先说。"

"好像你猜不到似的。我会继续传播光明。我要成为最优秀的特罗里坎劳工,而且是有史以来最性感的。"

一年多来,我一直在竭力挑选一边。而她对自己的信念坚定不移。我只是假装没有因为羡慕而坐立不安:"你怎么知道你会成为一名劳工?在第二世有四种其他的工作。"

"我这里知道。"她用拳头敲了敲自己的心脏。

"这种感觉从来没有动摇过?一次也没有?"

"为什么会动摇?我对于生命和死亡的态度是我的一部分。"

我完全没有羡慕的感觉:"或者是命运为你做了决定。"

她用嘲笑的语气说:"不要跟我说命运!命运是一个借口,是不善抚平责备和内疚的人的借口。是自由选择决定生命的结果,而不是命运。"

她提出了一个很好的观点。

"你为什么没有文身?"那些与特罗里坎立约的人会在每只手背上纹一颗三点星——并不是每个人都这么做。与米黎亚德立约的人会在手臂上纹犬牙交错的锯齿线。同样地,并不是每个人都文身。它被认为是内心承诺的外在记号。

"哦,没有。"她摇摇头,"我回答了你的问题。现在轮到你来回答我的问题。离开收容所之后,你有什么打算?"

我咬着下嘴唇,脑子里一片混乱。我从来没有大声说出过自己的愿望,我总是把秘密埋在心底。我的外祖父母使我感到信任。而我的父母却没有给我这种感觉。我的外祖父母皈依于特罗里坎,我的妈妈就是在一个特罗里坎家庭里长大。当她遇到了我的爸爸,她选择米黎亚德作为归宿。

"十八岁的时候,我将做出选择。我可以负担得起买一个海边的房子。"一个没有邻居的地方,不会有人逼我去想我解决不了的问题,"我要去冲浪。"

我从来没有被允许去冲浪,只能从自己的卧室观察别人。每当我要求做一些极其"危险"的事,我总是被告知必须等待,直到我达到法定年龄与米黎亚德立约为止。

现在,我渴望获得刺激。风吹在我的脸上,水珠顺着我的脸庞淌下来。

出于某种原因,幸福感在我的血管里沸腾,我的目光被那个新来的家伙所吸引。

他再次眯缝起眼睛注视着我。

我的每一下脉搏都飞快地跳动。不知道自己能做什么,我点头示意。

"等一下,你在用眼神勾他吗?"鲍厉声问道。

什么?"没有!"

不知怎么的,他听到了我们的谈话,并大声喊道:"是的。"然后,他向我使了一个眼色。

我瞪了他一眼之后,怒目注视着鲍。我可能会和她分享我生活中的花絮,但这并不意味着她了解我或有权苛责我:"你希望我当你的敌人,鲍?"

她的下巴微微下垂:"不,当然不想。"

我已经表明了我的观点，于是没再说别的。我从她身边走开，朝新来的家伙走去。

他冲我微笑，是那种坏坏的笑，仿佛他知道一个我并不了解的秘密，这使我心烦意乱。

当我从他身边经过，我效仿鲍，用脚勾他的椅子腿，然后猛地一拉。椅子翻倒在地，他也一并摔在地上。

他诧异的笑声跟随我走出食堂。

第三章

没有本当如何,只有事实如何。

——米黎亚德

走廊里排着队。我排到队尾的时候,鲍追到了我后面,向我道着歉。我没理她。跟往常一样,一些孩子会被送去健身房"掉点肉",另一些则要送到公地上"除去点疯癫"。不管去哪边,都只是正式上课前的"热身"而已。

跟往常一样,我还是被送去公地。

一个看守发出猪呼噜般的声音把鲍推向去健身房方向。而鲍,第一次避开他,试图跟着我。

我记得她的警告:"从现在开始,你必须让我待在你的周围。"

她在担心那个新来的家伙?

那个看守——我叫他阿努斯上校——抓住了鲍。就在被碰到的那一瞬间,鲍转身抬起被抓住那只手臂,并把它收回到自己胸前,手腕一旋,手回到了自己下巴下面。她用另一只手抓住看守那只肥猪手,然后退后几步，扭转他的手腕。

他砰一声重重地倒在地上，手臂甩到了背后。

这姑娘比我以为的还要厉害。让人印象深刻啊。

"我今天要和室友待在一起。请你习惯这个想法。"她丢开阿努斯的手，从他的后脑勺迈了过去。阿努斯的鼻子撞在地板上，他痛苦地直叫唤。问题是他有个朋友叫本·多佛。本开始采取行动，抓住鲍的头发用力一拉，于是鲍手臂胡乱挥舞着向后倒地。

"你们这些胖女孩儿，不要一早上就聚在一起聊天。"鲍倒下去的时候，本朝她啐了一口，"跑步机是你最好的朋友。"

"哼，我的拳头是你最大的敌人。"她飞出一脚，正好击中本两腿之间的部位，"还有我的脚。对了，我是不是应该早点提醒你注意我的脚。"

鲍坐起身来，拉开手肘，显然是想敲掉本几颗牙。新来的家伙在她采取行动之前从她身边跑了过去，鲍定住了，像是在抽烟休息的时候脑子空白了一样。他对她做了什么吗？等她能再调动起整个身体时，看守已经消化了之前她给他吃的苦头，重新回到游戏中了。他轻松地躲过了鲍的下一击，再一拳打在了她的下巴上。

一记响亮的破裂声。

鲍倒地的时候，其他收容所的同伴都让出了一块地方，包括我。

我想帮她，如果我能帮上忙，肯定会的。

要明白什么时候该出击，什么时候该等待时机。不然会受伤。

打架现场又来了两个看守，以及一个护士——我深情地称她为拉契特护士。

拉契特护士从自己的白大褂口袋里掏出一个注射器："特别调制的鸡尾酒给这个特别的女孩。"鲍被放倒在地，脖子被人卡住。她的整个身体开始扭曲，但人还是清醒的。大多数别的孩子在打针之后就晕了。

我满心惭愧。我能做点什么吗？如果换了她，一定会为我做些什么。

"到此结束。"拉契特护士宣布。她也是俄国人，此刻她盯着我，像是我犯了错，"向前走，立刻！"

没别的选择。好吧，是没别的明智选择。我和其他人一起往公地走。当我在被分配的位置坐下时，我在发抖。这些没有坐垫的椅子是固定好的。

新来的家伙把我身边的人挤走，挨着我坐了下来。那个被挤走的人——叫汉克的男孩子之前也在反抗，直到新来的家伙狠狠地击中了他的喉咙。汉克正在努力呼吸的时候，新来的家伙对着我缓缓露出掠食者的微笑。

我闻到了他的气味：泥煤混杂着石南的味道。一股异域的气息，带着一丝麝香。我发誓就跟暴风雨后我被运到不列颠群岛上闻到的味儿一样。

他的眼睛明亮得就像我已经一年多没见过的太阳，简直就是一片最迷人的金色阴影，带着水晶般的蓝色光斑。

一只眼睛里有五个光斑。而另一只里，有三个。

五，是我们感官的数字。视觉，声觉，触觉，味觉和嗅觉。

三，则是我们的精神、灵魂与身体的三位一体。

在八音符里，第十五个和第三十个音符，组成了所有和弦的基础。多么恰如其分。那双眼睛，不知怎的让我的血液沸腾。或者我只是因为营养不良快不行了，就连大脑都过度透支了。

对，就是那样。

靠新来的家伙这么近，我都能数清楚他有几根睫毛了，它们又长又尖又黑。我才发觉我正在盯着他看。

"那样做不好。"我说。

"那把我的椅子踢翻怎么算？"他的声线低沉沙哑，带着点爱尔兰调调，"我们快点自我介绍一下，好让我的心跳能慢下来。我是基利安。你真是美极了。"

在他说完这些显然是练习过的台词之前，我心里已经在戒备："我想，你指的是我的态度。"

"绝对不是。不过现在我能肯定你的确让人无法抗拒。"

"我想你的意思是我不合时宜。"

"是讨人喜欢。"

哦,胡说八道。我们是在调情吗?"好了。够了。"

他的嘴角抽动了一下:"你是在玩欲擒故纵吗,姑娘?我以前可没有遇到过这种情况,我得澄清一下。"

"我什么都没玩。而且我是永远也不会被擒的。"

他搓了搓手,带着某种愉悦的口吻说:"好吧。接受挑战。"

我张开嘴想要反对,但是目光停留在了他的手腕上。米黎亚德的印记。它们是我见过最可爱的东西了。衔接处是倾斜的,而非圆形的,构成了一只懒散的眼睛。他前臂上的文身近距离看上去像是电影里的彩色染印法。这些文身引人入胜,但是如果不能仔细研究,是数不清有几个的。

我想更仔细地研究一下。

而且这些图案有些奇怪,不只是简单的美学上的奇怪。也许是布局?有几条线穿过带着血泪的骷髅头,在破裂剥落的月亮上还有更多的线穿过,还有剥落的变成星星的碎片。这是一个故事吗?就像象形文字那样?

"喜欢文身吗,姑娘?若是喜欢,我很高兴以后给你单独讲解一下。"

我的脸烫得发光。我低下头想隐藏自己的反应。

我不是一直喜欢文身的,虽然我自己有一个。在我脖子后方有个小小的地球图案。十五岁的时候,我第一次真正将叛逆付诸行动,就是和我的朋友们溜出去文身。但我不确定自己当时怎么会觉得这个地球"能完美表达我内心翻涌的情绪,纹上永远不会后悔"。

"你还在盯着看。"他说。

我露齿一笑:"你是哪儿的?"跟这里的职员一样,进到里面的人来自世界各地。我是洛杉矶本地人,米黎亚德家族的大本营——也是我爸爸搅弄风云的地方。他推动制定的法律影响着人类和灵魂二界。

我妈妈是一位炙手可热的艺术家。她的米黎亚德画作总是被竞拍。

我有时候会想,这两个人会怎么跟他们的朋友解释我为什么不见了。上寄宿学校?在康复治疗?还是说出真相?

"你希望我是哪儿的?"基利安粗声粗气地问。

有刺激的小火花在迸溅。"你为什么来这里?"我总是问新来的人问题,就算很少能得到答案。鲍,马洛和克莱例外。

他耸了耸肩:"你会不会相信,我只要看到了自己喜欢的东西就会想方设法得到它?"

我的脸又红了,真为自己皮肤太白皙而悲哀。更别提我根本无力掩饰自己一丝一毫的反应。最严重的是,我为他对我的影响而悲哀。

"让我猜猜,你是想尝尝这里五星级的美食?频繁的鞭打?还是想领教一下喜好窥探他人隐私的员工?"

他满不在乎地把手臂放到我的头发后面:"或许是你的朋友。她这些天怎么称呼自己来着?"

他这些奇怪的话让我迷惑不解:"她的名字叫鲍,如果你指的是她。"

"鲍。"他低声笑了,"太可笑了!"

我更不解了:"你们之间有什么事?"

"她是个不值得信任的家伙,不过你不用担心,"他倾过身,近到他的鼻尖都快碰到我的耳朵,"我会保护你。"

我猛地避开,切断这种接触。

"你怕我吗?我很失望。"基利安对我噘起嘴,"那个用皮带勒看守脖子的火药桶去哪儿了?"

我不需要对他知道这些而感到惊讶。这个地方的八卦就像火车一样不停地跑。他肯定也知道我遭受到了怎样的惩罚。

"我不怕你。我只是不喜欢别人不经我同意就碰我。"我直直地迎上他的目光,这是明显的挑战,"你如果想认识那个火药桶,我可以安排。她对你有点不满,因为你叫她的室友婊子。"

他迫不及待地接受新挑战:"好的,请。"

他在嘲笑我,不是吗?他甚至放松到用手把我的头发卷了个卷,我的黑色发丝和他的古铜色皮肤形成了可爱的对比。

我扇开了他的手:"你确定吗?她可是没心没肺的。"

"你这样只会吊足我的胃口,姑娘。"

他不只是在笑,而是在嘲笑。这样我的下一个动作就更顺理成章了。"别忘了。这是你求来的。"我一拳打中他的喉咙,迅速地一戳,他困难地喘着气。这是帮汉克还他的。

我对着他笑:"就是这样,你知道狗急了还跳墙呢。"

他迅速恢复了过来然后,让人震惊地回我一个笑容。他的逗趣显得很真诚,我如果胆敢相信他的话,这笑还带着一丝尊重。

他张开口想要回应,但是斯隆滑进了他身边的空座位,还拍了他的胸口一下。她似乎并不喜欢他们之间这种联系,但是却没有中断它。"嘿,宝贝儿。"她给他抛了一个媚眼,但似乎也是装出来的,"我觉得还是给你省去打听我的麻烦好了。我是斯隆·奥布琼。"

基利安的注意力从没离开过我:"谢谢你,姑娘。但我只对藤莉感兴趣。"

他现在的声调更浑厚,完全是种诱惑,但是这样的甜言蜜语实际上是种威胁。我能嗅出来。这对他来说太不幸了,我根本不会被吓到。他对我所经历过的恐怖一无所知。我可不是一朵萎靡的花,再也不是了。

"十个我的吻吗?"她问道。

"我跟你说,"我告诉他,"我是藤莉。"名字里面有什么呢?全部。昵称里带着亲密,我不想跟他分享。

"你也可以叫她纳特,"斯隆说,跟往常一样帮我忙,"大家都这么叫她。"

他的目光扫过我:"这名字是指你的胆子大,还是你喜欢坚果的味道?"

我露齿一笑说:"你需要我再向你介绍一遍火药桶吗?"

他正笑的时候,万斯博士走了进来。

当收容所里最招人恨的男人坐到唯一带有柔软椅垫的椅子上时,大家都安静无声。他眯着眼,找到了斯隆,然后冲她拍了拍身边的空座位。那个座位总是留给她的。

她抬起了下巴，但没动。

我不喜欢他看她的方式。我朝他的视线方向倾过身子，用我的目光要求他的注意。在他把视线从我这里转开之前，他的舌头在牙齿上扫了一圈。

他是个高挑瘦削的年近四十岁的男人。他的棕色短发总是经过精心修剪，白大褂里面的衣服剪裁得无可挑剔。

"你是在保护你的敌人吗？"基利安问我，"姑娘，你越来越有趣了。"

"你是说我越来越愤怒吧。"我咕哝道。

"是吸引人。"

见鬼！他反应太快了。

"好了，各位，我们有新成员加入。请起立向大家介绍关于你的三件事，"万斯博士低头看他的笔记本，"弗林先生。"

基利安毫不犹豫地站了起来："我听说，想象你的听众都只穿着内衣就不会紧张了。"他冲我眨了眨眼。"这是个好主意。"其他的孩子窃笑着，他接着说，"我喜欢在沙滩上漫步，在海里游泳和冲浪。我曾经特别偏爱金发碧眼的女人，并对她们毫无抵抗力，但现在我觉得那部分的自己已经死了。"

他还冲浪？当真？这个可能性有多大？

"还有，"基利安补充道，"我是个彻头彻尾的米黎亚德男孩。如果你给我一个小时，我会在五分钟之内说服你也加入米黎亚德，然后我们可以用剩下的时间庆祝你做了如此正确的决定。"

我给了他一个拇指朝下的动作。

汉克举起了手，然后眼带挑衅地说："我接受你的提议。去你的房间还是我的？"

"说得好像你能拿我怎样似的，小子。"基利安坐了下来。

"我欣赏你的热情，弗林先生。也许洛克伍德小姐需要跟你和你共度美好的时光。"万斯在笔记本上做了个记录，"是的，我真的很中意这个想法。我会安排的。"

我咬住自己的舌头才没叫出来表示反对。万斯当然希望把我和一个米黎亚德的忠实信徒配成一对了。

如果我积极地说服基利安、我的父母或者鲍，我想加入未签约者的世界，他们会是什么反应？

我用手指戳着自己的下巴："我觉得和弗林先生共度美好的时光正是我需要的——最终我会被推向特罗里坎。"

基利安哼了一声，好像他知道我在吹牛。

万斯噘起了嘴，但是没有直接回应我："好了各位。我来这儿就是为了听你们诉说烦恼和痛苦的。跟我聊聊吧，让我帮你们更愉快地度过在这儿的时光。"

对他来说更美妙。对我们而言呢？更痛苦。

当孩子们各自列出自己的悲哀时——都是我听过上千次的破事，我用一首从未远离我思绪的儿歌让自己抽离。

藤的眼泪掉下来，我大声叫喊。九百棵树，但只有一棵是为我而种。八乘八乘八，它们会飞，不管你做什么，不要保持干燥。

"我不喜欢你还活着，万斯。"斯隆用指尖划过两颊，假装是眼泪，"让我来解决这个问题吗？"

跟往常一样，他没指责她就继续了。

七个女人在跳舞，别理会她们的甜蜜邀约。

"我的房间里有蜘蛛。"一个女孩突然叫出来，就像她一秒也憋不住了一样。她厌恶地颤抖着。

万斯博士做了个记录。

哦，亲爱的，你根本不知道自己做了什么。

她下次肯定会受罚的。她会在自己的房间里看到数千只蜘蛛的全息图。她的脑子会觉得它们都是真的，她会恨不得把自己的皮给剥了赶走那些虫子。

"你得叫人去把它们清了，"她补充道，"我一晚上也忍不了了⋯⋯"

"闭嘴，"我厉声说。只能忠言逆耳地警告她，"假装害怕蜘蛛是——"

"我不是在假装。"

蠢货！她没懂我的意思。

用不了多久，她就会懂了。她会记起这一刻然后哭出来。

万斯博士注意到了我。他黑色的眼睛又眯起来了："洛克伍德小姐，你好像很想说话。对你的待遇有什么要抱怨的吗？"

我假装自己的中指是根口红，在嘴唇上涂了两遍。我才不会给他提供会被用来对付自己的弹药，他知道的。

但他还是说："我给你五秒钟说出你最大的不满。继续保持沉默的话，就是逼我惩罚你。"

终于，那把我无时无刻都感觉正指着我脖子的剑要挥过来了，我会经历又一轮折磨。

我成了房间里每个人的焦点，但我还是盯着万斯。

"一、"他说，"我每次一见到你就觉得想吐。"

"那又怎样？"

"只有合理的投诉才会得到重视，洛克伍德小姐。"

"对极了。我是绝对认真的。"

"二、三。"

"她希望看守们管好自己的手，"基利安说。他是想让大家把注意力从我身上转开？"我知道我会的。我不只是一块肉。"

我有点敬佩他的胆量了。打个比方！只是打个比方！

"洛克伍德小姐？"万斯打断了我的思绪。

我像斯隆那样抬起我的下巴。反对他是我最热衷的事情之一。我希望在他生命的尽头，当他躺在病床上被自己的呕吐物呛到时他会回顾过去，哀叹我是他此生最大的失败。

"四、五。"我得意地笑着说。

斯隆对着我摇头。祝你好运，蠢货。也许我该和他合作，只需要抱怨一下我讨厌的东西，或者拿自己讨厌的东西撒个谎，但是真相对我来说太重要了。我讨厌说谎，几乎和讨厌万斯一样。万斯就是最爱说谎的人。

我不会效仿他，就算是为了拯救自己于满载的悲伤也不会。

有几个人发出了窃笑。这让万斯怒不可遏，他气得跳脚。他朝本·多佛和阿努斯上校抬了抬下巴："把她带走。"

基利安跳起来挡在我面前，吓我一跳。他扭头掠过自己的肩膀朝我看过来，像是也很震惊。然后他冲看守怒目而视："她不能走，我还没跟她聊完。"

他这个陌生人，正在保护我？甚至是在我拒绝保护鲍之后，他这么做。这真是震撼了我的世界。

我站起来想把他推进他的椅子里。"不用担心我，"我轻声说。我不想他因为我受伤，"还是当心自己吧。"

阿努斯上校和本·多佛一左一右地抓住我的手臂时，他没说什么，只是瞪着眼看着。我被拖到了自己的房间。鲍已经在那儿了，而且因为药力还在睡，只不过现在是在自己的床上，她的手腕和脚踝都戴着镣铐。

万斯跟着我进了房间。我的胃里一阵翻腾，就像是里面的液体要搅成黄油了一样，我把请求慈悲的话吞了下去。这个男人根本没有慈悲。

我被控制住不能动弹，他在我面前踱步。"藤莉，藤莉，藤莉，"他一边说，一边重重地叹气，"有史以来最麻烦的孩子。为什么要逼我伤害你？"

"这是你的选择，你做的事。别想把过错推到我身上。"

"这不是我想对待自己病人的方式。但只要是必需的，我愿意做任何能够把你从多终点国度救回来的事，或者是为了不让你成为特罗里坎永恒的奴隶。"

"你是未签约者。"他肯定也是，"我听说，你告诉其他孩子你会想尽办法不让他们成为永远的米黎亚德寄生虫，成为填充一个垂死的王国的无数灵魂之一。"

他耸了耸肩："对某些人来说是对的事情，对其他人而言不一定是对的。"

不，不！他对每件事都有自己的答案，而且尽管这个答案听起来不错。我缩起身子,仿佛他的手指甲在刮擦黑板。肯定会有绝对正确的一方,也许不存在绝对错误的一方。

这个地方就是错的。

这个男人也是错的。他毫无悔意地误导别人,把人带去错误的方向。对他"看护"下的孩子,他更在乎的是金钱的回报,而不是孩子们的长期健康。

特罗里坎会告诉我原谅他。

米黎亚德大概会叫我毫不留情地攻击他。

攻击他,我喜欢那样,在他击倒我之前先击倒他。

我大吼一声,冲向他。看守们把我控制在原位,紧紧掐住我的肩膀,我的肩关节好像已经错位了。疼痛侵袭了我的全身,有一刻我都看见星星了。我不在乎。我拼尽所有力气挣扎着,孤注一掷地朝着我的目标挣扎。

"你拿到打折心理学的学位了吗?"我冲他抛了一句,"你只做出一半的改变,而且还是变坏的那种。"

直击要害!他的下巴肌肉缩了一下。

房间里又来了两个看守。D包和提特鸦。真遗憾,今天杜什同志没来。

"时间正好。"万斯说着风凉话。

D包和提特鸦提来一桶水,拿来一张破布。他们在我面前满是血迹的墙边停下,拿布在水里沾了沾。

我瞬间明白了,内心满是恐惧。不要碰我的日历。什么都行,不要是日历。那些数字是我生命中唯一持久的东西。我唯一的朋友。我不能失去这个朋友。

"为你对我的出言不逊道歉,跪着道歉。"万斯说,"那样我会考虑要不要原谅你今天的所作所为。"

我当真考虑了一下。我的数字它们不只是我的朋友,还是我在收容所面对恐惧时唯一的消遣,我唯一真实的希望。透过它们我能看到隧道尽头的光亮——我的下一个生日,还有我最后的出口。

但是,我总会有个但是,不是吗?如果我给了这个人——这个人类的笑话——他所要的,我会无法面对自己活下去。因为,如果我那么做了,隧道尽头的光就不会再那么亮了。

我的膝盖保持不动,定定地站在那里。

"很好。"他点头,简直就是在期待。

看守们洗去墙上的线条,而我的恐惧却在加剧。

还没准备好说再见。"停下来。请停下来。你必须停下来!"我飞出一腿,但是因为踢得太远,腿抽筋了。"你没有权利破坏我的财产!"

他们还是继续洗,我情绪上的痛楚比我身体上承受过的任何痛苦都要厉害。肉体可以愈合,灵魂却会溃烂。

"如果你不想再失去你珍贵的东西,洛克伍德小姐,你就要离开普林收容所,而且得快。你只需要跟米黎亚德签约就行。"万斯说道,看守们暂时停了手,"这是再简单不过的事情了。"

一滴红色的水滴沿着墙流了下来。一滴血泪。我美丽的日历正在死去,我只需要说一个简单的单词就有能力把它现在的样子留下。我怎么能不说,那个词。

说好。好,好,好。

看吧?这不难。

这个词呼之欲出……"不,"我最后说道,"不,我不会签约。"

我这是怎么了?

万斯气得发抖,但很快让自己冷静了下来。"我知道你本来不是打算这么说,洛克伍德小姐。最后一次机会,签约米黎亚德。"

月光、城堡,然后某天,重回收获之地,与另一个灵魂融合实现我的信仰……

强权就是真理。

阳光、野花,在我完成了自己契约上的义务之后,永远地安息……

光会带来视觉。

此刻,我倒想知道真相——谁对谁错?我想毁掉我的未来。正如我所知道的,错误的决定会把人引向崎岖坎坷的道路,而我根本没能力承受那些坎坷——那需要的代价远超我所愿意付出的。

"我不会签。"我从紧闭的牙齿缝中挤出这几个字。我不会允许暂时的疼痛吞噬一个永远的决定。感觉只是感觉，不管它们看起来多么震天动地；它们不会持久，总会改变。而契约会是永恒的。

万斯咒骂着我。D包和提特鸨重新回到了岗位上。我就安静地待着，眼睁睁看着每一条珍贵的线条消失。

当一切都被洗刷干净之后，他们走了。但是万斯在走廊上停下来，他说："我想成为你的支持者，洛克伍德小姐，但是你坚持要让我变成你的敌人。"

"是你在坚持。"我的眼泪涌了出来。我眨着眼看向别处，不能让这个男人知道我被他击碎了，那会让他心满意足，"我只是可怜你。"

他用手指敲打着门框，这是唯一能让人看出他怒气未消的证据："反正，也许某天大黎亚德就决定不要你了，就好像你父母决定不要你了那样，是吧？"

一阵剧烈的疼痛几乎划开了我的胸口。万斯知道如何将伤害放到最大。"你觉得折磨人真的有用吗？"我问，但是我已经知道答案了。我已经注意到了收容所里快速的周转。大多数孩子只会在这里待一到两个月。

"有用的时候比没用的时候多。"

"强权就是真理，哈？"

我的嘲笑让他的指头敲得更快了："一个决定就能改变你的处境，洛克伍德小姐。只需一个决定。"

我对他甜笑着说："一颗子弹就能改变你的处境。"

他也回我一个笑得很夸张的脸："到现在为止，我对你都太好了。继续逼我的话，你会看到最可怕的我。"他把手伸向衣服口袋，向我扔了一个像是黑色纽扣的东西。那纽扣掉到了地上，因为我根本就没去接。"差点忘了，这是你妈给的。"

为什么她会给我一颗扣子？

他最后走了，把我锁在房间里。

我的眼泪早就想奔涌而出了，膝盖也早就想颤抖了。但是我还是继续维持着坚韧如铁的态度，因为有摄像头。

我用颤颤巍巍的手捡起了扣子。一个闪存，我明白了。是用来传送记录信息的方法。现在我更疑惑了。这位遗弃了我的妈妈，七个月没来看过我的妈妈，想要跟我说什么呢？

我无视自己膨胀的渴望。必须知道，马上，马上，马上！把这个设备塞进自己的口袋，磕磕绊绊地走到鲍那里，去找脚镣的锁——但是没找到。我可以让她摆脱束缚。但是，哦，肯定会很痛。

就是再多痛一点，不是吗？

两个手铐的外侧都是被加热的，当我按下每个手铐上的释放按钮时，我发出嘘声，因为我的手指和手掌上顿时起了七个水泡。

金属的光泽逐渐减少，每个手铐里面的针都从她的骨头里松开，然后从她的皮肤里弹射出来。

咔嗒，咔嗒。手铐脱落了，但她没醒。这样很好，我还没心情去应付她。

伴随着一句咒骂，我扑到吱吱作响的床垫上，盯着天花板。生活糟透了。

一个微弱的叫喊声突然从地板上响起，我吃了一惊。

不是克莱，不是克莱，不是克莱。他安全了。他成功出去了。

我会吗？

那个闪存简直像是要把我的口袋烧出个洞来，我的渴望战胜了我。我拿出那个设备，把大拇指按在上面。我的指纹一登录，妈妈的声音就充满了房间。

"嗨，藤莉。我猜你从没想过会听到我的声音，是吧？"

我的心脏撞击着我的肋骨，肠子挤作一团。

"我知道我根本没来看过你，但是我有充分的理由。那是一个美丽的秘密。它再次教会了我如何做一个妈妈。我很抱歉，我亲爱的姑娘。我为这一切感到抱歉。我爱你，我真的爱你。你爸爸也爱你，但他很害

65

怕失去他的工作。好吧，那不是你的问题。我们很快会来看你，我希望到时候我们能把你带走。"

希望闪着光，只会死得更快。这是个把戏。肯定是。

背景里传来一个婴儿的哭声。我妈说："嘘，嘘。"就像真的有个人和她在一起而不是电视机似的，我皱起了眉。任何未满十八岁的人——除了我——都不可以进入我家的房子。这是我妈妈的规定。

然后我明白了。她宁愿不去看她不被允许拥有的：另一个孩子。她强烈地希望再要个孩子，跟我想要个弟弟妹妹一样强烈——一个能够无条件爱我的人。但是，很久以前，各王国和人类政府达成一致。为了防止第二世太过拥挤，那是灵魂要住上几百年，甚至上千年的地方，所以在第一世每个家庭只能生一个孩子。作为回报，各王国将他们的先进技术与人类分享，比如这个闪存。

我妈妈清了清喉咙："我必须走了，甜心。我知道我把我们之间的关系搞砸了。但是我会给我的……孩子一个更好的人生。我保证。"

为什么在说孩子之前犹豫了？

我把闪存抛到房间另一头。她不爱我，她不可能爱我，我爸甚至都不喜欢我。

你确定吗？

一段回忆浮现在我的脑海。我爸把我扛在他的肩膀上，我双手聚过头顶，奋力想抓住天上的星星。

"快抓到了。"他大笑着说。

我妈妈拍着手大声说："你可以的，亲爱的。"

好吧，也许他们曾经爱过我。但这份感情已经枯萎了，跟我的心一样。

鲍发出一声呻吟。一秒钟以后，她摇摆着起身，奋力呼吸。她的视线找到我时，眼神一点儿也没有不清楚。

"你还好吗？"

她的第一个念头居然是我的安危？即使我在看守把她打倒时什么都没做？愧疚感又回来了。

"我挺好。你怎么样？"

"挺好，我不感谢基利安。"

我记得他跑过她身边的样子："他做了什么？"

"不重要。"她耍弄着自己毯子的边缘，"万斯是对的。你知道一个决定可以改变你的处境。"

"我知道，但——"等等，"你怎么知道他说了什么？"

"身体——我是说，我的身体——可能被药倒了，但我是有知觉的。"

她是怎么做到的？我也被打过药，之后根本就分不清一二三。

"签约特罗里坎，藤莉。"那双铜红色的眼睛在恳求我，"你不会后悔的。"

"证明给我看。你要向我保证。"

"我的保证还不够吗？"

不。"但是你为什么想要我加入？他们为什么要我？"

她深深吸了口气，再猛地吐出来："你听说过中转者吗？"

"听说过。把东西从一个地方或一个人那里送到另一个地方或另一个人那里的媒介。"

"对。在特罗里坎，中转者是最高级别的将军，仅次于国王。中转者很稀有，也很珍贵，有巨大的能量。他们从地球吸取阳光——而不只是热量和光——然后将光线导向王国。有一些关于你的流言。"她说，但是变得很小声。

"流言说我是个中转者？"稀有而珍贵的人？能量巨大？我对这种无稽之谈付之一笑，"他们错了。"

"你怎么知道？"

"问得好。他们怎么知道？"

"跟你一样，我也并不知道所有问题的答案。"她叹了口气，"我们忘了中转者的事吧。你身上有很多值得敬佩的地方。你打架的时候，胆大得没边儿。只要你相信一件事，比如你有选择的权利，你就不会动摇。你太固执了。不管你承不承认，你永远不可能和米黎亚德的生活方式和平共处。那是一个弱肉强食的国度。"

"你不可能知道——"

"我知道。因为那就是发生在这儿的事,而你痛恨这种事。"

"并不是每个米黎亚德的支持者都那样。"詹姆斯就不会不问一声就拿别人的东西,"就像并非每个特罗里坎支持者都宽大仁慈一样。"

她捏了捏鼻梁,表现出疲惫的样子:"对,是那样。我会劝自己说每个人都有自己的不幸,没有人是完美的。除了我。"

至少她没想抵赖。"两个王国都需要人格的改造。"这种做出改变的想法激起了我的好奇心。

"任何改造都是需要适当工具的,亲爱的。还需要才能。"

"你是说我现在既没有工具也没有才能吗?"

"哦,很好。你明白我的意思。"

我们都笑了。

但是她的自嘲并没有持续太久:"签约我们吧,藤莉,你会是我们的一分子。我会带你离开这儿。"

"你们的一分子?"

"我的朋友。我团队的一员。我的家人。不论付出任何代价我都会保护的人。"

我笑了,虽然内心深处一种想要归属于某人的需求感染着我。真正地被关心,并且,真正被爱,在别人心目中是最重要的位置而非次要的那个。"相信我。我不是你想要的成为家人的人。"我就是一个倒霉者。我沾上的任何事都会变糟,"我们都诚实点儿。你连你自己都保护不了。在这儿不能,也不是所有时候都能。"

"你是说我?"她一边说,一边指了指自己,然后是我们房间的周围,"你看到了什么?你看见的甚至都跟现实不沾边。别再只相信自己所看到的,试着倾听自己的内心。心能看到的,永远比你想看到的更多。"

"心……你指的是感情层面?"特罗里坎通常都更在乎法律。

"心,精神层面的。真实的你。"

是的。那么我是谁？藤莉？还是一个与其他人融合的灵魂？

我妈妈曾经推测过我的"另一半。""要有米黎亚德的行为方式，"她说，"必须是个有力量的人。"

"你怎么知道我融合过？"我不忘问道。

"每个人都和某人融合过，亲爱的。这是为了让曾经签约过特罗里坎的人有第二次机会，也是为了让米黎亚德的签约者们能赢得更多的灵魂。"

在这之前，我全然是个米黎亚德支持者。她编织的那些童话故事，关于那片迷人的土地，日光从不会入侵，贵族的胆气从不会削弱，点缀着烛光的城堡装饰得正统标致，嫁给王子是个可以实现的梦，这些深深地吸引着我。

我对她隐瞒的那个肮脏的小秘密是什么？一部分的我从来都是对特罗里坎充满好奇的。

那个王国穷困不堪吗？那里是否总是烈日当空？人们的家是否只是些硬纸板搭成的盒子？那里的阳光是否明亮辉煌，给人带来舒适的温暖？空气里是否弥漫着野花香？

我以前的特罗里坎劳工告诉我，诡计就是米黎亚德最厉害的武器。米黎亚德是披着羊皮的饿狼。我被关进来之后就再没了他的消息。

让我父母惊慌失措的是，只要候选人自己愿意，他们就不能阻止劳工跟一个潜在的候选人说话，那是违法的。不管那个劳工是哪个王国的人。

我之前一般都不理我的劳工，因为不想在家里惹麻烦，直到我有个朋友承认她签约了特罗里坎。在她澄清事实的那个让人震惊的瞬间，我明白过来，我们成了敌人——就所有意愿和目标而言。我应该希望她退出我的生活，甚至是恨她。

我想知道为什么。于是最终我冒着被惩罚的危险去了一个特罗里坎中心，在那里，需要帮助的人类可以要求面见一个特罗里坎劳工。

在离开之前，分配给我的特罗里坎劳工问了我一个问题，那个问题击穿了我的硬壳，而在那之前，我对自己竖立的保护壳其实从不自知。

你生活在你父母的梦想中，还是你自己的？

换作以前，我会对这个问题嗤之以鼻，但是那天晚上，以及之后的每一天，我都在思考为什么我会相信我所相信的？何为真相何为谎言？什么是真实？是什么使得我是正确的而其他人是错的？如果是我错了呢？

那个狡猾的家伙在我脑中肥沃的土壤里种下了怀疑的种子，我越是去搜寻答案，就越是在浇灌这种子，于是疑惑生长得越发强健。如今它的叶子已经繁茂厚实，我已经无法看穿它们。

如果我融合过，那我就不是我。我是某人的一部分，或是几个其他人。但是如果我就是我，那么我独自负责自己的问题。谁还会对这些问题进行深究呢？

但是我最为疑惑的是什么？我是否有着既定的命运，还是我可以改写它？换句话说我可以把它变得更糟吗？

第四章

事情并不总如人们所期望。

——特罗里坎

我在观察他。那天的午餐和晚餐期间,我都在观察基利安。当他和女孩们说话,他似乎完全沉浸在交谈中,仿佛说出的每一个字都是他掌握的秘密。女孩们极尽赞赏地把他的话一股脑儿全听了进去。他让她们觉得自己很特别,我看得出来。她们为了他精心打扮。但那些女孩对他来说并不特别。我也看得出来。

他太了解周围的世界。他的手从来没有远离过他的口袋,仿佛有一件武器藏在里面。就好像他准备在任何时候应对伏击,就好像他希望被伏击。

每当女孩把视线从他身上离开——这并不常见——他的目光总在找我。他向我眨眨眼。他知道我在看他,而且他想让我知道他看出来我在看他。

他的自信使他笼罩在一种力量的光环下。如果有人能帮帮我,我真是不胜感激。

就在当天晚上深夜，万斯的确按照承诺安排我和基利安"约会"。这个博士在搞鬼。

护士拉契特给我送来一条裙子，带有褶皱和蕾丝花边的粉红色太阳裙。我做了个鬼脸。我将是这家收容所里最漂亮的公主。

她临走时说的话既威胁了我，又宣告了她的胜利："你可以穿着它，也可以一丝不挂。你自己选择。"

我的眼前顿时出现一片红色的迷雾。这根本不是真正的选择，而是侵犯我的权利。

什么权利？我在心里问。

"哇！"鲍一边说，一边上下打量我换上裙子的模样，"看来今天对方调情的时候，肯定不会是出于怜悯。"

"要我说谢谢吗？"我用手抚顺裙子超软的面料，"我觉得可笑。"

"是什么场合？"

我解释了今天的治疗过程，她的眼睛眯了起来。

"米黎亚德人的儿子，"她喃喃自语，一边四仰八叉地躺在床上，"我想知道弗林先生为那个特权得支付多少钱。"

我张开双臂："就因为想要我是完全不可能实现的？"

她摇了摇头，闭上眼睛："对不起，对不起。你又抢手又出色，我知道他渴望得到你。谁不喜欢？但他是个败类，他总是醉翁之意不在酒。"

一个掺杂着抱怨的道歉，但仍然是道歉。

"我原谅你了。"其实我也不知道为什么基利安用那种有掠食意味的目光盯着我不放，"告诉我你和那家伙的故事。"

她用喉音低吼："他很差劲，这就是你需要知道的一切。"

这个女孩曾多次挖出我的秘密，她不该保留她自己的秘密。

"难道你不想帮我建立额外的防备来抵御他吗？"

"你目前的防御已经摇摇欲坠了吗？"

不，绝对不是。但……

"你真的想抓住这个机会吗?说一些关于他的事情……"

她用一根手指指着我:"我听到你的语气已经呼吸急促,洛克伍德?"

什么?"没有!"

我?呼吸急促?绝不可能!

"我坚如钢铁。"

她拽了拽床垫,弹簧发出吱吱的声音。

"你想要细节,好的。他背叛了他最好的朋友,两次!他自私,残忍。他利用女孩得到他想要的,然后抛弃她们。"

"你是被他利用和抛弃的女孩之一吗?"我轻声问道。

"不是!恶心!我从来不垂涎他的美貌。"她颤声说,"事实上他会和你上床,然后抛弃你,让你以后的生活伤心欲绝。"

鲍明显对他有偏见,她可能看到的是真相扭曲的一面。她从来不了解基利安的内心。

或者是我在为这个家伙找借口。

"如果骗女孩上床是他的主要目标,我会是他瞄准的最后一个女孩。"每次詹姆斯的手越过我的肩膀徘徊,我总是有常识和必要的手段阻止他。其实我爱他。

与基利安不同,詹姆斯会用那种极其钟爱的眼神看着我。他和我一起笑,而不是冲着我笑。他在我耳边低声耳语美好的事情……

如此可爱。

如此温柔。

如此完美。

我像被施以催眠术,迷惑又慌乱。

"我永远不会答应。"我补充道。

"但愿如此。如果你发现自己动心,记住基利安在床上是自私的,"鲍说,她的语气自然得就像我们在讨论最喜爱的甜甜圈,"而且我听说他那方面不太好。"

我白了她一眼:"你能告诉我一些关于他的和性无关的事吗?"

"好吧。首先，他会认为你将爱上他，并且愿意为了永远和他在一起而做任何事情。"

"为什么他会在乎这些？他是人类。如果我为了和他在一起，与米黎亚德签约，他不会得到酬报。"

她站起身，走过来拍拍我的脸颊："哇，你真是超级天真烂漫的小姑娘。"

在我的脑海深处，我一直留意她皮肤的温度。和詹姆斯一样，她的皮肤是冰凉的，仿佛她无法吸收热量。

"试着温暖我。"詹姆斯过去经常这么说。

"那么基利安会得到报酬？"我问。

"是的。我们做的一切事情都有后果，无论是好是坏。在第一世和第二世都是如此。"她微侧脑袋，更加专注地研究我，"谁是你的米黎亚德劳工？"

"我曾经有两个。许多人来了又去，只有一个人始终保持不变，珀尔·贝内特夫人。"一个面带温暖微笑的，完美的金发女郎。

鲍的脸色因反感而阴沉下来："夫人是领导者的称谓，是劳工的上级。"

"是的。"

贝内特夫人总是笑得很甜，她常说："我的美人，你是特别的。你的事情我要亲自监管。"

我会问是什么让我如此特别，此时她笑得更甜。她说："你让我想起一个我爱过的人，你会和她一样，将为我们的王国做出伟大的事情。"

我曾经对她几乎仰慕到五体投地，曾经。是她告诉我父母把我送到普林收容所。我听到过他们的谈话。起初，我爸爸抵制这个主意。贝内特夫人向我爸爸保证，这段经历会让我变得坚强，帮助我成为我注定要成为的人，使我不再拒绝与米黎亚德签约。他终于动心了。然后，他说服了我的妈妈。

"好吧，"鲍说，我看不出她是什么样的情绪。我只知道肯定是负面的,"你对于米黎亚德和特罗里坎一定都很重要。据我所知,没有人曾经拥有两个米黎亚德劳工。"

我也没听说过。但是……

"米黎亚德没有中转者。"

"对,他们有熄灭者——那些熄灭光线的人。他们是米黎亚德最强大的人。"她瞪着我,"如果你和米黎亚德签约,那么你不仅拒绝向特罗里坎提供一位中转者,而且会毁掉我们已有的中转者。"

我搓了搓后脖颈:"那会怎样呢?"

"特罗里坎会陷入一片黑暗。这是另一个王国一直想要的,也是我们一直为之战斗的原因。"鲍咬着下唇,"你确定你能抵挡基利安的魅力?"

"当然。"他的眼神令我心动……

"但愿如此。"他那爱坏笑的嘴和他的公然影射让我热血沸腾……

"一定。"

她呼吸沉重地说:"你有和异性交往的经验吗?"

"我有过一个男朋友。"我告诉她,心里顿时处于戒备状态。

"在这里?他是人类吗?"

"当然。"

"你怎么知道?"她问。

"他允许我触碰他。"每个劳工都是带着一个人形外壳来到地球,这个壳体使一个灵魂可以触知物质世界。

尽管可触知,还是禁止以任何理由触摸壳体。没有人告诉我们这是为什么。

她把双手交叉在胸前:"他怎么样?你男朋友?"

"他叫詹姆斯。我来这儿的第一个星期遇到他。当我饥饿的时候,他悄悄给我食物。每次我被打,他都会给我涂药膏。"真的是奇迹?在这宁静的夜晚,他让我发笑,"为什么对他好奇?"

"哦,我是多管闲事。他签约了吗?"

"没有。他心里暗暗地忠于米黎亚德。"如果让万斯知道,他一定会解雇詹姆斯。"但他很少和我谈到王国的事情。"在他眼里,我不是潜在的签约者。

"哦。"她点点头,还冲我做了个鬼脸,"他是放长线,钓大鱼。"

"什么意思?"

"放长线需要更多的计划和准备。花更长时间与目标对象交往,用较长的时间周期来攻下主要目标——和你签约。"

她的这番话激起了我的盛怒:"不是每个人都沉迷于永恒。"

"是的,但难道那个声称爱你的家伙不希望永远和你在一起?而且你曾提到报酬。我敢打赌,工作人员和被收容者们都接受报酬。"

她……她……哦!她气死我了!

"你还喜欢他什么?"

"去你的,这个话题结束了。"

她挥了挥手说:"他是工作人员还是被收容者?"

"工作人员。他活着为了我——后来还为我而死。"显然,我没有结束这个话题。我的下巴颤抖,自卫的语气在耳边回荡,"在试图帮助我逃跑的过程中,他被杀害。"

自从万斯博士用枪击中他的胸膛以来,九个月过去了。

婴儿在妈妈的子宫里待九个月。"九霄云上"这个词的意思是快乐或高兴得飘飘然。

我一点儿也不高兴。或许我应该和米黎亚德签约。那样,我会再次看到詹姆斯。

我多么希望他至少来看我一次。各王国都声称,相爱的人远比陌生人更能毁掉一份事业,所以它们用法律防止死后的相互交流。

"你看到了他的行动,"鲍说,"但不是他的内心。"

"行动揭示内心。"

"并不总是这样。"

"不说这个话题了。"这次我是认真的。

"你当然不想说了，"随着一声男性化的嘟哝，她躺在枕头上，"你是逃兵。"

这句话像一记重拳打在我的小肚子上："我是战士。"

"哈！战士应该表明立场。"

我一头栽倒在床上，盯着天花板，心里多么希望自己生活在各王国存在之前的时代，也许并不存在这样一个时代。一直以来，总是存在一位贤者。他创造了米黎亚德和特罗里坎，然后把这两个王国分别给了他的儿子们。然后，他又创造了收获之地和人类。臣民们在选择一个王国之后，就居住在所选的王国。

当然，一个兄弟会很快密谋消灭另一个，希望能够统治两个王国。因此战争一触即发。

多终点国度据说是为罪犯而成立，但最终成了未签约者的归宿。

"藤莉·洛克伍德，有人在公共食堂等你。"一个带有浓重口音的女声突然回荡在我们房间。接着，门开了。

这一刻到来了。

我给自己打气：一张漂亮的脸蛋不会动摇你，甜言蜜语不会影响到你。你要保持距离。没有男孩值得你为了陪伴他而付出艰辛。

"自己当心。"鲍的愤怒已经消退，取而代之的是担忧，"你有钢铁般的内裤吗？如果有，现在就穿上。"

我哼了一声，冲进走廊，我看见基利安正在那里等我。他的眼神不在我身上，而是鲍。他俩的眼神正在愤怒地相互仇视。基利安攥紧拳头，准备出手。

鲍待在原地，眼睛眯成一条缝凝视着基利安，但她的手没有攥成拳头，而且她并不试图溜出去谋杀他，所以我认为这是一个很大的进步。

和我一样，基利安也褪去连体裤，穿着一件黑色 T 恤和牛仔裤，这样的搭配使他臻于完美。如果说他之前是出色的，那么细现在他是近乎完美的。他是个无可比拟的男孩。

"你多大了？"我问道。

"十九。"当他的蓝金色目光终于落在我身上,他朝我笑了两次,"第一个笑容,是因为我很高兴我还年轻。"

"你是一个合法的成年人。"

"而你不是,我知道。异性相吸。"

"我的意思是,没有人可以强迫你做你不想做的任何事情。你为什么在这里?"我以前问过他,但他只是敷衍我,"如果你想安然无恙地活过今晚,诚实地回答我。"

他的手插在口袋里,耸了耸肩,此时笑容又回到了他的脸上。

真气人!"做一个男子汉,开口说话。"

"也许万斯付钱给我来欺骗你。这就是你的想法,对不对?"

是!如果有人付钱给詹姆斯,让他做同样的事,那又会发生什么?

哎呀!鲍!她浮现在我脑海。

基利安向我伸出他那刺有文身的手:"对了,你应该经常穿粉红色,小姑娘。"

我愚蠢的心乱了节奏,笨拙的手也在我们的手指勾在一起的那一刻颤抖着。他的皮肤像鲍和詹姆斯一样冰凉。这很奇怪,是不是?或者我才是那个奇怪的人?

"我本不该提到这一点,但是,嘿,为什么要放弃任何机会?这不是一次真正的约会。"

"不喜欢这个标签?我们可以换一个新的。来两次'裤党'聚会如何?"

我差点笑出声:"我不穿裤子。"

"内裤呢?"

"我想我更喜欢死亡竞赛这个词。"

"好的,死亡竞赛。看着我,我愿意妥协。我真的是个完美的人。"

这一次我真的笑了。他真是不知羞耻。

他带我穿过走廊,来到了公共食堂,只不过这里不是我看惯了的公共食堂。

房间的一个角落进行了改造。有一张摆放着蜡烛的桌子,桌前并排放置着两个软垫椅子。一盘又一盘的丰盛食物占据了每一寸桌面,甚至还有一瓶红酒和一个巧克力蛋糕。

蛋糕!这是天堂吗?

基利安并没有领我走向那张桌子,而是带我来到桌子的左侧,那里的墙上正在播放一场虚拟旅游。这是我以前从来没有见过的。月光下的沙滩如此真实,我几乎可以闻到盐和沙子的味道。

"你要全力以赴,从一开始。"我喃喃自语。海浪舞到岸边,将蕾丝花边般的泡沫甩在后面。星星点点的光线落在水面上,只见数只海龟在黑暗中发光!我喜悦地低声感叹:"它们太美了!"

"难道你不想拥有一只?"

我的喜悦变淡了:"你真以为我这么容易被操纵?"

"你说是操纵,我说是奖励。你喜欢水。不要试图否认这一点。"

我僵在那里。要么是他偷听,这不太可能,如果这样,我会注意到他在附近;要么是万斯的摄像头和麦克风记录了我对鲍说的话,而他把这些信息都给了基利安。

我对脾气的控制开始瓦解。需要保持距离,我在心里默默地告诉自己。人们已经在噼啪作响的篝火周围安营扎寨,人们有说有笑,享受着第二世。

在接下来的墙上放映一群人在玩一种看起来像是介于排球和足球之间的游戏。

"这就是在米黎亚德等待着你的生活。"基利安说。

"这只是一种幻觉。"

他没有回答我的话,我转向他。他的目光锁定在篝火上。不,不是篝火,我意识到是围在篝火边上的人们。这是我从他身上察觉到的憧憬?或许甚至有一丝羡慕的意味?

"之前你提到会冲浪,"我说,"谁教你的?"

他眼下的肌肉抽搐了一下:"我自学的。"

我肯定是无意中触到了一个敏感的话题:"你的朋友呢?你的父母都怎么样?"

"你的朋友和家人是什么情况?"

哦,不。我们不是在玩游戏:"如果你回答我,我就回答你的问题。"

几秒钟在沉默中流逝。最后他说:"我的爸爸从来没想要我,我的妈妈——"他紧闭双唇,摇了摇头。"我不问你私人问题,你也不问我私人问题,好吗?"他牵着我的手,领我来到椅子旁边。

"好的。"我没有反抗,乖乖地坐了下来,我为他感到心痛——可怜的男孩,他的爸爸从来没想要他!

我提醒自己一个非常重要的事实:基利安不是我的朋友,他是诱饵。

我必须保持独立。

我几乎要流口水了,香味太浓烈了:"我们吃吧。"

他坐在自己的椅子上,把餐巾纸放在腿上:"女士优先。"

"你可能会后悔。"我用各种好吃的东西填满我的盘子,我已经一年多没有吃过这些东西了。一片巧克力蛋糕,这是最优先想吃的东西!一勺鸡肉炖面团,一片巧克力蛋糕,一勺山药炖菜,一片巧克力蛋糕,两勺土豆泥,一片巧克力蛋糕,一勺奶油青豆,一片巧克力蛋糕!

"能给我留点儿蛋糕吗?"

"不,我不。它们是我的。"我用勺子指向他,"你不要碰。"

他举起双手,手心向外:"你对巧克力上瘾有多久了?"

"自出生起。"我把注意力拉回到我的任务上。现在,我在哪里?哦,对了,十颗葡萄,一片巧克力蛋糕,十个草莓,一片巧克力蛋糕。最后,为了使这一餐更为健康,我以一勺通心粉沙拉作为结束。

问题在于蛋糕片是奇数,还剩一片。

我继续拿起最后一片蛋糕片吃了起来。

"你无法吃下所有这些,"他给我倒了一杯酒,"你还太小。"

"我会把所有的面包屑都吃干净。我想喝的是水。"

"我还想要你的裙子自燃呢!但我们并不总能得到想要的,对吗?"

去你的！也许这阵子我应该用万斯作为我最喜爱的由四个字母组成的骂人字眼。基利安竟然狭隘地希望我的裙子自燃。

他计划把我灌醉吗？使我易于接受建议？

"我是未成年人。"十八岁，如今可以做一切事情的法定年龄，还没那么快到来，"如果我喝任何酒精，我会触犯法律。"

"对不起，姑娘，但是这听起来像是你的问题。"

因此，要么喝酒，要么没有喝的，随你。我会抿一口，我不会让自己喝醉。

他发出啧啧的声音："别这么闷闷不乐。一天两杯或两杯以上的酒会大大缓解你的紧张。"

好吧。我接过酒杯，生平第一次品尝了含酒精的饮品。嗯，葡萄酒甚是美味。覆盆子和核桃仁的味道甜蜜而朴实。

"只要你知道，我不和你谈论第二世。"

"你愿意讨论什么？你知道是什么，没关系。你可能会建议用很多方法来谋杀我。"他推了推盘子里的食物，然后用炙热的目光凝视我，"如果我说你忠于米黎亚德是关乎生死的问题，你信吗？那么你愿意和我讨论这些王国了吗？"

"是的，但只能说你很可笑，试图给我一种上帝情结，让我觉得自己很重要，以至于相信一个微不足道的女孩会带来很大的不同。"

他的勺柄被折弯了。"一个微不足道的女孩？应该说是倔强的女孩。你继续拒绝会导致所有的——"他再次紧闭双唇，"米黎亚德显然需要你。他们为你招惹了很多麻烦。"

从他的表情，我又捕捉到一丝向往和羡慕的痕迹。难道他认为没有人需要他，没有人会为他不辞辛劳？

我叹了口气。我太过于研究他的表情，不是吗？是看我想看到的，或甚至是我自己情感的反映？

"我们安静地坐着保持沉默怎么样？"我问。

一个声音从内部对讲机中飘了出来："你们继续谈谈对各王国的想

81

法。"是万斯博士在提醒我身在何处,和谁在一起,以及这个夜晚的邪恶目的。

我的手指如此用力地握紧勺子,以至于我都害怕我的指关节会弹出皮肤。万斯当然听到了我们说的每一句话,看到了我们的一举一动。

"你事先知道?"我瞪着基利安问道。

"不,"他咬紧牙关地说,"他绝对不是我计划的一部分。"

好吧。他彻底承认有一个计划。

我一心想忽视这两位男性,于是把一只手臂放在我的盘子旁边,守护里面的食物,然后胡乱地把成堆的食物塞进嘴里。首先,蛋糕片消失了,接着很快所有食物都消失了。当我吃光了所有食物,我发出满意的呻吟。也有后悔的感觉,大部分是后悔。我也许应该为鲍留下一些。

当我用餐巾纸擦嘴时,基利安咯咯地笑了。

"怎么了?"我问。

"你还是淑女吗?"

我拍拍肚子:"那又怎样?我的肠胃生物钟滴答作响了。我想要一个由食物堆起来的宝宝(打趣吃多而肚子隆起的人)。"

"还好我在蛋糕上戳了几个洞。"

笑容扯着我的嘴角,我无法阻止。我不想喜欢这个男孩,但他真是该死的机智。

然后我想起了万斯,想笑的冲动立刻消失了。

当基利安把盘子扔在角落里笼子遮盖的摄像头上,我倒吸了一口气。盘子咔嗒一声掉在地板上,却没有打碎。笼子也不受影响。即便如此,这个动作使我们双方都感觉更好,我们彼此投去理解的一瞥。

"我们现在怎么办?"我问。

"我可以脱掉T恤做俯卧撑,用我男子汉的力量打动你。"

我想他在开玩笑,但我还是心动了。看他起伏和流汗?好吧,请。但我强迫自己说:"不,谢谢。"

一个想法突然冒出来,我把它说了出来:"我想谈谈你的父母。"

他在这里诱惑我,我不能让他享受这个体验,对吧?"我坚持我们刚才定的原则,我不问问题。"

他用舌头舔了舔门牙:"选一个不同的话题。否则,你会很无聊。"

"不会的。"

他哼了一声,甚至放松下来。然后,他叹了口气,他的目光似乎摄入我的灵魂:"在我有机会见到她之前,我的妈妈已经去世,但我的出生被录了下来。我多次看过那个视频,我记得每一个细节。最后,她用鼻子紧贴着我的脸颊,告诉我她永远不会忘记我。现在我不知道……"

我的喉头一哽。现在,他想知道什么?是否她被融合?是否她还记得她?

我伸手轻拍他的手:"看到你这么痛苦,我很抱歉。"

他搜寻我的眼神。为了什么?"我想你是真心的。"

"是的。"

我们又安静下来,但这一次我们之间的认知已经突飞猛进。这种火花让我感到皮肤刺痛。

"如果你们不打算讨论王国,就做一个建立信任的练习。"万斯咄咄逼人的声音让我们都望而却步,"藤,站在基利安面前,仰面跌倒。基利安,在她跌到之前扶住她。"

这是在开玩笑吧。

基利安突然探出下巴,站起来凑到我面前说:"要不是渴望得到你,我会追捕那个混蛋,然后用他自己的肠子勒死他。"

我的大脑锁定在一个念头上:基利安会很快得到我。

站起身之前,我先喝干了杯子里的酒。为什么?我很渴。我的脑子里像是蒙上了一层雾,一个甜美的声音在我耳边低语:他挺拔的身高是一件非常好的事情,没有什么可害怕的,也许你应该抓着他的衣衫。为了保持平衡。

不!我大喊犯规!

那层雾显然是个妓女,我决定给她一个教训,于是向后退回到我的椅子上。哎哟！我的屁股坐下来时用力过猛。我缩在那里。

基利安拉我站起来："你现在无法摆脱酒精的困扰，姑娘。"他领着我离开餐桌。当他走到我身后，或者更确切地说，他试图移到我身后。我转向他，我不想让他在我背后。

他一定看得出我的想法，但他没有斥责我，而是分散我的注意力："你今天上午受到什么样的处罚？我想了一整天。"

他蓝金色的眼睛里透着令人震惊的愤怒。他为我而感到愤怒。

他有保护欲，不是吗？

最后，我转过身。我不给自己时间去思考自己的行动。这没什么了不起的。我向后靠去。我的心提到了嗓子眼儿，真希望跌倒在地上。

他扶住我，微笑着说："还好吗？"

我很欣慰，我发现自己说："我在墙上保留了一个日历，美好的日历。万斯找人把它抹掉了。"

基利安皱起眉头，一边帮我挺直身体："你尖叫是因为日历？"

"嗯，那是一个很好的日历。"我用自卫的语气说。

"知道了。"他捻弄着一根手指，悄悄告诉我转身，"来普林收容所期间，你还发生过什么事？"

"几乎所有你能想象的事情都有。鞭打，殴打。我甚至被上过电刑。"这次我变得更轻松，"哦，别忘了我还被施过水刑。很有趣！"

闭嘴！我内心的常识在呐喊。我讲得太多了。

哦，谁在乎呢？这是美好的一天，我绝对爱每一个人！

"万斯博士对你用过水刑？"基利安问道，他的声音那么低沉温柔，我几乎被催眠了。

"是的。但现在有一个更重要的问题，你为我准备好了吗？"

"不用担心，我不会让你受伤。我向你保证。"

我屏住呼吸，然后坠落……坠落……

基利安再次抓住了我。这一次，他抱着我旋转了一圈，于是我们面对着面："你想让我为你杀了万斯吗？"

也许。我上前更近一步,想要揭开宇宙历史中最重要的信息:他的睫毛是那么漂亮,我想测量它们。我在自欺欺人吗?我已经知道了它们的长度。完美的长度。但我说:"我的脑海里有一个池塘,一团可爱的迷雾正在水面飞舞。"

基利安看着我,好像我是有史以来最好的生日礼物。

等待。我打算告诉他一些事情:"睫毛。"

"你醉了。"他说。

"你好大的胆子啊,我大概是醉了。"我伸手用指尖在他的每一个眼睛周围游移。柔软的睫毛。

他皱着眉头,握住我的手腕,把我的手放在身体一侧。"你今天为什么不反击?"

反击……反击?哦!万斯。"我可以做的只有这么多。我敢打赌,你从来没有遭受过攻击。你这么高大。"

"我一直处在被攻击的一方。"他的愤怒一瞬间再次点燃,"我会反击,并且会一千倍的反击那个攻击我的人。"

我在发抖。为什么我会发抖?"没有一次求饶,是吧?"

"胜利者被崇拜,失败者被憎恶。"

我很多次都没能逃脱收容所,拯救自己免于更多的痛苦,所以他应该会把我想得很糟糕。"这一点我不赞同。如果取得胜利的方法不对,就没有真正的胜利可言。"

他挑起一条眉毛,冷笑道:"你的想法非常有见地。"

啊。难道我听起来像是一个特罗里坎人?鲍一定是对我产生了影响。

"轮到你了,"我说,"转身。"

"你真的认为你可以接住我?"

"我比我看上去要强壮。"

"但我仍然不放心。"

我捻着自己的手指。

他不情愿地缓缓转身:"顺便说一句,胜利就是胜利。我要以成功告终，而不是失败。"

"那又如何？你把心碎和痛苦留在醒来的那一刻？"

他张开嘴，紧接着又闭上，然后开始坠落。

我接过他，但他比我想象中更重。他不断下降，我也随之一起下降。我们跌倒在地，他笑了，然后我也笑了。我们四肢交缠地待在地板上。

"我开始觉得，"我说，"'强权就是公理'应该意味着强者要担当保护弱者的重任，因为强者并不总是很强，而弱者并不总是很弱。每个人都会跌倒。有一天，当你跌倒，你会需要有人来帮助你站起来。会不会有人急着帮助你站起来，或有一群人希望在你跌倒时踢你？"

他开心的表情消失了，不见了！他瞪着我："这个话题结束了。"

他把这些话扔给我。每当鲍触到我的痛处，我也会把同样的话扔给她。我知道，我触到他的伤心处了，无论他愿意承认与否。

"好吧，我要打破自己的规则，和你讨论各王国。"我在地板上伸展身体，以更舒服的姿势跟他待在一起。我不能责怪酒精。愚蠢的练习！是基利安抓住了我，他本可以让我坠落。"是什么让你站在米黎亚德这一边？"

他向后靠在自己的手肘上，警惕地看着我："有太多的理由，一个晚上讲不完。"

"那么给我讲重点。"当他摇摇头，我说，"前十个理由？前两个？"

"何必呢？我的理由又不会影响你的决定。"

"所以？告诉我吧，我很好奇。"没有说出口的是：对你。

他的目光如炙，仿佛听到了我没有说出的话："第一，我在黑暗中更自在。第二，特罗里坎声称灵魂融合是骗人的，但我知道这是真实的。"

兴奋感将我喝下的酒变成了香槟——或者说我把它想象成香槟——烈性的酿造饮品突然在我的血管里沸腾。"你有具体的证据吗？即使没有其他人看见这种事情发生过，据我所知，米黎亚德人了解人与人融合的唯一方式是通过推测估计，将王国里死去和出生的人相匹配。"

"我不必看见才相信。我有时被拉向两个不同的方向。"

我等他说更多的话。他没有说，我的兴奋感逐渐减弱。

仔细琢磨，我回想起他的妈妈，我说："我经常被拉向两个不同的方向，但这并不一定意味着我被融合了。这意味着我被分成了两半，潜在的善与恶在我心头交锋。"

他板着脸看我："拒绝看到真相的人会接受谎言。"

"接受谎言的人永远看不到真相。"

"我一定要融合，我的妈妈已被融合。"他的语气更加强烈，"这是事实。"

可怜的孩子，我再次这么想。他对自己深信的事情满怀希望。"我希望你是对的。"我认真地说。

他用他的脚碰了一下我的臀部："从你嘴里出来的话，一半让我想去砸墙，另一半让我想要吻你——只是为了让你闭嘴。"

我感到天旋地转。他想吻我？

"我猜你不喜欢有人总在你的脑海里晃。"

"是你要在这里晃吗？"

"不是故意的，也许吧。"他漂亮的睫毛在他的脸颊投下阴影，但餐桌上摇曳的烛光不断地驱逐着黑暗。

他完全可以成为两个王国宣传画上的代言人。这一刻他被黑暗包围，下一刻已摆脱抑郁，容光焕发。

我舔了舔嘴唇，问道："你谈过恋爱吗？"

他投来一瞥异样的目光："为什么你想知道？"

"简单的好奇心。"

"不存在什么简单的好奇心。要么你在分析我，要么你对我感兴趣。"

"分析你。"我脱口而出。是的，是的，当然是出于这一点。

"很好。答案是我谈过，但我不会给你讲任何其他细节。除非你愿意跟我交易？我的生平故事交换你和米黎亚德签约。"

天哪！我的确不只是好奇，但他的开价太高。

"你必须不附带任何条件地告诉我。我们在约会，不是吗？"

87

"不,我们是在参与一场死亡竞赛。"

"那么告诉我那个女孩,不然我就用我的勺子挖出你的眼睛。"

"我敢肯定,你已经吃了你的勺子。"

我无法反驳,因为我在任何地方都没有看到餐具。

好的,就这样吧。酒和信任练习使我变得愚蠢。让我们结束这一切。

我站起身来,有一点摇晃。我想说,我知道我们已经耽误了不少对方的时间。我们分道扬镳。但他凝视着我,那些长长的睫毛似乎在取笑我。最后,我说道:"你或许应该剃了你的睫毛,它们令人心烦。晚安。"

"坐下,洛克伍德小姐。"万斯博士命令道,"约会还没有结束。"

在站起身之前,基利安冲着摄像头咬紧牙齿。他凝视着我,眼睛半睁半闭,他的嘴唇粉红而湿润——他正好伸出舌头舔嘴唇。

"我会让你感觉很好,藤,当你清醒过来。"他的声音仿佛告诉我他已经在床上,赤身裸体地等着我。

我不想要一个在床上赤裸着身体等我的男孩。不是吗?

哦!哦!还有他的气息。泥炭烟和石南属植物萦绕在我周围,我的脑海里满是美妙的烟雾。

"你想感受美妙,不是吗?"他几乎用猫一样的声音呢喃。

我试着不颤抖,而实际上我一直在颤抖。情场老手来了,而且他突然表现得很兴奋。

"我可以让自己感觉美妙。"我说,然后屏住了呼吸。请告诉我,我刚才没有说出这些话,"你会让我美妙的感觉持续多久?"

"这重要吗?美妙就是美妙。"

不回答更能说明问题。他会离开,而我会留下应付另一种排斥感。"很重要,因为对我而言很重要。当我和米黎亚德签约的那一刻起,你的任务就完成了。我要告诉你一个秘密,你必须保守这个秘密。"我捂着嘴在他耳边低声喊道,"我可能永远不会和任何一个王国签约。"接招吧,万斯。

基利安的五官因愤怒而扭曲:"你为什么你要这么做?多终点国度

只能提供痛苦和折磨。"

"多终点国度未必是真实的。"我推开他,但他很强壮,"我只是想不受干扰地自由选择,就这样。"

"你有自由,你现在有自由,昨天有自由,前天以及前天的前天都有自由。无论你在哪里或在做什么,你都有选择的自由。你那么害怕做出错误的决定,实际上是停滞不前。"

我感到震惊。他——邪恶的情场老手,轻松做出了选择。我有能力在任何一天、任何一秒做自己的决定,但我没有,因为我让自己的疑惑变成难以摆脱的困境。

在投向他的怀抱之前,我需要脱身,我缓慢地从他身边走开。"我会思考你说的话,明天或者后天。我现在不太舒服。"

他跟随我,伸出手理了理我的发梢:"我不想让你走。"

"太糟糕了,"我一边说,一边离他而去,"这场死亡竞赛正式结束。"可悲的是,我没有赢。不过,他也没有赢。我们打了一个平局。

"洛克伍德小姐。"万斯博士喊道。

我通过摄像头对他竖中指,然后继续沿着大厅奔向我的房间。

第五章

你的错误不会束缚你,只有你感受到的情感可以做到这一点。

——米黎亚德

在接下来的三天,我和鲍被锁在我们的房间,我对此一点儿也不感到意外。是我的错,我知道。第一,我在和基利安约会期间没有与米黎亚德签约;第二,我侮辱了万斯。

饥饿显然是对我的惩罚。鲍是附带的受害者,我没有什么可以帮她。每天早晨,让鲍成为附带受害者这一点都会重新令我难受。

第四天,在其他女孩们都被放出来吃早餐之后,我们的房间很快响起了敲门声。当我拖着步子,好奇地向门走去,敲门声又响了起来。这一次声音更加响亮。透过门中心的玻璃,我看见斯隆的漂亮的脸。她在玻璃上按了一张纸,上面写着"请享用饼干"。她向下指了指,然后一下子跑开了。

我皱着眉头朝地上望去,只见一根细细的高蛋白营养棒滑到了门缝下面,我简直如痴如醉。食物!我干如沙漠的嘴突然分泌出口水,我的双手颤抖着,就好像拿起的是奖品。这份礼物已经触到了肮脏的混凝土。那又如何?真正的饥饿不是伴随着隆隆作响的尴尬,胃拧成一团的感觉。真正的饥饿让你觉得像是剃须刀在割刮你的肠子。还有一种你无法忽视的空洞感,你的身体会迅速变得更冷更弱。在这种虚弱的状态下,只有强者才能生存。

强权就是公理。但是正如我对基利安所说,事情不应该如此。

饥饿甚至导致鲍更生动地产生幻觉。之前,她会跟墙说话。最近,她对着空气咆哮,说一些这样的话:"你不能来一个并没有邀请你的地方。滚!你不会得逞,蠢货。"

斯隆走了。

当我挺直身体的时候,快乐得差一点大叫起来——让摄像头见鬼去吧!

我承认,我很想把所有的食物囤积下来,但我犯了足够多的错误。我不想再加上贪婪和自私的罪名。我颤抖着将营养棒掰开一半扔给鲍。

她的嘴嘟成一个小小的O形。她躺在床上,被子全被她压在脚下。

"你要和我分享?"

"你这样说,就像我抱怨你已经使用了一半的空气似的。"我把营养棒塞进嘴里,幸福地闭上眼睛咀嚼和吞咽着。哦,哇噢,哦耶。这样的快乐时光,我应该感激基利安。我能忍住饥饿是源于希望,但每一天都变得比过去更令人沮丧。此刻,我可以像怪异的迪士尼公主那样在牢房里又唱又跳。

我想,我还应该感激斯隆。她冒着处罚的风险来帮助我。

等一等。她为什么要冒这个险?基利安又为什么会在所有人当中派她来?现在他们是朋友?或者不仅仅是朋友?

我的手蜷曲起来,指甲硌在手心里。

"你一直靠淋浴水过活。"鲍的话听起来仍然令人震惊。

"你也是。"假如万斯关闭我们的水管——我有一个不祥的预感,这将是他的下一步行动,我们将要沦落为喝冲厕所的水。

"你日渐消瘦,而我有尚未利用的资源。"她摸了摸浑圆的肚子,然后把她的那一半营养棒向我扔来,"给你,我不饿。"

怎么可能——

随你。我不想与她争辩。我狼吞虎咽地吃了她给我的那一半。

她把手枕在脑后,看着我:"我知道你的父母希望你和米黎亚德签约,但为什么要把你送到这样一个地方来完成心愿?"

"我的爸爸是孤注一掷的。他爱他的工作、他挣的钱,还有他拥有的权力。"

如果我真的与米黎亚德签约,也许我可以让他们重新调整他们的口号或信仰之类的东西。我赞同……我不知道……分享即关怀!

这个想法让我笑了。

"他居然认为付钱给别人,逼你就范是完美的解决方案?"她嗤之以鼻,"他来看过你吗?"

我耸了耸肩膀:"恐惧让人变得愚蠢。"

"是的,恐惧具有破坏性,希望永远是答案。"

我赞同:"当我还是个孩子,我妈常说类似的话。她在一个特罗里坎家庭里长大。"

鲍活跃起来:"那为什么她和米黎亚德签约?"

"主要是因为我的爸爸。还有就是特罗里坎法制的刻板,她抱怨了很多。"

"不要相信这种宣传,任何文明的兴旺发展都离不开行为准则。我们所有的人都归于三类之一:国王,王国,自我。但一切也都归结到这一点。用你想要被对待的方式对待别人,保持无怨。"

三层规则是有道理的。特罗里坎的含义是,三个人一组一起工作,尤其是在行政或管理能力方面。我那痴迷数字的大脑做出了这样的设想,这让我有些兴奋。

"简而言之,"我说,"无条件的爱。"

"这是所有美好事物的基础。"她面带窘色地补充道,"正如你已经注意到,我有时候会对烦恼的事情有些抱怨。"

"是的,但除此之外,我想特罗里坎是反对情感的。"

"没有人会反对情感。"她把双臂抱在胸前,"情感很重要,但它会在眨眼间变化,成为一种不可靠的指南。"

对讲机里一个熟悉的声音在宣布:"藤莉·洛克伍德,你的父母在万斯博士的办公室等你。"

我又焦躁又紧张,甚至有点渴望。我的妈妈会信守诺言吗?

我的爸爸每隔一个月来看我一次。当我问及我的妈妈,他说:"我们目前正在分居,她选择隐居,她认为隐居比家庭更好。"

她离开了他和我。

鲍站了起来。"如果在任何时候你认为特罗里坎是你的归宿,请表达你的忠诚。这就是你要做的,你说的话就是你的契约。"

没错,特罗里坎对所有人提供同样的条款。这是"毫无例外"的一部分。

"王国提供医疗保健,学校教育,并根据要求提供财政援助,甚至是保护服务。"她补充道。

我想,我更喜欢米黎亚德的做法。他们会提供不同的一揽子措施和奖励。如果你想要更大的和更好的福利,你必须为之工作。但风险越大,回报越高。

她拍拍我的肩膀说:"不要担心,我的精神与你同在。"

她的声音里透着一缕戏谑的味道,一种我不明白的味道。

管它的。恐惧取代了我的渴望,当我接近门的时候,我的血液蜕变成燃料。我需要的是一根火柴将我点燃。门锁被打开了,允许我步入走廊。

没有人在等我。我知道我正在被监控,于是我挪向左侧,像蛇一样曲折前行,穿过角落,绕过空荡荡的公共区域,进入拥挤的食堂。这里残羹剩饭的气味让我想流口水。说真的,高蛋白营养棒只是一个开胃甜点。

当我发现斯隆,我向她点头致谢,但她很快把目光移开了。

我寻找基利安,并很容易找到了他。我们的目光相遇。他比我记忆中还要高大。真的很高大。他肌肉发达,是那种只有经过多年的健身房训练才能练就的肌肉。

我的心跳变得更快,充满了兴奋。我在颤抖。有那么一刻,我想奔向他。我正跌入绝望、困惑和黑暗的深渊,因为我们做过信任练习,我知道他会抓着我不放。

我抗拒内心的冲动。

他狡黠的目光在评估周围的形势,仿佛他已经想好三种方法来摧毁在场的每一个人。

他隐秘的武器即将亮相。

我没有出声,但用口形对他说"谢谢"。

他皱了一下眉,然后简短地点点头。

"快!快!"拉契特护士在大门旁厉声敦促。

当我接近她,她正以鞋跟为支点,将她的食指插入 ID 框中。在快速扫描之后,她在一侧刷卡,然后输入密码。门嗡的一声打开了,她走了进去。

我周围的环境瞬间变了,就好像我已经通过一个无形的门户进入了一个童话世界。从冷漠而缺乏人情味到暖意融融,宾至如归。墙壁是充满活力的淡蓝色,而不是药品柜的灰色。墙上挂着六幅画像,我的两侧各有三幅。每一幅画像上都有一枝不同颜色的玫瑰,为这个真正的地狱增添了一丝美丽。大型铁艺烛台被扭曲成一条龙的形状。这只动物的嘴是张开的,牙齿丑陋怪异,但它喷出的是一只只黑鹂,而不是火焰。这些金属鸟群一直延伸到大厅的尽头,拉契特护士就在那里朝我冷笑。

她是一个高挑个子,大骨架的女人。一头卷曲的红头发下面是一张满是痤疮疤痕的脸。在过去的一年中,我有足够的时间观察她,我已经意识到,她在利用工作来获得她在收容所高墙外从来没有得到过的东西——权力。

米黎亚德一定是她的春梦。

"来吧,"她说,"用你惯用的方式争取你的未来,用你的毒舌侮辱万斯博士和你的父母。"

"我会的,谢谢。"无论发生什么,我会活下去。我的父母需要我活着。

到底有多么可悲?关于生我养我的人,我只能说他们需要我继续呼吸而已。

过去的我会缩成一团抽泣。现在的我抬起下巴,迎难而上。

"然后,"她补充道,"我们还为你准备了额外的特殊计划。"

上一次,我被拴住,遭到指节铜环的殴打。额外的特别计划让我害怕。我一如既往地忽略恐惧,我知道这只会助长她的权力感。

"你真可爱,"像斯隆一样,我用指尖划过脸颊,"喜极而泣。"

她有点用力过猛地拍了拍我的脸颊:"享受这次见面,洛克伍德小姐。我有种感觉,你在今后很长一段时间都不会喜欢任何东西。"说完,她敲了敲门,然后大步离开。

我想呕吐。

万斯办公室的门滑开了,恐惧使我的脊背发凉。

我可以做到这一点,无论"这一点"是什么。我提醒自己生活中三个最重要的事实。

一,第一世无论好或坏都是稍纵即逝的,即使我们活一百年也不过如此。数字永远不会说谎。与第二世的数千年相比,一百年不算什么。所以几小时,几天,几个星期的痛苦算得了什么?没有意义。

二,痛苦是暂时的,就像鲍说的那样,它不会跟着我来到第二世。

三,死后发生的事情才是永恒的,这使第二世比此刻这里发生的任何事情都更重要。

不过,当我走进宽敞的办公室,我还是出了一身汗。这里的一切都华丽得过了头。拱形天花板上的泪珠形水晶吊灯悬挂在一个与会议桌差不多大小的桌子上方。墙壁是由透光石和黑木制成的,摆着两个木制的多层书架和一个大理石壁炉,壁炉的腿上雕刻着类似于狮子的形象。狮子的脖子上套着金项圈,低着头。

有人说这个房间里隐藏着一扇通向外界的门。

万斯已经坐在会议桌旁,我的父母在他旁边。是的,我的妈妈就在这里。一阵想家的感觉袭裹了我。想家,遗憾和悲伤一起涌来。这种剧痛几乎令我窒息。

当我的妈妈和我四目相对,大颗大颗的泪珠从她的脸颊淌下来。自从我最后一次见到她到现在,她至少胖了二十磅,而过去她会为了一盎司的增重感到崩溃。这是最大的变化。

我发出一声苦笑。

我一言不发地盯着她看,她不再哭泣。当我还是一个小女孩的时候,如果有人对我说不友好的话,她总会小声在我耳边说:"你没有敌人,亲爱的,不要紧。"

"藤——"她开始说话。

"藤莉,"我用冷静的语气纠正她,"只有我的朋友叫我藤。"

"是的,是的,当然。"当她竭力控制自己的反应,她的下巴在颤抖,"我知道。"

我伤害了她。很好。她也伤害了我。

我们俩都是苍白的皮肤,脸上有零星的雀斑。相对于我们的脸而言,我们的眼睛显得太大了,尽管她的眼睛是浓郁的巧克力色。我们的颧骨高而尖,鼻子小巧,嘴唇呈心形。她有一头修剪精致的赤褐色及肩秀发,而我最后一次剪头发是在拉契特护士的屠刀下完成的。

"你是来带我回家吗?"我问。

她低头看着自己的双手,摇了摇头。

"除非你愿意签约。"参议员洛克伍德说。他严肃地坐在椅子上,当他朝我看过来时,脸上的表情有些不自然。

他老了。他的眼睛和嘴巴周围出现了新皱纹,原来那橄榄色皮肤现在变得蜡黄。他那原来在阳光下会闪烁着蓝色的乌黑头发——我遗传了这点——现在像撒了盐似的夹杂着白发。他的两只眼睛,一只呈蓝色,一只呈绿色——这是我遗传他的另一个特点——正坚定地看着我。

尽管有缺点，他仍然是一个英俊的男人。全世界的女人们总是向他投怀送抱。女孩们也是如此。我的朋友总在他的背后冲他傻笑。说他是如此性感。

会议桌旁只有一个椅子是空的，这个椅子被放在其他人的对面。这样放的意思是"我们是一体的，而你是独自一人"。

我鼓起所有的勇气坐了下来。

"藤莉，"参议员拉了拉他的衣领，"很高兴见到你。"

"多么希望我能对你说出同样的话。"

我注意到他有一丝退缩，难道他没有怀疑过送我来这里到底是不是正确的决定？

万斯把一个数字垫推到我面前，让我佯装轻松活泼的表情立刻变得惊惶。"你准备好与米黎亚德签约了吗？"

"不。现在，如果我们在这里签约……"我站了起来。

"如果你拒绝，"他继续说道，就好像没有听到我说话，"那我不得不惩罚基利安偷偷把食物送到你房间。"

"不用提到斯隆吗？"我咬紧牙关说。

"谁是——"我的妈妈问道。

参议员摇了摇头说："我们不需要知道细节。"

更正一下：是他不想了解细节。

我放松地坐到椅子上，抱着双臂："你想要我签约，参议员？那么说服我。"

他再次退缩——这回更明显。他一直讨厌我用他的职务称呼他。他伸出手又拉了拉衣领："我试过了。你看我们在哪里收场？"

"我们？"真是荒谬！

我的爸爸发出一声沉重的呼吸："你不知道在贫困中长大，未签约的孩子的生活是什么样。我一无所有，甚至没有朋友，是米黎亚德改变了这一切。我感激这个王国，你也要对它心存感激。"

我回想起我听见我父母因我的外祖父母发生争论的那个深夜。我的外祖父母是特罗里坎的忠实拥护者。

"他们只是想花时间和外孙女相处。"我的妈妈说。

"我们不能冒这个险,"我的爸爸回答,"他们会让藤的脑子里装满见鬼的事,就像他们曾经给你灌输的那样。"

"他们不会,他们只是希望和藤一起留下美好的回忆。"

"不要天真了,格雷斯。每个人都有自己的企图。"

"你错了,是你想多了!他们是很好的人。"

"如果他们很好,为什么你排斥他们教你的一切?"

"为了和你在一起。"她小声说。

我看了一眼我的妈妈。她还在哭。难道她曾经希望她站在她父母的那一边,而不是我爸爸这一边?

"米黎亚德会照顾你,"他说,"他们会照顾我们所有人。"

他被骗了。 一个声音在我耳边低语。我发现有轻微的英国口音,马上想到了鲍。只是这个声音是属于男孩的。*你会被耗尽,然后像垃圾一样被扔掉。*

我猛地把头转向左,再转向右,然后转到后面。没有人站在我旁边。

"你没事吧?"我的妈妈伸出手隔着桌子紧握我的手。

我突然把手抽回来,避免接触。一个简单的触摸也是我脆弱的心理状态难以应付的。

她的嘴抿成了一条线。

"想想看,"万斯说,"一旦你同意,就不会再有痛苦,也不会再有艰辛。"

"基利安呢?"我问道。

"他会被饶恕。"

万斯博士很了解我。如果基利安有可能是他操纵的受害者,我不会让他受到伤害。

惊惶淹没了我。我真的要考虑与米黎亚德签约吗?"给我一点时间。"

我的爸爸急切地点头:"好的,好的。当然可以。"

我旋转椅子，面对着门。

我知道今生今世只是一场简单的彩排。有人说是一场测试。也有人说是一所学校。无论是什么，如果我和米黎亚德签约，我也许能在第一世活着。

我想活着。

我的父母都认为米黎亚德是正确的选择。虽然我讨厌他们，但我很佩服他们的信心。该死！我还是爱他们。他们在担心他们的未来，我在担心我的未来。

"如果你和特罗里坎签约，"万斯说，"你就会站在战争的对立面。有一天，你甚至会被派去杀死你的父母。"

我反感他们，但我不可能杀了他们。即使是暂时的。

我把椅子转了回来，终于准备答应签约，准备说："好"。

为什么不呢？然而，当我张开嘴，却发不出任何声音。在我忍耐了一切——身体上的饥饿、虚弱和颓废，精神上的折磨和创伤，以及情感上的剧变之后，我的决定最终还是归结于他们的需求？

"对不起，"我小声说，"我不能。还不能。"

我的爸爸闭上双眼，肩膀耸了起来，一副被打败的姿态。他的同龄人都知道他具有不屈不挠的力量和不甘让步的意志："我只想给你最好的，为什么你不明白这一点？"

"也许因为我还是感到愤怒。"我声色俱厉地说，对他异常的情绪表达不为所动。我什么时候变得如此冷漠无情？

哦，我知道。从我来到普林收容所的那一天起。

他的鼻孔向外张开。他瞪着万斯，充满愤怒地说："这是你的错。你答应我们会有结果。"

万斯冷冰冰地回答："我多次要求采取进一步手段，你拒绝了。"

什么？我的爸爸实际上阻止了某些折磨？

"我甚至建议你不要给她按摩和其他特权。"

什么！

"你说一句话,我就会用你甚至无法想象的方式伤害她——当然,不会打坏她。"

我捂着我那翻腾的胃。

"不,"我的妈妈摇着头说,"绝对不行。"

"我不会杀了她,"万斯向他们保证,"她不会被侵犯,但是,增加痛苦是我们唯一剩下的选择。我需要的就是你们同意我执行。"

我的爸爸掐着自己的鼻梁。

我在我的座位上颤抖。说不,爸爸,说不。

"好的,"他用低哑的声音说。我不得不咬住舌头,才能控制自己不尖叫出来,"我不希望采用这种方式,但你让我别无选择。有一天,你也许甚至会感谢我。"

我不会……我不能……

我快速眨了眨眼,强忍着泪水:"爸爸都应该保护自己的小女儿。"

"这正是我想要做的,"他喊道,"我想保护你的未来。"

说得漂亮。但这只是骗人的。他在保护自己的未来。我的未来已经破碎,就像我的心。

"你会很高兴地看到结果,洛克伍德参议员。"万斯拿起他那只声名在外的数字键盘。"我会给你发记录这个过程的照片。"

与特罗里坎签约。那个声音再次进入我的意识,如此清晰,以至于我无法把它当作我的想象。现在宣誓效忠,我会带你离开这里。没有人能伤害你。

"你是谁?"我问。

万斯皱眉看着我:"有人在对你讲话吗,洛克伍德小姐?"

我的父母一脸震惊,参议员被吓住了。而我的妈妈怀着希望。

"有劳工在这个房间?"我的爸爸环顾四周。

劳工?但是——等一下!一个记忆闪现在我脑海里。劳工有时被允许以灵魂的形式去访问一个人类。

拜托,那个声音说,在悲剧开始之前先结束它。

"没有人听到他说话吗?"

异口同声地"没有"响起,每一个"没有"都具有不同的感情色彩。有的恼火,有的感到宽慰,有的困惑。

所以,有一个特罗里坎劳工在这里帮助我。而我所要做的就是交出我的永恒。

我对万斯博士说:"我们还等什么?"我拍拍我的手,仿佛极为兴奋。"停止不必要的闲聊,开始吧。"

第六章

你的所知所感很重要，但你的所为更重要。

——特罗里坎

一张自作聪明的嘴让你陷入困境，你多么希望能时光倒流去粘上那个愚蠢的嘴唇。对我来说，我正在经历那段日子。

可悲的是什么？是即使我在会面期间保持沉默，最后也是这个结局。

我父母被护送出万斯的办公室。在门口，我的妈妈停下来回头看我。她的脸颊沾满泪水，有几滴眼泪落在她的睫毛上。

*保持坚强。*她用口型对我示意。

*帮帮我。*我也不出声地对她说。我太骄傲或者说太愚蠢了，没在有机会的时候对她这句话。

我泪如泉涌，她低下头离开。当她的抽泣回荡在安静的房间里，我简直心碎不已。我有一个无附加条件援助的机会，现在它一去不复返了。

杜什同志和提特鹁走进房间，二话不说抓住我的胳膊，把我拉到大厅。我没有做任何反抗。我瞥了一眼我的父母，他们正从相反的方向穿过大门。他们是要前往一个不错的酒店？停在那里吃一顿美味的早午餐？

我被带到一个小小的无菌室，这里没有家具。两条链子从天花板上垂下来，并且链子的末端都有枷锁，足够缚住我的手腕。除了链子，我可以应付任何事。

最后，我开始了争取自由的斗争，但这几乎无济于事。我营养不良且虚弱，因此很容易被制服，我的手腕很快被束缚住。当小针从枷锁的里面向外延伸，枷锁的外侧开始发光，小针瞬间划过皮肤，刺入骨头。我发出嘘声。痛苦是巨大的，也是我以前没有经历过的。

主要是精神上的痛苦。

陷入绝境！没有出路！

看守把链条拉紧，我的肩膀发出尖锐刺耳的声音以示抗议，压力使我越来越痛苦。最后，所有我能做的就是呼气……吸气……

杜什同志在我耳边低语，他的口音比平时更重："你需要强壮的男人把你捧在手心，今晚我来为你证明一下，好吗？"

我再次想要呕吐。

万斯脱下他的实验室外套，卷起衬衫袖子，露出斯隆企图杀死他时留下的累累疤痕。他在我父母面前戴上的平静，甚至和蔼可亲的面具已经揭掉，露出了我非常鄙视的魔鬼面目。

"你知道吗？"看守走出房间的时候他说，此时杜什停下来给我抛了一个飞吻。"我一直很欣赏你的精神，洛克伍德小姐。很遗憾我必须击垮它。"

我不能让他得意。振作起来。保持坚强。"来吧，使出最卑劣的手段。"我的常识在呼喊，怎么办？收回那句话！

"你最多也只是挠痒痒。"我补充道。此刻，常识是我的敌人。

愤怒在他的眼睛深处闪烁，我知道他过度膨胀的骄傲已经受到了伤害。

考虑到当下的情况，我雪耻的机会微乎其微。

103

拉契特护士举着一个很大的银色托盘走进房间,她身后的门随即关上,我们三个被封锁在房间里。

保持冷静。拖延。拖延。拖延。"你没必要这样做。你说过没有其他选择,但事实并非如此。你可以给我一些时间。"

"时间已经不多了,"他笑着说,"不,我们必须这么做。金钱可以买到幸福,否定这一点的人都是在说谎。我想要我的钱。"

"难道你不怕第二世所等待你的东西吗?"

他耸了耸肩:"我从来不关心明天,只关心今天。"

"这就是你未签约的理由?"

"部分来讲是的。特罗里坎的福利不值得我付出时间,米黎亚德没有给我提供足够的好处。"

"所以,你想等待一个更好的交易,而我应该去接受扔给我的垃圾?"

"是的,没错。"他把头偏向我,"正如你爸爸所说,有一天你会为此感谢他。有一天,你甚至会感谢我。"

"决不!你在撒谎或胡说。"

"我相信你用的字眼是对的。我也是从你这个阶段走过来的,洛克伍德小姐。我父亲经营这个收容所,而我爸爸的爸爸在他之前已经创办了这个机构。我对你做的一切,我自己都经历过。可你现在看看我,我很坚强,坚不可摧。把我扔在任何情况下——战争、饥荒、瘟疫——我都能生存下来。"

"生活并不等同于生存。"

他戴上一副手套:"我允许你随意大声尖叫,这些墙壁装有隔音设备。"

我咽了一下口水。没有更多可拖延的了。

"我允许你尖叫。"我告诉他。回想过去我肩膀上遭受的疼痛,我拱起后背蓄势待发,然后自然地向前晃动身体,尽可能高地飞起双腿朝万斯的下巴踢去。他的头侧向一边,鲜血从嘴角渗出。

他咕哝了一声,眯起眼睛,舔了舔嘴里的血:"你会后悔的。"这句话充满了确定和期待。

我抬起下巴,鼓起所有的尊严:"我唯一后悔的是让你活着。"

他掴了我一耳光,一股铜的味道在我的舌头上流淌。

我们面对面对峙了片刻之后,他呼出的热气拂过我破裂的嘴唇,让我感到一阵灼烧的痛楚。"再敢说一个字,我会以牙还牙。你的父母已经允许我对你做任何我想做的事。你也听到了他们的话。我甚至可以割掉你的舌头,只要我愿意。"

我对他怒目而视,但我没有说话。

他得意扬扬地离我而去,并向拉契特护士点头示意。

她举起注射器,弹了弹针管,然后突然僵在那里。此时,房间——或者整个建筑物——开始晃动。墙壁隆隆作响,灰尘在空气中飞舞。万斯和拉契特都跌倒在地,要不是链条束缚着我,我也会跌倒。

震动像它突然爆发那样戛然而止,地上的两个人都爬了起来。

"两个王国一定是在附近战斗。"拉契特护士说,一边拭去裤子上的灰尘。

她可能是对的。每当米黎亚德和特罗里坎爆发战争,会通过地震、龙卷风、海啸将暴力泄漏到地球,在最激烈的对抗中,甚至会发生小行星碰撞地球的现象。

拉契特护士向上推了推注射器的针管,然后向我走来。她的黑眼睛闪闪发光:"肾上腺素和其他好东西会增强你的体验。"

我竭力和束缚我的镣铐做斗争,再次试图忽视疼痛,但我已经呆滞了,凭我有限的活动范围,用不了多久,她就能将针头深深地扎进我的胳膊。剧痛之后是一阵发冷,然后是发热,如此可怕的热。汗水淌过我的额头和上唇,点燃我内心的火。当火苗蹿到我的心脏,我的心跳骤然变快,重重地敲打着我的肋骨,我感觉自己的肋骨就要断了。

这只是短暂的,我提醒自己。但它并不奏效。

万斯在我面前挥舞着一个很粗的金属注射器:"我敢肯定,你一定听说过各王国用来杀人的毒药。这一管药液就是毒药的变体。它被称为死亡之吻。你想死,但你不会死。"

恐惧淹没了我——我的内心在乞求，恳求——但我仍然设法微笑。"卑鄙的博士是怕把自己的手弄脏吗？你不是觉得你足够强大吗？"如果他想割掉我的舌头，好啊，下手吧。它只会让我陷入麻烦。"你是一个小娘们，不是吗？这就是为什么你会使用毒药的原因。"

"弄住她！"他厉声说道。

拉契特护士用她的身体支撑着我，有效地控制我的头和胳膊，然后万斯用注射器扎进我的脖子。

我很紧张，期待立即做出反应。注射很疼，但我经历过更疼的。我放松下来，我甚至冲这俩人又露出一个笑容："哦，看来你们注定要再次失败了。"

他没有做出任何反应，但随后，他知道我不是那么回事。我说得太早了。我的血开始沸腾，我身体的每一个细胞都变成火焰，我的血管几乎要爆炸了。

我的皮肤开始起泡，就像融化在比萨上的奶酪。

"这只是开始。"他幸灾乐祸地说道。

我张开嘴想要回答，但回答的话语变成了尖叫声。突然，我感到一千只锋利的针在我的血管和脑袋里扎，就像虫子在我身上爬，它们那些似匕首尖的腿在不属于它们的地方游移。我的肌肉紧绷着。我觉得我的骨头破裂了。压力在我的太阳穴上累积，当压力变得太大，温热的液体从我的眼睛，耳朵和鼻子里流淌出来。

我在流血，我已经奄奄一息。我肯定是快要死了，没有人可以幸免于这种折磨。

这种感受是瞬间的，只是昙花一现。

不要在意。停下来。必须停下来。

我会做他要求的任何事情。我会与米黎亚德签约。

停，停，停。

如果我日后改变主意，我可以诉诸法庭。鲍提到过被胁迫的可能性。是的，是的，她说有太多的败诉，但我愿意接受这个机会。

停!

"我——"我的脑子断片了,与现实断开——一个记忆变成了我的新现实。我七岁。我的爸爸在家,但他在他的办公室里踱来踱去,为钱发愁。我们该如何支付这个,格雷斯?我们没钱了。我的妈妈在她的工作室里画画,想要尽早卖掉她的某一幅作品,把我留给莉娜姑姑照顾。莉娜姑姑来了,我们俩待在我的卧室里,她一直在旋转。她是如今的疯子莉娜,她是失明的。尽管失明,不知何故,她尽量避免撞到我的家具。

"很抱歉,毒药把你伤得这么狠,"她用小女孩的声音说道,尽管事实上她是二十七岁,和我爸爸一样大。"但我还是很高兴,博士死了。"

"毒药?"我困惑地问,"博士?"

"你逃脱了!"

疯子莉娜总是说一些疯狂的事情。

现在我很困惑。十年前,她提到毒药和逃脱?但那时候,她不可能知道会发生这种事,不是吗?

万斯用手指捏住我的下巴,试图把我的思维拉回来,逼着我面对他。我无法集中精力,我的视线太朦胧。

"你知道该说些什么能使疼痛停止。"

停止……停止……是的,这正是我想要的。我愿意做任何事!当我试图告诉他的时候,我变得气喘吁吁——

什么?

我父母的梦想……还是我的?

"不。"我设法用低哑的声音说话。

愤怒使万斯的五官变得扭曲。他朝拉契特护士打了个响指:"再给她注射一次。"

再注射一次?不,不,不。我努力遏制抗议的呜咽。

"你要杀了她?"拉契特护士问道,"这是接下来会发生的事情。"

"再给她一次注射!"

不!鲍,我试着尖叫。她说她会来救我。她答应过。我该做什么?

说那几个字——哪几个字？特罗里坎？

拉契特护士匆匆奔向托盘，在一堆散落的器皿里翻找之后，回到我的身边。另一阵刺痛。另一波发冷，紧接着是酷热。我脑袋里的可怕感觉被放大了一百万度，发出了来自灵魂深处的一声令人毛骨悚然的尖叫。

万斯一遍又一遍地告诉我与米黎亚德签约，我也一次又一次地找到某种力量来拒绝他。我的梦……梦……他用针刺我。他用握紧的拳头给我一击，用张开的手掌反手打我。他用外科手术刀切我的胳膊和腿，但经历了这一切……梦，梦，梦……我抗拒着。

最后，他有两个选择。停止，或者看我死去。

"放她下来。"他的厌恶显而易见。

拉契特护士把链条调节松弛，直到我的脚能触到地面。我的双腿瘫软如泥，无法站稳。我往下沉，头向前下垂，下巴贴在胸骨上，而我的胳膊继续承受着身体的重量。然后，枷锁被除去，我跌倒在地。

有一件事，万斯是对的。我真的想死。

"你把她毁了。"一个太熟悉的声音突然打破了沉默，一个有轻微的爱尔兰口音的男子声音。

基利安在这里？

我感到巨大的欣慰。救世主！我甚至不在意我是一个陷入困境的少女。

我无法抬起头，但我鼓起劲挣开我的眼睛。如注的鲜血阻碍了我的视线。我看到两个黑影面对面站着。

"这里是禁区，"万斯咆哮道，"离开。现在。"

"很遗憾，你控制不了我，"基利安说。"你知道你是谁吗？用我的行为来对付这个女孩的浑蛋。"

第三个身影出现了。"你的服务是没有必要的，基利安。"鲍的声音！她也来找我了。"你可以走开，这里交给我。"

基利安气势汹汹地咆哮道："没有藤，我哪儿也不去。"

"除非我死了，你才会得到她。"

"好。但首先，我要处理这个垃圾。"

"等一下。"万斯开始说话。

"不要杀人。"鲍说。

双方沉默下来。

不同的声音冲击我的意识——衣服沙沙作响的声音、空气中呼的一声、哗啦啦的声音、一记响亮的啪嗒声、响亮的砰的重击声和小声低语。

"事情会变得好起来，姑娘。"基利安的气息充满了我的鼻子，他用指尖温柔地梳理我的头发。

我的呜咽几乎听不见。

"把你的脏手拿开。"鲍命令道。

"你为什么阻止我？"

更多衣服沙沙作响的声音。当它消失，我听到喘气声。

"万斯应该被关起来。"鲍喊道。

"你真的认为他配有第二次机会？"基利安问，"或者你的王国跟你这么说的？"

"我正好与我的王国意见一致。你不配有第二次机会，但你却活着。"

"我从来没有要求第二次机会。我就是我。我喜欢我这个样子。既然如此，我是胜利者。"

鲍的呼吸透着沮丧："我们需要得到藤或她的家人代表她授意的许可。在此之前，我们不能随意行动。"

"你不能随意行动。她的妈妈给她自己的米黎亚德劳工权限，以保护藤免受致命的伤害。这个权限已经传递给我，由我来保护藤免受伤害。在收容所的高墙之外，我会继续保护她。"

"你不能和她一起逃走。"

"我能。你们的法律不是我们的。你应该在几天前就说服她离开。"

"你想把一个未签约者带走？她会死得更快。"

"对我来说，这种危险并不要紧。"基利安反驳道。

鲍发出一声咒骂，然后是基利安的咒骂声。俩人陷入沉默。我好像听见了打字的声音?

鲍哼了一声,朝我走来。我听到液体飞溅的声音。她蹲下身去,她的手在移动。她在写字?或者做什么?

"你在干什么?"基利安问道。

"她祖母要求我为逃生的路径扫清障碍。让藤选择是走还是留。"

她在妄想吧。我的祖母已经去世。事实上,我的两个祖母都已去世,一个在特罗里坎,一个在米黎亚德。

"关于将未签约者留在收容所的高墙内这个话题就到此为止,好吧?"基利安冷峻地说,"你猜怎么着?我的新命令来了。我应该阻止你——收拾你的魔爪,但我不会服从。"

"谢谢。"

"不要谢我,阿彻。我也不会让她和你一起离开。"

阿彻?

"她会和我一起离开,"基利安继续说道,"如果你拦我的路,我会痛快地杀了你。"

"你可以试试。"

脚步声。低声争论。然后悄无声息。

我不知道过了多久。我的意识断断续续,但最后我终于能动了。我动了动手指,晃了晃肩膀,举起胳膊擦了擦眼睛。

只见离我几英尺① 远的地方,万斯躺在地上,一动不动,他呆滞的眼睛目不转睛地睁着,他的嘴是张开的,鲜血凝结在他的嘴角。他……死了?他一定是死了。他躺在血泊之中。他的一只手已经没了,这只手像小狗一样依偎在我的脚踝旁。

是基利安干的吗?

如果你拦我的路,我会痛快地杀了你。

我迅速挪开我的脚,感觉身体的各个部位都在跟我对抗。

---

① 英尺:英美制长度单位,1英尺=30.48厘米。

基利安和鲍都不见了。他们救了我,然后先于我离开?

扫清逃生路径的障碍……

我皱着眉头,蹒跚地来到敞开的门口,从这里偷看大厅。只见两个看守一动不动地趴在地板上。

是鲍干的?或基利安?

这重要吗?没有更好的逃生机会了。走,走!我匆匆穿过房间。问题是什么?我的动作太慢了!我比自己意识到的还要虚弱。我设法穿上万斯脱下的实验室外套,尽管疼痛在身上翻涌,我把胳膊伸到袖子里。万斯的钥匙卡被附在外套的翻领上。完美。我把手术刀塞进口袋,硬着头皮捡起地上的断手——手背上写着数字 830543。这是鲍留下的信息吗?

这是一个合成数,也是质数。质因数是 7,59,2011。

我的大脑想去剖析每一个单独的数字,但没有时间。我竭尽全力走向万斯的办公室。

我前进的路上至少有两个障碍。拉契特护士会在附近,随时听候万斯的召唤。

我被绊倒了,砰的一声跌倒在地,喘不上气来。我越过自己的肩膀回头看,发现拉契特护士无力地倚在墙上,她的脖子倾斜成一个奇怪的角度。

好的。另一个障碍是办公室门上的锁。

远处传来一阵雷鸣般的脚步声,被收容的同伴们发出的疯狂的欢呼声,家具被倾翻的声音,还有尖锐刺耳的警报声。

我最好的表现还没有拿出来,我必须做得更好。我手忙脚乱地爬起来,步履蹒跚地向前走,而不是跑。

"藤!藤!"

声音来自我身后。我转过身。斯隆正在分隔囚犯和办公室的门上打斗。她的脸上闪耀着兴奋和紧张。在她身后,几个孩子正在暴打阿努斯上校和本·多弗。他们拳打脚踢,用指甲挠,用牙齿咬。刚开始,这两个看守还试图挣扎……

"快滚过来!"斯隆厉声喊道。

负责殴打——杀死——阿努斯和本的孩子们来到她身边,他们的脸上和手上沾满了鲜血。

尽管我很虚弱,但我要努力营救吗?或者在条件许可的时候,我逃跑?

我似乎还不知道答案。我需要帮助的时候,基利安和鲍出现了。这些孩子们需要我。我必须出一份力。

"你看到基利安或鲍了吗?"

"没有。"斯隆瞥了一眼身后,"快点儿!"

我用万斯的断手按在ID键盘上,然后沿着侧面刷卡,但大门仍然关闭着,正如我担心的那样,屏幕要求输入密码。我该怎么办?

我沮丧地打了一下万斯的断手,我的目光被上面写的数字所吸引。数字!难道这就是密码?我用颤抖的手指戳向键盘。成功了!锁开了,孩子们能够从我身边鱼贯而入。

我把断手放回原位,沿着大厅向前走。

"白痴!"斯隆喊道,"你走错路了。"

"必须找到基利安和鲍,"我大声说。不能让他们留在这里为我开路,这样会进一步危及他们自身。我的路不需要清除障碍。

到处都是孩子们,他们以同样的愤怒和看守打斗,他们赢了,但是帮助我的人却没见踪迹。我跨过一个一动不动,满是鲜血的尸体——是杜什同志,他喉咙里塞着一根警棍。

有人从我身后撞到了我,我向前绊倒,撞上了另一个人。一个被收容者。他环顾左右的时候,目光是狂野的。他的拳头已经攥紧,随时准备好施以惩罚。肾上腺素的分泌缓解了我四肢的酸痛,为了避免接触,我弓着身子从他身边飞快经过。

我搜索每一个敞开的房间,每一条走廊。仍然没有迹象。也许他们已经离开了?

我返回到门口，此时人群大大地减少了，但D包和提特鸱还守在大门两侧站岗。俩人挥舞着警棍，殴打任何进入打击范围的人。其实被打的就是不顾一切争取自由的三个女孩和两个男孩。他们如此拼命，不断地冲向看守，尽管他们的身体已经鲜血淋漓，伤痕累累，而且他们的能量几乎完全耗尽。

恐惧淹没了我，我戛然而止。摆在我面前的新障碍有两个。

二——氦的原子序数，再次成我的选择。

战斗或逃跑？

我颤抖地更厉害。我想出去，但我不想留下孩子们不管。我必须战斗。

我深深地呼气……吸气……然后摆正肩膀，审时度势。D包正一只手把一个男孩按在地板上，另一只手在殴打他。提特鸱把另一个男孩逼在墙角，但眼睛却锁定在我身上。

杀了他。

基利安的声音在我脑海中低语。是幻觉，我知道。可为什么不呢？我是疯狂的纳特。

除掉他的武装，走上前去。

此刻，我听见万斯的办公室里传来了不见其人的声音。

我的脑海里回放着每一次被横眉冷对，推搡，挥舞拳头和打斗。每一次我被拖进走廊，我的日历上就会增加一笔。今天是链条和毒药。

障碍。我要开杀戒！当我冲上前去的时候，我的手腕和肩膀都在尖叫着表示抗议。我掏出从万斯那里偷来的手术刀。上一秒我扭动身体，避免提特鸱抢走它。下一秒，我用手术刀戳向他的脖子。戳，戳，戳。

他倒在地上，身体抽搐。

我期望自己满意。但与此相反，我想哭。

我气喘吁吁，当其他被收容的同伴从D包和我身边走过，他们直勾勾地看着我，就好像我做了一件又可怕又惊人的事——就好像在说我和我们的敌人一样坏。

"留下来或跟我走。"我离开那只断手和钥匙卡，"你的选择。"

第七章

恐惧让你活着。恐惧也提醒你,你还活着。

——米黎亚德

警报响起来。

鲜血浸透了我的手。

孩子们在我身旁叽里咕噜地说个没完。

问题一个又一个地接踵而来。

由于我打开了锁,所以我是最后一个通过隐藏在万斯的办公室壁炉后面暗门的人。我沿着一条狭长的走廊奔跑,这里的墙壁和地板都是混凝土制成。我通过另一扇敞开的门,进入——冰上的地狱。天哪!薄薄的实验室外套加上甚至更薄的收容所制服只能为此刻恶劣的冬季环境提供很少的保护。我在一座山上。我的脚下是积雪。雪花在树上和寒风中飞舞。

一阵响亮的隆隆声突然袭来。当一道闪电划过天空,脚下的大地震动起来。王国之间还在战斗?

我的眼睛冻得直流眼泪——眼泪瞬间就结冰。只要一呼吸,我的鼻子,喉咙和肺部就感到火辣辣的痛,就像被酸烫伤了一样。我从头到脚起鸡皮疙瘩,而且还打哆嗦。我曾经不理会或打过架、喜欢或不喜欢的那些孩子在四下奔跑,但他们跑得都不快。由于体温过低,他们的血液都已淤堵。

我们能够在这里生存多久?几个小时?如果我们精神饱满,也许一整天?

但我们并没有精神饱满。尤其是我。

无论如何,也要试试。不能回去。

我向前迈进。

轰隆隆!噪音不是来自天空,而是地面。在几码远的地方,一个被收容者刚被炸飞,尸体的碎片四处飞溅。我胡乱挥舞胳膊,想要握紧些什么,但地面太滑。当所有的零星碎片扑通一声散落得满地都是,我吞咽胆汁,脚底一滑。

恐惧的尖叫声突然迸发。一片混乱。

王国之间又爆发了另一场战斗?或是地雷战?据我所知,王国之间的战斗从来没有把人炸成碎片。"别动。"我喊道,但没有人听到我的话。我们必须花些时间把事情弄清楚,寻找其他的炸弹。

我仔细查看这片区域,设法找到着火点。烟雾打着卷儿朝天空的一隅飘去,那片天空被下沉的太阳点燃。哦,天哪,日光!有那么一刻,我忘记自己身在何处,忘记刚刚发生了什么恐怖的事情,也忘记了我忍受的痛苦。各种颜色——金色,粉色,蓝色——令人着迷。

特罗里坎是这样的吗?

一股暖流包围了我,渗入我的皮肤,在我的骨头里流动,似乎给了我力量。星星点点的金色和蓝色点缀着天空。星星如此耀眼,可以在白天看到星星吗?我伸出胳膊,试图用指尖勾勒一束明亮光线的重影。灰尘在空气中飞扬,却让人抓不住。

"看守!"有人喊道。

现在,我们正在被人追捕。很好。我抢步上前,不断地研究地面,想要找出另一枚炸弹的迹象。我经过一个烧焦的凉鞋,一只断脚仍然穿在那只凉鞋里面。

有一个,五个,十个,十八个孩子在我前面不停奔跑。另有八个孩子已经停下来要喘口气,同时还想要找出最安全的行动路线。两种选择都很差劲。我们可以继续往前走,即使没有合适的衣服和食物。或者,我们可以让看守把我们带回收容所。

我正在被人追吗?我朝身后扫了一眼,目光惊惶,下巴压得很低。身后的这个机构是巨大的,又高又广阔,十三层楼完全由灰色石头建成。建筑物的正面从山腰向外延伸,其余部分深深地隐藏在岩石中。

这个建筑物的用意不是一眼就能看得出的。

至少没有看守专注于我。

我的余光看见有人在走动。难道是——

是的,是鲍!她正向我跑过来,双肩背包在她的肩头跳跃。她不像其他人那么慢,而是又快又稳。我喊出她的名字。我们四目相对。

轰隆隆!

当一股白热化的热风朝我扑面而来,把我仰面抛了出去,发生了地震般的剧变。有那么一刻,我感觉很温暖。直到我降落在地,我的肺部仿佛失去了功能。当我能够呼吸,闻到空气中充满烟雾。碎片如雨般纷落,我开始咳嗽。我不需要做深入的研究,就明白另一个孩子刚刚命丧黄泉。别是鲍。拜托,千万别是鲍。

她拨开烟雾,出现在我的身边,然后刻不容缓地抓住我的胳膊,猛拉我站起来。

谢天谢地!"小心点儿。"当我们飞速向前行进,我对她说。

"小心会让你被逮。"她跑得更快,"快点!"

我转过身扫视地面,试图找到任何不对头的迹象。一块石头,一截冻了的树枝,不远处有金属的反光。"炸弹。"我喊道,一边拉着她来到反光点的附近。

"谢谢。"她喃喃自语。

一步，一步，一步……石头，树枝，金属！这是一个图案。我脑海里本能地形成了一个数字节奏。一步，两步，三步，石头。一步，两步，三步，四步，五步，树枝。一步，两步，三步，四步，金属。它们并没有放在一条直线上，而是放在交错排列的线上，这已经呈现出一个图案。左——左——右。右——右——左。

我抡起胳膊，率先跃过下一个炸弹，并拖着鲍和我一起。当我们到达斜坡的底部，朝着一个人烟密集的森林走去，我停下来寻找爆炸物，并开始祈祷能不经意遇到一个。烧伤的身体是温暖的，而现在，寒冷的感觉就像有一千根针在刺我的皮肤。我开始打寒战，一个接着一个，几乎没有停顿。我的牙齿冻得咯咯作响，鼻涕从鼻子里淌下来，就像眼泪那样瞬间结冰。

"背包里有什么？"多希望有一个电池供电的加热灯啊！

"基本必需品。"她这么回答。温度丝毫没有影响到她，她没有发抖。她的牙齿也不打战。她的眼睛和鼻子没有流眼泪和鼻涕。她的嘴唇也没有变紫。这怎么可能呢？

我们来到一排又高又细的巨石面前。在中间，有两块巨石相互倾斜成一个倒置的Ｖ形——形成一个门。有一种诡异的危险氛围。我们在哪里？

我松开鲍，放慢速度："我想休息一会儿，不知道还有多远。"

"不，不。我们不能停。"她说，"当我离开收容所的时候，里面每一个看守都在摩拳擦掌地追捕我们。他们有很多人！整个军队都在这个地下空间训练。"

我们要躲避整个军队？天哪！

不能冒险被捕。我鼓起我自己都不知道从哪儿来的一股力量继续坚持，跳过岩石。冰柱如剑一般向外延伸，割到我的脸，但这并不重要。甚至连针刺一般的感觉也正在消失，我的皮肤正在变得麻木。

"你知道在哪里……"我的脚绊到一个落下的树枝，摔倒在雪地上，首先把脸弄脏了。鲍扶我起来，我意识到"树枝"其实是一条腿——人腿。

汉克，基利安来收容所的第一天打过的那个孩子，正四脚朝天地躺在地上。他一动不动，眼睛上面有一层冰。他的皮肤是清晨天空的颜色，他的鼻尖上有一些突出的结晶体。

鲍蹲下身去，把手放在汉克的心脏上。我不认为她是在感受他是否有心跳，而是……哀悼一个逝去的生命？"光会带来视觉。"她对他低声说，"愿第二世奖励你在第一世所做的所有善举。"

她的话让我感到自惭。生命于她而言是珍贵的，而十五分钟前，我刚刚结束了一个生命。

我再次觉得内疚。

当我们的目光相遇，她的悲伤溢于言表："他现在去了第二世。让我带你避开它。"她挺直身体，拉着我进入森林深处。

汉克去哪儿了？特罗里坎？多终点国度？

鲍转了个弯，她似乎心里有目标，这一点我很高兴。我的思维越发变得不清晰，眼皮也很沉重。我的疲惫感深入骨髓。

"坚持，"她命令道，"我们是两个人的团队。做好你的那一部分。"

没错。我的这一部分。但是每一步都使我的脚像又灌了一次铅，直到沉重得难以挪动。此刻我只想……"打个盹。"我说。至少，我想我把这句话说了出来。我已经感觉不到自己的嘴唇，它完全木了。

"不！不要睡觉。"她用胳膊搂着我的肩膀，支撑着我。我期待她身体的热量，即使只有一点点，也能温暖我。但是没有，只有冰冷，冰冷，更冰冷。"只是有点远。"

我的头向前耷拉下，下巴垂到了胸骨上。我设法挪一步，然后又一步。我一直在计数。一、二、三……总共走了一百一十四步，然后我开始往下坠落。

"不！"她喊道，"振作起来，藤。保持清醒。"

对不起。我尝试说话。此时，我的脑子已经停滞不转了。

地面开始震动，颠簸惊醒了我。我猛地直立起来，气喘吁吁地喊出："四！"

我的声音把自己吓了一跳。这个数字也令我吃惊。四？

我可以去的四个方向。东，南，西，北。

四大元素。地，水，火，风。

而在我的歌里，歌词是这样的：五乘以四乘以三，正是他所在之处。

一颗汗珠淌下我的太阳穴。我在出汗？我所记得的最后一件事是，我变成了一根冰棍。我擦了一把额头，这个动作掀起了多米诺骨牌效应，使我的太阳穴剧痛不已。

我苦着脸扫视了一下周围的环境。我不知道期望看到什么。我只知道眼前的景象不是我想看到的：这是一个比收容所的房间还小的洞。在我面前的是一团燃烧的火焰，火焰在岩壁上洒下金色的光芒，岩壁上喷溅的是……干了的血迹？颜料？鲍的背包就在我的脚旁。

"鲍？"我的声音在洞里回响，但是没有人回应。

显然她走了，但她没有带走背包。为什么？她去了哪里？我晕倒了多长时间？

当我把手伸进背包的时候，整个洞穴又开始摇晃。各王国在附近又发生战斗了？"基本必需品"包括一个数字记事本，一条具有特岁里坎象征的项链，一个背心和一条牛仔短裤，一双对我来说太大的战靴，以及有可能从员工休息室顺来的六罐布法罗辣鸡翅和一瓶伏特加。

大多是无用的！

但我会真的发脾气吗？我太饿了，快饿死了！我打开其中一罐，狼吞虎咽地吃了个干净。只吃一罐，只是为了增加力气。我抗拒着把其他五罐也吃下去的诱惑。如此让人崩溃的食物！鲍也需要营养。该死，她在哪里？

我打开数字记事本，希望能找到一条留言或能为我指出正确方向的线索。我并没有失望。我看到记事本上鲍的留言：

藤：

你这个顽皮的窥探狂。我知道你肯定会无法抗拒的要偷看一下。这对你来说是好事。了解会让你受益。你可以吃东西，写世界上最郁闷的诗，

119

数岩石或做任何你喜欢做的事,但请留在洞里。如果其他被收容的同伴出现在那里,我会找到他们,并把他们带回"家"。别担心。特罗里坎与我同在!

光会带来视觉!

她没有签署她的名字,而是画了一幅画:画上的人举着弓和箭。

射手座。

"她的名字叫鲍。"我曾经告诉过基利安。

"鲍,"他回答说,"射手座使用弓和箭。如此可爱。"

后来,当我躺在万斯的刑讯室地板上,基利安和鲍激烈地争吵,基利安曾叫她阿彻(Archer 有"射手座"的含义)。

我摇了摇头,试图赶走混乱的回忆。鲍会救那些没有援助——人类援助——的其他同伴吗?也许吧,但不太可能。她不仅要面对大自然的力量和看守,还必须说服孩子们信任她。

所以,我为她写了一首诗。

我独自一人

我绝不相信

你关心我

事实是

你的信仰是愚蠢的

我不认为

我的幸福是你的首要任务

我知道

我们互相保护

只是可笑的想法

我相信

依靠自己

是最聪明的行动路线

和你在一起

是我在第一世死去的最快方法
从你身边走开——不,跑开
并不容易,但我愿意这样做
我知道
我们最好还是在一起
是个谎言
因为我敢肯定的是
我独自一人

这首诗先抑后扬,有消极的情绪,也有积极的情绪。这一次,我倾向于积极。鲍需要我。数字总是蕴含力量。

我用手术刀把背心剪成许多布条,将这些布条缠在我的脚上,然后脱下凉鞋,换上战靴。我把手术刀放回口袋,然后又仔细检查了一遍,以确保它的存在。作为我唯一的武器,它是极其宝贵的。

好了,一切就绪。我努力迈开颤抖的双腿,血一下涌上脑门,让我觉得头晕,甚至感到天旋地转。我颤巍巍地走到洞口。在鲍离开之前,她找了一些树叶和树枝封住洞口。她干得不错,而我必须要为我的自由开路。

清晨的阳光照向我,哇,非常耀眼。但这意味着我睡了一晚上。这是我被监禁以来第一次见到清晨的阳光。

不幸的是,空气还是那么冷,冰都没有融化。我的肌肉瞬间开始抗议,拧在了一起。至少目前还没有任何看守在附近,雪地上也没有靴子的脚印。

"鲍!"我大声喊道,如果此时我引起了不必要的注意,那也是没有办法的事。我越快找到她越好。"鲍!"

阴森诡异的寂静在嘲笑我,只有偶尔的风声打破寂静。

"鲍!"当我摸索着向前走,我的胸前仿佛爆发了一场风暴。我的心跳加快,紧接着是一阵胃酸,几乎要烫伤它流过的每一寸路径。要是她发生不测怎么办?我敢肯定,看守不是我们唯一的担忧。任何幸存的收容所同伴都有可能截住了她，想要抢劫她的物品。或者更糟。动物也有可能伤害她。

一根树枝"咔嚓"一声折断了。我僵在那里喊："鲍？"这一次，我的声音只是比耳语大一些而已。

一个粗野的家伙从枝叶中走了出来——随行的还有他的两个朋友。他们一个比一个更高大，满身污垢。我可以忽视那些污垢，因为每个人身上都有一个我拼命想要的东西：外套。我在心里根据他们的身高排序，分别管他们叫老大，老二，老三。

我希望他们讲英语，我还希望他们是友好的。但我对这两件事情都不能指望。

不过，我试着和他们以物易物："你们饿吗？我愿意用一罐鸡肉换一件外套。"再公平不过了。

老二舔了舔嘴唇——我敢打赌，他不是在想着吃鸡。

自我保护的本能在我心里尖叫，快跑！

我刚要想跑，一阵猛烈的风几乎把我刮倒。老二的外衣被风吹开了，我瞥见了一撮粉红色的头发。鲍！她正紧紧地贴在他结实的胸膛上，一动不动。我的心吓得发颤。

从这几个男人向我投来的眼神，我能猜到他们想从两个单枪匹马的女孩身上得到什么。我知道击败他们的概率很低。三个粗野的男人对一个灵巧的拳击手。至少六百磅肌肉对只有一百五十磅的我。

"你伤害她了？"我鼓起勇气问。

老大咧嘴一笑，露出一口参差不齐的黄牙。"我们为博士抓捕逃跑者。"他的口音很重，听上去像俄罗斯人。"我们把逃跑者带回收容所……但在此之前，我们想先玩一玩。"

"来吧，好姑娘。"老三说，"我们也会让你感到快乐。"

"没有伤害，"老二说，"除非你反抗。"

没有伤害，见鬼去吧。我从口袋里掏出手术刀，藏在胳膊后面以防金属反光。我的牙齿咬得咯咯作响，鸡皮疙瘩重新回到我的皮肤上："听着，把这个女孩放下，然后离开。我不会伤害你。"

老三眼睛里闪耀着喜悦，另外两个家伙发出一阵狂笑。老三喜欢挑战，看出来了。

老三向我逼近，我知道并不只有我有武器。他的手里攥着一个看上去非常恶毒的匕首，但我竭力稳住自己的阵脚，稳住……

没有其他办法可以救鲍。

他越靠近我，就越兴奋。从他的表情看得出来。

他突然扑向我，瞄准我的肩膀。如果他的拳头落在我身上，也不会是致命的一击，但会让我尖叫。

现在！我闪身躲过，避开了冲撞，然后猛地将我的手术刀深深地扎到他的股动脉上。我可能不会记得人体解剖课上的所有细节，但我的确记得股动脉上最小的划伤也可能是致命的。

他发出痛苦的咆哮，鲜血从他的腿上喷涌而出。当他半蹲下去的时候，我试图闪开，但他设法用手指抓住我的头发，把我拉回去。

他的朋友们向我走来。他举起一只闲着的手——攥着匕首的那只手——阻止他们。然后，他给了我一个冷笑，还有一记偷袭。

这次他是认真的，而且是疯狂的。他的目标是什么？我的心。

我突然想到特罗里坎思维方式的优点：受情绪支配的弊大于利。

我举起手臂阻挡攻击，刀刃从另一边出来划过我的手腕。疼痛残酷地消耗我的能量，我眼冒金星，感觉脑子里天旋地转。我努力保持清醒。如果此时我昏倒，我就会死。

老三脸上的血色在迅速消退，他东倒西歪地徘徊，也快要昏倒了。但首先，他用手指勾住我的脖子，然后用力挤压。不！我扬起手术刀对准他的喉咙，但他把我的胳膊打开，这一击几乎把我的胳膊从我已经伤痕累累的肩膀上卸掉。

来吧！当我猛然弓背跃起，拼命摆动手臂想要脱离他的控制，结果他把我抓得更紧。我眼里的金星被一片黑色的蜘蛛网所取代。这不应该是结局。我在万斯的折磨下幸存下来，不该最终被勒死在山上。

"需要我帮忙吗，姑娘？"

我说不出话，只是点头。

这就够了。他说："让她走，小伙子。这是你唯一走开的机会。在此之后，你甚至连爬起来都困难。"

我可以辨认出他的轮廓。他身材高大，但他不像这三个粗野的家伙那么高。三对一，他会伤得很重。或者更糟！我不想让他受伤。

"再不走就为时已晚，孩子，"其中一个家伙说道。

"你错了。"

突然之间，我被松开了。老三被从我身边赶走。我大喘了一口气，迅速站起来，准备在老三能够按住我之前再次抵挡，但我发现他躺在地上，双目紧闭，身边是一片血泊。

基利安的注意力在剩余的两个家伙身上。他对老三所采取的行动大大地吓坏了老大和老二。

老二把鲍扔在地上："她是你的，给你，给你。"

鲍发出一声微小的喘息。她眨着眼睛，挣扎着想要坐起来。一秒，两秒……结果并不成功，仿佛她的身体已经变成了石头。

"机能失常。"她咬紧牙关说。

老大和老二举起手，手掌向外以示投降，接着退后一步。

我冲向前，但基利安把我拨拉到鲍身边。他举起胳膊，他的匕首在阳光下闪闪发光，气呼呼地迎着我的目光。"这些人都是未签约者，和你一样。这真的是你想要的生活？你想和他们永远在一起？"我希望他把武器用在这些粗野的家伙身上，但他说，"让她看看你真的是谁，射手。"说完，刀刃深深地扎进鲍的胸口。

TROIKA

【特罗里坎】

发件人：A_P_5/23.43.2
收件人：L_N_3/19.1.1
主题：藤，藤，藤

  鲍现在完蛋了。内壳的机能失常，致使几个未签约者将我制服，基利安刺伤我。
  说起第二世里那个最坏的人——基利安，他已经使那个女孩完全站在他那一边，不过这也是个好消息。她对他很感兴趣，只是喜欢而已——没有关系。我从她的眼神里看得出来，但我知道试图将他们分开，只会使女孩的好奇心更强烈。你希望我怎样推进？我可以做什么？

阿彻·普林斯

TROIKA
【特罗里坎】

发件人：L_N_3/19.1.1
收件人：A_P_5/23.43.2
主题：你的谅解会震撼人心。

  你需要放下对弗林先生的愤怒。洛克伍德小姐是对的，这种愤怒会伤害你。如果你不小心，有一天还会伤及无辜。
  我会给你另一个内壳。慷慨如我，我甚至会从你的私人收藏品中找一个发给你。
  是的，你说得对。试图分开洛克伍德小姐和弗林先生的做法弊大于利，但你要记住，弗林先生最大的敌人是他自己。他会亲手摧毁藤对他的兴趣。毕竟，爱出风头的人容易受人摆布，而且弗林先生的行动会自己说话。让你的行动为你说话。
  藤的祖母已经和将军谈过话，因为藤承认她需要帮助，所以你有权通过任何必要的手段帮助她——除非这个女孩让你离开。不幸的是，我们仍然不能留在不受欢迎的地方。
  此外，留意六或者更确切地说，十。

列维·纳尼将军

TROIKA
【特罗里坎】

发件人：A_P_5/23.43.2
收件人：L_N_3/19.1.1
主题：每时每刻都必须执教吗？

  我很烦恼。
  我的想法正在逐渐被藤接受。我知道我做到了。只是她仍然沉在自己的疑惑中，不愿相信自己的直觉。如果她不愿抓住我抛给她的救生筏，我们将会失去她。
  我越来越喜欢她。我不想失去她。

TROIKA
【特罗里坎】

发件人：L_N_3/19.1.1
收件人：A_P_5/23.43.2
主题：准备另一个执教时刻

  我记得洛克伍德小姐出生那天，王国之间引起了轩然大波。她吸收和释放了如此多的光，导致我们的监控器被遮蔽。你也记得那天吧？你根本没有被告知为什么一道如此明亮的光芒会出现在我们的王国。米黎亚德人说她能发出如此明亮的光，是因为她将与他们当中的一位将军融合。尽管他们还声称喜欢黑暗，而实际上他们也想要我们的光。他们一直想要。

  而且我知道这一点。洛克伍德小姐现在还没有完全发光。黑暗笼罩着她。但我们不要放弃，普林斯先生。永远。尽管将军允许我们做需要做的任何事情，但洛克伍德小姐的意愿至上。她想接受什么，你就给她。她拒绝什么，尝试用另一种方式。如果她不愿抓住你给的救生筏，就扔给她一根绳子。如果她不愿抓住绳子，就给她树枝。

TROIKA
【特罗里坎】

发件人：A_P_5/23.43.2
收件人：L_N_3/19.1.1
主题：我真的希望……

　　我不是令藤恼火的那个人。

第八章

恐惧是敌人在你背后拿一把刀放在你的喉咙上。

——特罗里坎

我惊呆了。基利安——这个从万斯和潜在的强奸犯手中救我的男孩,刚刚用匕首捅在鲍的心脏上。

基利安刚才捅了鲍的心脏!

我的愤怒油然而生。紧接着是难过。

一个生命——现在没了?

在基利安杀死了收容所里一个又一个的同伴之后,我本该预见到这件事。

他向鲍吐了一口唾沫,然后转向两个高个子男人。

当我趴在鲍身上,希望能保护她不受进一步伤害,这样应该不算太晚,希望找到办法救她。太晚了,已经太晚了——山里的两个男人意识到基利安刚刚放弃了他唯一的武器。

"蠢小子。"他们俩都露出了那种饥渴的笑容,不再害怕会产生不利的影响。

"来吧,试试看把我拿下。"基利安笑着说,"张开双臂迎接你们在第一世的死亡。"

他们用拳头展开了残酷的攻击。砰,砰,砰,听起来像是基利安打碎了他们的骨头。当基利安出拳,格挡,然后连连出拳的时候,他在大笑。他的拳头落在敌人的鼻子和喉咙上。当那两个人疼得号叫时,他的拳头又落在了他们的肾脏和肠道上。他让我想起一只熊在玩弄自己的食物。

我剧烈地发抖,以至于看上去就像是癫痫发作。基利安露出了他的本性。他是邪恶的蛇,他即将赢得这场打斗,他会把注意力转向我。然后会发生什么呢?

我不应该等待答案,但我不能离开鲍,即使她已经没了。

随着一声大喊,老大扑向基利安。两个人扭在地上向我滚来。我迅速退后,以避免触到他们的脸。我看到山里的这个男人已经完全失去了控制,在愤怒和肾上腺素的刺激下,他像抡起一个手提钻一样,倾尽全力把拳头砸向基利安。此时,胆汁灼烧着我的喉咙。

基利安没有露出任何闪躲的迹象。或者他甚至没觉得疼痛!他并不试图保护自己的脸免受下一个打击,或者更多的打击。他掐住了老大的脖子。我感觉就像我代替老大接受了这一击似的,我全身都在抽搐。他把老大甩到树林深处,以确保老大够不到我。宽慰和恐慌同时在我心头荡漾。

这是一种凶手的姿态。

当我抚摸鲍额头上的一绺头发时,我在颤抖。困惑淹没了我,让一切蒙上了阴影。我见过死亡,而这不是死亡的迹象。她的眼睛是睁开的,但没有虹膜,没有瞳孔,甚至没有眼白。眼窝是空的。

当我轻触其中一个眼窝的时候,我的心忽上忽下地怦怦直跳,接着我又触摸了她的另一个眼窝。我发现它们其实并不是空的,而是覆盖着一层平滑如镜的胶片。我弯下腰透过胶片往里窥探。在她的头里面,我看不到血液,组织或大脑。

我不理解。

我更仔细地端详她。在死亡的那一刻，每个人的膀胱和肠道都会排出一些物质。这是无可争辩的事实。我想，这是最后一件有辱尊严的事。但是她的连衣裙的两腿之间并没有变湿或排泄物。

她还活着？

我心内的希望被点燃，尽管我知道这个想法是不可能的。她的眼窝……

我把注意力转向她胸部突出的刀子上。没有迹象表明她在呼吸。刀子周围并没有一点儿血斑玷污她的连身衣。有一个湿点，但上面覆盖着钻石沙？

到底是怎么回事？

我的脑子在飞速转动，但毫无头绪。我拽开她的衣领，把连体衣一直扯到她的肚脐。只见刀子深深地扎在她的心脏，但仍然没有一滴血，她身上有更多的液态钻石沙。

我不知道该想些什么或做些什么。疼痛，疲惫和不确定使我如坠云雾里，无法弄清楚任何事情。

一声低沉的咕噜声吸引了我的注意。紧接着是啪的一声。然后是另一声痛苦的号叫。

我看到打斗仍在激烈地进行，我忍住了呜咽。他们在后面的空地上，老大正倾尽全力地向基利安的身体发起攻击。但基利安太快了——就像是一辆马拉车在和一辆赛车比赛——他闪避和出拳的节奏都很迷人。他的技术高超，我迷恋数字的那部分大脑被唤醒，甚至发出了梦呓般的感叹。

出拳，出拳，躲。出拳，出拳，踢。出拳，出拳——哇噢！他利用身体的每一部分施以最大的伤害。他就是致命的武器。

当他在做一个完美的头撞动作时，我后缩了一下。他的对手感到眩晕，他顺势扑向对手，用牙齿撕咬对方的喉咙。他很出色，在做这一切的时候极其出色。老大发出痛苦的哀号。他折断老大结实的胳膊，然后用胳膊肘精准地一戳，戳断了老大本已破碎的鼻子。

老大跌倒在地，但他还不服输，咆哮着向基利安爬去。

我的嘴唇发干——起来，起来，做些什么！但基利安发出令人不寒而栗的大笑："你起不来。如果你想让我快点了结你，就把你的外套给我，省得让它沾染更多的血。否则，你的痛苦只会更重。"

当他说话时，地面晃动起来。他的目光转向我。是为了确保我没事，还是他在向观战的我炫耀？或是怕我会跑？

跑……是啊，我应该跑。他被证明是嗜杀成性和不值得信任的，而且简直就是疯狂。

纯粹的邪恶。鲍曾试图警告我。

如果我留下来，我们将会战斗，也许是身体上的。而底线是什么？我会输给他。在杀死龙之前，总得先杀死一只狮子。他的实战经验太丰富了。我的经验只限于食堂的争吵和不接受否定回答的看守。

然而，目前这些都无关紧要。我保持原地不动，尽管危险。我有问题——一大堆问题，他可能有答案。

为了预防不测，我用很小的力气从鲍的胸部拔出刀子。刀刃上竟然没有沾染一点儿鲜血。我再次惊呆了。她的伤口大张着口子，但受伤的皮肤下面没有肌肉或骨骼，而是脉动的电极？

我感到混乱极了，一头雾水。我不知道怎么会这样，为什么？

"我只是想要姑娘。"老大一边说，一边朝基利安发出一击，但他没有击中。他用俄语低声咒骂。

"是，我知道。"基利安冲着老大的下巴飞了一记重拳，老大顿时转身吐血，还有几颗牙齿也一并吐了出来，"问题是，我从来不喜欢和人分享我的玩具。"

所以，我现在是玩具？

我怒火中烧，完全忘记现在是混乱状态。我要先打断他们，稍后问我的问题。

老大缓慢而笨拙地爬起来，准备再发起进攻，但我已经受够了。游

133

戏时间到此为止。我依然虚弱,而且我还在发抖。但我的目标很简单,趁两个家伙都不注意的时候加入和退出——直到他们注意到我。

我迅速加入战局。或者更确切地说,我试着加入战局。严寒已经使我的血液淤堵,同时减缓了我的动作。万斯给我造成的伤口都肿了,每一处伤口上的皮肤都绷得很紧。

老大注意到我的接近,于是转向我。我不想再加以掩饰,举起刀子想要击中他已经受伤的喉咙——此时想收回已经太晚了——他猛地伸出胳膊反击我。我躲闪,但我的速度不够快,最终他击中了我头部的一侧。

当我倒下的时候,感觉脑壳里面像要爆炸了。值得庆幸的是,当我撞到地面的时候,肾上腺素的激增充斥了我的血管。我坚定地向他滚去,伸出刀子向他捅去。刀刃扎进他身体的一侧,鲜血顿时喷涌出来。他发出惨叫,并伸手抓我。

基利安踢开他的胳膊,把匕首深深地刺进他的眼窝。老大的下一声哀号是对他的拳头的嘲弄。然后,他安静下来。

我瘫软在地,大口大口地喘着气。结束了,战斗结束了。

至少是其中一场战斗结束了。

一个影子朝我笼罩过来。我的身子僵硬,目光往四处看去,直到看到基利安溅满鲜血的脸。真的是鲜血四溅,尽管我没有看到他脸上有真正的伤口。更奇怪的是,他比以前更好看,因为他光鲜的饰面已被剥离。他的魅力和诱惑被坚决如铁的决心所取代。

不知怎的,恐惧离我而去。该发生的事情就让它发生吧,我会应对。我已经经历过更糟糕的局面。

他的双手在身体两侧握成拳头:"一切事情尽在我的掌握,姑娘。"

"是啊,只是你花的时间太长了。"

"你在埋怨?我救了你的命。"

"你为什么要救我?亲手杀了我,就像杀鲍那样怎么样?"

"鲍逗留得太久,这里不再欢迎她。"他踢了一下女孩的肚子,心满意足地笑着说,"你,我不会伤害。我为什么要伤害你?我现在拥有你的灵魂。难道这不是救命的规则?"

现在,他的魅力又回来了。

"你站在米黎亚德那一边。你是反对规则的。"

"为了你,我破例一次。"

"嘴真甜。但是,我不买账。"

"你也许可以重新考虑。你的脸上有割伤和瘀伤,你的下巴上有个肿块。藤莉·洛克伍德,你现在面目狰狞,你会吓跑所有其他潜在的救援者。"

"我愿意冒这个险。"

"太糟糕了。"他伸出手扶我起来——正是这只手把刀子扎进鲍的胸口。我像螃蟹那样横着向后退,但他叹了口气,跟在我身后,"我要帮助你,姑娘,就是这样。"

得了吧!我每前进一步,我滴血的手腕就会重新疼痛一次。最后,我停了下来。我没有其他的选择,我的身体拒绝合作,移动对我没有好处。

"我感觉一团糟。你看起来怎么这么好?"

他笑了:"我好吗?"

我不打算回应这句话。

"你没有割伤、瘀伤或肿块。"他的黑色短发稍微有些凌乱。尽管他在逗乐,但他熔金色眼睛里的蓝斑闪耀着不同程度的威胁,"正好十三道血痕。"

在古老的过去,十三步通向绞刑架。刽子手的绞索有十三节。孩子在十三岁的时候被认为是青少年。

难怪十三这个数字被全世界憎恨。如果一年有十三个月,第十三个月可能会被称为"地狱月(Helluary)"。

"你在计数吧?"基利安在我面前蹲下,他的决心越来越大。"我注意到你喜爱数字。有点迷恋。很可爱。"

"我注意到你喜欢冷血的杀戮。"他不会分散我的注意力或赢我。得到答案后就逃跑是我的计划,我要坚持。

他一点儿也不感到尴尬:"不会吧。我是自卫,所以他们不算数。阿彻——鲍——还活着。"

没有血迹,闪闪发光的液体,清晰的眼窝,她皮肤下的电极……

"不可能。"我说,但我的声音在颤抖。

"相信我,你会再见到他。"

"他?你是想告诉我,鲍是个男的,名字叫阿彻?"

"我并没有试图告诉你任何事情,姑娘。我只是在陈述事实。"

我想他说的话是有道理的。鲍并不是鲍,也许鲍没有死。

"我怎样可以再看见他?在第二世?你为什么要捅死他?"

"我有一千种不同的理由。"他耸了耸肩,"首先我知道这会让我感觉很好。"

愤怒像一头长着犄角的公牛乱撞,捣毁了我表面上的平静:"胜利者受人崇拜,失败者被人憎恶,对吗?"

他无视我冷漠的语气,点了点头说:"确实如此。"

"你不知道自己是多么的错误。胜利者也可以被人憎恨。"

长着犄角的公牛开始冲撞他,我想。

他恶声恶气地说:"你珍贵的鲍是我的敌人。"

"不,她是——"

"一个特罗里坎劳工。"

这句话在我们之间回响。"不可能的。我触摸过她,她从来没有抗议。从来没有指责我这是犯罪。"

"想想吧,姑娘。当一个壳体在伪装时,会允许任何他或她想得到的人碰自己。必须融入,难道你不知道?"

鲍的皮肤是冰凉的,就像詹姆斯的皮肤那样冰凉,基利安的皮肤也是冰凉的。

我舔了舔嘴唇:"你是米黎亚德劳工?"不,不,他不可能是。他不是一个壳体。

壳体不能与人类发生性关系。他们能吗?但是,他却在吹嘘他的战利品。

他目不转睛地看着我，说道："你觉得呢？"

"你是吗？"我坚持问道，现在我简直近乎绝望。

"你觉得呢？"

"快告诉我！"

他伸出了手："触摸我，然后你告诉我。"

我猛烈地摇了摇头。触摸他？没门。永远不会有下次了。

他笑着说："我喜欢你，姑娘。我知道不应该，但在你身上有一些特质。你很聪明，你能让我思考。现在，用你的大脑把这个问题想清楚，因为咱俩都知道，你不会相信我对你说的任何话。"

我的手不由自主地在心口摩挲。我对哪些信息是毫不疑惑的？

"你爱米黎亚德，你能给我一个独特的虚拟旅游。万斯博士付钱给你，让你瞄准我，但你杀了他。"

"是的，我千真万确地杀了他，"他说，"但他并没有付钱给我。他根本没有我好奇的东西。"

说起来容易，证明起来难。

"如果你没有为他工作，你怎么知道他的心态？"

"我给整幢大楼都布了线，我能听到他的每次谈话。我一听到你要接受最后的严刑拷打，就开始找你。他认为伤害你没问题，用我的行动来对付你。是我教给了他错误的方法。"

一阵猛烈的寒风在我们之间吹，风如此强劲，使我滑倒在一棵树下。我肺里的空气像要爆炸，我的瘀伤也在刺痛。

我的目光越过基利安。我不知道该对他说什么。

到底是他吗？

我笨重地站起来。当我从他身边走过的时候，我的牙齿咯咯作响，然后我在老三的旁边蹲了下来。他是三个人当中个子最矮的，他的衣服损伤最小，尽管基利安竭尽全力打他。他的外套上只有几滴血。我用颤抖的手指脱去他的衣服。当我把自己的胳膊伸进他的衣袖，然后把风帽罩在我的头上时,我的伤口在抗议。

"从一具尸体身上偷衣服?"基利安似乎很惊讶。

"你也打算这么做。"

"是的,但我是骨头硬。"他的口音变了。不,没有变,而是我越专注地听,越能发现来自世界不同地方的口音。

树枝啪的一声折断了,而我们俩人都没有移动。还有人在这里?收容所的某个孩子?或看守?另一个山上的人?我感到不寒而栗,心里很是困惑。

当一个很大的影子滑过树叶,以每次区区一英寸[①]的速度缓缓移动时,我尽我所能集中注意力。恐惧已经使我后脊背发凉。我不知道自己还有多少战斗力。

"基利安,"我低声说,"有人来了。"

他的脸色阴郁:"我知道。告诉他远离我们。"

他?"谁在这里?"收容所的同伴?

"告诉他,这里不欢迎他。"

看守?"说话没有任何用处。我们必须——"

"在这种情况下,你只需要说话。"

我只需要。而不是他?虽然我不明白,我还是举起了他捅向鲍的那把刀:"我们武装起来,不要再靠近。"

"你可以做得更好,姑娘。告诉他,你不想和他做任何事。"

为什么?有些东西不对劲,我能感觉到,所以我没说别的。

"很好。我将和我得到的人一起合作。"基利安搂抓住我的手腕,拉我离开,"让我带你去一个安全的地方。"

那个影子跟随我们,但总是保持相同的距离,仿佛他不愿意或不能再靠近一些。

一路上,基利安都在用一只胳膊挥舞我的刀子:"你不再需要这个。"

---

① 英寸:英美制长度单位,1英寸=2.54厘米。

我的肩膀疼得发抖,呜咽着扳开他的手。

我的哭泣声使他退缩。"对不起,"他咕哝道,"我不是故意伤害你。"

我没有回答。我还有手术刀,但我并没有在他转身,抱着我,让我靠着他的胸膛时用刀刺他。他的胳膊很强壮,牢牢地把我环抱起来。我甚至瘫倒在他身上,出奇的温顺。我被打败了,什么都没有留下。明天再战。

他朝我的洞穴奔去,我意识到。他知道我在那里过了一夜?

火焰很低,但仍然噼啪作响。他把我放下,然后用藏在暗处的木头把火拨旺。当火苗蹿得足够高,热量在空气中飘荡的时候,他试图脱掉我的外套。

"你在干什么?嘿!把它还给我!那是我的,是我光明正大偷来的。"

"我打算照看你的伤口。你穿那件外套还没有付我足够的钱呢,我有标准的。"

这就是为什么他在打斗中尽量没有让那件衣服沾上血?是为了我?

这个想法令我大为惊讶。

他补充说:"我建议你深掘内心,自己找到答案。"他的语气中有揶揄的味道……

仿佛我们在玩游戏。我受够了!他的游戏让我失去平衡。哼,难怪他玩它们。

我保持镇定。如果他是一个米黎亚德劳工,他不会伤害我。他会如他所说的那样,照料我的伤口。因为我们的关系当中,我是有权利的那一方。我有他想要的东西:我未来的走向。

他站在我面前,紧紧扣住我的手腕。像鲍那样,像之前的每一次,没有热量散发出来。

"你怕我吗?"他问,此刻他的语气有些尖锐。

他真的在意答案吗?"我过去怕,现在不太确定。"

"你觉得我会利用你?"

"也许。我不了解你,真的不了解。我知道你是个杀人犯。"

"还在唠叨那些微不足道的死亡?"当他遇到我的目光,他的表情变得温柔起来,"我永远不会伤害你。没有下次。好吧?"

我轻咬下嘴唇。"你是米黎亚德劳工吗?"我再问,"如果你是,你应该知道,我不会因为被迷住或害怕而做出选择。我的忠诚必须被赢得。"

"你确定你不会被迷住?"他把我的手放到他嘴边,亲吻我的指关节。这让我发抖,"是我的魅力让你害怕了?"

"不。"是真的吗?

他微笑着放开我,从后兜里掏出一块很薄的黑布。当他展开那块布,我看到注射器,一个像枷锁一样闪着亮光的线轴,一包清洁湿巾,细细一管药膏和绷带。

我记得背包里有伏特加,虽然我很想喝一些酒来遗忘烦恼,但我决定不要放纵自己。我太生动地记得是酒让我忍不住尝试爱抚这家伙的睫毛。

此外,火焰带来的温暖足以帮助我理清思绪,而我不想面对的答案正在变得透明。我或许不想接受事实,但我必须接受。

鲍没有眼睛、没有血,有电极,名叫阿彻。我的疑惑一个一个地排除,直到赤裸裸的现实摆在我面前。

她——他——是特罗里坎劳工。他来普林收容所招募我。他像朋友一样对待我,暗中监视我,还试图操纵我。

我太笨了,看不到这一点。

还有詹姆斯,他的身体和鲍、基利安一样冰凉。他是米黎亚德劳工?他是不是故意误导我?

放长线,钓大鱼……

不确定的感觉像一支箭扎在我心上,我的心在滴血。我真的爱他,但这并不意味着他真的爱我。

这种不确定感在扩大,在我的心上造成了新的伤口。他告诉我他童年的故事,讲他的泰迪熊如何假装他的兄弟姐妹,和他一起玩捉迷藏的游戏。当他承认在普林收容所做看守只是成为侦探的踏脚石,我还抚摸他的胸口。

他被枪杀之后,我为他哭泣。我夜夜睡不着觉,躺在床上辗转反侧,为他的遭遇责备自己。我多么渴望逃跑,和他一起开始新生活。真正的生活。

我仍然悼念他。

基利安捧起我的脸颊,迫使我面对他。他皱着眉头:"什么让你焦虑?"

我告诉他真相。为什么不?"詹姆斯。"

他眼睛上的肌肉跳了一下,好像生气了。

"男朋友。"

"是的。"我的眼睛在燃烧,我的胸部在收缩,我的太阳穴跳痛。我的整个世界已经天旋地转,我的心就要碎了。在我崩溃之前,我赶紧改变话题。"外面还有其他的孩子吗?"

"有少数几个。"他一边说,一边从那块布上拿起他需要的工具。

"有多少人还活着?"

"比少数还少。其他人被山民抓走了。"他把透明的凝胶敷在我伤口上。

一种恶心的感觉几乎让我直不起腰来。我忍着痛苦说:"他们会面临怎样的处境?"

"我不知道。他们不是我的问题。"

"那么,我也不是你的问题。"一个计划在我脑海里形成。先救那些被山民抓走的孩子,以后再处理我的伤口。时间就是生命。

但事情总是这样吗?

当我尝试站起身来,基利安按住了我。

"你哪儿也别去。你是我的问题。"他的目光与我相遇,然后锁定在我身上。我们之间的空气似乎凝固了,"你知道为什么,说出来。"

"我……不知道为什么。"最后,我终于承认,"你……你是我的米黎亚德劳工。"

说完,我感觉如释重负。真理让人获得自由。

"我是。"他说,"有许多不同类型的劳工。"

我的脸颊变热,当我问道:"你真的和人类有过性行为?"

他对我微微一笑:"壳体感受过。除了流血,我经历过人类有过的每一种感觉。我只是曾经出血。"

"出血不是流血吗?"

"对于灵魂来说不是。"他把大拇指放在我手腕的脉搏上。我的脉搏跳得更快。"让我告诉你更多关于我的王国。我会回答你的任何疑问,然后你会看到你多么适合加入这个王国。你会明白你对我们的事业有多重要。"

"我能猜到你认为我非常重要。特罗里坎认为我是中转者,这意味着米黎亚德认为我是熄灭者。"

"起初我没有这么认为。以为你是另一支军队的无人驾驶飞机。但你的能量不止如此,姑娘,我们需要你。你将指挥一个军团的领导和劳工,制定战略攻击计划和带领你的私人军队投入战斗。"

"这很简单。"

他笑得很灿烂。

"也许我要做的第一件事是,确保你当众被鞭打。"

他耸了耸肩:"这又不是第一次。"

他脱口而出的承认居然令我难过。

"如果特罗里坎赢得了你,他们的光会加剧,进而侵占我们的王国。这在以前发生过,只发生过一次,但我们损失了数百万条性命。我们的灵魂不能在光下生存,就像他们不能在黑暗中生存一样。"

这场战争的命运取决于我的决定?不,绝对不会。这个压力太大了。"我在光下见过你,也在黑暗中见过阿彻。"

"不。你在光下看到的是我的壳体,在黑暗中看到的是他的壳体。"

压力越来越大。"我没有兴趣听你的其他答案。"现在不行。我处在思维的拉锯战当中，感觉绳子勒在我的脖子上，而他给我的每一个答案都让我觉得绳子勒得更紧一些，"有太多的事情要做。你把我的伤口一处理好，我就要去追其他那些被收容的孩子。"

"我们一起跟进这件事。"基利安用湿巾擦拭他之前敷上的药膏，伤口有刺痛的感觉，但只在刚开始的时候刺痛。湿巾上肯定浸透了某种类型的麻醉剂。

他选了一个注射器，当他的手指接触到注射器的针管，里面的液体开始冒泡。他把起泡的液体注入伤口。所有麻木的感觉都消退了。我发出嘘声。

"发现詹姆斯是米黎亚德劳工，会让你伤心吗？"他一边处理我的伤口，一边问道，"他被派来说服你和米黎亚德签约？"

我的心又快崩溃了："他爱过我。"

"你确定？你愿意用你的生命赌这个事实吗？"

"是的。"我伤心地回答，其实内心在犹豫。我不能只是因为自己不喜欢，就忽视证据。

"他爱过我吗？"我轻声问，"他爱我吗？"

"你告诉我。"

我不想跟他废话了。我需要真相，即使真相令我心碎。至少我能够重新修复自己。

"我承认他是个劳工。现在你告诉我，我对他来说只是一个使命吗？"

他凝视着我，眼睛里闪着炽热的光芒，就像一场高烧突然降临在我身上。"记住，真相只会短暂地带来伤害。谎言才是永远的伤害。"他轻声地告诉我，"是的，你仅仅是他的使命，我很抱歉。"

我相信他。我相信他，是因为他没有理由撒谎，而每一个理由都隐藏着一个令人心碎的真相。

詹姆斯利用我，欺骗我。那些对我来说如此珍贵的倍感抚慰的时刻，是操纵我的工具。最糟糕的是什么？万斯，一个唯利是图的卑鄙小人，诚实地表达他的意图，而詹姆斯自称爱我，却永远欺骗了我。

143

他一定在心里嘲笑我是个没有判断力的大傻瓜。

"对不起,"基利安重复说道,"詹姆斯使用了一个脚本——获取自己想要的东西的欺骗手法。"

放长线,钓大鱼。

我曾做着和他在一起"从此以后就会幸福"的梦,这个梦还一直萦绕在我心头,尽管他已经死于暴力事件。

这一次,他真的在我心里终结了。

"振作起来,你也有一个脚本。"我不动声色地说。

"我从来不对我的任务撒谎。而且我有自己的脚本。向你展示有关米黎亚德你会喜欢的那一部分,用我的实力打动你。我的脚本跟他的一样受用。"基利安把泛着光的线穿过我的皮肤——线头炽热得就像镣铐,在把我的肉缝合之后烧灼着伤口。"现在,我正在做一些没做过的事情。我即兴发挥。"

汗珠淌下我的额头,我又发出嘘声:"那我也不会和你合作。"

"我们走着瞧吧。"他抛给我一个暗示了很多秘密的微笑。他居然愿意分享他的过去,"你忍受疼痛的能力让我惊讶。我以为你会尖叫。"

"我为什么要尖叫?肉体上的疼痛永远无法跟精神上的痛苦相比。"

他不再调侃了。"对不起,"他又说,"你其实应该永远被娇宠。"

难道他在跟我调情?在这里?或者他只是即兴表演?

"不要说了,行吗?我和你的其他目标不同,我知道人的吸引力是变化无常的。"我可能会受许多情感的支配,但绝不是欲望,"身体并不总是渴望对它好的那些东西。这就是为什么对我来说仅有吸引力是永远不够的。这也是为什么必须要有更多的东西,比如爱,奉献,决心。这些东西你都不能给我。"

"你怎么知道我能给你什么?你只认为你可以克制欲望。如果你经历过真正的身心愉悦,就会意识到现在你说的话有多么可笑。"

我的脾气一下上来了。"人渣!你不知道我所经历的。你永远不会知道。"我深呼吸,努力平息自己的怒气,"欲望绝不会比忠诚更重要。

在我看来，忠诚对于成功的亲密关系更有利。"

他仍然一脸满不在乎的表情："你认为亲密关系能存活几个世纪？有很多美食、美女可供品尝和体验。"

"美貌会褪色。"鲍曾经说过，美貌只是外在的躯壳。内心和尊重才能万古长青，"人格魅力才是永恒的。"

他的一条眉毛上扬："你在客气地告诉我，你喜欢我的外在，而不是我的内在？"

"我会客气？好吧，给我加一分。无意之间又在计数，对吗？"

他一边完成缝线，一边轻声呵呵地笑。然后，他轻轻地用绷带包裹我的手腕："好了，搞定。"

尽管我不想说，但还是对他有感激，所以还是说了句："谢谢。"

"哦，姑娘，别谢我。"他又笑了，这一次的笑容充满诱惑，"一旦你治好了，我就带着我拥有的一切来追你。"

一个警告，也是一个挑战。我的心里七上八下。"你忘了，"我说，"我见识过你的功夫。你斗不过我。"

他笑得更灿烂："是吗？"

"是的。准备好体验你的第一次失败，基利安。"

第九章

只要目的正当,就可以不择手段。

——米黎亚德

我把我受伤的手腕放到胸前,拒绝与这个被证明是矛盾综合体的家伙有任何接触。他善良却残忍,可亲却尖刻,关心却又漠然。在生活于视情感如黄金一样贵重的王国的人看来,他似乎不知道该如何管理自己的情感。也许这就是关键之处:释放他自己的情绪,清除异己。

但清除总是让人觉得空虚。

你会被空虚填满。

我呼出一口气。我将会停止这场拉锯战吗?

基利安在研究我,他的表情难以琢磨:"是什么让你觉得失去你将是我的第一次失败?"

他或许能够掩饰他的表情,却无法掩盖声音里苦涩的味道。我很好奇:"在我之前,什么或谁,是你失去的?"

时间从一秒滑到另一秒,我们之间萦绕着紧张的气氛。尽管我前面说了那些话，但我能感觉到他内心是善良的。他是一个和我一样内心受伤很重的男孩。

"现在，"他最后说，"我开始失去耐心。你知道米黎亚德是你的最佳选择，但你抗拒与之签约。你知道吗？你适合我们。和我们在一起，你将是最幸福的人。"

月光还是阳光？

复仇还是宽恕？

融合还是单飞？

他错了。我该怎样才能知道？

我站在那里，当膝盖发抖时开始晃悠："我要寻找其他的被收容者——"

"不，姑娘，你该睡觉了。"他用略带命令的口吻说道，"药会——"

"帮我一个忙，当我回来的时候，不要在这里。"我插了一句。当我向前迈步，感觉眼前一片漆黑。我倒下了。

他用强壮的胳膊抓住我，缓缓地把我放在地上，然后我什么都不知道了。

我气喘吁吁地睁开眼睛，猛地直起身子。零散的记忆立刻涌入脑海。我逃跑。与巨人战斗。我的援兵就坐在我的对面，我们中间隔着噼里啪啦作响的火焰，烟雾打着卷儿飘向洞穴的屋顶。墙壁在颤抖，但很快停止了。难道是又一次王国之间的战斗？

基利安似乎并没有注意到。他怡然地待在黑暗中，这是我内心深处所熟悉的一个幻象。

他的手腕上发散出一束蓝色的光，但随着他的手指简单地敲了一下手腕，蓝光消失了。

"你……那个……"我结巴地说。

他挥了挥手，驳回我的困惑："睡美人终于醒了。"

我的火气在上升："之前你说我面目狰狞，基本上就是一个雌性猛兽。"

"以前你确实有面目狰狞的时候。一个绝对的雌性猛兽。现在,药起了作用。"

药……"我睡了多久?"我问。

"大约六个小时。"

大卫之星(是由两个三角形所相对组合而成的一个六角星形图案,代表光明与黑暗的会合。)有六个点。六,碳的原子数。六罐啤酒——我马上就可以享用。

"问你一个更好的问题,"他说,"你感觉自己像看上去那么好吗?"

我的确感觉很好。我知道。我手腕上的伤口只不过是一个狭长的薄痂,伤口上缝的线已经没有了。溶解了?我肌肉上的疙瘩也松开了,当我小心翼翼地拍了拍下巴,我发现肿胀也消失了。

"我不会感谢你,"我咕哝道。他帮我是为了自己的收获,而不是为了我,"不会再有下次。"

"你宁愿用行动感谢我,对吗?好吧,我接受。"

我对他竖起中指。那么如何行动?

他大笑起来,声音有点嘶哑:"我从来不懂竖中指的侮辱含义。我在你心里排第一位,为什么那么恨我?"他一边说话,一边伸手从我口袋里滑出手术刀,然后转身把刀子掷向洞穴的另一边。

我又惊讶又困惑地喘了一口气。然后,我看到手术刀嵌在闯入者的喉咙里。当这个蒙面男子一头栽倒在地,发出了痛苦的咕噜声。

基利安猛地站起来:"待在这里,姑娘。我希望你在任何时候都受到保护。不过,我知道你会选择离开这里。如果是这样,你所要做的就是维持生存。我会去找你。"

当他飞一般地穿过出口,我的心怦怦直跳。

我赶忙来到受伤的男子身边,揭去他的面罩。一股寒意顿时扑面而来,原来他是普林收容所的一名看守。他在那里工作了四个月六天八个小时,在那期间,我忍受了十六次横眉冷对,二十七次淫笑和三次露阴癖。他说如果我"用嘴吮吸它",他会给我一个巧克力棒。

一个巧克力棒。就好像这是我所有的价值。

这个记忆仍然让我热血沸腾。

他惊惶地凝视着我,绯红的鲜血从他的嘴角不断地涌出。

"你不知道他的内心,他是能够改变的——我们所有人都是如此。给他第二次机会。"阿彻可能会这么说。

"割掉他的玩意儿,然后把它塞到他嘴里,"基利安一定会这么说,"他可以吃自己的巧克力条。"

"我会帮你。为了巧克力棒。"我的愤怒高于一切,强烈到我无法原谅他,"让你一丝不挂?哦,太糟糕了。"我除去他的冬季装备——面罩,护目镜,保暖外套,加热手套和袜子……除了一条沾满鲜血的围巾没有摘去——他已经死了。

我不觉得愧疚。绝不!

他对我从来没有表露过半点同情心,我只是以其人之道还治其人之身。

我尽快穿好衣服,然后把这名看守的大衣塞进背包,希望能与其他被收容的孩子分享我的战利品。基利安让我留在这里,我只能违背他的意愿。孩子们像我一样,正在被人追杀。我要按原计划尽可能多地寻找被收容的孩子们。我们将在其他地方找到出路。远离收容所,远离我们的父母,远离那些想吸纳我们签约的劳工。

我从看守的喉咙里抽出手术刀,用他的围巾的干燥的一端把手术刀擦拭干净。在把手术刀放回我的口袋里之前,我把那条围巾扔进了火里。武器永远是最重要的。

我背上背包,振作精神,走出了山洞。夜晚已经来临,月亮被白雪覆盖的高大树木的树冠遮蔽起来。我的周围充满了令人绝望和沮丧的气氛,直到我的护目镜自动开启,照亮了我周围的世界。计算机化的扫描系统甚至能准确地指出基利安的脚印。这对我来说很好,但对于被看守追杀的孩子们来说并不利。我朝相反的方向前进,我其余的冬季装备简直制造了奇迹,让我倍感温暖舒适。

问题是什么？我走得越远，就会冒出越多阴郁的思绪。很快，我感到非常惊讶的是，我没有被一大群人包围。或者也许我被包围着，被我看不到的一些人——没有壳体的信使，他们就是灵魂，因此我看不到他们。

我听说，信使有时就驻守在房屋和建筑物的周围，以防止敌国的人员入内。

我猜还可以利用他们让有潜逃风险的人留在洞里。

回去，回去。一个声音说，这里不安全，你会死的。

你就要死了，死了，死了。转过身去，否则为时已晚。

回去！你的时间已经不多了。

这些话让人心生恐惧。而且我知道，让人恐惧是米黎亚德最大的武器。我的心在朝着一个并不存在的终点线冲刺。火焰在我心里燃烧，而冰在冻结我血管里的血液。我开始喘气，汗水顺着我的脖子往下淌。

几乎来不及了，回去吧！

地面开始晃动，窃窃私语突然停止。我如释重负地松了一口气，然后继续前进。我不会死，也不会盲目地恐惧。赋予我力量吧——指导我行动的力量。

我做些什么将是我的选择，不是感性的选择。

特罗里坎青睐这一点。

虽然目前我并没有胜算，但我不是无助的。我有我的才智。

我沿着山路往下跋涉，数着自己的脚步。一、五、十……二十……五十……一百。百分之百表示全部。一百摄氏度，海平面纯水的沸点温度。前十个奇数的总和（$1+3+5+7+9+11+13+15+17+19=100$）。

任何挥之不去的恐惧最后都化为乌有，我的身体反应恢复正常。很好，这是好现象。我加快脚步，又走了二百步。二百——拉丁语中这个数字被写成 Ducenti，意思是"致领先者"。命理学家称这个特殊的数字表示不足。

地面再次震动，比之前震动得厉害，使我失去了平衡。我摇摇欲坠地倒在地上，浑身疼痛。该死！今天这些王国到底要爆发多少次战斗？

我蹒跚地站了起来，继续计数。二百五十……二百七十五……三百——三角形数，是一对孪生素数之和：149+151。保龄球的完美比分。著名的斯巴达战役中，战胜二十万波斯大军的斯巴达军队的数量。

走到三百八十一步的时候，我蜿蜒穿过几颗盘绕在一起的树。地面很滑，但是我的靴子有厚厚的橡胶底，鞋底上还有金属钉，帮助我保持了平稳。

走到四百零六的时候，听见高亢的铃声萦绕在我耳边，让我畏缩。我停下来，用布塞住耳朵。铃声消失了，我听见一个陌生的声音说："另一个，先生。他已经死了。"

我大喘了一口气，转过身想看看谁在我身后，但是没有看到任何人。甚至没有动静表明有人躲在树上。

"带他回收容所，"另一个声音命令道，"他的父母需要得到通知。"

这个声音来自连接到面罩侧面的扬声器。我现在听到的是普林收容所的无线电通讯。

"没有那个女孩的迹象。"另一个声音说。

那个女孩是我吗？当然不是。这里还有其他人。

"不要担心她。你要是看见她，只管走开，不要伤害她。"

"但是，先生——"

"不要争论，命令来自上级领导。只要去找其他人，并保持沉默。我们的位置已被泄露。"

我加快脚步，穿过一堆扭曲盘错的树枝。在前方，我发现有一团东西在黑暗中闪光。我一眼便认出那是普林收容所的制服。一个被收容者！肯定是。宽慰给了我力量，我需要奔跑过去。当我足够接近的时候，我跪坐下来，滑到冰的另一边。我伸手够到一个男孩。他侧躺着。我轻轻地推了推他，让他翻了个身。

他呆滞的目光凝视着远方。冰在他的头发，鼻子，嘴和下巴上闪闪发光。他身上的其余部分是蓝色的。

我可以忽略自己的恐慌,因为我抱着一个希望。这并不意味着他已经死了。

我用牙齿扯下我的手套,然后摸了摸他的脉搏,但是……

我的希望破灭了。他死了。他的灵魂已经离开。

他是米黎亚德人?或是特罗里坎人?或者像我一样,他还未签约?抑或他在多终点国度?

我身后的冰发出吱嘎吱嘎的声音,但我没有时间去调查或准备攻击。有个东西——或有人——撞到我的后背,打在我的脸上。在撞击的时候,一块锯齿状的冰划破了我的脸颊。我的肺几乎被撞平了,我竭力呼吸,眼冒金星。

愤怒吞没了我。再也不受虐待了!我大吼一声,用手肘攻击他的躯干。痛苦的咆哮响彻黑夜,眨眼之间,与我厮打的家伙摆脱了我。我转过身飞起一脚,正好踢在他的下巴上。

他摔倒了,臀部着地。我仔细审视他。一名看守!我们戴着同样的面罩,穿着同样的大衣和靴子。但是为什么看守要相互攻击?

"不对。"我咬着牙说。

"藤!"他扯下面罩,露出黑色的头发和沾满鲜血的脸。一个收容所里的同伴——克莱顿·安德斯。克莱!无与伦比的喜悦使我热泪盈眶。

他非常灵活地爬了起来。

"克莱。"我跳起来,撕下自己的面罩,眼泪在我冰冷的皮肤上凝成泪点。我的牙齿冻得直打战,"你在这里,和我在一起。"我们奔向彼此,紧紧地拥抱起来。"看见你真高兴。"

"我也是,迷恋数字的女孩。我每天都很想你。对你的思念让我继续活下去。"他把我抱得更紧,"为什么六怕七?"

我笑了。这个男孩!他总是喜欢和我开玩笑:"为什么?因为七八九。"

他把他的头埋在我的肩头。即使我穿着外套,也能感觉到一些温暖和湿润的东西。是他的眼泪?"我希望你成功逃走了。有时候,我听到惨叫声……"

"是啊。"他打了一个寒战,"是啊,我的确逃走了。我来到收容所外面,但最终我对寒冷毫无防备。一群俄罗斯人抓住了我。他们……他们……"

"我知道,我知道了。"我能想象,我抚摸他的头发,"一切都结束了。你现在安全了。"

他又打了一个更大的寒战:"第二天早上,他们把我带回去交给万斯。我被所在一个地下室,看守在那里接收训练。"

我退后一步,戴上了手套:"你昨天是怎么获得自由的?"

"一个留着粉红色头发的女孩打开了我的门。"

鲍,我感激她——他——无论是什么!

"你在这里发现其他被收容的孩子了吗?"

他的声音很低,充满了无尽的遗憾:"没有人活着。你呢?"

"我也没发现。"我们必须做更多的事情。我不会接受失败。

风中传来一声呻吟,吸引了我的注意力:"你听到了吗?"

接着是另一声呻吟,更柔和一些,但透露的痛苦并不少于第一声。

"是的,"他戴上他的面罩,"来吧。"他一边说,一边继续前进。

我也重新戴上面罩,虽然我讨厌把那个死去的孩子留在旷野中,但我还是跟随克莱向前走。我要照顾生者,让死者照顾死者吧。呻吟声引着我们来到一片四周是常青树的小空地,但没有普林收容所制服的迹象。

我冒险喊道:"我是藤莉·洛克伍德,我知道有人在这里,但我无法找到你。我不想伤害你,我只是——"

此时,一堆岩石发出嘎啦嘎啦的声音,一只颤抖的没戴手套的手伸了出来。

"在这里!"我对克莱大喊道,一边不顾一切地冲了过去。我挖开石头,发现了——斯隆。她的脸冻僵了,一部分变成了蓝色,但她还有脉搏。很微弱,但总算有。她没有颤抖,我知道这是一个很不好的迹象。

克莱来到我身边，帮我把斯隆彻底从石堆中拉出来。

我的绝望在升级。我从背包里取出外套，把它裹在斯隆的肩膀上，然后又摘下我的手套戴到斯隆的手上："你知道怎么生火吗？"

"不知道，但即使我会生火，看守——"

"如果他们找到我们，我们要和他们战斗，但是现在必须让她变暖。"

洞穴太遥远了。她无法挺过长途跋涉，而我不确定我们强大到足以渡过难关。

"好吧。我会尽我所能。"

"我们需要帮助。"我喃喃自语。

如果告诉阿彻离我远点儿，实际上会迫使他远离，那么也许召唤他会迫使他出现？

我必须试一下。

"阿彻，"我呼喊道，"鲍。不管你的名字是什么，我需要帮助。"我想起了基利安教我在求助时该说的话，补充道："如果你能听到我说话，现在你可以走近。"

"哦，我能听到。"远处的冰吱嘎作响。

我猛地站了起来，紧握着手术刀，随时准备行动。以防万一。克莱在我身旁，手里拿着一块石头作为武器。我还记得他的脱瘾过程，当时他连站都站不稳。现在，他看起来又干净又清醒。

一个我不认识的家伙步入空地，他举起双手，手心向外。投降的标志。他的头发是金丝色，令人难以置信的英俊。他有一张你在杂志上才会看到的脸——全世界最性感的男人。

他能容忍基利安的罪行。

和基利安一样，他不穿外套。他穿着一件紧身 T 恤，秀出了他大部分的二头肌。还有一点和基利安一样，他身材高大，肌肉发达。

"待在原地别动，"克莱命令道，"我不想伤害你，但我会的。"

"你为什么要伤害我？藤寻求我的帮助。"新来者向前迈了一步，停在一束月光下，"我来了。"

"你听到她呼喊阿彻,所以决定假装阿彻来欺骗她。"

他的目光锁定我的目光。他的眼睛是铜的颜色,眼神古怪又迷人,就像一团阴燃的火焰,但那种炽热的强度对任何一个人来说都是难以抗拒的。那是鲍的眼睛。

"我是阿彻。"

我发现有轻微的英国口音,正是这个特别的口音曾经在我脑海里低声说话,我又感到一阵眩晕。基利安告诉我,我会再看到鲍——而鲍是一个男子,名叫阿彻。

我现在看到了他。

"你是什么人?"我想听他亲口说。

他笑了:"你知道我是什么人,精子库。"

我猛地后退了一步。

"好了,我不知道你是谁。为什么你要谈论精子库?"克莱转向我,"他是谁?"

"你是一名特罗里坎劳工,"我对阿彻说,"确切地说,我的特罗里坎劳工。"

他点了点头:"你必须相信我,至少一小会儿,如果你想让斯隆活着的话。我可以让她变暖,瞒过那些正在逼近的看守把她藏起来。"

虽然我感到宽慰和释然,但还是又生气了一遍。他怎么敢假装自己是女孩,侵犯我的隐私?他怎么敢假装是我的朋友?

我不信任他,再也不信了。他和基利安一样坏,心里只想着一样东西。但我再给他一次机会。此刻,斯隆最佳和唯一的生存机会有赖于他。

他不需要更多的鼓励便开始行动。克莱和我站在原地,看着阿彻蹲在地上,伸出双手,用手指在手掌上轻敲。一道明亮的蓝光从他身上发出——就像我在基利安身上见过的一样——我惊讶极了!

"真实的你长什么样?"我问。

"正是这样。"他的手指在蓝光下晃动,好像是在打字。我想他确实是在打字。他站在那里,移动了几码远,然后重复这个过程——蹲伏和打字。他一共把这个过程重复了四次,直到他在中心与我们周围形成一个正方形。

"怎么回事?"克莱问,他和我一样持强烈的怀疑态度,"你怎么会发光?"

"这是我的工作的好处之一。我能连接到电网。"

电网?

他带领我们走到正方形内,然后又一次发出蓝光。紧接着蓝光消失了——它只在阿彻创造的四个角落出现。光束迅速上升,散开,形成墙壁,在我们周围散发热量,如此美妙的热量。墙壁是如此离奇的美丽,钻石沙闪闪发光。我几乎可以说服自己,是天空落在了我们头顶,星星若隐若现泛着微光。

我伸出颤抖的手,用指尖轻触墙壁。真的是墙壁——凝胶状的空气墙。商标未决,我干巴巴地想。我可以开玩笑或抽泣。但我怎么可能做到?

光线如波浪般起伏,从一面墙蔓延到另一面墙上,让我着迷:"我们如何隐藏?"

"我们看到的是光,"阿彻蹲在斯隆旁边,测量她的脉搏,"其他人看到的森林。"

"假如他们无意中碰到我们怎么办?"

"不会的。光被激活的那一刻,特罗里坎的信使就到来了。你看不到他们,但他们就在周围。"

"以制造恐惧为主?"我问道,我仍然为与米黎亚德信使的相遇感到生气。

他看了我一眼:"以分心为主。"

"信使。"克莱揉了揉后脖颈,"我的米黎亚德劳工和特罗里坎劳工告诉我,信使将是我在第二世的工作。"

"你和其中一个王国签约了吗?"我一想到这一点就感到慌乱。如果我们最终在不同的王国该怎么办?

"还没有,但我有很多时间去思考,我倾向于特罗里坎。我的家人都在特罗里坎，我想永远和他们在一起。"

"可是……我想，你恨你的家人送你来普林收容所。"

他凝视他的脚下："我恨我自己。尽管在普林收容所的经历很可怕，但我不也不后悔来到这里，我很清醒。我遇见你和马洛。"

马洛，此刻会不会在特罗里坎？

"我帮助斯隆之后，可以给你一场去王国的旅行。"阿彻从他的脚踝上的刀鞘里取出一把匕首，割破了自己的手腕，然后把伤口放在斯隆的嘴唇上方。

"等等。你要做什么——"他至少没有做吸血鬼做的事情。闪闪发光的液体流了出来，而不是血液。

"我在给她生命之血，"他说，"她会痊愈的。"

随着液体一滴一滴地淌进她的嘴里，她没有任何反应。但阿彻似乎对自己伤口的愈合很满意。他伤口上的肉就在我的眼前重新愈合好了。我从来没有见过这样的事情。

他放下手臂，笑着对克莱说："现在去旅行吧。"

这句话是对克莱说的，但旅行是为我准备的，我敢肯定。我对阿彻的愤怒并没有减少，尽管他的花招很酷，但我目前不想与他的王国有任何关系。他再次用胳膊打字，几秒钟后，图像出现在墙壁上。和基利安一样，他展示了一个海滩。只是这是一个阳光普照的海滩，七彩颜色的水显得晶莹澄澈。当我看到冲浪者乘风破浪，还有鲸鱼！我闭上了眼睛，身上的每一块肌肉都紧张起来。他在利用他收集到的关于我的信息。这些信息他不应该有。

难道没有人只是因为我是我而喜欢我？我永远只是一个需要去赢得的战利品，而不是一个被爱的对象？

第十章

并不总是隔岸风景好，邻家芳草绿。你浇水灌溉过的草更绿。

——特罗里坎

一颗汗珠顺着我肩胛骨之间的背流淌下来，除了制服，我把衣服全脱了下来，当成坐垫，紧挨着斯隆营造出一块温暖舒适的地方。她仍然没有知觉，但我高兴地发现，她的脸颊变得越来越红润。阿彻的生命之血起作用了。

我猜他不是个百分之百的蠢驴。

克莱转完一圈回来，也像我一样把衣服脱了，坐在我身旁，眼睛一动不动地看着面前的特罗里坎劳工。"我已经好几年不肯和我的特罗里坎劳工说话了。我想，这是惩罚我父母的一个办法。也许也惩罚了我自己。现在，我已经有点后悔做那个决定了"。

"如果你接受我，我很乐意通过代理成为你的特罗里坎劳工"。

"你可以那么做？"

"我已经申请了，而且获得了许可。"

"我愿意接受你,谢谢。"克莱低头看着自己紧握的双手。"几年前,有人主动提出和我签约。我父母告诉我,这个提议被撤销了。我做了太多……"

"不,"阿彻说。"每个孩子都会收到一个邀约。一旦邀约发出,就会一直有效,直到第一次死亡为止。"

克莱苦苦思索着,低声说:"可是你不知道我都做了什么。"

"我不需要知道。你做什么都不会比我过去的所作所为恶劣,可是,在我做好准备的时候,我还是受到了热烈欢迎。"

哦!这激起了我的好奇心。阿彻过去干过什么?他那么循规蹈矩,我想象不到他会故意破坏规矩。

"我只是在我发誓之前,我想先弥补我犯下的过错。"克莱的一只手整理着自己的头发,"我想名副其实。"

"为什么?"阿彻走过去,拍拍他的肩膀,这个不允许的触摸显然令他吃了一惊。"没有必要,你永远不知道在那片收获之地自己还剩下多少时间。"

我突然一下子醒悟了过来。"收获"是个农业术语,而在这里,在特罗里坎和米黎亚德,收获的是灵魂。此时此刻,我不知道自己是受了侮辱,还是感觉受宠若惊。

"我还年轻。我终于洁净了。我有的是时间,"克莱说。

阿彻的肩膀微微弯了一下,轻得几乎难以察觉。他就像个捧出自己最心爱甜点却刚刚遭到拒绝的孩子:"小心。没人知道是哪一天或哪个时辰。"

普林收容所的两名看守向我们所在的明亮的广场走来。不过,就要走到我们跟前时,他们转向了左边。似乎在内心深处,他们知道该避开自己眼睛看不见的东西。

使者们在行动。我也看不到他们,但可以看到他们行动的结果。

惊喜!他们给这个世界——乃至所有世界——带来的惊喜,比我以前想象的要多得多。

159

"了不起。"克莱打了个哈欠,伸了个懒腰。

哈欠是会传染的。虽然我刚才休息了一会儿,但支撑我的只不过是肾上腺素激增产生的幻觉,现在早已经消失殆尽了。基利安用在我身上的药物,作用正在慢慢消失,疼痛一点一点返了回来。而且我很饿,感觉虚弱,烦躁。

"你累了,你们俩都累了。"阿彻严厉地看了我一眼,"我会保证你们的安全。睡一会儿吧,不要和我争。"

这再一次提醒我,他对我的了解比他该知道的要多。我厉声对他说:"你应该在我当着你的面洗澡之前,告诉我你是个男人。"

他毫不掩饰地说:"你情绪不好。你是到每个月的特殊时期了吧?我们的周期终于同步了?"

啊,再说我揍死他。

我又打哈欠了,下巴合不拢。好吧,算了。明天再揍吧。"基利安怎么样?他会不惜一切代价找到我的。"一提起这个男孩的名字,我就热血沸腾,怒不可遏,身上热辣辣的,"别想让我和你签约。"

"基利安?"克莱问道。

阿彻那古铜色的眼睛里闪过一丝怨恨的光芒:"米黎亚德邪恶的化身。他也看不到我们。"

好。那就好。当然看不到。

阿彻定定地凝视着我:"你现在承认自己的重要性了吧?有没有意识到,你是压死骆驼的最后一根稻草?"

压力……我转过身一言未发,躲开了他的视线。

克莱先给我来了个飞吻,然后重新把注意力返回阿彻身上:"你多大了,称你——"

"叫我阿彻。十九岁。"

"你在特罗里坎待多久了?"

"我在一个王国长大。"

在"一个"王国。这奇怪的措辞引起了我的注意,不过我没有理会。

我太累了，没力气和他斗智斗勇，除此之外，我也不希望他的注意力转回我身上。

"我早就知道特罗里坎王国的人长寿。"克莱皱着眉头，"但我见过的劳工看上去都没超过三十岁。"

"与肉体不同，灵魂是永恒的，永远不会腐烂，"阿彻说，"灵魂到了特定的阈值——尽善尽美的年龄就冻结了。"

就像我们"承担责任的年龄"一样，只会更好。

我的眼皮开始沉重，所以我最终放弃了战斗，趴在了斯隆身上。我会打瞌睡。我的情况已经改变了，是的，但我的思维方式还没有改变。不管我多么信任克莱，好吧，好吧，在这一点上，我也信任阿彻，但我能依靠的只有自己。

我的理智之光熄灭了……

然后又点燃——

一根针头戳进我脖子里，疼痛贯穿了我的全身。万斯公然取笑我。我想踢他，但手腕上锁着的铁链限制了我的活动半径……

"藤，藤。"

一双手放在我肩上，摇晃着我。

"醒醒，快醒醒！"

危险！有人攻击！

我拼命睁开眼睛，摇摇晃晃地站了起来，一只手臂挥了出去。

斯隆弯腰一闪，避开了朝她脸颊打来的拳头。

"哇！天已经不早了，对吧？"

我气喘吁吁，心里怦怦直跳，两眼审视着四周——闪闪发光的广场。阿彻站在广场的另一端，双臂垂在身体两侧。斯隆坐在我右边，脸朝着我。克莱坐在我左边，膝盖贴着胸口，眼睛闭着。没有敌人潜伏在附近。没有人试图伤害我。

冷静。镇定。折磨……只是记忆。

斯隆虽然一脸揶揄，脸色却仍很苍白，浑身发抖，不过至少她还活着。

"出什么事了?"我伸手去拿手术刀。

"你睡梦中一直在尖叫。梦见什么了?"她朝发光的墙壁打着手势,然后指着阿彻问,"他是谁?"

对,昨天的介绍她错过了:"那是阿彻。"

"很好。精彩。但是,这么点儿信息等于什么也没说。他是什么人?"

我再一次审视着他,发现了我以前漏掉的细节。他像死了一般,一动不动,眼睛眨也不眨,眼窝清明如镜。所以,他的灵魂已经脱离了躯壳。他可以随心所欲,来去自由?

他到哪里去了?

他脚上的那双靴子周围,散落了一地衣服。很明显,在我们睡觉的时候,他消灭了整队的看守。

我先从最重要的真相说起:"他是咱们这边的。"

"好。他很有魅力。"斯隆用人人都能听到的声音低声说。是希望他能听到并且做出反应吗?然后,她收起了那副胆怯的伪装,色迷迷地伸出双手,"给你来点糖。"

我翻了翻眼珠:"说他是鲍你就更明白了。吃早餐时你想捉弄的那个女孩。"

她惊奇地眨着眼睛:"你骗人。"

"哦,对了,他是一名特罗里坎劳工。"

现在她一脸苦相。"他已经失去了我几千点的加分。"她摇摇头,好像正在抹去层层叠叠的蜘蛛网一样,"我很震惊。阿彻先生是个身材健美的火辣男人。"

克莱醒来的时候,我仔细审视了一下广场周围的森林。什么只睡一两分钟!很显然,我陷入昏迷状态有好几个小时。太阳高高挂在天上,发着耀眼的光。树上仍然覆盖着晶莹的冰,但没有看守出没的迹象。

"嗯?"斯隆用刷子刷掉手掌上的灰尘,"有什么全盘计划吗?"

我的注意力一下子被吸引了过来。对。我们需要一个全盘计划。"我的全盘计划很简单:吃早餐,摆脱阿彻,躲避基里安。"我讨厌被人逼迫,

"哦,逃出这片大山,躲开子弹。生存下去,一直活到十八岁。"也许我还会去上大学,变成一名会计师。

当心色情!我突然兴奋地一阵颤抖。

也许到那时候,我已经弄清楚了自己的第二世。

其他人会如何选择呢?此时此刻看似很好的计划,换个时候可能就变成了噩梦。我明白这一点。我见过妈妈在她十几岁时拍的照片,发型是新烫的卷毛。几年前我曾在吊床里打了个盹——当时我严重晒伤,还有可能患上黑色恶性素瘤。我十五岁时刺上的文身——我永远也洗刷不掉的地球人标记。这一切在大事件里都不值得一提。而这个计划却不同。

"听上去不错,算我一个。"她揉着太阳穴,"另外,在我大脑爆炸之前,我想我应该对你说……谢谢?你救了我的宝贝。"她挥手指了指自己身体的曲线。

"救你的不是我,是他。"我下巴朝阿彻努了努。

"哦,谢天谢地。我宁愿闻起来像臭屁,也不愿意有一分钟欠你的债。"

我哼了一声:"是什么让你觉得自己闻起来没臭味呢?"

她皱着眉头,举起了手臂,嗅了嗅自己的腋窝。我笑出声来,她对我竖起了中指。

"我没味儿。"她说。

一阵轰隆、轰隆、轰隆隆的声音,犹如烟花一般,在空中炸响。大地在颤抖,斯隆喘不上气来。通常情况下,我们可以几个月看不到来自两个王国的任何形式的暴力迹象。唔,过去几天发生的事,对我们来说不是个好兆头,对吗?

在那里,事态正在逐步升级。可是,两个王国到底在哪里交锋呢?束缚在米黎亚德的灵魂不能进入特罗里坎,反之亦然。

克莱站着伸了伸懒腰。"对不起,失陪一会儿。"他向着阿彻走去,带着几分忐忑,回头偷偷瞥了一眼,眉头困惑地锁在一起,"他究竟怎么了?"

"除了秀色可餐之外？"斯隆走过来和他一起站在壳体旁，她伸出手，却在接触壳体之前把手放了下来。不接触规则根深蒂固地起着作用，"似乎不在壳里。"

"生活在第二世的人们肯定可以随心所欲地出入壳体。"我说。这就解释阿彻在我们房间大骂基利安的原因。我看不到爱尔兰芳心猎手，但他看得到。

这也解释了我偶尔会听到他们说话声的原因。他们试图帮助和操纵我。

我的手紧紧攥在一起。

"你说的没错。我们可以，而且我们经常这样做。"阿彻的声音响了起来，"就像手从手套里拔出来那么容易。"

斯隆尖叫了一声，踉跄着向后跌了一跤。

克莱咧嘴一笑："我此刻就非常羡慕拥有壳体。"

阿彻伸手想拉斯隆起来，但她摇头拒绝了，态度坚决。阿彻耸耸肩，绕着她踱着步子，但他那超凡脱俗的铜色目光却落在我身上。

"我在我们的南面发现了一个镇子。如果现在离开，天黑之前我们就可以赶到那里。"

"我现在还哪儿也不打算去。"也许我不会马上甩掉他。也许我会用他利用我的方式利用他一把，让他带我去我想去的地方，"我必须吃饭。"我的肚子咕咕作响。我翻遍了背包，递给克莱和斯隆一听食物。阿彻没接递给他的食物，这让我想起他推掉高蛋白营养棒的情景。

"你不需要吃东西，是吧？"

"我只吃吗哪。"

"可是你吃过收容所的残羹剩饭。"那残羹剩饭看起来甚至就跟排泄出来时一模一样。

"有时候。"

"壳体里有一个隔间，可以让我随意摄入和排出，而且——"

"我对你讲的东西感兴趣，真得很感兴趣。"但我的目光怎么也离不开手里那听鸡肉,"不过实际上,你说了什么我一点也没听见。"食物!

我啪一声拉开了上面的盖子,克莱和斯隆也跟着做了,一时之间,辣椒酱和蓝奶酪的香味充溢在微风里。我的嘴里满是口水。

我们像野蛮人一样,铲起一块块的食物送进嘴里。

快接近罐底的时候,我强迫自己慢了下来,但这也不行。罐子很快就空了。嗯,吃了个干干净净。每咬一口就是一克蛋白质,一共二十三口。食物足以让我度过这一天吗?我们会找到答案。

克莱揉了揉胃,辣椒酱抹得满脸都是:"这是我这辈子吃的最好的一顿饭。"

"真可悲。"阿彻说。

"可以走了吗?"斯隆问,听起来她有些不耐烦,"我们还要摆脱一个劳工,而且还有一座山要下。"

她朝阿彻抛着媚眼,不是忸怩作态,更多的是坚定:"哎呀,现在我们已经一点惊喜也没了。我们到底该怎么办呢?"

克莱摇摇头:"我们需要阿彻。没有他,我们活不下去。"

阿彻瞠目望着我,眼睛里满是指责:"你打算离开我?"

"原本是这么打算的,"我不会感到内疚,"后来我改变了主意。现在,我需要方便一下。"

我一阵尿急。我的头高昂着,稳稳地站在那里:"恕我失陪。"

"一旦你走出这个宁静的广场,冷气就会侵入你的身体。"阿切出其不意地弯下腰,把外套朝我扔过来,"我要是你,会先穿上衣服。"

对。我没有外套,没有手套,没有口罩,也没有护目镜。我还穿着靴子,不过,我换上了阿彻脚边一双更合适的。

"给。"他从衬衣里面翻出一条项链,然后从脖子上摘了下来。项链的末端是一个小吊饰瓶。他往我跟前凑了凑,把小瓶递过来,"液化吗哪。"

考虑到我刚才吃了早餐,我现在的口臭等级肯定是五级戒备状态。说话之前,我先把脸从他面前转开:"你给我的是精神食粮?"

"是。喝了吧，如果你够胆。"

明摆着是挑战。

"让我猜猜。我会喝的，然后我要么会死心塌地地爱上你，要么我就会狂泄而亡。你因为我想赶你走而想让我吃苦头。"

"现在你应该更了解我了。"

我听出他语气中不悦。该死，我的确感到内疚，为想摆脱他这件事而内疚。

在想为自己开脱之前，我一把抢过来小瓶儿，仰起脖子，喝干了瓶里的东西。里面的液体甘甜可口，味道就像融化的蜂蜜，但并不黏稠。当它浸过我的五脏六腑时，我觉着自己由内而外得到了爱抚。我的血管开始贲张，好像血液正在嘶鸣。

"我怎么了？"我问道。

"我敢肯定，你已经发现，我在收容所里身上很好闻。吗哪不仅滋补，还有洁净作用。"

还会让人上瘾。我还要！给我！

"这种特殊品种的吗哪只有特罗里坎才有。"他补充说，而我则怒视着他。我又一次被操纵了。

"去吧，去做你该做的事。"他轻轻推了我一把，然后我就站在了广场外面。

空气显得很湿润，但我出现的另一端却一点儿潮气也没有。几秒钟之内，我就差点冻死。我迈着沉重的步子走到一棵树后面方便。在我系裤子的时候，我的屁股被寒风刮得生疼，忽然听到树枝折断的声音。我的心跳顿时停止了，站在那里一动不动。

危险！一股熟悉的香味飘进我鼻子里。泥炭烟和石楠的味道，纯粹的诱惑。

基利安在附近？

我的心脏恢复了跳动，心跳又快又剧烈。难道他看到我解手了？

我的脸颊绯红。

我提醒自己，对他来说我只是一个要征服的灵魂。一长排灵魂中的一个。只是一个数字。呵呵，真讽刺。

他多么恨阿彻，就有多么憎恶失败。无论他有时有多么甜蜜，我最关心的永远不会是他最关心的事情。

我以百米冲刺的速度跑回广场，却发现自己看不到广场。完了！我该怎么办——

阿彻出现在我面前几英尺的地方，我的背包搭在他的肩上。斯隆和克莱上前一步，突然守护在他的两侧。前面两人都穿着冬装，但阿彻还没有脱掉 T 恤和牛仔裤。他那漂亮的五官因为愤怒彻底扭曲了，烙在他手心里的星星泛着明亮的蓝光。

"基利安。"我们异口同声地说。

"现在想跟着我了吧？这边走。"阿彻像火箭一样发射了出去，我们则使尽全力紧跟在他后面。

"基利安，那个新来的男孩？"斯隆问道，早已跑得气喘吁吁，"为什么我们要回避他？他比阿彻还有魅力！除非你的脑子被驴踢了。"

"他为米黎亚德做事。"我解释道。虽然我呼吸还算平稳，但每踏出一步都比上一次更困难，我的大腿灼热而刺痛。

"知道我刚才听到了什么？"她问，"他年轻寡言，是我喜欢的类型！"

"你的标准需要修正。"我说，然后开始喘息。

"已经不用锦上添花了，但是哎哟，哎哟，哎哟，起泡了！我不知道自己还能再跑多远。"

阿彻扭头笑望着我："你为什么不朗诵一首诗，分散一下斯隆的注意力，让她完全忘掉自己的后劲不足？朗诵一些令人振奋的东西，还要保证押韵，最好的诗歌总是押韵的"。

他是认真的吗？

"有了，一首诗。"我煞有介事地清了清灼热的喉咙，仿佛要说点什么深刻的东西似的，"你在许多方面很烂，至少我们大家付出了代价。

你使我们温暖，也使我们远离人群。你有一副好皮囊，但你是个讨厌鬼，不只是粗鲁无礼这么简单——这是一个小甜妞的吐槽。"

他瞠目结舌："这并不令人振奋。"

"那你一定没有好好听。我感觉好多了。"斯隆按住自己的心脏，仿佛遭到了攻击，"唯一的问题是，我感觉我要死了。"

阿彻瞥了她一眼，又看了看克莱，然后皱起了眉头："克莱？"

"等我们到了那个小镇，或者我们要去的任何地方，"克莱没有一丝轻浮地宣布，"我就要与特罗里坎签约，再也不等了。你是对的。"

我绊了自己一脚，好不容易才勉强站稳。

"为什么那么急？昨天你还说你有时间呢，而且……"不！闭嘴！他的未来是他自己的。我没有权利用别人强迫我的方式强迫他。

只是内心深处我希望他等我做出决定，希望他挑选我选择的国度。

我像我的父母一样糟糕。

"昨晚我想了一夜，"他继续说，"接着发生了这种情况。我们又开始奔波。没有人知道什么时候会结束。不管我已经犯了多少错，我想为我的选择做好准备。"

他的保证对我的不确定性是个嘲弄。

"我们现在马上这么做，"阿彻领着我们钻入一个小山洞，"不必等到我们到达那个小镇。"

有那么几秒钟，没人说一句话。我们都忙着喘气。一阵缄默。罐装鸡肉在我胃里一阵翻腾。

阿彻在手臂上输入了些什么，这时，柔和的蓝光从他身体里散发出来："你准备好了吗？"

克莱点点头："我需要做什么？"

"做一个简单的效忠承诺，长短适中即可。"

"但是要记住，"我说，仍然坚持自己的立场，"这个简单的承诺是永久的，没有回头路。"

我又强迫他了。停！

"别白痴了,"薄雾飘荡在斯隆面前,而她继续在为每一次呼吸努力着,"两个王国只想要你们像工蜂和士兵一样为之卖命。"

"这真的重要吗?他必须挑选一个国度。除此之外,只有一个选择,那就是多终点国度。"我不寒而栗,知道再也不能否认它的存在了。之前我之所以那么做就是因为我一直不想接受会在那里结束的可能性,"多终点国度是第二世的普林收容所,那里只有惩罚和痛苦。我只是不想最终成为你的敌人,克莱。"

他扯着我的一绺头发:"你不会的,永远不会。"

"你们俩都太听信传言了。多终点国度不可能像劳工们说得那么糟糕,"斯隆说,"永恒的惩罚只是为选择不与米黎亚德或特罗里坎签约的人准备的?谎言!"

阿彻怜悯地看着她:"向特罗里坎宣誓效忠就会与该王国建立紧密联系。向米黎亚德宣誓效忠也是如此。这是获准进入该王国的合约。未签约者不受合约约束,所以他们的灵魂只有一个地方可去——多终点国度。"

这些话我以前听说过,但第一次想知道:"没有签约的孩子会被送到多终点国度吗?"

"不会。孩子们在某种程度上与特罗里坎和米黎亚德都有关联。我经常受命坐在某个垂死的孩子身边,这样在他死的那一刻我在那里,能够护送那个灵魂进入特罗里坎。在承担责任的年龄,合约就会解除,允许灵魂选择我们或米黎亚德,就像人类一样。"

斯隆蜷缩着身子摆了摆手,好像她还有话要说,但她喘得厉害,一句话也说不出。

我靠在冰冷的石壁上,为克莱高兴,但为自己悲伤。"我支持你的决定,"我告诉他,"不管决定是什么。"

阿彻再次拍了拍他的肩膀:"特罗里坎的所有人都会成为你的家人。当你需要我们帮助时,你只要开口就可以。等你进入下一世,你会在最适合你的位置接受培训。"

克莱几乎垂涎三尺了。然后,他做了。他说出了每个孩子至少有一位劳工教过的誓言——将永远决定他人生历程的誓言。"我的心,我的精神和肉体都相信,特罗里坎是我的国度。我发誓我的第一世选择特罗里坎。我发誓我的第二世还是选择特罗里坎。我所有的一切都属于特罗里坎,特罗里坎是我的王国。"

"礼成。"阿彻满脸笑容地说。

就这样,一个未来永远定型了。

我期待某个秘密,因此用亮光或欢呼作为回应。有点东西。什么东西都行!可什么也没有发生。

阿彻搂住克莱的脖子,把他拉近,给了他一个兄弟般的拥抱,两人都拍了拍对方的后背。

"欢迎回家,我的朋友。"阿彻说。

"谢谢。"当克莱抬头望着这位特罗里坎劳工微笑时,眼里含着泪水,我惊讶地差点晕倒。

这就是我过去一直在等待的。那一刻是如此重大。直到此刻,我才明白克莱过去肩负的担子有多重——因为担子卸下来了,压力没有了。他的头抬了起来,再也不弯腰驼背,而是挺胸昂首,充满了自豪。他身上散发着知足的光辉,似乎摆脱了多年的疲惫。

我想这样,我热切地渴望这样。

"在特罗里坎,"阿彻说,"你会因为今生的所作所为得到回报。我不是说你的行为会影响你在这里停留期间你能得到的好处,只是说你为我们所做的牺牲将永远不会被遗忘。"

"什么样的奖励?"斯隆顿时被打动了,搓着双手问道,"我们谈论的是珠宝,现钞或黄金吗?"

石楠的香味随风飘了过来,阿彻和我的身体同时僵硬了。停!

"谈话暂停。我们得走了。"

"她是对的。"阿彻说。

我们跟着他回到了严寒之中。我们跑呀跑呀跑,我们脚下的冰反着耀眼的阳光。我又开始气喘吁吁,只是比原来糟糕了一千倍,肺部灼烧的感觉很快超过了大腿的疼痛。

"我改变主意了,需要再停停。"

光从阿彻的手腕上爆发出来。在他手指飞舞的时候,他并没有停顿,而是不停地输入文字,输入文字。在前方的上空,一束蓝光从天而降,砸入地面,有些什么东西在它消失后留了下来。

阿彻跑过去的时候抓住了那个东西。"接住,"他扔给我们每个人一截绳子,"绑在腰上。你们会需要它们的。"

我什么也没问。一边跑,一边照吩咐做。

又一轮嘈杂的声音在我们身后爆发了——一声号叫。是战争的哭号吗?

某种黑暗的东西嘶叫着从我旁边飞过砸向阿彻。这位劳工被扔进了山的那边,力道之重,令我的脚下一颤。当他锁身站定,同时出拳和踢腿的时候,我瞥见了一头深色的头发和一条挽起来的带有复杂刺青的手臂。

基利安找到了我们。

我停了下来,抓住克莱和斯隆。我们要么一起站着,要么就一起倒下。

"我要杀了你,"基利安发出了一记沉重的猛击,打向阿彻的鼻子,"你没有权利。"

"我完全有权利!"阿彻躲避着,躲开了又一轮愤怒的攻击。他有三拳落在了基利安的身上,"她不想要你。"

"她不知道她想要什么。"

她,指的是我。我的胃拧成了麻花。

"我不会让你用伤害迪奥的方式伤害她的。"阿彻咬着牙说。

迪奥?

"直到我与你的宝贝断绝关系为止,"基利安说,语气轻柔而热切,但我还是从中捕捉到了愤怒的音符,"她求我别分手。"

那种愤怒是为了一个女孩?基利安在尽力掩饰自己的感情,但他失败了。

他爱迪奥，是吗？

心灵争夺！

恶战火爆地进行着，两个男孩向对方投掷石头和锋利的冰块儿，也发生肢体碰撞。当两具肉体从壳体里撕裂出来的时候，我畏缩了，每一条碎肉都带着钻石尘埃的光芒。阿彻称之为生命之血。

"我们不要围在这等着为获胜者加冕。"斯隆拉着我的手臂。

"我不能走。我得帮助阿彻，"克莱已经迈步向前，"他是家人！"他这么快就感觉到了契约的力量，我不理解："克莱——"

嘣！

爆炸的回声从空中传来，然后又是一声，听起来好像释放了很多烟花。一场战役正在天上展开，与此同时，另一场战役正在这里进行。也许阿彻的朋友们正在和基利安的朋友们厮杀？事情是在这样发展吗？

"等等。"我紧紧握着克莱的手腕，不让他动。如果想插进两个一心想让对方死的野兽中间，我们不是走开——而是爬行。这还要看我们是否幸运。

脚下的震动是不是越来越强了？

"在其他囚犯需要我们的时候，我们曾有多少次都是冷眼旁观，什么也不做？"克莱用眼睛恳求我，"我再也不能袖手旁观了。"他在斯隆又一次和我展开拉锯战时，从我紧握的拳头里挣脱了。

反作用力使我向后倒去。我并不是故意的，但我带着她一起倒在了地上。这种影响是不和谐的，甚至也许给我带来了一点理性。克莱是对的，不能再袖手旁观了。如果我能帮助阿彻和基利安，我就必须帮助他们——在他们互相送对方第二次死亡之前。

正当我站在那里的时候，又一波响亮的爆炸声从上面传来。我抬起头，意识到这一次响声不是来自天上，而是从山里传来的，这预示着即将发生雪崩。天上只有雪、冰和石头，它们一齐径直朝着我们铺天盖地而来。

第十一章

没有结束,你不可能有新的开始。

——米黎亚德

生活的一切都与数字有关。

今天,那些数字就是我们所拥有的安全到达的秒数,是将要让我们崩溃的吨数,也是我们将要跌落却无力阻止的英里[①]数。

"来吧,"我抓住斯隆的绳子的一头,以最快的速度奔跑。她没有准备好,我得把她拽在我后面。我跑到克莱那里,抓住他的绳子,把他也拽上。我们还没有绑在一块,但我一边跑一边设法补救。我抖得很厉害,"快跟上!阿彻!基利安!"

数字永远不会说谎。像这样聚成团状的物体,它的中心总是最重的,因此那将是雪崩移动速度最快、影响最严重的区域。如果我们能够跑得足够远,跑到一边,我们也许有希望避免被埋葬。

---

① 英里:英美制长度单位,1 英里 =1.609344 千米。

我抬眼一瞥。完了！我们并没有跑到一边。

附近没有能给我们的绳索充当固定物的树木。再说我们也没有时间把自己绑到树干上。我们接下来该做什么？挺住？

雪崩的隆隆声越来越大，到后来，我发誓肯定有一列货运火车隐藏在湖泊之下。要挺住！我想起曾经读过一本书，便大声喊道："如果你被卷走，要以最快的速度向山上攀爬。"

我们被埋葬的时间越长，我们的移动将会越困难："不要停下来，直到——"

撞击！

我被扔了下去，似乎是被重达一万磅[①]的积雪扔了下去。我用尽全力拽住绳索，像烘干机里的衣服一样不停翻滚。常识告诉我，要保持一只手在脸部前方，同时要保持另一只手高举在头上以防迷失方向。但我有一个选择，总是有一个选择。我抓紧绳索来帮助自己或我的朋友们。

我坚持抓住绳索。当我终于停下来的时候，积雪和碎片堆积在我头上。我努力喘气，但是没有足够的氧气。

绝望的时刻尽量不惊慌，我猛烈地摆动我的双腿，推动起来。

我的方法正确吗？有关系吗？如果我被埋入一英尺或者更深，我才不会让它淹没到自己的头顶。那才是重点。

似乎是永无尽期的时刻！是的！我钻出了雪地，我的肺尽其所能吸入空气。当我扫视这片白色的海洋，我抓狂了，看不见其他人的迹象。

"克莱！斯隆！"没有回应。

"阿彻！基利安！"同样，没有任何反应。

我用力拉扯一根绳索，又拉扯另外一根，然后意识到这两根缆索都在雪地的顶部，并且两根都面对同一个方向。我努力穿过其余的雪地。

"藤！"克莱在喊，超级疯狂，"帮帮我，你得来帮帮我。"

我笨重地移动双腿，循着他的声音。我滑到悬崖边缘停了下来。一

[①] 磅：英美制重量单位，1磅=0.454千克。

堆积雪和岩石滚落下去，不断下跌。

"藤！"他紧紧地抱住一棵被掀翻到悬崖边缘的树，树根是唯一保持固定的部分。

"我找到你了。"我用脚跟向下挖地，并试图用绳子把他拉上来。

"别担心。"

"藤……藤……"

我右边传来一声抽泣。我转过头去，看见了斯隆，我差点吓晕过去。她像克莱一样悬挂在悬崖边上，正胆战心惊地用尽每一分力气抓住树枝。

"求求你，帮我。"

我感到一阵极度的恐惧。我不可能把他俩同时拉上来。他们实在是太重了。我得先挑一个人拉上来，并祈祷另一个能够多坚持一会儿。

另一个讨厌的选择。我的喉咙一阵啜泣，哽住气道。

我爱克莱。我们曾经一起欢笑，一起哭泣。他善良，诚实，正如他今天刚刚证实过的，在需要的时候乐意助人。我都能想象在我海边的家里，他和我一起冲浪。

而另一方面，斯隆，在一年多一点的时间里，一直都是我的身边的一根刺。从各种意义上讲，她是一种痛苦。她令人恼火而且性格好斗，我无法想象在我背后可以信任她。

但克莱现在知道他死的时候会去哪里。

斯隆将会在多终点国度里终结。

"我很抱歉，克莱。第二个拉你上来，好吗？只要你坚持住不松手，坚持住不松手！"我松开绳子，我恨我自己，用双手抓住斯隆。脚下在打滑，我环顾四周——只看到了克莱，我够不到任何巨石或者树根，这意味着我无法固定自己。

好吧，得不到其他帮助。

"藤。"她哭了。

"松开树枝，"我喊道，"请你松开。"

"不，不——"

175

"松开！如果你紧紧地抱住树枝，我就没办法拉你上来。"

摇摇欲坠的一棵树："斯隆！我抓住你了，我保证。你只要松手！"

"我做不到。"她一边说，一边哭喊着。

"你必须松开，拜托了。"

她只是哭得更凶了。

愤怒使我的情绪泛滥："我数到三，我还要帮助克莱。一、二……"

她松开手，把她体重的全部冲击力都交给了我。我的脚一下子滑到了悬崖边缘，让我无法保持平衡。我一屁股栽坐到地上，滑动得更快了。

她惊恐地尖叫起来。

加油，加油。我尽我所能把我的靴子扎到冰雪里，设法阻止我的滑动，我用尽所有的力量向上拉。我拉上了一英寸，然后又一英寸……她的体重不会超过一百二十磅，但我双肩在燃烧，颤抖，仿佛它们正拖拽着好几吨重物。我不知道我的肌肉正在痉挛。

求生的本能要求我放开她并保存自己，但我只是不停地拉着……拉着……

只要再进一步……

快要能够帮助到克莱了……

当她的指尖够到悬崖的边缘时，我咬紧牙关："抓住一边，爬上来。"

她一抓稳，便立刻跨上了一条腿。几秒钟后，她的上半身蹭掉了一侧的积雪。

"快点！"薄雾在我的面前舞蹈，我喘着气，眼里噙满泪水。我瞥了一眼克莱，积雪正从悬崖边上滚落下去。他拼命地沿着树干一点一点地移动，他的每一个动作都使树干更多一点摇摆。

"藤，"克莱比我更加恐慌，"求你了。"

"斯隆，"我恳求道，"加油！"

当她终于爬上来的时候，她双臂紧绷，不停地打战，终于安全了。感谢第一世国王！我放开她的绳子，伸手去拉克莱的绳子。我们的折腾把另一堆雪又送到了悬崖边缘。他刚好接近悬崖，积雪击中了他的右脸，它的冲击力足以使他松手。

"不!"我冲下去,把手臂伸过去。我要抓住他,我一定要抓住他,但什么东西绊住了我的脚踝,让我到不了悬崖边缘。我抓到了空气,只有空气,"克莱!"

他尖叫着跌下去,叫声撕裂着我的心,但比起接下来可怕的寂静,它要好一点。不不不不。他没有,他不可能,但我亲眼看见他。他降落在另一座高原上,一动不动,深红色的水洼在他怪异扭曲的身体周围漫延开来。

恐惧淹没了我。我刚刚找到了他,但现在他却走了?

斯隆把我拉过去。"我们不能待在这里。这里不安全。"她抱住我,逼着我站好,"跟我走!"

现在她很着急吗?我挣扎着留在原地。我不能离开克莱。我就是不能。

从他失去对树枝的抓握到他重重地摔在山脚——大约八秒。如果我刚才多有两秒,如果我能早一点点放开斯隆,我应该可以抓住他的手。

两秒,这就是我需要的。

她啪地打我了一耳光:"藤!"

我舔了舔带着铜腥味的血,但我不在乎。他就在那里,在下面。我的朋友在那儿。他值得更好的结局。

"你听我说。"她抓住我的肩膀,摇晃我,"如果必须要,我会连踢带叫地把你拖走,但是我们要离开这里。你救了我的命,现在我要救你。"

我救了她,可是我没有救到克莱。我没有办法让他回来。但是她的话收到预期的效果。

最后,我让她带我走。他死了,我没有好好对待克莱。

"我们会没事的,"她牙齿打着战说,"你为我做了这些,我彻底是你的人了。我会带你离开这里,即使我不得不跟一帮色鬼睡觉。我知道,我知道。我是一个给予者。"

我变得神志麻木，忘记了时间。我知道我们下了山。我知道，我们停下来休息时，是阿彻加入了我们，而不是基里安。阿彻解释说我们正躲着米黎亚德劳工，但我没有回应。我不在乎。我知道我们停留了一会，斯隆和我可以吃点东西，但我不知道我们在哪里，也不知道我的胃里都放进了些什么东西。

"好些了吧？"斯隆问道。

"她内心很强大。"阿彻回答。

强大？我？我不是。我是那个最薄弱的环节。我让我的朋友死了——但我并不是唯一的一个该受到责怪的。

愤怒的火焰，融化了一些麻木。

"你没有救出克莱，"我摇摇头，直视着阿彻红铜色的眼睛，"你答应过在他身边支持他，做他的家人，他的哥哥，当他需要你的时候帮助他。那么，他刚才需要你！"

阿彻退缩着。他的壳被损坏了，但一切都和以前不一样了，肉体——或不管它是什么，再次组织在一起："我可以做很多事情，藤，但我不能一时间出现在所有地方，我不能凌驾于自由意志。"

"你是说克莱选择了死亡？我向你保证，他没有。他求我救他。"他恳求过我，而我辜负了他。我的眼泪又上来了，我的下巴颤抖着。

"他求过你，但他没有求我。"

当他补充说明的时候，我真想给他一拳："我是说这是我的错，不是我的王国的错。有人告诉我，基利安正在接近，所以我没有赶来。我的新兄弟因此死了。我选择对付我的敌人，而不是要求增援，这件事会困扰我的余生。这是一个我不会再犯的错误。我是说你有两个选择，你做了正确的选择。"

"我让我的朋友死了，"我缓慢而轻声地说，"那永远不会是正确的选择。"

"他不会有任何疼痛了，他是开心的，做着回家的准备。"

我试着想象克莱的微笑，但是没有。我只是看到他倒在自己的血泊中。

"我会在多终点国度找到自己,"斯隆说,手臂抱在胸前,"你有没有去过?"

我们坐在一个正方形区域里面,但是温暖并不令我觉得舒适,我理应受冻。

"没有,但我尝试去过,"阿彻告诉她,"我们听见里面的人发出惨叫声,而且我们甚至还设法跟随幽灵穿过屏障,但我们一直受阻。"

斯隆哆嗦着,也许她要重新考虑她的无王国的立场。

"如果有办法让一个人进来,"我语气空洞地说,"就有办法让其他人进来。"

"你会这样想,是的。"他站起来,举起一只手,他手掌里的星星在闪烁。他一边在星光里打字,一边说,"走吧。我们还有四英里多要穿越。"

我们周围的墙壁逐渐消失,寒风刮了进来。

在旅途中,我们保持沉默,我很愉快。我的脑子里在翻腾。跟斯隆一样,我也是未签约者。如果我现在死了,我会在多终点国度里终结,很可能是用一种痛苦的存在来交换另外一种。但是这也许比其他方式更好。

阿彻没能营救克莱。扣一分,特罗里坎。

基利安的行动导致了把克莱陷入险境的雪崩。扣一分,米黎亚德。

我的父母,说得够多了。再扣一分,米黎亚德。

规则阻止特罗里坎劳工在没有被要求的情况下解救一个人的生命。再扣一分,特罗里坎。

日落两个小时之后,我们来到了阿彻提到的小镇。安装在银柱顶部的取暖器整齐地排列在大街上,发出柔和的红光照亮了我们的道路。金色的灯光从众多的嵌入山边的箱形建筑物里照射出来。

建筑物之间通过某种类型的隧道连接。没有窗户,没有真正的人类。

阿彻停了下来,他手里的光在闪烁。他走到一个阴暗角落里去打字。

"你在干什么？"我问。

"回复一条我上司发来的消息。"

空气墙的发明……地球与王国之间的通信。这种设备还能做其他什么吗？

"我必须让他明白……"

阿彻的无奈一目了然，我突然很高兴，在我来到普林收容所的当天，手机就已经停用。万斯希望让我感到被孤立。他错了。如果找不到我，我就不会被跟踪或者被呼来唤去。

"而你正在浪费我们的时间，"斯隆说，使劲拍打着他，"求你告诉我我们现在哪里，好吗？"

"乌拉尔山。"他的打字速度加快了，手指在隐形的键盘上猛戳。

乌拉尔山，一座绵延在俄罗斯西部的山脉。我的思绪回到了我的第一堂历史课。近一个世纪以前，白雪覆盖的山脉，但跟之前每年不同的是，洪水并没有随季节变化而融化。气候恶化，变得如此恶劣，树木和野生动物很快死亡。两个王国终于出面，种上了可再生的植物。

"这个镇子跟任何其他镇子一样。混杂有特罗里坎和万斯的嫡系以及未签约者。几个星期前，这里发生过一次暴动，目前三方关系仍然紧张。"光亮渐暗，阿彻放下了胳膊。他转过身，双肩下沉，猛地把一包硬币塞到我手里，"我敢肯定，有收容所的人住在这里监视人们，以防收容者们越狱并活着来到这里。"

"我们需要武器，精良的那种。"

"你会得到它们的。在这条街的尽头有一家提供住宿和早餐的旅馆。我认识那里的老板。他会弄到一切你需要的东西，他会带你去任何你想去的地方。"

"他值得信任吗？"斯隆问道。

"是的。"

"你现在可以走了。"我告诉他。我跟他已经结束了，一切都结束了。

他张了张嘴，却又闭上了。他不能凌驾于自由意志。我敢肯定，这是"无条件地爱人们"法则的一部分。

"告别是伤感的。"斯隆说,指尖顺着她脸颊向下划拉,这是她的招牌动作。

我碰到阿彻的目光,他的红铜色虹膜像鸢尾花一样令人迷惑:"我们会没事的。"

"真的吗?"斯隆问。

我会确保这一点:"走。"

"在我被迫服从之前,还有一两分钟的时间。"他给了我一个悲伤的微笑,"没有我,基利安很快会找到你。他会的,他会来找你的。"

"我能对付他。"这是事实,"那女孩是谁?迪奥吗?"我不知道为什么这个问题要留给我。其实,我能对付他。基利安会来找我,我想要我能得到的所有信息。信息就是力量。

阿彻微微犹豫了一下说:"邀请我回来,我会告诉你。"

"不,不,你别耍花招,你欠我的。"

"你也欠我的。"他怎么敢这么说!

"我不欠你什么——"

"要么你在骗你自己,要么你在骗我,到底是哪种情况?"他没有给我回答的机会。他把右手放在心脏部位,左手放在右手上面,一秒钟后,他消失了。

MYRIAD

【米黎亚德】

发件人：P_B_4/65.1.18
收件人：K_F_5/23.53.6
主题：每天意味着天天

  在我们与万斯切断联系之前，你不仅杀掉了他，还忘记了几次报告，弗林先生。

  洛克伍德小姐对我很重要——对我们所有的人。告诉我，你和她现在进展得怎样。你跟阿彻打架之后，将军们正在议论你的重新分配问题，以及其他事情。

  我正在考虑是否要忘记跟你的妈妈融合的那个人的身份。

珀尔·贝内特夫人

MYRIAD
【米黎亚德】

发件人：K_F_5/23.53.6
收件人：P_B_4/65.1.18
主题：威胁我，我会毁了你。

  要重新分配我吗？请便吧。从十五岁起，我就一直做这份工作。假如你数学不怎么样，我可以告诉你，已经四个年头了。在这几年里，我已经俘获了比工作了数百年的劳工更多的第一世的灵魂。将军需要我，他们知道这一点。没有人能搞定这个女孩。最好没有人尝试。如果他们这么做，我会先斩后奏。
  她是我的。她跟曾与我相处过的任何人都不同，我需要更多的时间了解她。
  此外，如果你们试图再次利用我的妈妈来威胁我，我会兑现主题行里的承诺。

基利安·弗林

MYRIAD
【米黎亚德】

发件人：P_B_4/65.1.18
收件人：K_F_5/23.53.6
主题：你是谁？

　　你通常爱挖苦人，但你很少会生气。你从来不关心我们是否会允许另一个劳工去尝试完成你的任务。你总是把它看作一种个人挑战，一种来证明自己优势的方式。
　　你爱上了这个女孩？
　　我想，那是可以理解的。与她融合的将军是我的女儿，基利安。你爱过艾希莉。还记得吗？因为我爱她。我从来没有忘记过。
　　请加大工作力度，与藤莉签约。她维持未签约者的时间越长，特罗里坎就会有更多的时间赢得她。我们不能让她站在敌人一边。我们绝对不能。
　　在让那种事情发生之前，我会亲手杀了她。然后会杀了你的妈妈。
　　我也是在承诺，而不是威胁。

MYRIAD
【米黎亚德】

发件人：K_F_5/23.53.6
收件人：P_B_4/65.1.18
主题：你内心的猛兽正在显现。

我还记得什么？九个将军在一场战斗中阵亡。

是的，你的女儿也在其中，但她对我来说就像一个姐妹，仅此而已。

她不是跟藤莉·洛克伍德融合的那个人。我知道这事。我能感觉到它。

我不爱她。

我会和藤莉签约。现在离我远点，让我工作。

第十二章

你的第一世是为第二世做好准备。

——特罗里坎

我骑车穿过这座山城,斯隆紧随我身后。我是一个有任务的女孩。一,逃避检查;二,获得庇护;三,重新部署。

那个提供住宿和早餐的旅馆,坐落在一个看起来像微型核电站的地方。我们抵达的时候,我已经脚酸背痛。其他建筑物都是用碎石建成的三层盒状物,而这个旅店又高又圆,就像一座冷却塔,蒸汽从屋顶冉冉飘出。在旅馆里面,薰衣草的香味包围了我,我从我的任务清单里去掉了第一项。壁画覆盖了墙壁,这边是一个夏季花园,那边是一片春天的草地。地毯是惊艳的绿色,做成类似于最柔软的草地。

一些人在提供免费茶水和饼干的小餐厅周围转来转去。

斯隆推开人群走上前去,吃了一块饼干。她突然吐出嘴里的东西,张着嘴巴:"哦,该死。这是我吃过的最糟糕的东西。"

"那么,你一定是米黎亚德人。"旁边的那个女人说,从她嘲笑的语气里判断,我打赌她是个厨师。

"我目前还未签约。"

那女人从斯隆身边走开,仿佛这女孩有传染病:"一个明显的迹象是,你的品味很差。我的饼干充满了营养。"

"虽然不想扫你的兴,但营养仅仅是粪便的另一种说法。"

我走开了,让她们两个去争执。我走近站在柜台后面的老太太,要求与店主说话,她喷喷地回答:"你想要我他帮忙吗?不要试图否认。女孩们似乎无法让自己离开他的商品和服务。"

欢乐在她美丽的黑眼睛里发光,让她看起来比她两百万岁的年纪稍微年轻一点——或者不管她活了多久。看着她弯曲的肩膀和布满皱纹的皮肤,我不知道我是否见过比她更老的人:"布兰多先生值得受到尊重,他值得。"

"我会尊重他的,我发誓。我……"我降低声音,悄声说,"阿彻带我来的,我想要一个房间。"没必要用自己的名字。

她没有要求任何其他信息,而是沉默地伸出她历经风霜的手来要钱。我把劳工给我的一枚硬币交给她。一个紫晶洞,切成四分之一大小,闪耀着深紫色的光芒,中心刻有王冠。它来自特罗里坎,它的价值比大多数人一年挣到的钱还多。

"那是……是的!我们很有钱!"斯隆说,她走到我的身边,盯着老太太,"那枚硬币管一顿晚餐真是太值了。一顿适合两位女王的盛宴,还有衣服。我们当然要衣服。"

另一个喷喷声:"你会得到你想要的,你会喜欢它,你会的。"

至少我们会得到那些东西,我就可以去掉清单上的第二项。

"今天上午,"老太太补充说,"你可能会,也可能不会得到店主的拜访。"

她又爽朗地笑了:"我敢肯定,无论以哪种方式,他会见你们的。"

藤的眼泪掉下来,我大声叫喊。九百棵树,但只有一棵是为我而种。

八乘以八乘以八,它们会飞,不管你做什么,不要保持干燥。七个女人在跳舞,别理会她们的甜蜜邀约。用六秒钟躲起来,上去,上去,你会活下去。五乘以四乘以三,那是他的所在之处。我要拯救两个人,我要勇敢,勇敢,勇敢。我喜欢一个人,我会为了他回来。

当我辗转反侧,无法入睡之时,露妮·莉娜的歌曲就在我脑子里播放。这是我们手牵手转圈时反复念唱的一段愚蠢的歌词。只要我们说一声:"我亲爱的人,我会为你而回来。"我们就会晕倒在地板上咯咯地笑。但是,露妮·莉娜的笑声总是变成抽泣。

"我很难过你必须死,尤其是那么可怕的死去,"她总是说,"我很想念你。"

她总是用过去时谈到从未发生过的事情。露妮·莉娜的年龄比我大得多,但智商却比我差很多。

我总会告诉她:"我没死,我就在这里,和你在一起。"

当我满十三岁的时候,我爸就不让她过来了。他完全不谈论她,其实就是仿佛她已经不复存在。任何时候我问起她,话题就被迅速转移。

我眼前浮现出另一次谈话。

"你没有成为一名会计师,真傻。失落的梦想从来就不应该是个梦想,"她说,"太悲哀了。"

当时,成为一名会计师甚至不在我的考虑范围以内。

"那我要成为什么人?"我问。

"一个大人物!"

一个大人物……比如中转者或熄灭者?

最后,早晨的阳光透过窗户洒进来。

我放弃了还想打盹的念头,坐了起来,用手搓了搓眼睛。新的一天。一个将要面对的新的考验。

当我注意到写有数字的笔记本在床头柜上方发光的时候,我皱起了眉头。

藤，你是不是曾想掐死阿彻？

你的，

基利安。

他悄悄溜进了房间，我却没有发现他。

两个皮革护腕在床头柜上，每个护腕中心有一个小金属钩。当我用力一拉小钩，就伸出了一根线，形成绞锁。

天哪！这护腕太适合我了，完美！我欠他的跟欠阿彻一样，他把我从寒冷里解救出来。我最终承认了事实真相，尽管我不喜欢它。

我把这件宝贝东西放好，慢慢地走过这个房间，这是一个像宾馆大堂一样的花园天堂，墙上挂着玫瑰画像，棉被上缝满了野花，翡翠绿地毯上编织着百合花。

在浴室里，我洗了个澡，然后吹干头发，并刷了牙。我没有把我干净的身体穿到脏衣服里面，而是塞进我在衣柜里找到的长袍里。我做完这一切的时候，斯隆醒了。

"讨厌的早晨，"她喃喃自语，"下午和晚上。"

她洗澡的时候，我点了早餐，还有新衣服。

一个半小时以后，一切都到齐了，但斯隆还是没有从浴室出来。

我敲了敲门："你那里没事吧？"

"很好，很好，"她说。门打开了。和我一样，她身穿长袍。她神情紧张，脸颊苍白，但是当她看见了早餐，便高兴起来，"吃的！"

餐点包括鸡蛋，熏肉，煎饼，以及饼干和肉汁，全部东西都直接放在一个金属容器里，而且绝对好吃。

在我过去的生活里，我宁可挨饿。

在我过去的生活里，我很愚蠢。

吃到一样都不剩的时候，我揉着被填饱的肚子："你感觉怎么样？"

"就像我的时钟即将归零的感觉，你知道吗？"她拉过一件黄色衬衫穿在身上，衬衫上沿着袖子有蓝色条纹，亮蓝色的紧身衣上装饰着百合花。

"万斯不会停止找我。"

她不知道:"万斯死了。"

不知是因为失望还是希望,她的眼睛睁大了:"你确定?你怎么知道的?"

"我看到了他的尸体。我用他的断手开了门,才把你放了出来。"

"是谁干的?"她声音紧张。

"基利安。"我胡乱地穿上一套跟她非常相似的服装。一件粉色衬衫,沿袖子边缝着绿色花朵,绿色紧身衣缝着粉红色条纹。衣服的材质很轻但弹性很好,像第二层皮肤一样贴身。

"我想要万斯死,但是我想成为那个杀掉他的人,"她说着,使劲跺脚,"这不公平。"

"如果生活是公平的,克莱就会活着。"

她脸色突变,转过头去:"所以有什么计划吗?"

"跟旅馆的老板见面,不管他是否愿意,带上武器,想办法下山。"

"是的,但是去哪儿?"

"远离收容所和我们的家庭,越远越好。我需要隐藏起来,直到我的十八岁生日,我敢肯定,你也是这样。然后,我要在沙滩上买座房子。"

她想了想,点点头:"算我一个。"

"你玩过冲浪没有?"

"不,我从来不想玩那个。我会享受阳光,一边喝着玛格丽塔,一边为你加油。然后,等我满十八岁以后,我就回伊凡纳,回家,然后——"

有敲门声。

我和斯隆交换了警觉的眼色,我将那把随身携带的手术刀藏在手心里,走到门框一侧。"有事吗?"我大声问。门上有一个窥视孔,我迅速地瞥了一眼。

一个小男孩?

"你见过我的妈妈吗?"他在颤抖,看上去他随时会哭起来。

"你一定是在跟我开玩笑。"斯隆喃喃自语。

我打开门,男孩大概三四岁,胸前攥着毛绒玩具熊。他是我见过的最可爱的小东西,即使他在用袖子抹着流鼻涕的鼻子。他卷曲的黑发类似于拖把,长着一双大眼睛,颜色比他的皮肤稍暗。这是一双很熟悉的眼睛。在哪里见过它们呢?

"我们还没有离开过房间,孩子。"斯隆走过去并蹲下身去,迎着他的眼睛,"我们不知道你的妈妈在哪里。"

他打了一个嗝:"可是……可是……"

"我们可以帮你找到她。"我匆忙补充道。

他的表情瞬间改变,从阴沉到愉快。他踏进我们的房间,说:"我非常擅长找人。"

我迷惑不解,皱起眉头。

他窃笑着:"你不会说我是个壳体吧?你应该会感到尴尬,对吗?不要只是站在那里。关上门。"他说着,把泰迪熊放到地板上当作跳板凳子,靠在床边。

"你是一个壳体吗?"斯隆把房门关上并锁住,"我真是受够了!我觉得我像只没头苍蝇,非常愤怒而且有点迷惑。"

我突然意识到。这双眼睛……它们属于昨晚柜台后面的老太太。

我走到男孩——有可能是个女人的面前问道:"你是谁?"

"救你们这两个苗条姑娘的人。阿彻说你们俩在寻找下山的办法。"从这样可爱的面孔上表现嘲讽的语气,感觉很怪异。

"你知道阿彻。"

"当然。"他一前一后地踢着腿,"我是史蒂文,这个地方是我的。"

"你的?"斯隆用一只手按住额头,"你到底多大?是真的吗?"

"我十七岁。"他把胸口骄傲地挺起,"一个成熟的十七岁的人。"

这个可爱的流着鼻涕的小家伙跟我的年龄一样大,我的心再次翻腾起来。

"我被一个十七岁的朋克捉弄了。"斯隆嘟囔着。

"一个经验丰富的十七岁的人。"他补充道，眉毛挑动着。

我尽量忍着没有呕吐："你支持特罗里坎？"

"叮，叮，叮，"史蒂文说，"我目前在休假。"

我盯着他："你的意思是？"

"我可能会因为销售黑市上的生命之血而惹上麻烦，"他在衬衫上擦亮他的指甲，"也可以把生命之血称之为快乐的味道。"

"你打算来帮助我们，是出于你可爱的小心脏的善良吗？"斯隆本来用了一种甜蜜的语调，却给了男孩一个白眼，"最后我们会发现，你是希望我们把权利转交给第二世，对吧？"

"你没在听吗，金发女郎？还是你脑子里的空气堵塞了耳朵？我不在岗，所以我不会让任何人签约。我想从你们那里得到的就是手活。"他拧了拧他的眉毛。

啊！我真吐了，还扔了一双脏袜子给他。

他笑了。"好了，我的帮助与你们无关。"他跳下来，蹒跚地走向壁橱，来到一块用迷你吧台隐藏起来的面板前。他取出一瓶伏特加酒，当我们拒绝喝他的酒，在这种情况下，我们需要更加清醒。他自己一饮而尽，"我欠阿彻一个人情，他叫我来的。"

是信任这个奇怪的陌生人还是不信？这是一个选择。

哪个选择我都不喜欢，但我要做出一个自己的选择。

"我已经在门口准备了一辆车，把你们送到我们的机场，有一架飞机将把你们送到美国本土。你们想去哪就去哪。哦，还有，在地板下给你们每个人准备了一把枪。"

我决定信任他。我第一次选择了捷径："谢谢。"

"是啊，我的工作现在已经正式完成。"

斯隆不那么容易被说服："也许我应该把你带上。你将是我们的挡箭牌，以防万一你给我们下套。"

"往下说。你想看看当你把我带出客栈的时候会发生什么，是吗？"他把空酒瓶扔向垃圾桶，没有命中，然后跳过去捡起泰迪熊。他遇到斯隆的目光，噘起下嘴唇，眼里含着泪水，"我设法阻止她，长官，但她触犯了我的私人空间。"

"为什么你——"斯隆冲过去，但我抓住她的手腕，阻止她。

史蒂文现在眼泪干了，一边大踏步走向大门一边自言自语。

他不得不踮起脚尖去拉门把手。他走进大厅，停下来回头看我们："你们睡觉的时候，阿彻，他来兑现我欠他的人情，让我帮助你们。否则，我就会让你们自己保护自己。"说完，他离开了。

阿彻不能直接帮助我，所以他远程帮助我。

我不想去喜欢他，不是因为发生了那一切。但我确实喜欢他。他是一个好人，也许……也许他是真的关心我。要么也许我被欺骗了。我怎么知道呢？

斯隆和我收拾好微薄的财物，穿上我们的新大衣，出了门。尽管有路灯的亮光和温暖的阳光洒下来，空气还是极度寒冷，但随着每一阵风吹过，我们的衣服其实在散发热量。我扫视周围人行道，寻找阿彻和基利安。没有他们任何一个人的踪迹。

只有我请他回来，阿彻才能接近我。基利安可以随时出现。

正如所承诺的，一辆黑色轿车等在路边。我们走上前去，后门便自动打开了。

我只犹豫了一秒，就滑坐到真皮座椅上。

把我们和司机隔开的挡板被遮挡起来，用来隐藏我们的身份。这个事实让我很紧张，但是我什么也不说，只是保持戒备状态。到达机场，回到美国。

我们的车向前行进，很快开始迂回曲折，沿着一条狭窄危险的道路前行，这条道路没有提供防止车辆翻下山坡的栏杆。沿途张贴着以下标语。

光会带来视觉！

强权就是公理！

人类对抗王国动乱组织提醒您！不要相信谎言！各王国只是想控

制你!

斯隆把目光从窗口移开,叹了一口气:"那你买了海滨别墅并学会冲浪之后打算做什么?"

"先让自己吃饱夹馅面包,最后弄清楚我永恒的未来。"将来没有人再来压制我。那会很容易的,也许会……

她向我做了两个双大拇指向下的手势。

"我要嫁给我能发现的第一个不合适的追求者,"她展开双臂,把她的头向后抛,笑了起来,"我奶奶会非常生气。"

"她真的想逼你嫁给一个老头子,只是为了节省她的财产?"

"哦,是的,她肯定是那样想的。"愤怒和痛苦使她的表情扭曲,"有一天我要烧毁祖产。但我不想讨论我的报复问题。"

怕我会试图改变她的主意?

"没问题。反正你让我觉得很无聊。"

她哼了一声。然后,她在座位上紧张地移动了一下,她的手在大腿上搓着:"所以我想等到我想清楚细节以后再和你谈这件事,但是,其实我很心急。我有了新的劳工。我的特罗里坎劳工是迪肯,我的米黎亚德劳工是埃琳娜,她在我洗澡之前来拜访我。后来,我居然呼唤了我的特罗里坎劳工。我只是说我想跟特罗里坎的人说话,迪肯就出现了。"

我更加警觉起来:"然后呢?"

"米黎亚德为我提供一套我自己设计的房子,一辆我渴望的汽车,还有直接存入我的银行账户十万美元的奖金。为了我的第二世,我要作为一名劳工接受训练。"

我的心颤抖了一下:"你接受了吗?"

"没有,但是,我有生以来第一次真正思考了这件事。我不知道多终点国度是不是像我们听说的那么糟糕,但如果有一个遥远的可能性,那么,我需要一个新的第二世计划。"

"那迪肯给予你什么?"

"跟阿彻给予克莱的东西一样。家庭,任何时候需要都会得到援助,其他的你都知道了。"

"你有兴趣吗?"

"你在开玩笑吗?我恨我的家人。我怎么会愿意签约另一个?但是,迪肯很有魅力,所以当然,我说我考虑一下。我正在考虑允许他在床上恳求我这件事。"

我转了转眼珠子:"你跟基利安一样糟糕。"

汽车停下来的时候,我盯着窗外,看到一排洞穴——那座机场?真的吗?在其中一个洞穴里,我可以认出一个飞机机头,机翼回缩以适应短小的孔洞。

"我认为我们具有从不好变得更坏的天赋。"斯隆嘟囔着。

"同意。"前上方,有一块光滑的冰面。

很有可能是跑道。看上去相当安全。

门旋开了,但是这次它是出于一个男士的礼貌,是司机打开的。

"喂,藤。"基利安冲着我笑,他的笑容缓慢而邪恶地绽开,"很高兴再次见到你。"

愤怒瞬间涌上我心头。我瞪了他一眼:"你的行为导致我朋友的死亡。"

他的笑容消失了:"克莱现在在第二世。我们应该为他高兴。"

高兴?

"你最喜欢的格言——胜利者受人崇拜,失败者令人憎恶——就是垃圾。或许在和阿彻的争斗中你赢了,但你失去了我的尊重。"

他换了一副令人捉摸不透的表情:"藤,我不是那样的。我一直无法忘记你的话。如果胜利是用错误的方法获得,那不是真正的胜利。我不想你的朋友死,尤其不是用那种方式。"

"可是你是杀了他的帮凶。"

他抬起目光,盯着山的另一边:"有一天,你会再见到他。"

"这并不能否定我现在感觉到的损失。他的第一世对我和他来说都很重要,他有希望和梦想。"我咽下了一次抽泣。

如果我最终选择了米黎亚德，克莱将成为我的敌人，我恨这个想法。但是，战争就是战争。

"第一世很重要。"我又说了一遍。

"听着，听着，"斯隆说，"我期待着有皱纹的皮肤，花白的头发，特别是使用尿布。"

"也许它很重要，"他说，就好像没有听到斯隆说话。他的注意力在我身上，"但它不是终点。当你活到跟我们一样长久，就会明白失去是不可避免的，你必须学会放手。"

决不!

"有些东西值得去坚持，不管付出什么代价。如果你没有什么可失去的，好吧，我可怜你。"

他板着脸看着我："不要可怜我。"

我向他飞了一个吻："傲慢是缺点。"

他眉头紧蹙，向我伸出手。

我拉住他的手，咬着牙问："你怎么知道这辆车？"

他仍然站在我的面前，看着我的眼睛："史蒂文欠我一个人情。我把它兑现了。"

他的口气比平常强硬，声音沙哑。

"一个特罗里坎人欠一个米黎亚德人人情吗？那种事是怎么发生的？"

"用高超的技巧。"他用类似于绝望的眼神看着我，"我暗中观察，我等待，等到情况变得无望，我就带去希望，以某种价格。外面欠了我很多债。"

一个与魔鬼的交易。但是我怀疑他试图再次用他的实力打动我，让我恢复到旧习惯。这也许有几分令人心醉。在我特别想对他保持设防时，这让我心里一软。

他的目光沉到我的手腕，他几乎因为幸福而颤抖："你喜欢你的礼物。"

我叹了口气:"是的,谢谢。"我不属于那种不能接受礼物的女孩。

斯隆溜到我身后:"也许你没有看到或听到我,帅哥。吃惊吧!我在这里!我想加入。"她绕开我,用她的手臂挽住他的手,并把他从我身边拽走。

他随她去了,回头向我皱了皱眉,仿佛他不确定该如何进行下去。

他还是讨人喜欢的。

"我们自己本来已经不堪一击,"她接着说,"我们太柔弱,但你来了,一个健壮的美男子,今天有救了。"

当他们到达那个有飞机机头偷偷伸出来的洞穴时,她用尽全力把他推开,将一把牙刷柄插向他的颈动脉,"听着。我了解你们这种人。当事情按你们的方式发展时,你们甜蜜温柔,否则,你们会比黑豹更加凶猛。" 她的口气已经彻底失去了甜美,只留下愤怒,"我宁可死也不愿让你伤害藤莉。再说一次。我宁愿杀了你,也不让你伤害藤莉。"

"是这样吗?"他以闪电般的动作快速抓住她的手腕,并把它们别到她身后,使她背抵他的前胸而脸压在冰冷岩壁上,"让我来告诉你,我宁愿做什么。"

"不要伤害她!"我大喊着冲了过去。

他瞬间放开她,举起双手,摊开手掌,我欣慰的神情显而易见。

闷闷不乐的斯隆转过身来,再一次用牙刷柄指着他。

"不,"我说,站到他们中间,"放下武器,斯隆。他不是来伤害我的。"。

他猛地把我拉到身后,保护我远离牙刷柄,好像她现在要伤害的是我。这种保护的手势,仍然令人心醉——虽然很吓人。

我很讨厌"令人心醉"这个词!

"够了,你们两个。"我等他们两个都点了头,就离开他们进入洞穴。有人在检查飞机下面的什么东西。

"你好。"我招呼道,一种不安的感穿过周身,我不知道为什么。那种感觉让我想起当初我逃离基利安的时候所经历的害怕,但我并不是害怕。只是谨慎。

197

是特罗里坎的使者在这里试图引导我吗？

"我想我听到那边有声音，"一位陌生男子关闭舱口盖，大步流星地过来迎接我。他身材高大，头发灰白，皮肤粗糙，"你一定是我最新的客人。"

"是的。"我伸出手，感觉这里的气氛并不友好。我们握了握手，我断定他是人，而不是一个空壳，他的皮肤很温暖而且长满老茧。他也是一个未签约者，他的手和手腕上没有标记。

但是我变得更加不安。我不想理会，只是一心要离开这个地方。

"我们去哪儿？"基利安冷冰冰地问道。

"我加了足够的燃料，可以带你去任何你想去的地方。"

"夏威夷。"我说，瞬间做出决定。我会远离洛杉矶——和我的父母，但与水接近。

"那就定了，"飞行员说，"来吧，上飞机吧，我们即将起飞。"

第十三章

现实存在于你的感官范围。如果你感觉到它,它就是真实的。

——米黎亚德

我们在空中飞行了短短的十五分钟。由于飞机很小,飞行比较颠簸,而且我必须面对我宁愿不去面对的一个事实:我恐高。就是说,我害怕摔下去,以克莱的那种方式摔下去……

我不寒而栗。

"冷吗?"基利安问。他坐在我旁边的座位上,抚弄我的发梢,"是被吓到了吧?"

"去你的。"我喃喃自语。我为什么不能像斯隆那样?她在副驾驶座位上像机长一样开心。

"害怕阻碍,从来就没有帮助。不要在意它。我可以分散你的注意力,"他说,"或者,我们也可以不说话。"

"我选择不说话。"

"很好。"

他当真了。好几个小时,他什么都不说。我很烦恼,但还是尽量小睡了一会儿。我醒来之后,又烦躁不安地设想着在飞机上死亡的多种方式。这样挨过了一小时之后,我终于承认,互不交谈只能伤害自己。

我放弃了:"你赢了,做点什么分散我的注意力吧。"

他的笑声是温暖的,不像我预料的那样冷淡:"跳舞,猴子,跳舞?"

"好。你明白的。"

"怎么样,我们谈谈你的合约条款好吗?"

为什么不?我有一点好奇,还有很多挣扎:"好吧,告诉我,米黎亚德愿意给我提供的条件究竟是什么?"

他平静地说:"你是认真的吗?"

我哼了一声:"是的,我是认真的。"

好像害怕我会改变主意,他连忙说:"你的合约将持续到你的第二次死亡。我们将确保你的第一世的名声和财富远远超过你的父母,而且在你的第二世,你会在宫殿里得到一个职位,以及任何你想要的任何房子。如果你想要的话,你就会得到它,即使它已被占用。你永远不缺任何东西。你将有仆人,你只向我们的国王回答问题。"

"我对名利和财富没有任何愿望。"我已经领教过它们的沉重的代价,"我不想偷走别人的房子。"

我想我已经再次让他大吃一惊。他疑惑地看着我。

"说出你的愿望吧,你的愿望就是给我的指令。"

我决不会告诉他我的海滨别墅。我想用我继承的遗产来买到它,不欠任何人:"一份工作怎么样?"

"作为一名废除者,你需要其他职位的训练。信使、劳工、侦察兵以及统帅。你了解得越多,你就会成为更好的废除者。"

"可是你怎么知道我是废除者?"

"首先,你会和将军融合。"。

他脱口而出,似乎我应该为这个好消息兴奋不已。而事实是,我甚至一点儿也不吃惊。我本该猜到无外乎是关于我要去融合的灵魂。

"我再问你,你是怎么知道的?"

他停顿片刻:"我们不知道。我们只能猜测,但我们所有的将军都已死亡,他们的第二次死亡正好与你的生日一致。"

"是啊,我敢肯定,我的生日与很多人的第二次死亡日一致。"

"是的,但你的灵魂会透过你的皮肤发光。这只会发生在一个灵魂与地位更强大的灵魂相融合时。"

"或者,正如特罗里坎人所相信的那样,灵魂是载体。"至少,我猜是这样。

他郑重地点了点头。

"废除者是将军,而将军有决定权,对不对?他们制定作战计划,带领群众。他们不会破坏重大决策。"

"你不知道将军是什么,你从来没有跟他们说过话。"他停顿了一下,"你想跟将军见面吗?我可以安排。"

好奇心再次打败了我:"是的。但是除非你再回答我一个问题。"

"随便问。"

我抿了抿嘴,有一点小感动:"你到底是喜欢我,还是我对你来说只是工作?"

他作了一会儿思想斗争,最后决定下来:"这两个并不相互排斥。"

不,不是这样。

"你喜欢我吗?"

"我……喜欢。"他一边说一边皱眉,好像承认是件痛苦的事情。

也许是。朋友伤害你的方式是敌人永远没有的。

他突然咒骂起来,并向他的肩膀后面的座位上看了一眼:"够了!离开我们。"

我睁大眼睛:"有人在这里?"

他再次面对我,面无表情:"没有。"

"刚才是谁在这里?"

"我的一个侧卫,"他舔了一下门牙,"侧卫是劳工的细分。他们跟着我来记录我的业绩。"

首先，我不知道他有一条尾巴。其次，有人竟要记录他的业绩？

我忍不住笑了起来，很快，他也跟我一起笑了起来。

当我们的身体不小心撞在一起，我大喘了一口气。他的手臂绕过我的肩膀，我顺从了他，没有任何反抗。

我甚至心甘情愿地靠在他身上，我的头埋在他的肩胛里，泥炭烟和石楠花的芬芳抚慰着我。

"你为什么不再打一个盹？"他说，"我喜欢听你的自言自语。"

他听到我说梦话了吗？

"我说过什么了吗？"

"藤的眼泪掉下来……"

"不，十滴眼泪掉下来，是数字十。"

"不，你说得很清楚，藤的眼泪。你的名字。"

我是那样说的？

"好吧，对呀，当你受伤的时候，你也有眼泪。"

"眼泪？你敢这样说我。太伤男子汉的自尊了。"

"你的男子汉自尊不会有事的。"

他轻抚我的肩膀，几乎像是在爱抚我："灵魂跟肉体的运行不同。在我们有肌肉和骨骼的时候，我们只能通过生命之血来维持，当我们失去生命之血，我们就会流失能量。"

我尽量不对他的触摸做出反应："所以，当你失去所有的生命之血……"

"我们经历第二次死亡。"

"所以，你也可以死，即使在壳里。"

"是的，我已经失去了很多朋友。"

这是个不受欢迎的消息。之后会发生什么？融合还是留下呢？

另一阵气旋使我们摇晃了两下，我心里发冷。

他尝试用另外的东西分散我的注意力："你应该丢下斯隆。她会一直把她的要求强加给你。"

"别人的行为绝不会影响我自己的决定。"

有蓝色的光在他的手腕上闪烁起来,他诅咒起来。

"消息吗?"我问。

"是的。"

"你不打算回应?"

"是的,它来自夫人。"

"夫人,什么夫人?"

"'屁股疼夫人',"他咬着牙,语气中充满了厌恶,"她是我的领导。"

"不喜欢为一个女人工作,是吧?"

"不喜欢。"

"她做什么了?"

"噢,不。我没把我肮脏的过去都晒给她看。你还是得要应付她。"

是珀尔·贝内特夫人。

蓝光第二次闪烁起来,他捆了一下手腕。

"她还想要一份进展报告。"

还要一份。究竟我们有多少互动他已经与她分享了?

"全面披露。等我们落地之后,我就会离开你。"

"离开我?那我怎么办?"

"你所知道的事情,米黎亚德都知道。米黎亚德所知道的事情,我的父母都知道。"

"还没有人告诉你的父母关于你逃走的事。"

"为什么要拖着不告诉他们?"

"普林只通知了死者的父母,我要求米黎亚德对你的事保持沉默。你的父母令我恼火。你的妈妈隐瞒了一些事情,你的爸爸和别人通奸。"

震惊和恐惧几乎让我窒息:"他欺骗了我妈妈?"

基利安说:"你不知道吗?"

我摇摇头,此时飞机撞到了另一个讨厌的气穴,机身前端突出的部分在倾斜。

他紧紧地抱住我的肩膀:"颠簸很正常,姑娘。我们不会坠机。"

"不要使用带'坠'的词!"

他的笑声跟他本人一样帅:"我想王国的每个人都听说过你。不过你放心,我这样又高又壮的大男人,一定会保证柔弱小女孩的安全。"

"浑蛋!"我自言自语,但我开始对他放松戒备。我不再去想我爸爸对妈妈所做的不忠和诽谤之事。

基利安俯下身,嘴唇在我的耳边盘旋。我以为他会吻我的耳垂,但他低声说:"帮我们俩一个忙,跟米黎亚德签约。"

我抬起头,心脏狂跳:"基利安……"

我们四目相对,我们之间的空气在变热,沸腾。他把他的额头贴着我的额头,双手捧着我的后颈,拇指轻轻地伸进我的头发,然后滑下衣领。

"我不只是想要你,"他说,"我想你。"

"我不明白它们有什么不同。"我坦白地说。即使如此,他的坦言还是让我激动。

"第一种,我可以轻松地离开。第二种,你让我有感觉——你让我有感觉。"

话是不漂亮,但是很直白。语调也不甜蜜,但却不造作。

我几乎崩溃。他说的是真的吗?还是,这只是一个骗子想要争取我?

飞机又摇了一下,但起初,我并不在乎。当飞机继续摇晃而且变得越来越猛烈的时候,我吓坏了。我们头上的行李架弹开了,我的背包掉了出来。飞机的机头倾斜得很厉害。如果不是因为安全带,我们会扑到前面去。

这很不正常。

我正害怕得要命,飞行员从驾驶舱走出来,肩上挎着一个包。他行动迅速,避开我们的目光。

基利安放开我,对他说:"你在干什么?"

飞行员用扳手打开侧门,强冷风瞬间扑到我脸上。他竟然跳了下去!

"帮帮我！帮帮我！基利安，藤。他打了我！"斯隆的尖叫声划破气流发出的轰鸣声。

"他走了！"

是的，他走了。他是我们唯一的着陆办法。惊吓加上恐慌，我的大脑几乎瘫痪。

我盯着基利安："我们该做什么？"

"待在这儿。"他突然解开他的安全带，表情严峻。

"跟米黎亚德签约，用语言表达你同意我提供的条件。不要用你的第二世冒险，藤。求你了，如果我不能使飞机降落……"他摇摇头，仿佛他不愿意考虑这种可能性，"求你了！"他重复道。

我提醒自己，我不再是身陷困境的女孩。我可以想清楚这个问题。什么是我不能做的？把我的决定基于恐惧之上。因为，即便我可以立刻自由地做出选择，但我永远摆脱不了所做选择的后果。我想，我宁愿在多终点国度里终结，也不愿在特罗里坎与基利安交战，或是在米黎亚德与阿彻和克莱交战。

"你知道怎么开飞机？"我尖叫着。

他脸色依然严峻："作为劳工的时候，我曾被训练过应对各种情况。"

我把他的回答当作否定。

他最终解开了安全带，但机身再次出现倾斜并俯冲下去。他砰的一声撞到从后面垮过来的墙上。他抵住墙壁，沿着墙边，在七级强风中艰难地挪动身体。

他从我视线中消失，几秒钟后，斯隆从墙后面偷偷地伸出头来。傻丫头！她会被吸出去的！

我俯身伸出手臂："抓紧我护腕上的钩子！"

她刚一抓到钩子，我就一把拽住她，她用脚在墙上踢蹬。在半空中，她的身体开始滑向打开的舱门。我用尽全力把她猛拉过来，我从来不知道自己有那么大的力气。

她一头栽进基利安的空缺座位，浑身发抖，然后系好安全带。她脸色苍白,脸颊上沾满泪痕。

她失魂落魄地问:"你觉得我们会死吗?你说不会,我就相信你。你从来不说谎。"

我看着她的眼睛,保持沉默。

她用颤抖的手捂住嘴:"我们应该选择一个王国,哪一个都行。多终点……"

"是的,"我告诉她,"选择。"不知道自己还能做什么,但记得阿彻最后对克莱说的话,我低声说:"阿彻,我现在请求你的帮助。"

没有亮光,他不会神奇地出现。

斯隆一定读懂了我的唇语:"他在哪里?藤,他在哪里?"

她的恐慌传染了我,但我尽量保持镇定。

"我们不一定要看到他才知道他在这里。"

"如果他只被允许帮助特罗里坎人呢?"

"我们是有潜力,有资格的。"肯定是这样。

"我想看见他。我需要看见他。"

我相信他——我知道他会做他的权力范围内的一切来拯救我们。真正的问题是——他有足够的能力吗?

飞机继续疯狂下坠。我的脉搏越跳越快,仿佛被注射了上千支兴奋剂。

我看了一眼窗外,看不到白云,只有土地。绿色的,郁郁葱葱的美丽的土地。我们快要崩溃了。飞机再不会停下来,随时……

"准备接受撞击。"我告诉斯隆。

"藤。"她泪流满面。

"你选择了吗?"

她摇摇头,苍白的长发在她脸颊上拍打。

有人说,就在死亡之前,你的整个人生会在你的脑海里闪现。而我没有。对于所有的人生答案,我都没有令人惊讶的顿悟。我只知道,我还没准备好去死,而我不会——也不能——失去勇气。今天,我要为活着而战斗，要活着去战斗。

我不会死。

我把斯隆拉过来，用衣服把我俩绑在一起，我注意到——

不，见鬼，不!

基利安挣扎着回到我们的身边。他蓝色的眼睛完全被他深色的瞳孔所掩盖。

"走吧，"我喊，"走吧。"我不会让他在自己的壳里死去。"走，快走！"但他没有照办，而是跟阿彻一样，采用留有回旋余地的方式。

"请你跟米黎亚德签约吧。"他猛地向我们撞来——嘭！

我被扔到后面又立刻被扔了回来，力量如此之强大，我很惊讶自己没有被砍成两半。

金属撞击发出的噼里啪啦的声音，充斥着我的耳朵。

由于两台发动机发生爆炸，火焰从飞机的腹部腾空而起。我的肾上腺素是如此之高，我甚至感觉不到热浪的舔食或者安全带的刺痛，以及飞机撞击地面时我的身体向前方座椅的猛击，但是疼痛……它瞬间将我吞噬。

我张开嘴，尖叫着呼救，但是吞下了一大口水。水？我们撞进了海洋？

一个疯狂的想法：现在我可以冲浪了。

头晕目眩，我歇斯底里地大笑起来。黑暗很快降临——

我开始意识到我在飘浮……不，我在下降，下降，下降……轰的一声。

我趴在地上，用力睁开眼睛，发现我躺在月光普照的丛林里，多瘤的树木和浓密的枝叶围绕在我身边。唯一的光线来自成千上万只萤火虫，它们有很多在我身边嗡嗡地叫。

哎哟！有几只落在我胳膊上，烫伤了我。根本不是萤火虫，我觉得它们是……未熄灭的灰烬？我嘘嘘地挥手将它们赶走，发现被烫得起了水泡。

空气干燥、白热化，我全身大汗淋漓。尖叫声，如此多的尖叫声在微风中飘荡。声音里充满痛苦与折磨。蛇正在咝咝地朝我吐着信子，沿着树枝滑行，那些树枝向我的方向伸展。某种猴子般的生物从树叶间盯着我看，它们似乎有锋利的牙齿。

我在哪里？这里看起来并不像我去过的任何地方。

"斯隆？"我叫着他们的名字，一边从地上爬起来，"基利安？阿彻？"

没有回应。

猴子跳到地面，离我几码远，我意识到它们根本不是猴子。它们长着巨型蜘蛛的下半身——这简直是一场噩梦——八只脚，每只毛茸茸的脚都排列着象牙色的锋利尖角。

我退后一步。它们也跟着我。

这并不是收获之地的一部分，不是吗？

难道这是多终点国度？

这一次答案很简单。不，这不是终点国度。我没死，我还活蹦乱跳。嘭！

突然地动山摇，我一下子跌倒在地。

那些猴子样的蜘蛛奔逃到树叶背后，很多树的茎秆缩回到乌龟般的壳里。我转身看到一朵厚厚的，可怕的蘑菇云腾空而起，当它抵达泛黄的云层，便向下翻卷，像瀑布和雨水般倾泻下来，倾倒在树顶上，破碎成万千碎片，四散飞溅，浓烟不知何故变形成巨大的黑色鸟群，骨瘦如柴，长着尖喙和金属爪。

蛇被那些爪子抓住，猴子被那些喙钩住。我停止尖叫，开始奔跑，数着我的脚步和转弯。八步，向右转。十步，向左转。我不知道自己是怎么到这里来的，以及我怎么离开的，但我需要知道如何回到我最初到达的地点。万一它是我回家的关键。

家在哪里？

二十三步，又一次右转。空气中有些光斑在闪闪烁烁，像窗帘一样。当我经过它们的时候，没有觉得有什么不同，所以我不知道它们是做什么的。

当我在空气中狂奔的时候,六根锋利的爪子扎进我的后背,我尖叫着胡乱拍打,恐慌威胁着我。灰烬臭虫碰到了我,留下水泡。

我该怎么办?我该怎么办!

战斗!

对。我握住手术刀——走!我来的时候没有背武器,背上只有衣服。好吧,没关系。跑过一根树枝,我一把抓住它,惯性让我扯掉了爪尖,连同我的手掌皮肤。我注意到,我并没有流血,而是渗漏出黏稠而闪光的液体。

生命之血。

我死了。这……这就是多终点国度。

这一认识撕裂了我,将我的内心撕成碎片。我打了个趔趄,太多新现实的冲击,让我几乎来不及处理。这意味着……不,不,不。

我的第一世结束了,我已经正式进入第二世。

我不能……我不……我需要……

挺过这一关!

逃避现实是没有帮助的。我的体力已经耗尽,正在大出血,我必须迅速采取行动。

我尽力扭转身体,面前不是别的,正是一个多刺的喙和有凹坑的骨头,我挥动手臂,将树枝刺进这个动物的体侧,尖叫声随即响起。温暖、黑色的液体涌出了我的手心,像硫酸一样灼烧着我。至少那些爪子放开了,从我的背上弹了出去。我掉了下去。

当我撞到多瘤的树冠,便失去了呼吸,被迅速卷进一个又一个树枝后哗一声落在地上。一块岩石插在我身边,挡住了我努力呼吸的很少一点氧气。我极度地头晕,但还能坐起来。我观察我所处的新位置,皱起了眉头。

没有什么不同。同样的多瘤的树木,同样的露齿植物正朝我滑行——似乎我跑来跑去,转来转去,飞了大约三百英尺之后,又回到了出发点。

我一边呻吟一边站起身。一群鸟在我头顶嘎嘎地盘旋。

我坚持按照三百英尺的计算结果原路返回。臭虫在我身边团团转,蜥蜴般的蜜蜂嗡嗡地叫,我穿过空气中无数的光斑。树木的位置和树枝一直保持不变。

到哪里去,都无处可去。

一声尖厉的叫声划破空气,我的耳朵一阵抽搐。其中有一个声音比所有其他的声音更响亮,更接近我。有其他人在这里吗?

"斯隆?"我大喊。内疚扇了我一耳光。难道不是我带她到这里来的吗?

树枝的沙沙声。一个又硬又重的东西从后面砸向我,我扑倒在地,喘息着。但是当我环顾四周,什么也没有,没有人在那里。更多的沙沙声。再一次被猛击,像是被拳头。我喘息着,吐出泥土,嘴里喷出一大口水。

我一边咳嗽,一边侧起身。酸液涌上我的喉咙,肺部火烧火燎。

"就是这样,就是这种方式。"坚硬的双手继续在我背后拍打,我又喷出一口水。黑暗从我的视野里变淡,露出石滩和漂浮着金属与碎片的湖水,烟雾从天空升起,向着众多的摩天大楼飘去,"你还活着,你现在还活着。"

是吗?我死了,又活过来了?

太多的震撼,让我没有理清头绪的时间。这次,我无法停止我的幻觉。我已经死了。我死了,我在多终点国度。多终点国度是真实的,它是一个真实的地方。

一个阴森可怕的地方。

我不想回来,从没想过。

"斯隆。"我用嘶哑的声音用力喊。

这双手更加轻柔地抚摸我的后背,现在是舒适的感觉。"她还活着。"是阿彻的声音。

他来了!斯隆活下来了!

"你死了,"他说着,和我一样不安,"不过你回来了。你回来了,你没事了。"

　　我放松下来，眼泪奔涌而出。我没事，我没事。这句话在我的脑海回响，但是我还不确定。哦，不，不，不，我的内脏还在吗？我急忙往下看，做了最坏的打算。我曾浸泡在海里？还是湖泊里？或是水里，但我是干净的。我的灵魂一定还留在我身上。

　　"我的朋友迪肯正留心照看斯隆。"阿彻说。

　　"基利安呢？"我问。

　　停顿了片刻，让我揪心的片刻。

　　"他的壳体完蛋了，他的灵魂不在这个地方。"

　　我几乎是一把抓住他，摇晃着他："告诉我，他的灵魂幸免于难。"

　　"我不能。如果他在撞击前从壳里断开，就还有希望。他断开了吗？"

　　我止住抽泣。那个曾经认为第一世是个讨厌的东西的男孩，尽了最大努力来拯救我。他每一秒钟都和我待在一起，用强壮的臂弯保护我。他不想让我在多终点国度里终结，为此，他可能已经失去了他的第二世生命。

211

第十四章

如果你能看到或者感觉到它,你就可以改变它。

——特罗里坎

我还没有准备好站起来走动,阿彻说:"我们需要在当局到达之前离开这里。"随着身体的活动,我的伤口更深地撕裂,痛到骨头也在颤抖。我的四肢浸透了水,它们至少有两吨重。

"飞机撞到水里的时候着火了,"阿彻说,"如果我们没有保护你,你就没命了。"

"谢谢你。"一阵钻心的疼痛袭来,我咬紧牙关。

"我们在哪儿?"难道是飞行员偏离了航线?

"纽约东海岸。"他把我带到斯隆那里。她坐在一个岩石围成的圈子里,膝盖抱在胸前,海水在她脚下泛起层层白沫。她的额头上有一个伤口,脏兮兮的血印挂在脸上。她抬头望去,彩虹的七彩光芒正划过天空。要么是北部的光线已经移动,要么是另一场王国间的战斗正在进行。

"那个飞行员告诉我他很抱歉,但有人给他提供了他唯一想要的东西。"她的下巴在颤抖,"那时我没听明白。他袭击了我,等我睁开眼睛的时候,他已经走了,我们被……我们被……"

"我知道。"他心甘情愿地签署了我们的死刑授权书。但是为什么?"谁会在我们签约之前要我们死?"

"米黎亚德,"阿彻说,"他们厌倦了等待你做出选择,不想冒险等你与特罗里坎签约。"

不。

"我不相信,基利安拼命拯救我们。"

他还活着,他必须活着。

"是的,我敢肯定,他会受到惩罚。他对你一直很特别,他违抗命令,甚至杀害了万斯。"

我震惊到极点,仰天大喊:"如果基利安受到伤害,我永远不会与米黎亚德签约。"

空中传来风的哨音,它刮过我的神经。但是没有任何人的声音。没有任何迹象清楚地表明他是安全的。

一个真正高大的,真正肌肉发达的家伙,正在接近我们。是迪肯吗?他模样粗糙,那是一种以战场为生,在敌人的鲜血里打滚的战士的模样。他深色的头发被修剪得参差不齐,但他的眼睛是夏天的颜色,绿意盎然,完美地衬托了他乌木般的皮肤。他的鼻子有点太长,嘴唇有点太薄,但搭配在一起就很酷。他永远不会登上杂志的封面,但我敢打赌他是许多人幻想中的明星。

他扶着斯隆站起来,把一件外套披在她肩上,用一种我以前从没听过的语言跟阿彻说话。一种美丽的语言,从他的舌尖翻卷出来。

阿彻用同样的语言回答他。

"来。"他终于对我说。

"什么?"我问。

他已经知道我要问什么:"我们说的是特罗里坎语言。如果有任何米黎亚德的灵魂潜伏在附近,他们就不会明白我们在说什么。"

213

我们匆匆登上了他弄来的一辆小货车。后车厢是空的,可以全身躺下。

司机介绍了自己,是的,他是迪肯。阿彻尽其所能给我们包扎伤口。他的手法并不是特别细腻娴熟,而货车的颠簸使他并不优雅的服务变得更加糟糕。当他把我手臂上的绷带缠得有点紧的时候,我缩了一下。

轰隆隆!

小货车咔嗒作响,斯隆和我紧张地喘着气。

"两个王国之间在战斗,"阿彻证实说,"我上司的手下正在阻止贝内特夫人的手下接近你。"

难怪战斗似乎是跟着我来的:"基利安怎么样了?"

"没有人报告说见过他。"

恐惧和失望联合起来,威胁着要将我压垮:"你们为什么不给我们提供你们的生命之血呢?"他就是那样治好了冻伤的斯隆。

"因为在坠机之前,我们在前来解救你们的战斗中流失太多,甚至比把你们从水里捞起来的战斗流失得还要多。"

我明白了。

"如果我们流失更多的生命之血,"他说,"好几天都无法工作。既然你的伤势没有生命危险,我就不能削弱自己。你需要我保持强大的战斗力。"

"我明白了。"我说,的确明白了。

我们陷入沉默。斯隆在发抖,所以我把她拉近一点。我本来应该像她一样在精神上受到创伤,但我莫名其妙的平静下来。我太疲倦了,道路的颠簸让我昏昏欲睡,但我尽量保持清醒。我有时会疑心,当我突然睁开眼睛的时候,发现自己回到了多终点国度。

小货车来了个急刹车。"好吧,伙计们。"迪肯的声音响起,"我们已经到了。"

我小心翼翼地坐起来,在阿彻的帮助下下了车。迪肯爬进后车厢,把斯隆抱下车。

我们不知道身在何处,这里绿草如茵,群山绵延。这是个漂亮的地方,但并不是我认为的那种守卫森严,可供我们安静养伤的藏身之所。

一线希望,我还能动弹。

"这边。"阿彻走上前去,消失了。

我叹了口气,跟着他走。一个真实的梦境突然出现在我面前:一座两层楼高的小木屋,屋顶四周挂着一闪一闪的灯泡。空气中弥漫着薰衣草的香味。绿树苍翠繁茂,树枝上有真正的蜂巢。水槽环绕在木屋周围,好多野生草莓从水槽两边冒出来,我馋得直流口水。

这是一个家。在门廊上,宠爱孩子的父母坐在手工椅子里,一边摇晃,一边看着自己的孩子们奔跑和玩耍。

阿彻最先走过去,但他的手停留在门把手上,扭头看着我:"这是特罗里坎的一处安全屋,米黎亚德无人能够越界。"

言下之意,是在说基利安:"是什么阻挡米黎亚德人的?"

"房梁被注入了光。如果米黎亚德人触摸它们,它们就会燃烧起来,后果非常严重。"

"但是壳体不会被光烧毁。"据基利安所说,只有灵魂才会。

迪肯笑着,好像我在说一些有趣的事情。我有吗?这个国度有这么多我不知道东西。

"这是一种特殊的光,"阿彻对他的朋友说,"米黎亚德的壳体会瞬间解体。"他重新踏进屋子,结束了交谈。

我留在原地,寻找基利安的蛛丝马迹。

"我们的安全屋遍布世界各地。它们并不华丽,但是会有你需要的一切。"迪肯来到我的身边,并把斯隆放在地上,"往里走,姑娘。"

当她站在走廊上的时候,我问迪肯:"你经常带人类到这里来?"

"只有被标记为死亡的人。顺便说一句,欢迎你们的到来。"

"如此趾高气扬,在特罗里坎一样可能是嫌疑犯。"

"那不是我们做事的方式。"迪肯看着我,补充说,"很多人都为你惹上了大麻烦,但是只要你愿意,他们会放你走。"

"即使我是一个中转者吗？"我假设说。与以往任何时候相比，我更不觉得自己是这个星球上最强大的人之一。

"即使是那样，我们会保留你的选择权。如果您选择毁灭你自己，毁灭我们，那也无妨。我的意思是两败俱伤。我们已经在过去五百年里失去了两个中转者，只剩下另外两个，如果其中一人被杀，我们在数十年的时间都不会有足够的光线来供养我们的子民。"

压力山大……

他叹了口气："我希望你值得我们所做的一切。"

"我来给你们一个答案，我不值得你们这样做。"我是个优柔寡断的人，几乎像经常换内裤一样改变立场。

"用这种态度吗？"他说，"不，你不是。"

"你宁愿我自恋地又唱又跳吗？我是多么令人惊讶，而且美妙绝伦。"我卷起我的头发，朝他扑闪着我的睫毛，"当然，我是值得的。"

他翻了个白眼："你有你的美好时光，但我宁愿你对自己的评价正如阿彻眼中的你。"

"那是怎么样的？"也许我会的。

"当他第一次被派到你身边，他看到的你是一个被宠坏的，有点过分疯狂的富家女。嘘，妈妈和爸爸都对我很刻薄，所有这一切都是折磨。"

"去你的。痛苦就是痛苦，如果你从来没有被鞭打，或者被殴打，或者被注射毒药，你在这个问题上就没有发言权。"

"我只是轻描淡写，因为你本来不必经历这些痛苦，你可以与我们签约的。"

"是的，我本来可以，但是我没有，因为我不知道我在哪里更合适。我不知道我属于哪里。"

"你是知道的，每个人都是知道的，它是内心深处最重要的东西。但是人们想要得到别的东西，或许是一个看似更好的回报，因此人们使自己陷入怀疑和困惑，心灵的黑暗。最后，怀疑和困惑变成一种肯定性，你的错误从此开始。"

"不。"我摇摇头。

"我活得比你长，见得比你多。其实我明白，你也明白，你只是不想面对事实真相。"

"如果事实真相是米黎亚德呢？"

"那么对你来说就是米黎亚德。"

我藐视他："你不会去尝试改变我的想法吗？"

"我从来不去争论事实的真相。你知道你的答案。别再浪费我们的时间。现在，你打算让我说完我的故事吗？"他问。

我像女王一样挥挥手。

"阿彻到普林收容所以后，告诉过我一些关于你的事。很少有人具备那样强大的内心；没有被身边的邪恶所玷污的善良品质；可以把别人的安全置于自己之上的宽宏大量。我希望他是对的。由于阿彻在你朋友的早逝中所扮演的角色，他将经历互换。"

我利用在安全屋里的这段时间来恢复我的伤口，并计划我的下一步行动。

米黎亚德希望我死，如果没有特罗里坎的援助，我无法躲藏，我只是个普通人。不过，我并不想对这个王国有所隐瞒，也不想依靠一个王国打败另一个。我希望看到基利安，感谢他。也许会拥抱着他，还会为他不顾自己生命危险而打他一巴掌。

还是没有他的踪影，没有关于他是活着还是死亡的任何传闻。

我拒绝去想他已经死了，而且已经与一个新生儿相融合，把自己新的第一世和另一个人联系在一起。他在哪里？他在做什么？我想念这个浑蛋。

到了第七天的黎明，我意识到我只有一个可行的选择。它很简单，但可能会奏效。我想要求一样东西：在没有干扰的情况下进行思考的时间。我会答应在我十八岁生日之前宣布我的决定。当然，越是接近那个日期，我就越危险，特罗里坎担心我背叛。但事实是，我赢得的任何时间都比我目前所拥有的要多。

217

这将意味着告别基利安和阿彻——失去我此生最好的朋友，我的心将会被撕裂——但它将只是一小会儿，至少对他们其中之一。我叹了口气，我把牛排刀的刀尖插入我的手指，流出一滴血。我抹了一滴在我床边的墙上，留下一块鲜红的血渍。

我的新日历。阳光透过我卧室的窗户，凸显着这些数字。

"你不知道如何放松吗？"

阿彻的声音充满了我的房间，我慢慢地转过身面对他。他站在门口，双臂交叉。

"不。就像你不知道如何与你的朋友分享重要的细节。"我对他感到恼火，因为他拒绝告诉我任何有关互换的事情。

"好吧，那不是件好事。犯了罪就必须要接受惩罚，这就是定律，即使是米黎亚德人，虽然他们会否认这一点。每个人类都是宝贵的，无价的，我会因此付出代价。现在开心了？"

差远了。也许坠机这件事使我清醒过来，我不想再让他受到惩罚，他已经吃尽了苦头。

"那怜悯呢？"

"相信我。对此，王国正在对我表现出极大的怜悯。我本应该已经死了，像我帮忙杀死的那个人一样，但是我还活着。"

"但是——"

"这是公正的，藤。你不能偏袒自己喜欢的部分而忽略其他的。那样就打开了偏袒之门。"

他说到点子上了。但这并不代表我就会承认这一点："你为什么在这里？"

"有两个原因。首先，询问是否你要重新激活你的手机。我得让你入睡，但不会超过几分钟。"

"不，谢谢。"我还是不希望我的父母或普林收容所给我打电话或跟踪我。

"第二，我会教你如何去战斗。"

这些壳体里的男孩竟敢怀疑我的技能,这算什么?"我知道怎么去战斗。"我举起餐刀,"想要做个示范?"

他点点头:"是的。但让我修改一下我刚才说的话,我要教你如何战斗并赢得胜利。"

"我知道该怎么做——"

"每次都能赢。"他补充道。

很公平。在我离开他之前我可以利用他教的技能。我把餐刀别在腰上:"这堂课要我付出什么代价?"

"只要一首诗。就这一次,要愉快的那种。"

我弯了弯眉毛:"要押韵吗?"

"当然。好诗总是押韵的。"

他和露妮·莉娜应该会相互爱慕。"好吧,开始了。"我清了清喉咙,"你,这样的男子汉,要教我怎么去战斗。我,一个小姑娘,没有多少力量。但是你不知道,这个姑娘的超级决心,要踢你的屁股。"

他笑喷了,抬手指着我:"好吧,通行费已经足额支付。"

我从心爱的家居拖鞋里抽出双脚,我已经超过一年没有享受过这种奢侈了。真是可笑,我过去常常拿这种事情当作理所当然。我明白什么是极其富有,我也明白什么是巨大的损失。我尝过这两种状态下幸福和悲伤的滋味。

情感从来不会因人而异。

我穿上一双作战靴,跟着他下了楼。

我已经记住了房子的布局,以确保我被蒙住眼睛的时候能够到达任何房间。我根本不知道这会在什么时候派上用场。

楼上有四间卧室,每一间都有自己的浴室。

斯隆把大部分的时间花在床上,迪肯把大部分时间花在留心她的伤口,哄她吃饭。

"如果你被给予改变主意的机会,你今天会再次选择特罗里坎吗?"我说,"你不会吧?"

"我会的。我爱我的王国,我爱我的家人,我喜欢我的工作。"
基利安会说同样的话吗?
基利安,你在哪里?
我们迈步走过一个宽敞的客厅,里面配有超大真皮沙发、两个躺椅和一个正在燃烧的壁炉。阿彻从一个原木制成的咖啡桌后面抓起一个大黑包,左转离开。我差点走反,熏肉和鸡蛋的气味太诱人了。如果我走右边,便进入厨房。那是一个灰色石头的天堂,有玫瑰纹大理石和橡木柜,质朴而不失华丽。

迪肯肯定在做早餐。

"等一会儿。"阿彻感觉到我想去的方向,便对我说道。我低声抱怨着,像一个被宠坏的孩子。

他站在外面,离屋子有几码远,放下大包。他的双腿被皮革包裹,露出每一条肌肉曲线。他蹲下身去,从包里拎出一把枪、两把匕首和一件我认不出的东西。

我真的很喜欢这个家伙。比起基利安,他的情感相对安全,不过我认为他有一个更好的自我支持系统。他不需要我,但我敢肯定,他可以利用我,而且不是因为他的国度。他负责照顾普林收容所的男孩之后,我能猜到他有多想把特罗里坎的光分给那些需要的人,甚至给米黎亚德的人。他只是一直没有找到一种方式来做到这一点。他需要一个桥梁。

他抬起头,注意到我在盯着他看,他慢慢地微笑了,铜红色的眼睛因为觉得好玩而发亮了:"请不要告诉我你想要咬我一口。"

"胡扯!我当然不会。"

"好吧。那基利安呢?你想咬他吗?"

我想是的,但我觉得阿彻还没有准备好听到这个答案。

他对我摇了摇一根手指:"我并不是有意提醒你去想他,别再说了。"
我猜是我的表情出卖了我:"谢谢,我很感激——"

"但是,我要告诉你我跟他的仇隙。他……"

我正要让他和盘托出,可就在此刻,一阵龙卷风吹过屋顶,栅栏杆等杂物在旋风里面打旋,我一下子目瞪口呆。

"只是一架 F-2 战斗机,"阿彻说,"两国之间正在进行一场战斗,但还没有到关键时刻。"

"这次的战斗是为了什么?"

"米黎亚德希望你离开我们的安全屋。"

战斗因我而起,这一事实沉重地压在我身上,将我深深拉进内疚的海洋。我讨厌无辜的人因为我受到伤害。

我决定今晚离开安全屋。

我会给夫人发去应急消息,说明我的意图,还会给阿彻留下一张纸条。不能给他们试图阻止我的机会。

"好,告诉我你和基利安的仇隙。"我说。

他噘了噘下巴:"有一个姑娘"。

不出所料。"迪奥?"我问,回想起两人曾为这个名字发生的口角。

"是的,我们都被派到她身边。我爱她,她笑的时候这里有一个酒窝,就在这里。"他摸了摸自己的脸颊,"她梦想当一名医生,照料任何一个王国里负担不起医药费的人。"

我犹豫地问:"他把她从你身边抢走了?"

他点了点头:"然后,他哄骗她与米黎亚德签约。"

我差点停止呼吸,胸口发紧,但我努力保持镇静,说:"他只是在做他的工作,做他认为是正确的事。"

阿彻张开鼻孔:"通常,米黎亚德劳工在让人类接受尽可能少的回报时会赚取更多的报酬。但是,他确保她得到尽可能差的待遇,目的却是要故意刁难我,他在合同上增加了难懂的条文,让她弄不明白。"

"所以,她没有得到很棒的房子或是汽车。那又如何?生活中还有更多的东西。"

"你不明白。她现在在医学院,但即使是这样,如果她救了一个忠于特罗里坎的人的命,她将在第一世和第二世都受到惩罚。我什么都帮不了她。"

基利安干了一件坏事，这是事实。但那是另一个基利安。那个时候，第一世对他来说并不意味着任何东西。现在，他正在学习珍重生命。否则为什么他用伤害自己的方式来救我？

"你能不能让她脱离她的合同？"我问，"法庭怎么样？"

"我恳求她上法庭，但是她太害怕失败带来的反响。"

"我想见见她。"不知怎的，我愿意帮助她。

"我会安排的。"他伸直身体，在武器上扬了扬手，"现在，你想从哪里开始呢？"

"我不知道那些东西是什么。"

"这是 OXI 枪。"他举起其中一支枪，"它只要一发射，就会导致人形壳体腐烂。"

倘若枪走火打中我自己怎么办？

"不用了，谢谢。"

"这个是雄鹿。它射出飞镖，飞镖嵌入人形壳体时，会把里面的灵魂锁定并使其不能动弹。护盾的边缘有旋转刀片。"

"火之剑是什么？"我听说它们是终极的灵魂武器。

"我可以挥舞火之剑，你不能。"

太可惜了！

"所以，回到你的选择。还有一把匕首，一把——"

"那把匕首。"我还是用我所知道的东西。

"很好，"他挥舞其中一把匕首，"第一课。"

我一眨眼，一个冰冷而锐利的东西就压在了我的脖子上，阿彻直接站在我的面前。

"你……怎么……"

"走神就像这刀刃一样会杀死你，"他说，"集中注意力。"

我对他露出甜甜的微笑："骄傲自大就像这刀刃一样会杀死你。"我用匕首的尖端在他的乳头上拍了拍。

他哈哈大笑。"言之有理。"说完，他往后退了几步，"我们再做一次。"

这一次，当我举起刀刃，用你的右臂挡住，用你的左手捅我。"

"真的捅你或者只是——"

但他一秒钟后就站在了我面前，刀刃横在我脖子上。

他失望得有点恼火："再来。"

我们接下来训练了几个小时。他不是很温柔，但也不是过于粗鲁。他向我展示了人类以及人形壳体的最薄弱之处，然后用我的匕首、他的拳头和瞄准的踢脚来攻击我。

我还未痊愈的身体还在疼痛和颤抖，但我不让它影响我。我喜欢这个。我需要这个。阿彻详细地说明了他如何将我击倒，我如何才能阻止它再次发生。

当我们决定结束一天的训练的时候，我浑身是汗，站立不稳。我瘫倒在地上，让温暖的阳光爱抚我裸露的皮肤。我有很多裸露的皮肤。一年多以来，我第一次穿背心和短裤。

他走到我的身边，身影遮住了我："我已经要求我们的监察者找出是谁下令让飞机坠毁，但是他们还没有找到答案。"

监察者。没必要问那个工作蕴含着什么："我不记得第一世的工作清单上有监察者。"

"他们落在侦察员的细分之下。"

太多东西要学，这么多东西需要去遵守规则。

我正要开口回应，左侧的动静引起我的注意，我转过身——怔住了。

基利安还活着！

第十五章

没有我们,你一无所有。

——米黎亚德

我拔腿就跑。阿彻大声呼喊我的名字,语气恼火,但并不愤怒。如果基利安在这里,这意味着两件事:特罗里坎在空战中输了,或者我的特罗里坎劳工允许我的米黎亚德劳工接近我,二者必居其一。我猜测是阿彻发送了请求。

我觉得,或者说我希望,他不是拿我当战利品来看,而是把我当朋友。
"你真烦人,"他喊道,"你是知道的,对不对?"
哦,是的。他把我当朋友。
我满面笑容地穿过安全屋。顿时有一种温暖的感觉。我站在了幽暗中,灰色的云挂在黑玛瑙般的天空上,树木已被之前的龙卷风掀翻在地。蝗虫在唱着歌,蟋蟀在鸣叫,还有一只青蛙在呱呱叫。风的呼吸摇动着树枝,树叶在一起跳着舞。

有种期待在我内心伸展,但基利安已经走了。我在每条道路上转身寻找,却没有发现他的踪影。

该死!他在哪里?我知道他不能透过安全屋看到我,但是他肯定不会离开。

"好吧,看看是谁最终决定要现身。"

我再一次转身,发现自己面对一个矮小的黑皮肤女孩。她的身材曲线和漂亮脸蛋弥补了身高上的不足。哇!她看起来像个洋娃娃,浓密的眼睫毛覆盖着一双棕色的大眼睛,心形的嘴唇在呼喊中绷紧。她有着圆润的脸庞。

"我得说,"她上下打量了我一番以后,补充道,"我还以为你有第三个乳房或其他特别之处。"

一个男孩走到她身边。他比她要高一点,但高得不多,身材瘦削。他是个漂亮的亚洲人,黑发在两端染成红色,是莫霍克风格。

他同样上上下下打量了我一番:"你必须戴上你的嫉妒防护镜,埃琳娜,因为我完全看到了她的魅力。"

"现在可以自我介绍了吧。"我说。

两个孩子的手腕上都有米黎亚德的标记。他们来这里是完成飞机坠毁未尽的事宜?

"藤。"基利安走进我的视线,我的心脏狂跳起来,"你在这里。"

我觉得这个女孩也有类似的反应。她的脸色缓和下来,胸脯在一起一伏。这两个人已经坠入爱河吗?我感觉万箭穿心,每一支箭头都沾着强酸。

基利安的目光锁定在我身上,强烈而炽热:"藤,我想请你认识查尔斯,我的侧卫,和埃琳娜。"

埃琳娜说:"你是斯隆的劳工。"

"我也是你的最差……"

"够了。"基利安抓住我的手,泥炭烟和石楠花的香味令我身心愉悦——我就像一个瘾君子。他把我带进了一个富丽堂皇的帐篷。帐篷的墙壁是由宝石色调的围巾做成,四处铺有人造毛毡,几个长毛绒靠垫散落在地上。中间是拳头大小的石头围成的一个小圆圈,每个石头上都发出灯光,照亮了整个帐篷。一个大木桶占据了最左上角的位置,蒸汽从水中升腾起来。

"这是一间米黎亚德安全屋吗?"我问。

"这只是一个临时营地。特罗里坎人可以进来,如果他们有那么蠢的话。"。

"明显是在威胁阿彻,"我冷冷地说。现在,该说清楚我来这里的主要原因了。我双手支在臀部,盯着他,"谢谢你在飞机上陪我。"

他随意地耸耸肩:"我很强壮,也很勇敢。"

"但是,我不感谢你留在飞机上,"我补充说,"而且你真的只是在称赞你自己吗?"

"是的,因为你永远不会。"

这个指责让我眼睛一眨,我笑了起来。我不应该在这样严肃的讨论中发笑:"和我待在一起让你遇到麻烦了吗?"

他背转身,挡住了我对他的情感解读。但是他无法掩饰他僵硬的姿势:"我不想谈论这个。"

"太糟糕了。你遇到麻烦了吗?"他应该很了解我,知道我从不放弃。

"是的,"他说,"是的。"

一阵内疚像巨蟒一样缠住我的脖子:"他们对你做了什么?"

"那个,我不会告诉你。"

我冲到他面前,但他迅速避开,又很快返回来。

"你有新伤,"他说,嗓音生硬,"为什么你有新伤?"

他不会回答我的问题,但是希望我回答他?很抱歉,这不是我的游戏方式:"为什么我们不讨论一下那次坠机以及你的王国的参与?"

他嘬了嘬嘴,让我知道他对这个问题不是很高兴。

"如果米黎亚德有责任,就没有天理了。是什么让你确信特罗里坎没有过错?"

我只是想知道一个女孩怎么可能成为影响战争倒向一方的因素?一个女孩怎么能够决定胜利者?

紧张的停顿。

"怎么样,我们假装只有现在和这里?"他指着一个靠垫面前的托盘向我示意,"我给你买了巧克力蛋糕。"

蛋糕?给我!是啊,我就那么容易哄吗?

我冲过去,打着滑停了下来,这时他补充说:"我不在的时候,埃琳娜把它吃了,所以,你只有水果了。"

贱人!"她是一个人形壳体。她不需要人类的食物。"

"人形壳体可以品尝味道,就像他们可以感觉事物。"

愚蠢的壳体。我坐在托盘边,拿起一颗草莓去蘸碗里的奶油。我嚼着嚼着,我敢肯定,自己获得了一次味觉高潮。阿彻一直让我吃得很好——牛排,虾,咸肉,但是他忽略了我喜欢吃甜食。

基利安在我对面坐下,身体前倾,轻轻地从我嘴角抹去一点奶油。他还舔了一点,我心里紧了一下。我的心脏——那个背叛我的器官——失控地乱跳。我的血热以及只有他才能激起的刺痛感又回来了。

我颤抖着挑起另一块水果。在两秒钟之间,我调整了我的计划:现在就告诉基里安:"我是来感谢你救了我,同时还想骂你救了我,然后说再见。"

基利安没有反应。

"我要求给我三百四十三天的时间。一个人待着。"

$343=7 \times 7 \times 7$。

一个星期是七天。七个小矮人。七通常被认为是一个神圣的数字。

"我会利用这段时间来弄清楚我的未来。"我说。

"不,"他略微摇摇头,"绝对不行。甚至一天也太长了。你需要做出决定,藤,你需要现在就做。没有更多的等待。这就是为什么我在这里,在我的灵魂……之前。"

在他的灵魂什么之前?从惩罚中恢复之前?

"基利安。"我说,看不见的巨蟒再次勒紧我。

"有人要你死。让你自己选择你的未来,而且只有百分之五十的机会做出正确的选择——这种事我们已经不用考虑了。"

"那是一个机会，我想要。"

"哦，我不想。"他大叫起来，他的脾气已经爆满。

我很吃惊，他通常是那种沉稳老练而且具有邪恶的诱惑力的人。

他深吸一口气，然后慢慢地释放："我曾冒着生命危险去救你，作为你给我的奖励，让我给你另一次旅行。你会很放松很享受。"

这是一种操纵，是他的高超本领之一。但跟以前我们第一次见面的时候不同。这一次不仅仅是为了取胜而与我签约，他在乎我，这个事实我们都知道。

"好吧。"

"谢谢你。"他微笑地站立着，走过来伸出双臂。

当我把头搁在他的肩膀上的时候，我心跳加速。他垂下手臂环抱着我，我的呼吸卡在了喉咙里。我只跟詹姆斯像这样在一起靠近过，两个男孩之间的差异让我吃惊。在身体方面，詹姆斯是瘦削的，而基利安是肌肉型的。此刻我有种被包围被保护的感觉。

突然从他手腕上的装置里射出灯光，帐篷的屋顶形成了一个视频画面：一座摩天大楼劈开黑暗的天空。每块地板上的石头和玻璃都发出彩色的灯光。

"这是我住的地方，"他说，"众劳工之塔。一个熄灭者必须在每一个职位上接受训练，当你作为一个劳工进行训练的时候，也是住在这里。"

视频朝着一个特定的窗口缩放，我看到一群女孩围坐在桌旁，吃着金色的圣饼，愉快地交谈着。在另一个窗口，一个爸爸用指关节揉着一个小女孩的头顶，她咯咯地笑着。

一阵乡愁向我袭来，这种痛楚让我惊讶不已。我也曾经有父母逗我玩，我现在是如此想念他们。

"我们努力地工作，"基利安说，"我们疯狂地玩。你看到的塔里的每个人都不在岗。他们要么已经完成某个任务，要么是在度假。"视频转到这座建筑物的外面,烛光照亮着华丽的大理石人行道。人们的着装风格从干净整洁到大型朋克摇滚。有一些人在走路,而另一些人在飘浮?

不,他们不是在飘浮,而是乘坐在光滑的气垫船上。

附近,有人骑在一头高大的狮子的背上。

"这很酷。"我说。

"相当酷,你是知道的。"

在另一座建筑物里,是一场疯狂的聚会。音乐在轰鸣,人们挤在一起相互碰撞摩擦。一个打扮成维多利亚女王时代的少女吊在一个笼子上。一个哥特男孩缩在笼子底部,放出一根铁链晃来晃去,他挑起门上的锁,溜了进去。她奖励了他一个吻,仿佛他刚才得了奖。

"在这样的聚会,我们会获得很多乐趣。"基利安轻声说。

"当然。"我梦想参加每一次这样的聚会,可我的父母要求我留在家里,以免这个邪恶的大世界危及我的生命,"我跟你说真的,没有什么能改变我的决定。我还是想要时间。"

"不要打断我。旅行还没有结束。"

镜头拉下来,拉到大街上,最后又快速推进另一座塔。里面有多个立柱,每个立柱都是由不同的宝石制成,有绿宝石、红宝石、蓝宝石以及钻石。

那条瀑布,是一条室内瀑布;那座塔似乎是紧贴山坡——一个象牙美人鱼安放在上面,一个贝壳倾倒出……没有水,像是液体黄金?墙壁上绘有各种壁画:云上的天使,战斗中的勇士,飞翔的巨龙。沙发上有印花,每把椅子的框架上都雕刻着不同的动物,地板闪闪发光,像抛过光的珍珠海洋。

壁炉跟我原来住的卧室一样大,边缘镶嵌着同样的珍珠。壁炉上方悬挂着我所见过的最美的男人的肖像。金色的卷发包围着他完美的、几乎不可能是真实的容貌。他的眼睛是充满活力的蓝色,像热带海洋一般明净清澈。一顶王冠戴在他的头上。

在他右边有一幅小一点的画像。一位头发微微泛着金色的女人,长着一双亮晶晶的，黄铜色的眼睛。她面带微笑，似乎知道某个我一无所知的秘密，这个秘密似乎比蒙娜丽莎所知道的秘密更加神秘。

在较大的那幅画像的左侧，有一……五……十……二十幅画像，大约是四乘四的大小。太小了，所以我从这个距离看不清那些面孔。

"我们的国王和王后。"基利安说，带着明显的敬畏。

"国王……他的样子像……"

"阿彻，"痛苦的取代了他的敬畏，"阿彻是他的众多儿子中的一个。他最失望的一个。"

等等，停下，倒回去："阿彻的爸爸是米黎亚德的国王？"

"但阿彻永远不重视这个特权。"

天哪！我的心拧成一团。

我喘着气，一只小翼龙停靠在国王的肩膀上："那画像——"

"不是画像，是全息图，像人类观看的电视。"

视频缩放到隔壁房间，一间餐厅，跟其他房间一样精致。国王坐在长方桌的首位，穿着正式的军装。衣服很合身，数枚奖章钉在他宽阔的肩膀上。在饭桌的两侧有九个孩了，大多数看起来不到十六岁。有两个男孩，是双胞胎，不超过十三岁。

"认识一下我们的将军。他们还没有准备好升至自己的角色，但他们的导师被杀戮以后，他们别无选择。"

九个孩子，我是第十位。一个完整的周期。倒计时的开始。

是巧合？还是命运？

"有一天，你会坐在这个桌子上。"

我再次听到了话语中的敬畏，听到了羡慕。如果那一天到来的时候，我会听到不满和怨恨的声音吗？

国王站起来，沿着桌子的两边走，拍拍每个孩子肩膀："没有什么是我们做不到的。没有我们无法到达的高度。没有我们不能征服的王国。"

孩子们用手里的银器敲打桌子表示赞同。

"他爱我们，"基利安说，"只想给我们最好的东西。"

"而且你也爱他。"我敢肯定。

他并不试图否认:"很小的时候,阿彻结识了我,他邀请我出席王官的多种场合。国王总是在百忙之中抽出时间来陪我。"

拼图的最后一块拼上了。原来,阿彻极力反抗的,而基利安明显向往的那个男人,就是他自己的爸爸。

是什么驱使阿彻放弃了他的父母和他的领土?还有他的朋友基利安?

阿彻离开的时候,基利安究竟是怎样痛苦不堪?

"我很吃惊,这个国王的儿子,当他到了承担责任的年龄的时候,却选择了特罗里坎。"

"相信我,我们都很吃惊。"

这句话听起来好像穿过好几英里厚的碎玻璃传过来。

我把谈话引向一个新的方向:"为什么你有口音,而国王没有?"

"我花了很多时间跟学习中心的主管学习。你会把它叫作孤儿院。"他的拇指划过我的肚脐,我打了个哆嗦,"詹姆斯也在孤儿院长大。"他的语气很犹豫,我知道他在看我的反应。

我不再因对詹姆斯的回忆而受到伤害,但是……

"让我看看他。"这是一个机会,我不能错过,一个了结的机会。

"我知道我应该闭嘴,"摄像头平移出来时,基利安埋怨自己,"可好奇心占了上风。"

我们掠过黑暗的街道,终于停在一家酒吧。穿过那扇门,深色木板墙被一些被做成类似于煤气灯的辉光岩石照亮,透过一块玻璃地板可以看到多间卧室,床和在床上扭动的情侣。我正要向别处看去——真的——我发现了詹姆斯。英俊的詹姆斯,与其他两个家伙坐在一张桌子上。这三个人正在把冷啤酒扔回去并且放声大笑。

"她的乳房是……"一个男孩吻了吻手指头,好像在称赞意大利面条的味道。

另外两个家伙——包括詹姆斯——点头表示同意。

"我知道她已经签约,"我的前男友说,"但我可以安排与她会面。"

231

第三个家伙打了一下他的手臂:"给我们这几个人剩点。我还在生气,你偷了我的金发女郎。"

"我能说什么呢?她喜欢'呃,粗大的'。"

"够了!"我厉声说,影像消失了。

我心里五味杂陈,什么领先者?一种羞辱——简直就是个傻丫头,竟然爱上了他这种人。我感到绝望。我看见了我拒绝见到的真相,夹杂着令人愤怒的失望——我竟然让一个两面三刀的家伙抱着我。

我对男孩的口味彻底搞砸了。

"我很抱歉,"基利安语气中带着愤怒和遗憾,"我会很快杀了他。"

"不用麻烦了,我宁愿詹姆斯自己毁灭。"我侧过身,"阿彻告诉了我有关迪奥的事。"

他转过身来僵住了。我们的目光相遇,我们是如此接近。如果他是人,我的皮肤一定会感觉到他呼吸的温暖。

"你抢走她是为了伤害阿彻,还是为了赢得她的灵魂,或是因为你对她有感情?"

"我这样做是为了伤害他,赢得她的灵魂。但是……"他伸出手,抚去我的脸颊的一缕头发,躺了下来,"我偶尔去查看她。她过去经常笑,但是现在不了。"

这些小伙子们编织了如此纠缠不清的网:"你一定可以做点什么来帮助她。不是为阿彻,而是为她,她是你家庭的一分子。"

他用舌头舔着牙齿:"你可以把她的自由作为你合约里的一个条件。"

另一种操纵。我惊诧万分,他居然尝试利用如此高超的手段。

"好吧。拥抱时间已经结束。我不会改变我的计划。"

他抓住我的手腕,阻止我:"藤——"

我用了一个阿彻教我的动作,摆动我的自由臂,用拳头猛击基利安的下巴。当他的头从冲击中转过来,我再一次出拳,猛击他壳体上最脆弱的地方:耳后的小控制面板,上面有正方形的文身标记。

他一声不吭。我知道,在他能够再次移动之前,我有一分钟时间,也许有两分钟。这叫"破坏连接",按阿彻的说法。

我站着,基利安只能用他的目光跟着我。

"这次真的是再见了。"我说,扬了扬下巴。

"恐怕不行,姑娘。"他抽出一只手,锁住我的小腿。我猛地拉出我的腿并向后翻滚,落在一堆靠垫上。

他一秒钟后就逼近了我:"与米黎亚德签约。"

"去多终点国度。让我走!"

"签约!"

"去你的。"我推开他,自己从地上爬起来。

爬到一半,他用脚钩住我的脚踝,从背后把我推倒在地:"如果你不打算做这件聪明的事并且签约,你就要学会保护你自己。"

"阿彻教过我——"

"不要在意他,他不是最好的,我才是。" 我趴在地上,基利安在我上面挥动一只手,这就是他的证明,"第一课。始终打击对手,在她或他处于下风的时候。"

我瞪着他:"阿彻说的正好相反,我应该帮我的敌人站起来,就有可能获得一个终身的朋友。"

"那是理想主义。如果你想在稍后被刺伤。"

也许会,也许不会。住在避难所的时候,我想过同样的问题。但是看看斯隆。有一次我和她见面,打了起来,还试图杀死对方,但是现在,我们在互相保护。

基利安向我伸出一只手。

我犹豫了:"我会让你教我一些技巧,但仅此而已。教完以后,我就走。"

"很好。我会跟着你。"

多么倔强的,令人沮丧的男孩!我伸出手,装作要接过他的手,趁机出腿。

他摔到地上,我一翻身坐在他身上,膝盖压住他的肩膀,但他比我想象的更加狡猾和灵活。他抬起腿抵住我的胳膊,把我向后蹬倒在地。他脚踝交叉压在我头上,小腿按在我的脸上,我已被有效地控制。此时他可以让我窒息,但是他选择在我身边把双膝一弯,坐了起来。

我抓住这一点脱身的机会,也坐了起来。他跨坐在我的腰上,这意味着他保持着优势。

该我出手了。"基利安。"我微笑地看着他,我的手在他的胸口上缓慢地移动。

他闭上眼睛待了一会儿。"这样下去,我不会有好下场的,是吗?"他漠然地说。

"不,不是的,"我双手锁住他的后颈,用我所有的重量向后倒,带着他一起向边上一滚,顺势把我的身体压在他的上面。

突然有几根手指一把抓住我的头发,将我向后猛拉。

我在倒下去的时候,瞥见了黑色的头发和愤怒的眼神。

我跌倒在地,埃琳娜举着一把手枪瞄准我的胸口。

基利安大吼一声蹦了起来,撞到她身上,把她撞倒在我旁边的地板上。枪响了,但他牢牢地握住她的手腕,保证子弹射穿帐篷,而不是穿过我的肉体。

他从她手中夺过手枪,站好。

"你不要碰这个女孩。永远不要。"

"她攻击你,"埃琳娜跳起来,"她可能会损坏你的壳体。"

"这听起来像是我的问题。她是我的,我自己会处理。她不是你的,永远不是。"

她扬了扬下巴:"她也许是你的,而你是我的。"

基利安盯着她,过了一会儿,他笑了。

一个可怕的笑。然后他安静下来,这更可怕。

"我不是你的。现在,我会证明这一点。"

他举起手枪——

呼!

第十六章

和我们在一起,一切皆有可能。

——特罗里坎

　　埃琳娜崩溃了,子弹从她的眉心打了进去。

　　没有鲜血从伤口里喷出来或者渗出来,她倒在地上自毁了,只有一些灰烬飘浮起来,穿过帐篷内那块崭新的月形面板。

　　"你怎么能……"我说。

　　"她没有死。我只是解除了她的壳体,击中点不会损坏里面的灵魂。在一个劳工必须离开,却没有能力离开人形壳体的情况下,这是一种安全的措施。"他随即捧着我的脸说,"你没事吧?"

　　"我很好。"我真的很好。一个冷血的壳体杀人犯在事情的发展过程中无足轻重,"我想,她偷吃了我的蛋糕,这是她应得的报应,是吧?"

　　"蛋糕。那是你主要关心的吗?我觉得无法理解。"他清空了弹夹,把武器扔到一边,以一种缓慢的步伐绕着我走了一圈。他是一个掠食者,已经发现了下一顿美餐。

"如果刚才埃琳娜扣动了扳机,你本来今晚就已经死了。照这个样子,你很快就会死的。死亡已经悄悄接近你。你需要多少死亡兆头呢?选择米黎亚德,藤,现在。"

"我需要的是时间。"

"你有过时间。但它对你没有好处。"

见鬼!"你决定留在米黎亚德,有没有后悔过?"

他在我的面前停下来说:"只有一次。当我失去阿彻的时候。"

他捏着我的下巴抬起来,迫使我的注意力保持在他身上:"你想要什么,藤?米黎亚德能给你什么?一个目标?一个属于你自己地方?还是,对你父母的复仇?"

"这些事情我可以在这辈子靠自己完成。"

"所以,你想要的是你无法在这里找到的东西。"他松开我,"你要的是保证。"

"我想要永远不后悔我做的决定。"

压力山大……

"没有人可以给你保证。"

"我知道!至少在这里,我可以告诉自己,一切只是暂时的。而在第二世里,我就做不到。它是永久性的。"

"直到第二次死亡。"

"嗯,我知道杀死灵魂比杀死人类要难很多。"

"也许,如果我跟你签约失败,我会被杀死。"

压力正在爆发。另一种操纵。我忍无可忍。

随着一声尖叫,我抬手就给他一个摆拳。他一闪身,我的手臂扑了个空。但我的另一只手臂已经收回来,挥了出去。这一次,我击中了。我的指关节击中了他的腮帮子。疼痛穿过我的胳膊,辐射到肩膀。他擦去嘴角的生命之血。

"看看你,你的情绪都在屈从于米黎亚德给你的暗示,"他嘲弄我,"是不是感觉很爽?"

"刚才感觉很爽，"我大叫，"可现在我无法摆脱一只断手。"还有内疚！我总是抱怨万斯那个一触即发的脾气，今天我的行为跟他没有两样。

基利安轻轻地抬起我的手腕，查看我正在悸动的手："骨头没有断，只是肿了。"

我把胳膊缩回来，我的愤怒远远没有平息。

"如果我选择特罗里坎，你会被杀掉吗？"

他叹了一口气："不会。但是你属于米黎亚德，这一事实并没有改变。它是命中注定的。"

命中注定。命中注定。

这句话回荡在我的脑海，我安静下来。多年来，我妈妈告诉我："事情的发生由我们控制。"直到有一天，她回到家宣布："我错了。如果命中注定要发生，它就会发生。如果注定不发生，它就不会发生。"

她改变了主意，因为米黎亚德改变了立场。他们喜欢说："真理是发展变化的。"

甚至我爸爸也表示同意。随着成长，我们在不断地学习。

虽然这是千真万确的，但精神法则难道不应该扎根于一个坚定而不妥协的基础上吗？

还有，我记得阿彻曾经对我说，相信米黎亚德的命运理念，会让人们把每一次拙劣的闹剧，每一次灾难和每一个决定都迁怒于外力。这意味着，无论我做出什么选择，无论发生什么，最终意味着我的选择是无关紧要的。

所以……不，我不相信命运。没有外力正在掌握着我的生命之绳。我可能是因某种目的而生，某种神圣的使命，而我的决定，甚至我的优柔寡断，都是我自己的。我的行为，或者缺乏作为，但那也都是我自己的。因为，在一天结束的时候，后果由我自己承担。

迪肯是对的。我一直有答案。我只是不想看到它，因为我不想被迫做出我理应去争取的选择。不过还好。好吧。我在学习，我在变得强大，我也在发生变化。永远不会改变是什么呢？真理，真理应该保持不变，直到永远，它是我的立身之本；否则，它就是一个谎言，曾经是谎言，就永远是谎言——我就没有借以安身立命的坚实东西，只有经不起一点压力的流沙或者游丝。

那是特罗里坎所青睐的另一个观点。他们从不改变他们所相信的。适合一个人的就是适合所有人的。

那么，米黎亚德的分层包装呢？那些我曾经称赞的观点呢？一个生命不应该比另一个生命更有价值。

我有一个惊讶地发现！我喜欢特罗里坎。

我跟跟跄跄一路走来，挣扎了这么久才明白这一点。它是美妙的，但是即使在这个启示的光芒之中，我还没有准备好做出决定，订立盟约。难道我真的要与米黎亚德的人民开战？

帐篷外扑通一声。基利安把我推到他身后，再次阻挡可能对我的攻击。门口沙沙作响，阿彻和迪肯跨了进来。

我跳了过去，站在这两个宿敌之间。

"我没事，阿彻。我不需要营救。"

"那不是我来这里的原因。"

基利安的手拧成拳头："你不应该在这里。"

阿彻向他走过去，基利安也向阿彻走过去。

迪肯拉住阿彻，而我摊开手掌按在基利安胸膛上，把他推回来。

"每个人都要保持冷静。"

阿彻完全注意到我的时候，他的愤怒消失了。

"有一个新情况。你的妈妈……对不起。"

"怎么了？"基利安问。

"她病了。"阿彻说。

"病了？"我用手按住我的胃，"她哪儿不舒服？"

过了片刻，他承认："死亡之吻。"

不，不，不。

"有人给她下毒?是谁?怎么回事?"

"我不知道。"

我的心脏在我的胸膛里一次又一次爆炸,像一颗具有无限杀伤力的连环炸弹。我的妈妈病了。她……她快要死了。我不该去关心她。这个女人付了很多钱把我锁起来,一次又一次折磨我。一年之内,她总共来看了我三次,她的工作比她唯一的孩子更重要。只有到了生命的最后,她似乎才想起了我的存在。

然而,我还记得,那个在我儿时擦破膝盖的时候为我擦干眼泪的女人,那个帮我编辫子的女人,那个紧紧地抱住我,并告诉我,她爱我比太阳和星星更多的女人。

我一定要见她,放下我对时间和独居的请求。

我的目光锁定阿彻:"我在一个小时内离开。别想阻止我。"

"我为什么要阻止你?我和你一起去。"

"我跟你一起去。"基利安说。

既然有人想要杀我,聪明如我,当然知道在自己分心时候需要别人的保护。

"做个交易,这是我给你们的唯一交易。你们俩发誓不会伤害对方,你们就可以和我一起去。"

"不!"阿彻说。

"见鬼,不!"基利安说。

"要不然,我就自己去。"我说完了。是的,我很聪明,足以知道我可以利用别人的保护,但我也很固执,可以不要保护。

阿彻噘着嘴。基利安诅咒着。

我说:"我们需要多长时间到达洛杉矶?"

"我们得开车走,直到我们知道是谁想要你死。暂时没有飞机和公共交通。"基利安说,"也许我们可以把四十二小时的车程缩减到大约三十六个小时。"

"完全没有问题,我们轮流驾驶。再重申一次,你们两个不能在旅途中侮辱、攻击或伤害对方，这就是我的全部请求。"

"是的，这就是全部。"基利安瞪着我。

"你不是在请求，"阿彻双臂交叉，"你在下令。"

我盯着他："我一点儿都不后悔。现在，我回屋收拾我的东西，并且告诉斯隆。如果我返回的时候，你们俩都在这里——活着而且没有受到伤害，我们就出发。"

我来到外面，看见太阳正在升起，它赶走了即将来临的风暴。我停下来喘口气，至少这一次我不会在混合着粉红色和金色的天空中迷失自己。

地上传来一声呻吟，引起了我的注意。查尔斯四肢伸开平躺在一堆树叶里，树枝弄乱了他的头发。阿彻肯定是打中了他的伤口。我离开他，让他自己恢复。我回到家里，很高兴没有另一场龙卷风正在酝酿。

斯隆在大厅等我，踱着步。她身着黑色吊带，黑色牛仔裤和一双作战靴，马尾辫沙沙地左右摆动。

"嘿！"我说。

她走过来，把我拉近拥抱我："我听到了阿彻和迪肯说话。关于你的妈妈，我很难过。"

起初，我有点不知所措。慢慢地，我伸出胳膊搂着她，拥抱她。享受舒服的感觉，也希望给她同样的感觉："是啊。很糟糕。"

"你去看看她吗？"

我点点头。

她叹了口气："那么，这就是我们分手的地方了。"

我张开嘴表示反对。不！我们在一起。但是她的决定是她自己的，我不会试图让她做她不想做的事情，这样我才能留住我的朋友。

"你回家还是待在这里？"我问。

"回家。我想等到我生日过后，但是我太心急了。如果你听到新闻台报道有关奥布琼家乡在败家女返回后不久就被烧毁，请不要惊讶。没有财产，没有理由去结婚。"

她的声音里的痛苦是不加掩饰的。

"改变主意了吗?不嫁给第一个不合适的人了吗?"

"是的。"她撩着她的头发,"没有人值得我爱。"

这才是我的姑娘。"我很难过你有这样的家庭。"我说。每个孩子都应该感到自己的宝贵,无条件地被爱。

"我知道你懂的。"

"是啊。我只不过是通往金钱和名利的一张门票,仅此而已。"我再给了她一个拥抱,"注意安全。我们仍然不知道是谁想要杀死我们。"

"别担心,我有一个保镖。迪肯同意跟我走。"

"好。"我特别不想让她一个人走。

她眼里闪过一丝兴奋:"我想我会给他一个绅士情人的荣誉,直到我们达到萨凡纳。"

我笑呛了:"绅士情人?真的?"

"怎么了?我不认为把他叫作我的玩偶是有礼貌的。"

我们相互微笑,其实是窃笑,然后我自己上了楼。在我的卧室里,我刷好牙、梳好头,收拾好衣物和洗漱用品。我抓起高蛋白营养棒,这东西是我藏起来以防万一的,然后把手术刀和几把小餐刀裹进衬衫,以防它们叮当作响。

我径自下楼,下定了决心。令我惊讶的是——真的,我很惊讶,阿彻在客厅等我。

他皱着眉头:"可以肯定地说,你是飞机失事的目标。有人想要你死,而且计划用你的妈妈引诱你回家。"是啊,他也许是对的。

"有人很了解我,因为我不能不去看她。"

"她要死了,即使去看她也不会改变的。"

"她不会死!"我深吸一口气,然后再呼出来,"你不知道未来。我从死亡之吻中活了下来。她也能做到。"

"你的剂量小,得以幸存下来。她被使用了满剂量。"

我下巴哆嗦着摇摇头:"你又不知道。"

"我知道的。我一直与她朋友的特罗里坎劳工保持联络,那个人就在她附近监视她的病情进展。"

她朋友的特罗里坎劳工?我妈妈没有特罗里坎朋友,据我所知并不是那样。

"告诉特罗里坎劳工给她生命之血。"

"她已经有了。事实上给她提供了很大剂量。但是生命之血不能包治百病,藤。它是一种精神增强剂,一种能量源。它可以加快愈合过程,但它不能修复无法修复的损伤。"

我听到了他的潜台词,她是无法修复的。

我昂首阔步地走过阿彻,肩膀撞了他一下:"我们是要聊一整天,还是现在就开车走?"在他做出回应之前,我出了门。

我穿过院子。在特罗里坎界外,基利安站在一辆黑色的 SUV 旁边。他戴着墨镜,乌黑的头发被风吹乱。

我绕过他把我的包扔在车子后座上。

他来到了我的身后。我感觉到他,不是他身体的热量,而是他这个人,他的全部。我转过身来,他就在那里。我们如此接近,仿佛是被压在一起,成为一个整体的两半。

"退后,"我咬着牙说,"现在不是试图操纵我的时候。"

他的嘴唇抿成一条直线:"我很担心你,我想给你安慰。"

"不,你想利用糟糕的局面。咱俩都知道你不擅长安慰。"

他的舌头舔了舔门牙:"我想我擅长,为了你。"

我生硬地说:"我对你并不是特别的,基利安。"

"你是特别的。"

"我不是。你今天已经弄得很清楚了,"我对他怒目而视,"你竭尽全力要我屈服于你的意志。但我还不是将军,好吗?我就是我,就是藤。我不相信命运或者融合,而且我永远也不会相信。"

他沉默了半响。最后说:"你是特别的。你让我思考,你让我变得更好。"他的腔调比以往任何时候都深沉。

我叹了口气,驱走了我的愤怒:"基利安——"
"不。"他后退一步,拉开我们之间的距离,可恨的距离,必要的距离,"我试图操纵你,没错,但仅仅是因为我想给你最好的。我希望你安顿下来,平平安安的。"

我回到最原始的状态,以洪荒之力猛烈地打他和伤害他,把他打得很惨。而我对自己也非常恼火。

他爬到车轮后面,关上车门,吓了我一跳。

阿彻突然出现,从隐形墙里走出来。他看都没看我,径直坐到副驾的位置上。

我又叹了一口气,干脆坐在这两位勇士正后方的中间。他们可能正在想着可以杀死对方的所有办法,一个错误的字眼就可能引爆战争。

基利安在无路的地域上疾驰,杂草和沙砾在轮胎周围飞溅。他在曲折的道路间蜿蜒穿行,从树桩和岩石上弹跳而过,他似乎已经没有了安全的概念。但是这两个家伙都没有试图杀死对方,也没有咒骂我,所以我认为这是一个重大胜利。

不久,树木被替换成建筑物,一栋高过一栋。最后,我的眼皮发沉,我打起了哈欠。必须保持清醒:"我们要在整个过程中都保持沉默吗?"

"是的。"他们异口同声。然后,他们向对方咆哮。

"忘了我刚才的提问。"我用数数来打发时间。汽车、树、建筑、云。当我们停下来给汽车电池充电的时候——不再需要汽油要归功于这些王国——我向阿彻借钱来支付充电的费用。

"等一下,我和你一起去。"他说。

"留在车上,确保一切完好无损,我跟她走。"基利安用一只胳膊搂着我的腰,向前拉我。

阿彻不理会他:"你想怎么样,藤?"

"你们两个不要为这件事打架。"

他看起来好像要抗议,但还是向基利安点了点头。

我大步走开,基利安冲到前面去开门。"你是我的保镖吗?"当他

243

示意我进去的时候，我问。

"是的，别客气。"

共有十个人在里面。有四个是女孩，她们瞪着眼睛看他。他假装没有注意。

"有三个人形壳体。"他在我耳边悄声说，我打了个哆嗦，"我不喜欢看到他们，快走。"

"你怎么瞄一眼就知道是什么？"

"那个我很在行。"

是啊。是啊。

我直奔巧克力棒，一把抓住我最喜欢的五个。

在我去收银台的路上，我注意到数字报纸上闪烁着本周的头条新闻，额外再加五块钱，我就可以把最新的故事上传到我的手机。

好吧，如果我的手机已被激活的话。

巫师被捕！从来没有见过它来了！男子绑架前女友！公墓发现男性死者。城市悲痛欲绝！问题正由联合委员会讨论中……

然后我爸爸的照片出现在《今日王国政治》的屏幕上。

参议员的情妇怀孕了！对此没有人会感到惊讶，鉴于他的妻子，著名画家格雷斯·洛克伍德，离开他并隐居了半年多。也许是跟某位情人藏起来了？德韦恩·雷诺兹博士是已婚的身份，却不止一次在格雷斯·洛克伍德的处所被发现。但是，有极大可能，洛克伍德夫人和雷诺兹博士已经决裂，因为洛克伍德夫人跟她的丈夫一起回来。当被问及参议员的爱子，她没有发表评论。

我完全目瞪口呆。我离家之后发生了这么多事情。我爸说我妈在隐居，他没有说谎。他也没有等她回来。他有了外遇，那个女人现在有了他的孩子。

不久，我将有一个弟弟或妹妹，那是我一直想要的，却是万万没有想到的。

我微笑着诅咒。由于法律是以妇女为目标，我爸发现了一个人口控制的漏洞。但是他们被限制只能有一个孩子。

我爸甚至可能已经找到了跟米黎亚德交换的新的筹码。

我尝到了鲜血的味道,意识到自己咬了舌头。我的兄弟姐妹不能像我一样被利用。我要先死。

"你知道吗?"我问基利安,他把舌头咬得更凶,"关于他的情妇的宝宝?"

"我只知道他俩的婚外情。"他咬牙切齿地说,"我请求要他的活动报告,但报告肯定已经被节录,有人在保守秘密。"

他的话激起了我的记忆,我妈妈的闪存。

"我知道我没有去看过你,但我有一个很好的理由,一个美丽的秘密,一个教我如何再次成为一个妈妈的秘密。"

当她说话的时候,一个婴儿在哭。

"我不知道当时那个情妇是否已经有了孩子。"我妈妈声称要为此负责吗?

基利安把他的手放在数码纸上,闭上眼睛。他在下载这个故事吗?

"没有,"他最后说,"这个情妇只做了七个月。"

我开口想多说两句,但站我前面的家伙回头看了我一会儿。我和他的目光还没相遇,他便转过头去,然后又回头看着我,咧开嘴对我笑。

基利安走到我的面前。"你要着眼于未来,"他告诉那个家伙,"越快越好,为了你。"

那家伙脸红了,把头转了回去。

我不确定,是否只是见证了一次嫉妒的展示或者类似于狗在我腿上撒尿之类的尴尬。无论是什么,我都一笑置之,虽然没有什么值得高兴的事情。

轮到我了,我用阿彻给的一叠现金来支付。

收银员把全部东西塞在一个袋子里,基利安,我的绅士保镖,抓起了袋子。我刚刚原地转身走向门口,一个重物从后面砸到我身上。我的背上一阵刺痛,而后臀部一阵抽痛,我撞到了柜台。

随着一声大吼,基利安迅速推开那个罪魁祸首:"小心。"

"实在抱歉。我绊倒了。"一个十多岁的少年,看起来像是患了感冒,正在用纸巾擦他的鼻子,手上有一枚过大的戒指在闪亮……他一喷嚏打到基利安身上。这孩子再次道歉,他看上去确实很抱歉。他看起来苦不堪言。可怜的家伙。

基利安盯着他的脏衬衫,做了个鬼脸。

我哼哼着被拖到出口。然后,我想起了我的兄弟姐妹。

"怎么了?"阿彻问道。

没有用女孩的典型反应来撒谎说——没什么,我很好——我坐到车内,愤怒地撕开我的第一块巧克力棒。如果说一个女孩需要糖果疗法的话……

我吃到一半的时候,一团可怕的迷雾模糊了我的脑海,耳边传来一阵可怕的铃声。我的心跳出现错觉,然后减少到只有轻微的颤动,好像有人进入了我的体内,把我的器官钉到了肋骨上。疼痛从我的左肩辐射到指尖。

心脏病发作得太年轻了。

嘀咕声进入我的意识。

"声音让我头疼,闭嘴。"基利安说。

"那我割断你的耳朵怎么样?"阿彻说。

我不清楚基利安是否回应。我肩膀上的疼痛成倍增加,我喘着气。我大汗淋漓,但是血液在我的血管里冻结。我开口呼救,救救我!但我能做到的只是另外一个喘息。然后,我感到我的心脏在迎接死亡,一会儿飘飘然,一会儿停止跳动。我的肺被抓住了,我突然无法呼吸,无法呼吸,我需要呼吸。

我头上的迷雾变得更浓直至……

迷雾瞬间消失。疼痛也消失了。突然,我失重了,我坠落下去……一直坠落……轰的一声。

TROIKA

【特罗里坎】

发件人：A_P_5 / 23.43.2
收件人：L_N_3 / 19.1.1
主题：现在该怎么办？

  我和藤，我们正前往洛杉矶，去见她临终的妈妈。基利安跟我们在一起，现在情况紧急，是否先斩后奏。请给出建议。

阿彻·普林斯

TROIKA

【特罗里坎】

发件人：L_N_3 / 19.1.1
收件人：A_P_5 / 23.43.2
主题：我最好的建议

不要做任何我不会去做的事。

列维·纳尼将军

TROIKA

【特罗里坎】

发件人：A_P_5 / 23.43.2
收件人：L_N_3 / 19.1.1
主题：噢！谢谢！

你的智慧的珍珠其实是一堆塑料吗？

TROIKA
【特罗里坎】

发件人：L_N_3 / 19.1.1
收件人：A_P_5 / 23.43.2
主题：好吧，这个怎么样？

  不要只是保护女孩，要更好地了解她。我知道因为迪奥的事，你想跟你所指派的人员保持一点距离，但关心一个人不会削弱你，孩子，它会让你更加坚强。

  去爱就会有一个为更好的东西而战的理由。此外，洛克伍德小姐的爷爷奶奶是特罗里坎监察者，他们已经通知我，在米黎亚德还有一次关于争取洛克伍德小姐生命的谈话。不要离开她的身边。

TROIKA
【特罗里坎】

发件人：A_P_5 / 23.43.2
收件人：L_N_3 / 19.1.1
主题：我是认真的。

我不会选择离开她的身边。
我向你保证。

TROIKA

【特罗里坎】

发件人：未知
收件人：A_P_5 / 23.43.2
主题：嗨

  她死了。你本该救她。你为什么不救她？她死于今年 11 月 12 日 10 点 17 分。详情附后。

TROIKA

【特罗里坎】

发件人：A_P_5 / 23.43.2
收件人：未知
主题：你是谁？

你是怎么访问到我的等级和身份的？

她怎么可能——无论她是谁——在今年11月12日10点17分去世？那个日期已经过去一个星期了。

至于您所谓的带有"详情"的附件？它只是一张粗略地绘着一座破房子的地图。谢谢，但还是算了吧。

第十七章

真理是发展变化的。今天是真理,明天有可能不是。

——米黎亚德

我在坑坑洼洼的地面上翻滚,肺里的空气正在爆炸。

一阵欢声笑语传入我的耳朵,然后是某种硬物砸向我的腹部。一只靴子?然后是鸟的聒噪声,同时笑声停止了。脚步声。一名男子在痛苦中尖叫。一秒钟后,很多人在尖叫。

"起来!起来!危险!"

我撬开眼皮,本想看到基利安和阿彻用刀比着对方的喉咙。最起码,我应该还在越野车里,身边是铺好的道路,还有树木和建筑物。然而,我看到了月光和灰烬臭虫,以及不停地在咬我的长着齿状树叶的多节树木。

多终点国度?

不,不,不。我没死。我不会重蹈覆辙。我不能死。

但我确实死了,再清楚不过了。

我的心脏——终于再次工作——惊慌失措地跳动起来。至少,天空中没有猴子骷髅。难道他们已经捕捉到猎物?我深吸了一口气,浓重的烟雾灼烧我的喉咙,我咳嗽起来。一场暴风雨正在酝酿之中。在这种地方,等待我的不会是一场普通的雨。

现在带上武器,越多越好。

对。我搜索地面,找到一根倒下的树枝。我抓住它的那一刻,一阵尖锐的刺痛让我的手指肌肉痉挛。我放下树枝,看着我的手掌里的三个出血点,正在冒出血珠子。

三——三个为一组。所有数字中最尊贵的一个。唯一一个等于前面两个数字之和的数字。

这些出血点是刺伤吗?我蹲下身来,研究这段手腕粗的短木棍,这才看到,上面爬满了棕色小虫子。

哇噢,我差点晕倒。我努力保持站立的姿势。一声霹雳的巨响,震破了我的耳膜。我站立着,痛苦万分。我重新摇摇晃晃地向前走,刚刚向前走了一步,便差点撞上树木。灰烬臭虫正在近处等着我,要一起围攻我,烫死我。

我挥舞双臂赶走它们,又一声霹雳引起的疼痛让我的颅骨快要爆开。我蒙上耳朵,但随着第三次霹雳,我意识到没有什么可以阻挡雷声的力量。我的尖叫声加入到其他的成千上万种鸣叫声中。眼泪从我起泡的脸颊上滚落下来。

藤的眼泪掉下来,我大声喊叫。

童年的歌谣消耗着我的意识,真是完美的消遣。

九百棵树木,但只有一棵是为我而种。

某种坚硬的东西砸到我背上,将我击倒在地。灰烬臭虫散开了,但这都无所谓。骷髅鸟回来了,它们是来完成工作的!我把胳膊肘向后戳,听到一声嘀咕。

"抱住她。"

伤口的疼痛让我听不清声音,但我还勉强能分得清鸟类的叫声和人类的说话声。我背上有一个人,另外还有一个人——说话的人——在附近。

二对一。

两双手紧紧扣住我的手腕,好像一种镣铐。我打起精神,不管是谁扣住我,我也要挣脱出来。

我右边的男孩说:"我们正在尽力帮助你,姑娘。"

也许他说的是实话,也许不是。我想起阿彻和基利安教我的招式,我手腕一翻转,一把抓住握着我的两双手。把这两双手作为杠杆将自己撑起来,同时用力踢向他们的胸口。又来一个——三对一。

我胳膊下的这两个人应声绊倒,我被放开了,我以一个蹲伏动作收尾。我随即操起那根布满臭虫的树枝,顾不上新的蜇伤,扔向第三个人——大约六英尺高,棕色头发,很陌生而且很脏,但绝对是人类。他抓住了树枝,我猜他是出于本能。臭虫把他咬得哇哇叫。有了他,至少游戏环境公平了,因为我们俩都被咬伤了。

中毒了吗?我开始头晕……

我挺直身体转过来,我的手攥成拳头,两腿分开。我准备好了。一个男孩和一个女孩离开了。这个男孩金发及肩。至少,我认为它是金发。它乱蓬蓬的,沾满污垢和血,还纠缠着用线编织起来的干树叶。尽管他比我高,但在男孩中间他算比较矮的,而且他很瘦,好像从来没吃过一顿像样的饭。

这个女孩更加矮小而干净,长着一头编成辫子的金发和一副天使般的面孔。当我的目光转移到她身上时,她的头躲闪了一下。她很胆小。

"白痴!"男孩板着脸看着我,"我们正在试图挽救你那条愚蠢的生命。"

又一个响雷差点让我跪下去,但他们三个只是做做鬼脸。

"到下雨的时候,你不会希望还待在这里,"他接着说,"你的皮肤会熔化掉你的骨头。"

"如果你了解我,"我咬着牙回答说,"你就会知道信任来之不易。

所以我怎么知道你不是跟那些动物一样坏,想把我带进某个陷阱?"

某种东西的恶臭飘荡在微风中,我捂上嘴。这就是死亡,它正步步逼近。

"留下来还是跟我们走,"他说,"由你自己选择。"

一直都是。

"你们是谁?"

"我是食物。"他转身跑进浓密的森林。另外两个也跟他走了,我没有想太久。也跟在他后面冲刺,模仿他们走之字形路线,躲开空气中的光斑。死亡的气味开始消退。

九百棵树木,但只有一棵是为我而种。

这首歌再次响起,但我摇摇头摆脱那些歌词。现在别想那些。集中注意力!

最后,最矮的男孩说:"我叫布雷特。"

"我叫凯拉。"女孩说。

高个子男孩说:"我叫里德。"

"我是藤。"

"你是怎么死的?"里德问。

我退后一步:"我不知道。你呢?"

"听说过人类对抗王国动乱组织吗?"布雷特跃过一块岩石,"我们正在开一个会,策划一次和平集会。发生了爆炸,我们醒来的时候就在这里了。"

我绞尽脑汁地回想以前的新闻报道,可怎么想不起来。一定是发生在我被关在普林收容所里的时候。

"你家住哪里?"

"洛杉矶"。

"我的老落脚点。你真的相信你可以让两个王国停止战斗并开始相互接纳吗?"

凯拉白了我一眼,所以没看见她面前的岩石,于是被绊了一跤。布雷特和里德立即冲到她身边去帮她。他们就像两台运转良好的机器。

一阵粗粝的叫声，骷髅鸟！我下意识地伸手摸索我的手术刀。

八乘以八乘以八，它们在飞翔，无论你做什么，不要保持干燥。

等等。它们在飞翔。它们？那些鸟儿？

这首歌不可能指这个地方，可能吗？莉娜不可能知道我会在这里终结，对吗？

总是用过去式说话，仿佛未来的事情已经发生过。

一直知道我会逃离普林收容所。

其中一只动物就降落在我面前，我打着滑停了下来。由骨头和金属组成的翅膀不断地伸展，撞倒了树木。男孩们拿起了武器——几把粗制滥造的木制匕首。很好，这很不错。我们四个人对它们中的一个，完美的胜算。

凯拉爬到一棵大树底下，蜷成一团，呜呜地哭起来。

好的，三对一，不错的胜算。但即使是现在，熔化皮肤的雨即将来临，除非……难道我们需要被打湿？

八乘以八乘以八，它们在飞翔，无论你做什么，不要保持干燥。

不要保持干燥。但是如果这场雨能够熔化我们，它就不是水，而是某种酸。

所以不是雨。

"水，"我说，"我们需要水。"这值得一试。

"不。"布雷特弹跳着双脚，准备飞身一跃，"湖比动物更危险。"

这只动物弓步向前，长着利爪的双脚一直牢牢地抠住地面，它的脖子不断地伸长，它的喙啄向布雷特，布雷特在最后一秒闪身躲开。

"从来没有人从湖中返回过。"里德补充道。

但那首歌——

也许是毫无意义的。别管它，集中注意力。

我没有武器，不能帮男孩们去打斗，但我可以充当诱饵。

"嘿，"我喊，"在这里，来抓我呀。"

那只动物注意到我。至少，我认为它注意到了我，它的脑袋摆向我的方向。

男孩们领会了我的意图，在它向我走过来的时候，他们潜近它。一个粗粝的叫声之后，又是一声霹雳巨响，而且比之前更响。温热的液体从我耳朵里涌出。我尖叫着倒了下去。

"藤！"

我抬起眼皮。基利安在我上面若隐若现。他的太阳镜不见了，眼里有明亮的金色斑点。我拍了拍耳朵，轰鸣声消失了。我没有……我不可能……

"你没事吧。我在这里，我在这里。"

是的，是的，他在。他在这里，我还活着。谢天谢地！

我扫视了这辆车。我们没有动弹，只是被拉到了路边。

"阿彻在哪里？"

"别担心。他很快就会回来，他得去办点事。"

尽管我的大脑反应有点迟钝，我还是感觉到他言不由衷："你毁了他的壳体吗？"

他露出亦正亦邪的笑容："应该是。"

所以，是的。

"我没有揍他，"基利安补充说，"我只是给他秀了一下我的拳头到底有多快。"

我们将会处理这个问题，但不是现在。现在，我要回去。"多终点国度，"我说，"那里有几个孩子，他们需要我。"

我不想死。

他托起我的下巴，我无法看向别处。他太放松，太温柔了。他很多时候都坏得不可救药，但这一刻，他是如此含情脉脉。

"你去了多终点国度？"他轻声问道。

"是的。可我是怎么死的？"我脑海里满是迷雾，胸口也疼痛。哦，对了，肠道检查！

我可不希望人们对我这辈子的最后记忆是弄脏的裤子。"

我偷偷地向下瞄了一眼。全都是干净的。

"我是怎么被带回来的?"我问。

基利安放开我,用手揉搓他的前额。"你被下了毒。我看过你了,发现了注射部位。"他的手在我背上滑动,拍了拍一个敏感点,"你的心跳停止了,我把生命之血倒进了你的喉咙。"

我还活着的时候中了毒?不可能。

"什么时候?怎么可能?怎么回事?"没人知道我在哪里。

"是谁?"我听上去像一个白痴,但我不在乎。

"让我猜吗?是充电站的那个孩子。他故意撞到你身上,他戴的戒指的钻石下面一定藏着一根针。"

我想起了我的背上刺痛。可是……可是……"为什么?"

"任何想要你死的人,都有可能派人在纽约和洛杉矶之间的每个收费站等你。"基利安闭上双眼,深吸一口气,"王国肯定是厌倦了等你做出决定,他们不会给你更多的时间。"

"这听起来像是一个我自己的问题,基利安。你可以放心地——"

"不!我无法放心,"他轻轻地摇了摇我的肩膀,"这是一个我们的问题。"

我们凝视着对方,一言不发,我不知道是否我的表情跟他一样难受。

我知道各王国都能够进行谋杀。不仅仅因为飞机坠毁和毒药,还因为人类对抗王国动乱组织的那几个孩子。有人特别担心他们的最终目标,所以要炸死他们。

我坐了起来,跟头晕做斗争。一辆辆小汽车从我们的越野车旁边呼啸而过。太阳正在沉没,这说明我刚才睡着了。又一天过去了。

"我正在将消息发送给贝内特夫人,"他说道,把字打进他的胳膊,"告诉她你很快就要与我们签约了。"

"但是——"

"如果想要你死的人是来自米黎亚德的,这会给你争取一点时间。"

如果不是,这个消息泄露出去,特罗时坎将再次发动更为激烈的进攻。"

我不同意,偷袭不是特罗里坎的风格。

我特别了解他们,不是吗?

不,但我了解阿彻和迪肯。我知道他们的法律对他们意味着什么。我知道生命对他们来讲有多么宝贵:"我不希望你对我说谎,基利安。"

他停止打字,朝我低下头,我们之间弥漫着泥炭烟和石楠花的味道,令人兴奋和陶醉,让我浑身颤抖:"我没有,我真的是想你会和我们签约。你为什么不呢?你会有一个荣耀的地位,你会被市民们崇拜。而且,你会是我的。"

我喘不过气来,压力非常大。

"如果这些还是没有说服你——当然,我希望能让你信服——只要想想在多终点国度等待你的那些恐怖的事情。"说得好像我会永远忘记一样。

"我还是觉得两难。"至少有一小会儿。如果我真的是引爆战争的一个决定性因素,那么去支持对的人——那些将要与我共同生活的人——比以往任何时候都更加重要。

"你让保护你几乎成了不可能完成的任务,姑娘。"

"不要保护我,我可以照顾自己,我已经习惯了。"

"你不必那么强大,"他又托起我的脸,托得更紧,拇指轻轻地爱抚着,"那是一条可悲的生活道路,我不希望你过那样的生活。"

我将手指环绕在他的手腕上,稳稳地握住他:"你怎么知道那是可悲的?你有埃琳娜和查尔斯。"

"他们直接向贝内特夫人报告。我是自己做主,自从阿彻离开以后就是这样。"

我的手沿着他的胳膊滑上去,捧着他的脸:"那么,我们要互相照顾。"

他迎着我的目光,一眨不眨,在我们的关系中某种东西改变了。我不知道它是什么。我从来没有经历过这样的事情。但是我感到了深刻的变化,在内心深处。我想他也感觉到了,而且这种变化使他处境不利。

他向后退却,我们分开了:"我们重新上路吧,时间是我们的敌人。"这句话有多种意思。

"同意。"我并不担心阿彻。我知道他会找到我。他总是这样。

基利安从车上下来,走到我的车门前。他动作生硬地"帮助"我下车,把我领到前排乘客座位。我系上安全带,他坐到方向盘后面。

我们沉默地坐着,一直保持沉默。在某个归属于米黎亚德的虚拟现实游览设施外面,我们路遇一个纠察队。他们至少有五十人,每个人都拿着标语,只有两个口号。一个口号是:许多事情是注定的!另一个口号是:你的坚定意志是不对的!

他们的努力都是白费。用这种方式,他们无法让任何人相信他们是更好的选择。如果我是特罗里坎的一分子,我会做什么?肯定会尝试改变这种方式。但是如何改变?除了做我自己,我从来没有真正成为过其他什么组织的成员。

"你饿了吗?"基利安问我,打破了沉默。

"饿了,确实饿了。"

他离开公路,拐进一家汉堡店,缓缓地沿着可驾车通过线行驶。他点了汉堡包和薯条,收银女孩惊诧地喘着气。

"基利安,"她的眼睛因希望与愤怒而睁得大大的,"我以为我再也见不到你了。"

他僵住了,盯着正前方。

"你好吗?"她看了我一会儿,又猛地把目光转向基利安,"这女孩是谁?"

最后,他屈尊朝她的方向瞥了一眼:"我们的食物呢?"

哇哦,他很冷淡。

她脸上的红晕消失了。她颤抖着把底部有油渍的袋子递给他。他接过袋子,开车就走。

"你的善意简直让我感动得要落泪,"我干巴巴地说,"那是给我准备的吗?"

"我是心慈手辣。"他的手指抓牢方向盘,"我不知道商店里什么适合你。我从没来过这个地方。"

为了隐藏自己的颤抖,我从袋子里拿出汉堡:"她曾经是你的目标,对不对?"

"你是说任务?是的,她是。"

"她知道你是劳工吗?"

"不。"

"但是,你仍然设法与她签约。"

"那是我的强项。"

他最喜欢的答复。我把一根炸薯条弹到嘴里,一口吞了下去。

"用你屡试不爽的办法?"

"是的,"他只是微微地犹豫了一下说,"我睡了她。但是,不像你的宝贝詹姆斯,我没有告诉她我爱她,我从来没有永远的承诺。"

"但是你让女孩们对你抱着永远的希望,即使你知道你根本就不会给。"

"我还没有给,并不意味着我不会在将来某个时候给,我会给那个对的女孩我的一切。"

我强忍着内心的一波强烈渴望。我很想成为那个对的女孩。但前提是,他对于我是对的男孩。

我是吗?他是吗?

"为什么米黎亚德如此想要那位收银小姐,所以派你去?她是一个宝贵资源吗?为什么她签约后,他们却把她留在一个快餐店里,过着艰辛的生活?"

"我不知道。"

"你当然可以猜得到。你这一世都住在这个国度,是国王最喜欢的人。你知道他们的手段,即使他们拒绝解释他们的理由。"

他动了动下巴:"特罗里坎派了一位统帅给她,而不是劳工,同时告诉我们说,她对他们来说是独一无二的。她回绝了他,我乘虚而入,确保特罗里坎不可能得到她。她并不需要一个额外的第一世去做我们需要她在第二世里做的事情。"

这样一个人，这个人就是起初来到普林收容所的那个男孩。我不喜欢他。

"你们需要她做什么？"

"加入我们的军队，为我们而战，帮助我们赢得战争的胜利。但更重要的是，阻止她去做特罗里坎想要她做的任何事。"

好冷酷。"她没有像士兵那样来攻击我。"

"但她是个传话筒。一个耳语传到另一个耳朵里会引发另一声耳语，如此继续，直到声音震耳欲聋。"

"一种数字游戏，"我说，"为什么像我爸爸这样的人遭遇那么悲惨？"

"有一些人——大多数人——接受我们第一次主动给予的好处。但是另外一些人拥有我们想要的东西，我们则给予他们优惠待遇。你爸爸的签约没有带给我们多少好处。直到你出生，我们和他达成了一笔更好的新交易。"

"把一个孩子变成商品的交易。"我的痛苦一览无余。

"那让我想起，"他说，"十八年前，夫人有一个女儿，叫艾希莉。一个已被融合并且已经多次重生的女孩。她是当时最年轻的将军，而且她一直想要一个弟弟。我无法抗拒，这就是为什么我被选中的原因。但她很快就死了，之后我被送回了中心。"

我为他心疼。这个男孩失去了多少东西？

"你又在为我难过了，不是吗？"他的语气中没有不安，只有阴谋。

"嗯，那时你只是一个小男孩，就被抛弃了。我希望你曾有一个更好的过去。"

他伸过手来，拿起我的手，举到嘴边。当他亲吻我的指关节的时候，一阵温暖的刺痛传过我全身。

"总之，"他清了清嗓子说，"我最近发现夫人认为你与艾希莉融合了。"

哇哦，贝内特夫人对我的个人看法似乎更合理。

"这有点让人毛骨悚然。我是说，你向我献殷勤有多少次了？"

"我是说她认为你与艾希莉结合了，但我并不这么认为。我敢肯定你是跟其他被杀的将领之一融合的。"

"那么，在某个特定的时间里有多少将军在那里？"

"十个（藤的谐音）。"

"什么？"

"十个。"

"什么？"我重复一遍。

他翻了个白眼："一次有十个将军。"

啊，我哼了一声。

"现在吃吧，"他说，"保持充沛的体力。"

"没问题，伙计。"

他瞪着我："这不好笑。"

"有那么一点点吧。"

他又瞪着我，不过片刻之后，他的眼睛睁大了。一道亮光闪过。当我转过身，基利安大声喊道："撑住——"

轰隆隆！

我被扔向某个方向，又被扔向他，只有安全带让我留在座位上。我的头骨猛地撞到车窗，撞碎了玻璃。各种骨头裂开的时候，疼痛穿过我的头颅炸开。我的视力变暗，理智被恐慌所淹没。当我一次又一次头朝下被扔出去的时候，撞击引发的震动带来阵阵剧痛，直到我终于落地，基本上还挂在安全带上。

"醒醒，藤。现在！"

这个声音尖叫着穿过我巨痛的头颅，是熟悉的英国口音。阿彻回来了？我眨巴着睁开眼睛。我的视野不再是黑色的，但仍然是朦胧的，直到我用颤抖的手擦去血迹。没有阿彻的踪迹。

"抓起控制台里的半自动步枪。关闭保险,瞄准,扣动扳机。"

爱尔兰口音。"基利安?"我四处张望,但他也不在这里。但是,有淡淡的轻烟飘过汽车。

"藤!枪!"

基利安的声音再次响起,虽然他的壳体已经不见踪影。这辆车发生了什么?他发生了什么?

当我盯着皱巴巴的车门,我意识到这是一场事故。我们出事了,他毁掉他的壳体是为了生存并帮助我。

"在那边有两个人,都带着武器。带上枪离开车子,姑娘。待在车里面,你就是完美的目标。"

危险,对。我挣扎着,设法解开了安全带,猛烈地撞击车顶。当我撬开控制台的时候,我抖得更加厉害。一把枪掉了出来,我抓起枪,小心地保持枪管对着任何地方而不是我。冷风从车窗的开口处吹来,我爬了出去。

当我向前跳动并环顾我的新环境的时候,我被吓呆了——车辆已被扔下公路,扔进了一个山沟。在远处,有一座树木茂密的小山。沿着公路,树木的阴影被汽车的前大灯赶走。

"走!"

来自阿彻的命令。

我尽力加快脚步,但双腿似乎重达千斤。一扇车门被猛地关上,然后又是另一扇。脚步声。

"再快点!"基利安要求我。

"我不想离开你,但我必须离开你,"阿彻说道。"只有几分钟。我回到特罗里坎去获得一个壳体并备份。你唯一需要做的就是活着。基利安——"

"我不会让她受到伤害。"

他们听起来都极度痛苦。

这两个正在追捕我的男人是人形壳体?还是人类?真的有关系吗?

无论他们是谁,他们希望杀了我,他们只是有可能。我并没有多大的胜算。我受伤了,血迹斑斑,而他们没有受伤。我不知道地形,而他们有可能知道。

奔跑对我不会有任何好处。甚至可能会加速我的死亡。我得还击,趁我还能走动。

我停下脚步,一转身。头晕的浪潮席卷过我——没什么大不了,集中注意力——我半蹲下来。选准时机。啪!啪!开枪射击,用了消音器。我对准两名男子过来的方向,看见一个影子径直向我逼近。我举枪瞄准。

"向左边一点,姑娘。"是基利安。他仍然和我在一起。

我的紧张情绪缓和下来,同时调整目标。

"开枪!"

我扣动扳机。

响亮的枪声让我耳鸣,枪的后坐力导致我的手腕和肩膀剧烈震颤。影子崩溃了。

"好样的。"

干掉了一个,还有一个。可是在哪儿?

一个伸出的枪头告诉我一件事:我没时间开火了。我不知道该怎么办,只有尽快滚到一边。啪!啪!体侧传来一种尖锐的刺痛,痛得我直发出嘶嘶的声音。我深吸一口气,瞄准目标扣动扳机。这次该攻击者喊痛了,但他只是绊了两下,没有倒下去。

等他站稳了,他举起枪。我总算开口挑选一个王国——两个王国之一。这就是,我的结局。但是,两道耀眼的光芒一闪,两个身影出现在我前面,保护着我。

啪!啪!啪!

其中一个身体剧烈抽搐,仿佛被打中了,我窥见迪肯粗犷的体形。

等等。他应该跟斯隆在一起。

"这个女孩是受到保护的。"阿彻说,而另一个人则猛击那个枪手的胳膊,把他的枪打飞了。他又一拳打在枪手的鼻子上。随着一声痛苦的吼叫划过夜空,我蹒跚着去捡那把枪。我一拿到枪,立刻把两把枪都对准目标。阿彻拿下了那个男子——一个人类,从他脸上滴落的血液来判断——他趴在地上,一只穿着靴子的脚踩住了他的脖子。

迪肯一只手握住我的手腕逼我放下胳膊:"不。"

"这不是我们的方式,"阿彻说,"死亡不是答案。哪里有呼吸,哪里就有希望。"

"不同意。"基利安从阴影中走出来,走进从汽车的前灯射出来的光亮中。他一定是回到米黎亚德获得了一个新的壳体。而阿彻和迪肯缴下了枪手的武器。"他们伤害了这个女孩,我可不能听之任之。他们得死。"

他举起他自己的手枪,开了火。

第十八章

没有压力,就不会有钻石。

没有经历人生的考验,你不会知道自己的实力或弱点。

——特罗里坎

我的肾上腺素瞬间激增,新的伤口疼痛难忍。身体重得无法支撑,我膝盖一软,枪掉了下去。与壳体里的男孩不同,我只是个普通人。

在我触地之前,基利安就在那儿,用他的胳膊搂住我,把我抱在他的胸前。

"我逮住你了。"他低声说。

我把头靠在他的肩上。

"我们本来可以拷问这个枪手,"阿彻揍了基利安一拳,"他也许会告诉我们是谁把藤作为目标的。"

"他也可能撒谎。"基利安回敬了一拳。

阿彻向他逼近一步,他的身体已经准备行动:"或者你是怕他会说些什么吧。"

"任何夺取藤的性命的企图,都与我无关。"他一字一顿地说,"我永远不会——"

"是的，但是与你的王国有关。你不想让她知道，因为你不希望她与特罗里坎结盟。而且希望她最好在多终点国度里终结，"阿彻冷笑着说，"难道不是吗？"

"我不希望她在多终点国度里终结。我还得说多少遍，特罗里坎一样可能安排一次打击行动——"

"不！你知道得更多，但你永远不会承认，甚至对你自己。这是你的问题，基利安。这一直都是你的问题。你太想赢了，你已经变得无视事实。而我懂，我的爸爸告诉我们，胜利者受人尊重，失败者受人鄙视。你想被某个人乃至任何人崇拜，这胜于一切。"阿彻大声喊道，他的声音在树林里回荡，"好吧，我崇拜你，我爱你。但是，你变了，但不是变得更好。你把一切都变成了争斗。即使回到当时，我也明白。你从来没有家庭，你渴望无条件的爱。但现在你必须掂量一下孰轻孰重，你的自尊，还是藤的生命。因为在这种情况下，你不能两者兼得！"

从来没有家庭，渴望尊重、关爱。这些话在我耳边萦绕，基利安变得焦躁不安，我真怕他会像玻璃一样破碎。

"够了，"我打断他，"做了就做了，不可能撤销。"又是一阵极度的头晕，我呻吟着，我的肚子在提出抗议，"我们只能从这里继续前进。"

安静下来了。好，这样很好。

"迪肯，斯隆呢？"我说。

"她很好。她叫我离开她，说我不够吸引眼球。"我听出他语气中的反感。

我了解斯隆。我知道，她对这个男孩有那种意思。应该有更多的故事："她重新激活手机了吗？"

"没有。像你一样，她不希望被追踪。"

"我会代表你发一条消息给她。"基利安的脸在我的脸上摩挲，他的焦虑减轻了一些。"别去担心她，你需要恢复。"

他的声音中有命令，也有关怀。这种关怀温暖了我，因为我知道他不是对每一个人都有这种感觉："我会成为某个将军,对吧?"

"一个将军要领导团队,并不断学习。你是很宝贵的。"

阿彻用手在脸上抹了一把:"我们有一间安全屋,一个小时——"

"不。"基利安使劲摇了一下头,"我要带着她一起走。我们明天见——在她父母的住宅。"

"不去安全屋,"我说,"没有时间。"万一在我到达之前,我妈妈死了……

"我会把你带到那儿,"基利安发誓,"明天。"

"我可以在车上休息——"

他把嘴唇按在我的唇上,让我安静,蜂蜜和糖果般的甜蜜味道挑逗着我的舌头。我惊呆了——想要更多,需要更多——我无法阻止自己回吻他。我忘了身边还有一位观众,我忘了自己还在疼痛,还在出血。世界不复存在。我的脑袋在游动,游啊游,但这种感觉不是头晕。

昏昏欲睡的渴望在我的血管里潜行,并侵犯我的四肢:"基利安——"

他抬起头:"现在睡觉。"他听起来很遥远。

"不。"我咕哝着。我已经睡够了,太多了。但我无法抵御这种需要,我被拖拽着,越来越接近虚无之海。

"你给她下了迷药?"阿彻喘息着。

他这样做了?此刻,愤怒离我很遥远。我很温暖,甜美的温暖,两条带子缠住我,我漂流着……漂流着……

不知道过了多久,我听见轻柔的耳语。

"藤莉·洛克伍德,我该拿你怎么办呢?"基利安的声音。

我继续漫无目的地漂游。

脸上传来一种尖锐的刺痛。臭虫在咬我吗?我想用手指划一下脸,但我的胳膊拒绝合作。又一次刺痛,陷得更深,穿过肌肤。刺痛感在我的肩膀上爆发,仿佛神经末梢终于起死回生。

"醒醒。"第三次刺痛。

这一次,我的胳膊正常工作,我抓住一只手腕。我的眼皮突然睁开,我和埃琳娜面对着面。我二话没说，立刻行动。我握紧还能动的那只手，挥出一记重拳。她的鼻子断了，她咕噜着，没有血。对，人形壳体。这一拳对她没有持久的损害。

我松开她，坐了起来，她嗞嗞地重新调整她的鼻子。我环顾四周。我是在另外一个富丽堂皇的帐篷里。包围着我的丝巾洒下一片紫色阴影。散落的枕头是深蓝色的。有一个浴缸，但它是空的。在中间，发光的石头被堆放在一盘被吃了一半的水果和皱巴巴的糖果条包装纸旁边。那些巧克力本来是给我的，显然被这个女孩吃过了。

我会按照我们初次见面时告诉她的那样去做，击穿她的肋骨。我会……

但什么也没做。这些巧克力是给我的贿赂，请求我的原谅，仅此而已。直到我看到一个包装纸并不是完全空的，于是毫不犹豫地扑了过去。好吧，好吧，既然我不会像女王一样用一根十英尺长的杆去碰这块巧克力，我还是动动我的手指吧。

我把这块美食塞进嘴里，尽情享受。

吻我只是要麻醉我。愤怒被点燃了。绝不原谅，基利安·弗林。绝不原谅！

"基利安在哪儿？"我问。

"他被叫走了，因为米黎亚德的公事。"她得意地朝着我笑，"现在，由我负责照看你。"

基利安试图照料我，即使他不在这里，他说到做到。但这不会让我心软："我可以照顾自己。"

"大家都这样说。但那只是骄傲的说法，所以我从来不听。骄傲是个令人讨厌的家伙。"

"贪婪也是这样，还有暴食。"我向她拱了拱眉。

"其实，我扔了几块出去。"

刁难是一个讨厌的婊子。"你不喜欢我，"我说，"我注意到了。这种感觉是相互的。你现在可以走了。"

"我只听从基利安的命令,即使它有问题。"她拢了拢肩膀上的头发,"他告诉我要保护你,所以我会守护你。我猜你想潜逃。"

她说得没错。

我站在那里,嘴里嘟噜着,酸痛的肌肉和瘀伤的骨头在向我提出抗议。我搜索帐篷,寻找武器,发现一间用红围巾与帐篷隔断的小房间。里面是一间临时浴室:有简易厕所,抹布,镜子,牙刷和梳子,还有一碗水和靠在镜子上的日历。

出于好奇,我去拿这本日历。一道蓝色的光芒出现在玻璃上。不只是一道光芒,还有几句话。基利安发来的注意事项。

在附近逗留,我会让你惩罚我。如果离开,我会惩罚你。你的,基利安。

附:我不清楚在万斯毁掉的那个日历里,有什么东西是你特别喜欢的,但是我希望你有一个新的。

他现在所做的或者所说的一切都不该让我感到高兴,但我的心一下子软了。这家伙……哦,这个男孩,真是让人又爱又恨。

我把这本日历抱在胸口,然后刷牙、梳头,用水洗脸。

"你在那里做什么?"埃琳娜叫我,"你便秘吗?"

"我好着呢。"

我把牙刷藏在我短裤的裤腰里,离开这间相对隐秘的浴室,看见她坐着,正在用石头磨一把匕首。她想恐吓我,我敢肯定。

"时间差不多了。"她没有看我,只是不断在石头上摩擦刀刃,"你正在把愚蠢的想法塞进基利安的脑袋,你需要停止这么做。"

"愚蠢的想法?"

"是啊。第一世很要紧,你认为这句话怎么样?哦!这份永远受欢迎的工作,与你的敌人共事,因为他永远不会在你背后捅刀子。而且请不要忘记我的最爱,成功并不代表一切。"磨刀停了下来,过了一会儿又再次启动——以更快的速度,"你将会成为一个可怕的将军。"

"同意,这就是我还没有上交我的就业申请的无数原因之一。"我得意地笑着,"米黎亚德,懂吗?"

她平视我的眼神是纯粹的恼怒。

没有领会的幽默。很显然。"哇,看看我们。"我在她的对面坐下,让发光的石头隔在我们中间,作为缓冲区。我甜甜地微笑着,"我们是一根绳子上的两个蚂蚱。不,应该是姐妹。"

她的动作急剧加快:"如果基利安未能签署你,他可能会被清退。你懂吗?"

我紧张起来:"他告诉我,他不会被杀死。"

"他撒谎。"

他不会被杀死,对吗?难道她有操纵我的企图?

"虽然我们不知道是谁安排了你的死刑,但基利安仍然为你游说。他说服了将军,甚至国王,说你是值得冒险的,他只是需要一点时间。但是,由于他为你的生命而战,你的命运将决定他的命运。"

一瞬间的头晕,这一席坦白震撼了我:"什么时候?这一切是什么时候定下来的?"

"在飞机失事以后,就在车祸发生之前。"

他给我争取了时间——用他的生命。然而,还是有人想要杀我。

我想去摇晃他并亲吻他,这次是真的。但主要是想摇晃他。那我现在该怎么办?我不能让基利安因为我的决定而受到伤害。

"也许我会杀了你们俩,"埃琳娜说,好像在说给她自己听,"他将与另一个灵魂融合并重生,而你会在多终点国度里遭受无数的痛苦,直到你死去并重生。"

好的,她说得太多了。我靠在岩石上——注意到它们并不发烫——用牙刷的一角抵住她的耳后。当她的壳体静止不动的时候,我取下了她的匕首,大步流星地走出帐篷。

太阳再一次缓缓地沉没,多彩的晚霞洒满天空,映照着我父母的住宅,一栋平躺在两亩土地上的三层楼豪宅。房子是盒形的,中间高,两边低,一些墙壁是玻璃做的,其余的墙壁都是白灰泥。墙边开放着五颜六色的花朵,橘子树和柠檬树带来甜甜的芳香和斑驳的树荫。我脚下的草绿油油的,像毛绒地毯一样柔软。

我的肚子收紧了。家,可又不是家。一切都是我记忆中的模样,我的离开完全没有人在意。我不再属于这里。

基利安一定是连夜驱车赶到这里。

一道明亮的灯光打在我的面前,当它熄灭的时候,基利安站在了那里。他皱着眉头,黑头发乱蓬蓬的,衣服上沾满了泥土。他的衬衫上有泪水,露出下面肌肉的纹路。他是如此的美妙,看着他几乎都心疼。

"毒蛇。"我在他的下巴上给了一拳,准确命中。他的头甩向一边。

他戴上面罩面对我:"结局证明手段的好坏。你到家了,我说到做到。"

"好了,希望你自己享受这个结局,可是我对你的信任被打破了。你欺骗了我!"

"是为了你好。"

"而且你把你的命绑在了我身上!"

他的眼睛眯成一条缝,眼睫毛合在了一起:"埃琳娜这个大嘴巴。"

"你的嘴巴应该更大。你骗了我。"

他扬起下巴:"当初我跟你说了实话,但是很明显,你觉得我在对你施压。所以我给你减负。"

所以,这个把胜利看得高于一切的男孩,拒绝使用他的王牌来对抗我。现在我的心更加被撕裂。

"我不想你被杀死。"我一边说,一边跺着脚。

"我也一样。"

阿彻和迪肯在光柱中出现,一边一个站在他的两侧。他握住两支手枪,身体左右摆动,举枪,瞄准。两个特罗里坎男孩只是带着挑战的笑容,看他敢不敢开枪。

他肩膀上的肌肉因紧张而打结,但最终,他放下了武器。

埃琳娜走出帐篷。当她看到阿彻和迪肯,她嘘嘘了几声。

两个男孩对她置若罔闻。

"我有个新闻。"阿彻对我说,语气里有可怕的沉重。

其他的一切都被遗忘："难道我的妈妈……"

"没有，她现在还活着，"他眼神严峻，"但是藤……还记得你在收容所的时候，有段时间她离开你的爸爸并隐居起来，甚至不肯来见你吗？那个时候她生了一个孩子。"

什么？"不。"我摇着头，"是我爸的情妇将要生一个孩子，不是我妈妈。"

一个秘密……

教我如何再次成为一个妈妈……

一个婴儿在哭泣……

"我不是说她将要生一个孩子，"阿彻盯了我一眼，"她已经生了一个孩子。她在一个多月前生下了你的弟弟。如果被人知道的话，她会被迫将孩子送给一个没有孩子的家庭。"

我打了个趔趄，我有点迷糊了，想理出个头绪。我有个弟弟……

女人们在生下她们的第一个孩子——并且是唯一的孩子——之后的一年里，通常会做一些使其不孕的措施。这一年用以确保宝宝平安度过婴儿期。我的妈妈可能已经恢复常态了。总有一些极少数的例子……

我有个弟弟了！

"你爸爸今天早上发现了，"阿彻接着说，"他要求跟他的米黎亚德劳工会面。"

"想都别想。"除非我死了，否则别想利用我的弟弟。我向房子走去。

阿彻抓住我的手腕："我以灵魂的方式走在你前面。我会给你开路。"

"你最好快点。"

他点点头，一秒钟后，他的壳体静止不动了。

我看着迪肯："不要让基利安到房子里去。"

"姑娘……"

我转身盯着他，希望他能理解："我一到我妈妈那里，就马上把阿彻给踢出来。我得自己做这件事。"

沉默良久，他僵硬地点点头，我出发了。我飞奔进屋内，爬上楼梯，经过装饰着我妈妈的艺术作品的墙壁。她的画作闻名于世。但这些画面上全是我?我放慢脚步。是的,就是我。我的脸已经取代了抽象画。有婴儿时的我,青春期前的我,少年时代的我,甚至有我在收容所里的照片。

"藤,快点。"

阿彻的声音。他是隐形的,他引开女佣的活儿都干得不错。他们刚好在我经过的时候离开,让我顺利地到达妈妈的卧室。

门是锁着的,但那对阿彻来说不算什么。

"现在试试。"他说。

我试了试,门把手很烫。他一定是用了自己的光熔化了锁芯。

我猛地推门进入房间。在床上有一团人类大小的东西,一动不动;一张婴儿床取代了床头柜;还有一个女人,不是我妈妈,在旁边的摇椅里坐着。这个女人一看见我,就呼吸急促起来,把孩子紧紧地抱在胸前。

"你一定是藤,"她说,听上去如释重负。她站了起来,"我是玛吉,我很高兴你在这里。"她的头发完全花白了,脸上的皱纹很深,她的下巴有点歪。但她的眼睛像刚抛过光的闪闪发光的绿宝石,"你跟你的照片一样漂亮。"

我不认识她,我不信任她。

我向前走了一步,几乎是带着挑战性的。

"我是你外婆的老朋友。在你妈妈还是一个小姑娘的时候,我就知道她了。"她悲伤地微笑着,并从婴儿的脸上拉开毯子。他正在睡觉,闭着眼睛,"你愿意看看你的弟弟吗?"

我屏住呼吸,有那么一会我喘不上气。

"他叫什么名字?"我轻声地说。我不想叫醒他。

"杰里米·十一·洛克伍德。"

我差点笑了,十一。元素周期表第十一族是铜族元素,由三种金属组成:银、铜、金。十一是第一个由相同的两位数组成的数字,通常被认为代表平衡。

杰里米·十一长得不好看。几处头发已经从头皮上掉落。他两颊凹陷,嘴唇肿胀，有点发蓝。我的手颤抖着伸出去。我的指尖轻轻地从他柔软的指关节滑过，他打开他的小拳头，弱弱地勾着我的手指。

如果一见钟情是可能发生的，此时我已经神魂颠倒。"他怎么了？"我悄声问。

她眼含泪水："你妈妈不知道自己被下了毒，她已经给他喂了奶。她……"

她一定被吓坏了，而且充满了愧疚。但那不是她干的，是某个怪物，某个把生命看得一文不值的人干的。

胆汁灼伤了我的喉咙，我努力保持镇静。

床上传来一声呻吟："藤？"我的名字不过是一声喘息，几乎听不见。

我遇到妈妈的目光，这没有阻止我恐怖的喘息。对我来说，那感觉就好像是：仅仅在几个小时前，我们在万斯的办公室里坐在彼此对面。那时，她看起来气色很不错，只是略微有点苍白，那时她看上去很正常；而现在，她脸颊空洞，眼睛凹陷，皮肤蜡黄，像纸一样薄。跟杰里米一样，她的嘴唇开裂，而且有点发蓝。

仿佛在恍惚中，我游走到她的身边，并蹲了下去。她以蜗牛的速度动了一下，但最终还是设法够到我，并紧握我的手。她的抓握力惊人的虚弱。

"我的宝贝女儿，"她说，"他们无法毁掉你。我太高兴了。"

一丛荆棘卡在我的喉咙："对不起，妈妈。很抱歉——"

"你没有什么可抱歉的——"咳嗽折磨着她的身体，鲜血从她的嘴里喷出来。

"嘘。过去的已经过去。保存你的体力。"看到她这个样子，不管我怀有什么样的愤怒都瞬间蒸发得无影无踪，只留下我对她的爱。她做的选择使我遭受苦难，但她已经无法挽回地做了，遗憾铭刻在她皮肤的每一条纹路里。

一滴眼泪从她的眼角淌了下来，"我不应该……把你推到……应该让你……选择。"她拍打着胸口，"让杰里米……选择。让他……他是你爸爸的……不知道我能……再次怀孕。想想他被喂了……生命之血治好了我。如果那个情妇……以防万一。"

她语无伦次，但我能跟上她的思路。当杰里米死的时候，他的灵魂将被争夺。我不能让我的爸爸替他选择。"阿彻。"我低声说。

"我会和他待在一起。我会护送他进入特罗里坎，当他长到能够担负责任的年龄时，我将让他不受干扰地做出选择。我向你保证。"

"阿彻？"妈妈问。

"一个朋友。"我告诉她，这绝对是真的。

"朋友……很好……这么好的一个女孩……爱你……闪存记录器。"

我不清楚她是否知道她在说什么。我用手指轻轻地拂过她的脸："现在休息，好吗？等你睡醒之后，我们再说话吧。"拜托，一定要醒过来！。

她恐慌的目光落在玛吉身上："闪存记录器。"

"我会给她的，格雷斯，"老太太说，"别担心。"

再一次的保证使她平静下来，她闭上眼睛。我看到她的胸脯一起一伏——我屏住呼吸——直到……是的，她还是没有睡着。

玛吉把杰里米放在摇篮里，从她的口袋里拿出一个黑色的小设备，一个闪存记录器。她递给我，我在中心点按下拇指。

她的声音充满了房间："我最亲爱的藤。对你经历的各种恐怖，我永远无法表达我的愧疚。都是因为我的错误！特罗里坎没能挽救我父母的生命的时候，我的痛苦使我的心肠变硬。至少我是这样认为的。我的妈妈来看我，你是知道的。在壳体里，她被授予权限，解释事实真相。错误是她一手造成的。我想，我终于明白你好多次冲我吼叫的原因。我们的选择指明我们的道路。"

我眨着眼睛忍住泪水。

"看到你在收容所里，了解到他们打算对你做些什么，以及给你带来多少伤害，我懊悔不已。我唯一该做的事就是爱你。你是个美丽的女孩，内心和外表一样美好，我只想给你最好的东西。但我不是最好的妈妈。除了金钱和名利，我没有给你最好的生活，但我会给你最好的未来。"

泪水顺着我的脸颊跌落，汇成悔恨和悲伤的河流。

"我已经安排你离开普林收容所，把你带回家。你的未来——你的第二世，是你自己的。我希望………好了，它现在不重要了。照顾好杰里米，他是你的弟弟，他需要你。你爸爸把他看作第二次机会，在没有你的情况下满足他合约条件的一个机会，一个漏洞。由于人口控制，合约并没有具体提到你，只是提到他的孩子。我很抱歉，好孩子。我希望杰里米活着，我希望你活着。我祈祷，你有一个很长很长的第一世，快乐而充实，而且在你的第二世里，没有遗憾。"

我止住抽泣。难道我妈妈知道，她和杰里米要一起死吗？而且很快？她是不是想告诉我，我爸爸现在想要我死？

他就是那个安排飞机坠毁的人？那场车祸？肯定是他。

我把这个小设备放进衣袋的时候，我的心在流血。

阿彻打开门，回到自己的壳体。他表情严峻："你爸爸在这儿。你被摄像头监控了。他被告知你的存在——"

"藤！"我爸爸的声音在屋子里响起。

第十九章

未来属于我们。

——米黎亚德

"藤!"我爸爸喊道,"我知道你在这里。"

我妈妈睡得很沉,一动不动。

玛吉冲向婴儿床,拉近杰里米:"我很抱歉要舍弃你,但是我不希望这位参议员注意到这个男孩,把他从我身边带走。"

"我明白。"我说,即使我全身心都在尖叫着让这个男孩离我近点。

"别担心,亲爱的。育儿室在你妈妈的更衣室。"

"我不会让他伤害你的。"阿彻说。

作为特罗里坎人,他不可能伤害人类而不受惩罚,而那就是把我完好无损地带走所要付出的代价。

相信他,心中有一个我在哭喊。他会有办法的。

不,对不起。我不相信他,在这件事上我不能相信他。"待在育儿室,"我告诉他,"按你给我弟弟的承诺去做。你和基利安教过我如何为某种理由而战斗。现在让我去战斗。我会好起来的。"至少在身体上。

我爸爸有法子伤害我的内心。

"藤！"

阿彻看起来像要和我争辩。

我摇摇头："去育儿室，现在。"

他板着脸，但作为我的劳工，他不能留在不需要他的地方，他按我的要求去做了。时间恰好。我爸爸疯狂地冲进了房间，然后停了下来。

他居然冲着我笑。"你在这里。"他走到我面前，给了我一个熊抱，"你终于做到了。藤，我为你骄傲。谢谢。感谢你与米黎亚德签约。"

我皱着眉头，扳开他的手："为什么你会认为我已经与米黎亚德签约了？"

他向我眨眨眼："因为你已经被释放了。"

"不，我是逃出来的。"

他的眉头因迷惑不解而紧蹙，仿佛我在说外语："但是你当初与米黎亚德签约了。"

"没有，我还是未签约者。"

他拧了拧鼻梁："你想伤害我？是吗？"

愤怒的炸弹被引爆——我有成千上万颗现成的、在过去的一年里积攒起来的炸弹："我，伤害了你？爸爸，你付钱找人来折磨我。我想是你想尽办法要杀死我。"

他的脸红了。"我做的一切，都是为你好。"他挟住我的肩膀，摇晃我，"我希望你在第二世里幸福。我想要一个家。"

"我们可以在这里有一个家，在第一世！"

他继续说他的，好像我什么也没说："但是，你不合作。你不只是毁了你的生活，你还毁了我们的。"

这实际上等于坦白。他曾经给我的每一个内心伤口再次撕开，我哭了出来："是你毒死了妈妈吗？"

"没有！我永远不会伤害她。"

他听上去真的生气了。"但是你可以伤害我，是吗？"妈妈提到的东西惊醒了我，"生命之血。"黑市，我敢打赌。"你给她喝了生命之血，它治好了她的生殖器官。为了防止万一那样做仍然没用，你又找了一个女朋友，并且让她怀孕。"

他的眼睛恳求我的理解："你不明白。贝内特夫人给每天都给我施加压力。"

哇哦，不错的借口："关于压力，我略有心得！"

"她每天威胁我并诱骗我。她甚至给了我一次多终点国度之旅，如果我的合约无效，我就会落到多终点国度。"

她怎么可能给他多终点国度之旅？米黎亚德在那里面无法通行。"为了保全你自己，你宁愿送我去多终点国度。"那个曾经把我扛在肩上，让我可以够到天空的人，怎么会变成这样，"你是个胆小鬼！"

他一边向后退一边摇着头。"你不明白，"他重复道，"贝内特夫人是对的。普林收容所除去了你的弱点，留下你的实力。你将是一个不屈不挠的熄灭者，我帮助了你，并且发挥了作用，我应该受到表扬，而不是斥责。"他不是在听我说，而是选择对问题的关键避而不谈。

"如果幸福是依赖于外在变量，它就不能持久。变量随时发生改变。真正的幸福必须发自内心。就在这儿。"我用拳头击打我的胸口，"有时候你必须去挖掘它，你必须深挖。我知道它，是因为即使我被锁在小屋子里，被暗中监视并遭到殴打，我还是在努力寻找它。"

"够了！"他走到门口停了下来，从肩膀上回过头，"你让人难以爱你，藤。"

只要还有呼吸，就还有希望。

我不知道这是不是真的："在我允许你利用我的弟弟之前，我会杀了你。"

他双肩之间的肌肉鼓了出来："我将失去一切，你如愿了，是不是？"

我把他打发走后，走到床边叫醒我妈妈。

我要带着她和杰里米离开这里。我轻拍她的脸，她皮肤冰冷，让我打了个冷战。她的嘴唇比以前更蓝，嘴巴现在弯曲成一个微笑，我从小到大都没有见过的一个微笑。

她死了……

不，不，不。"妈妈。妈妈。"我摇了一下她的肩膀。

她的眼睛仍然闭着，她的身体软弱无力。

我指望爸爸，但他已经走了。

"玛吉！"我喊道。

她从更衣室或者说育儿室里冲了出来，怀里夹着杰里米。她两眼通红，好像一直在啜泣。

阿彻很坚忍。

"她没有反应，"我说，"你一定要帮帮我……"怎么做心肺复苏？死亡之吻损害心脏，没有什么抢救的办法。

大滴大滴的眼泪滚落下来。我的下巴颤抖着。妈妈走了，她走了，而我没办法让她回来。

在收容所里，我梦想着去伤害她，把她施加给我的伤害都奉还给她。但是在这里，现在，我只希望她健康无恙。我还没有足够的时间和她在一起。为了能再有五分钟，我愿意赴汤蹈火。仅仅五分钟。我要握住她的手，告诉她我原谅她。我要拥抱她，并且被她拥抱。

现在，她在米黎亚德。希望她开心，但是我不会再看到她了，直到我死。

我们将会成为盟友，还是成为敌人？

玛吉灵活地走到床边："她坚持到了最后一刻，希望能看到你。"

她咬着下嘴唇，紧张空气在我们之间蔓延。"藤。"她的声音就像下了一场悲伤的雨，"我恐怕杰里米也没有太多时间了。"

我伸出颤抖的双手，抱起这团轻飘飘的襁褓，把这个可爱的小男孩揽入我的怀中。他闭着眼睛，黑色的眼睫毛那么长，在他的脸上投下阴影。他的嘴唇比以前更蓝了，而且他还在哮喘。我以前曾经听到过这种声音。那是垂死的挣扎。

是的,他没有太多的时间了。

我将在同一天失去我的妈妈和弟弟。

基利安走进房间。看到我抱着小婴儿,他的怒容转眼间融化了。他那悲悯的表情几乎秒杀了我。

我凝视着杰里米,眼泪肆无忌惮地滚落下来。有一滴溅在他的小脸蛋上,他的眼皮微颤着睁开,在宝贵的两秒钟的时间里,他的目光与我相遇。他长着跟我一样的眼睛,一蓝一绿。我把他的小手放到我的唇边,亲吻他的指关节。

"我爱你。"另一滴眼泪落在他的嘴角,如果这是一个童话,这滴眼泪是发自内心的真爱,应该会救活他。但这是真实生活,他呼出最后一口气,小脑袋懒懒的歪向了一边。

我知道时间是至关重要的。一旦身体死亡,灵魂就会离开。

基利安伸出手去抱他,说:"我会确保他在生命结束的时候跟他妈妈在一起,姑娘。"

即使他跟我妈妈在一起,杰里米在长到担负责任的年龄的时候,将被鼓励留在米黎亚德。可是在特罗里坎,他仍然会有家人,有我从未谋面的爷爷奶奶。

而且我希望杰里米漫步在阳光下,感受阳光的温暖抚摸着他的皮肤。

我摇着头,就这么办吧。我把我的小弟弟交给了阿彻,他不再那么淡定。他的眼里也有泪水。

基利安的脸蒙上了难以理解的表情,我知道我已经再次伤害了他。我必须做最适合我弟弟的事情。

"他会懂得什么是爱。"阿彻说。

"谢谢。"

阿彻和杰里米消失在光柱中,我能做的一切就是站在原地,审视我的痛苦,但是痛苦太多太激烈了,曾经存放在我内心里的每一颗情感炸弹突然炸开。从我的灵魂深处发出刺耳的尖叫,我腾地穿过房间,双手落在我妈妈的梳妆台上。我用力一拉,整个梳妆台翻倒在地。木板被摔裂,放在上面的小玩意碎了一地。

"为什么要伤害两个无辜的人?"我追问道,"为什么?谁会做这种事?"

我冲向床头柜,飞起一脚把它踢翻。床头柜的几条腿伸到空中,我又踢了过去,使出我的洪荒之力,翻来覆去地踢,直到其中的一条腿断开。我累得上气不接下气,然后我扑下去把它捡起来。我可以用它来抽打我的爸爸。我会把他付钱抛给我的痛苦不折不扣地奉还给他。我终将复仇。每一次抽打都是他罪有应得。

我告诉自己,这些冲动都是暂时的。它们将会消退,就像我的愤怒。我还告诉自己,我是一个伪君子。我责备阿彻和基利安对他们的仇恨做出让步,但是在这里,我正不顾一切地这样做。

我告诉自己这一切——但是在这里,在这一刻,这一切都无所谓。我的弟弟死了,我的妈妈死了。我的爸爸可以自由自在地与他的情妇开始一个新的家庭。当他们的宝宝出生之后,他将不再需要我活着。他将凭着合约的漏洞,挽救自己的未来,同时摧毁我的未来。我会再次处于危险的境地。

"不,姑娘。"基利安夺过我的手中的木棍,"你永远不会原谅你自己。"

我转向他,随着另一声尖叫,我的拳头打在他的胸口上:"谁会这么做?谁会伤害一个婴儿?"

他并不试图保护自己,也不试图阻止我。我用我所有的力量砸向他,把我的愤怒和伤害倾泻到每一次打击中。这是不公平的,生活是不公平的。

"但愿我有你寻求的答案。"他轻声说。

"这不是命中注定。你听到了吗?这并不是命中注定。"一个孩子不应该还没有活过就死去。一位妈妈和儿子不应该在第二世里被分离,我的妈妈在米黎亚德,而我的弟弟在特罗里坎。

"我知道,"他说,"这是有人故意安排的。"

当我最后筋疲力尽,基利安搂着我并把我拉到他身边。我把脸埋在他的颈窝里,为已经失去的一切哭泣——为这个小男孩已经失去的一切哭泣。

"这不是母子俩的终点,姑娘。你会再见到他们。"

他仍然认为这个事实是一种安慰。我发出歇斯底里的狂笑:"是的,但是他们哪一个会是我的敌人呢?我的特罗里坎弟弟还是我米黎亚德妈妈?"也许我应该把杰里米交给基利安。

"为什么不让我把孩子带给米黎亚德?"他问,"你分开了妈妈和儿子。"

我抬头看到玛吉已经走了。想了一下,我记得在我发火的时候,基利安忙乱地将她送出门。"这一次,我完全出于本能,瞬间做了决定。做了这个决定,而不是那个决定。光明与黑暗。"对与错。

他细细地想了想我的话,叹了口气,吻了吻我的太阳穴。"我已经确保你的爸爸"睡着了",在我来你的房间之前。走,我们离开这里。"

他把我的爸爸打晕了,是不是?"我的人生道路在这里开始,我想在这里结束。"决心给了我无穷的力量,"今天,我要在这里做出我的决定。"我不会跑开了,不再。我要直面我的现在和未来。

他的大拇指抹过我的眼睛,擦去我残留的泪水。"一个好的将军带领一支军队。一个伟大的将军领导每个个体成员。今天,你是一个大将军。"

"也许吧,但它并不是因为有别人住在我的身体里。"

"你怎么知道?"

我曾经问过他这个问题。"有些东西你无法解释,你只是知道。就在这儿。"我把他的手拿过来,放在我剧烈跳动的心脏上面,"真理的光明是如此明亮,赶走了怀疑的阴影。"

"有什么真凭实据吗?"

"我就是活生生的证明。"

他若有所思。他把我们的手指交叉在一起,领着我走进大厅:"如果你想留下来，我们就留下来，但不是在这个房间里。"

"去我的卧室吧。"我指着正前方，这才意识到他可能已经记住了房屋的布局图，"你伤害了迪肯来找到我吗？"

"你在开玩笑吗？我是想揍他，但他告诉我，去做一切必要的事情来保护你，然后他给我开了门。"

奇怪，特罗里坎和米黎亚德在携手合作。

我们进入了曾经属于我的圣殿，一切都正如我离开时的模样。特大号的床上有一个很大的白色顶篷。当我还是一个小女孩的时候，梦想着生活在米黎亚德的月光下，嫁给一位英俊的王子，爸爸会用我的床单给我做一个城堡。

美好的回忆更让我痛苦不堪。

我拉着基利安四处走动，绕过用铬和玻璃做的床头柜，停在梳妆镜前。以前，我每天早上在上学之前，总是坐在那里梳妆。在大理石壁炉上方挂着一幅画，画着白玫瑰。其中有一些玫瑰画得很巧妙，而有一些显然画得不怎么样。它是我和妈妈一起画的。我们的第一幅，真是我们仅有的一幅双人作品。我的下巴在颤抖。那时我七岁。

我走到床前，在床的中间躺了下去。基利安分开窗帘向外窥视——寻找是否有麻烦？他检查窗格的缝隙，并将一个黑色的小设备安装在窗锁上。

"闪存智能笔吗？"我问。

"类似。这个东西产生的声波是人类感觉不到的。它防止灵魂进入屋内刺探你，但它不针对壳体。"他走近我，在我的一侧伸展四肢，把我拽过去靠住他的身体，让我感觉舒适。

不久，阿彻出现在一道光亮之中。他照射到我们，然后，他在我另一侧伸展四肢，仿佛这是世界上最自然不过的事。

基利安变僵硬了，但没有提出抗议。我很高兴。我被纯粹的男性侵略所包围，我很喜欢。我在里面感到很惬意，这是很久以来我所经历的最舒服的时刻。这两个男孩是我的朋友。我欠他们这么多。我是说，即使我不信任他们，伤害他们，对他们大喊大叫，臭骂他们，他们仍然留在我的身边，甚至放下他们自己的日程安排。

"杰里米跟列维将军在一起，这个男人是我生命中最尊重的人，"阿彻说，"他会像列维的儿子一样得到关爱。事实上，列维已经在教你弟弟一种新的语言。你们当中有谁知道咕咕和嘎嘎是什么意思吗？"

我真是哭笑不得。"我觉得它们的意思是幸福的等待，"我把手伸过去，紧握他的手，"谢谢。"

他也紧紧地握住我的手。

基利安的喉咙在低声咆哮，但同样，他没有提出抗议。他牵过我的另一只手。

列维这个名字让我想起了什么："在我被送到普林收容所之前，我的特罗里坎劳工名字也叫列维。"

"是同一个人。"阿彻说。

好，那就好。我当时并不知道列维是一个将军。他从来没有宣布过他的头衔，但他对我很好。

你活在父母的梦想中，还是你自己的梦想中？

"在你达到担负责任的年龄的时候，为什么选择离开米黎亚德？"我问阿彻。为我着想，也为基利安着想。我知道他为此极度苦恼，"尤其是你的爸爸在那里，还有你曾经当作兄弟的男孩。"

基利安不只是僵硬，他变得刚硬。

"我被训练成一个劳工，学习去占有某个壳体，我走到了收获之地。我们一群人陪同教练去完成一项使命，不是去签约一个灵魂，而是伏击几个特罗里坎人。那几个男人和女人正在帮助第一世的人类种植花园。"

"我记得。"基利安说，他声音紧张。

"我们屠杀了他们。"阿彻的声音嘶哑，"其中一名妇女在弥留之际，壳体里面在出血，她无法离开壳体，因为我已经把一支箭头刺入她的体内。她冲我笑了笑，牙齿上沾有生命之血。她努力喘着气说我原谅你。你能想象吗？她原谅了我，而我突然无法原谅自己。我是胜利者，很快

289

就会得到奖赏,而我应该受到厌恶和惩罚。我知道我不能这样下去。"

门外响起一阵脚步声。我们齐刷刷地坐了起来。我的心脏怦怦直跳,两个男孩拔出武器,我不知道他们带了武器。要么是我爸爸已经醒了,要么是我的杀手过来了。

咔嚓!

门上的铰链崩裂开来,碎片横飞。冲进三个强壮的男人,我只能假设他们是壳体,枪已经拔了出来。

"跪下,"其中一人喊道,"现在。"

基利安和阿彻飞跃起来,挡住我。

"你想活命,就走开,"基利安展开双肩,"现在。"

他没等那些男人服从他就开枪了,阿彻也没等。但没有爆炸或枪击声,当飞镖嵌入每个壳体时,只有轻微的呼呼声。

呼呼……呼呼……

在一道光亮中,三个新的壳体出现在房间的一侧,在另一侧又出现了三个。他们身上也带着武器,我们被完全包围。基利安和阿彻继续射击,但他们无法躲避朝他们射去的飞镖。

他们兜了一圈走到衣柜那里,蹲了下来。

"会杀了你,因为这个。"基利安的声音几乎听不见,但我听到他的语气中的威胁。

"停下来!够了!"不希望男孩们进一步受到损伤,我举起双手,走到他们面前。

"你们都听见她说话了,够了。"一个穿着合身的红色礼服和杀人级高跟鞋的女人大步流星地走进了房间。

珀尔·贝内特夫人。

当她和我的目光相遇,她的表情柔和下来:"嗨,藤。我一直在想你。"

第二十章

你要尽力做到最好,而不只是够好即可。

——特罗里坎

珀尔给了我一个无法挣脱的拥抱。她闻起来跟我记忆中的一样:玫瑰和丁香的混合味道。她放开我,充满喜悦地看着我:"两个男孩被制约的时候,你受到伤害了吗?"

曾经,我真的很喜欢这个女人,甚至,我想我是爱她的。但是她说服了我爸爸把我送进普林收容所。她要求收容所对我施加各种难以想象的折磨。现在她想像久违的好朋友一样跟我聊天吗?

我一言不发。

她向那几个壳体转过身去:"给基利安套上项圈,以免他惹是生非。"

"你敢!"离他最近的壳体在他的脖子上套上一根发光的项圈,基利安安静下来。他的眼里充满恐怖与愤怒。

"住手!"我把手伸向他,拼命地帮助他,即使我并不知道那个项圈是个什么东西。但从他的反应来看,那是个不好的东西,特别糟糕的东西。

"虽然人类可以指挥劳工,但你没有权力对统帅发号施令。"珀尔扣住我的手腕,用惊人的力量控制住我,"我知道你喜欢基利安。你一直喜欢他,但他是一个非常顽皮的孩子,需要被送到犬舍去。"

犬舍?我一直喜欢他?她是什么意思?

答案悄然浮现,艾希莉。她认为我跟她的女儿融合了。

"你敢!"基利安脸上和肩上的肌肉都绷紧了,他拼命地挣扎,"你没有权力。"

"拜托,珀尔,"我恳求道,双手合十,"不要伤害他。"我从来没有求过万斯,但那时他没有任何东西值得我乞求。

"如果你与米黎亚德签约,就现在,就在这里,我就不会伤害他,"我的目光投向基利安。他已经知道了我的答案。他沮丧地低下了头。

"我……我……不能。我很抱歉,基利安。"应该有一种更好的办法。现在向邪恶的屈服意味着今后的屈服。

"那我也对不起了。"她向其中一个壳体点点头。

那个壳体在手腕上打字,手腕上发出蓝色的光芒。然后,他把一只手放在基利安的肩膀上。基利安把头抬起来,我们的目光锁定的一瞬间,我看到了遗憾、悲伤和挑战。而我感同身受。

我有这么多话想告诉他,想对他说我把你看作我的家人,我感谢你为我所做的一切。我们在互相学习,是不是?我正为你而来。

一道强光击入两人之中。眨眼之间,他们就不见了,我歔欷不已,充满愤怒和忧虑。

"现在该对付你了,败家子,"珀尔对阿彻说,"我很佩服你的爸爸,这是你能活到今天的唯一理由。"

"不要伤害他,求你了。"我也会为他乞求。我的好男孩们。

她拍拍我的脸。"我听说他要去参加一次互换。"她向其中一个壳体示意,"送他回家,这样他最终能够接收到。"

一把枪抵在阿彻的两眼之间,他说:"我爱你,藤。在我心里,你就是我的妹妹。"

"别这样，珀尔。你说过让他活着的。"我大叫起来，但是扳机已经扣响。啪！阿彻的壳体化为灰烬。

"我们从他的壳体里释放了他的灵魂，"珀尔向我保证，"仅此而已。"

逃生舱。对。

她牵着我的手，领着我穿过这座房子。当我们经过我爸的时候，他正站在前门旁边。他是不会看我一眼的。虽然这个男人两次试图杀了我，但他对我的漠视再次伤害了我。

有一辆豪华轿车停在车道上。一位身着西装的男子正在等着我们。他打开后门，让我坐进去，珀尔跟在我后面上了车。

"我们打算去一个矿泉疗养地，就像当初你还是一个小女孩的时候。还记得吗？"

矿泉疗养地。在我的妈妈和弟弟去世的这一天，在她把基利安送进地狱般的困境的这一天，在她把阿彻送去面对审判的这一天！

"我恨你！"我对她咆哮。

她畏缩着，仿佛受到伤害。"你不要这样跟我说话。你明白吗？我是你的上司。藤，"她说，她的声音柔和下来，"我是你的妈妈。"

"我的妈妈已经死了。"这句话一说出口，我就僵住了。我被一个可怕的想法击中，而且挥之不去，"你杀了她吗？你杀了我的弟弟吗？"

她的目光恳求我去倾听，去理解："我就是你的妈妈，你跟我的艾希莉融合了。我知道那个时机是完美的——一种天兆。你闪耀着那么明亮的光芒，只有将军才有。"

"我不只是一个将军，我是一个熄灭者。"或者更确切地说，一个中转者。汽车沿着道路蜿蜒前进。"和艾希莉同一天死去的还有另外八个将军。"

"是的，但所有的将军都是——"她停下来，清了清喉咙。

"所有的将军都是什么？"

"没什么。"

哦，不是没什么。她神色忧虑，仿佛刚才透露了一个她应该拼死保护的秘密。

"你需要知道的是，你是我的艾希莉。"她盯着正前方，"那个女人打算把你弄出普林收容所，让你永远离开我。"

她的声音里流露出厌恶和愤怒："是的，我毒死了她。有些事情，你总有一天会感谢我。你弟弟只是一个不幸的牺牲品。"

我怒不可遏。我知道，当我被情绪所牵扯的时候会发生什么，混乱、破坏，这是不必要的。跟其他事情一样，愤怒是暂时的，多变的，如果我任由它来控制我，我就会任由它来为我做出决定。那样的话，我还不如被艾希莉或其他人接管。

但我不能只是坐在这儿。

"你让我想起了我的爸爸。你看不到你的行为所带来的伤害，请允许我来纠正它。"没有更多的警告，我跃到她的腿上，从我的护腕里抽出金属丝缠到她的脖子上，又挽了几圈——谢谢你，基利安。

我用尽全气猛拉金属丝，将它勒进她的脖子："这都是你所谓的爱带给你的——反抗。"

我正要放开她，她的眼睛变得空洞，壳体静止不动了。

汽车突然停下了，几秒钟之后，车门打开了。一个面色阴沉的珀尔斜靠了进来，朝我射了一支飞镖。电脉冲瞬间穿过我的身体，让我肌肉痉挛，她随即向那具无用的壳体射击，让它灰飞烟灭。她滑坐到座位上，脱掉我的护腕并且扔出窗外。然后，她搜了我的身，没有发现其他武器，她这才松了一口气。

脉冲逐渐停止，她取下我脖子上的飞镖，我松懈下来。

"我不想杀你，"她说，"但是如果我必须这么做，我会的。你和艾希莉将在多终点国度里终结，但有一天你会回到收获之地。我又可以找到你了。"

"怎么会？"据我所知，一旦灵魂迷失在多终点国度，它就永久地迷失了。

"我会留意天兆的。"

"而所谓的天兆从来不会出错吗?"

她轻微地震了一下,耸了耸肩。

我把头偏到一边:"你在特罗里坎有家人吗?"

"是的。"

"你跟他们交战吗?"

"是的,"她重复道,"特罗里坎想毁灭一切我所珍视的东西。他们看不起我,只看到一个异类,认为我不配拥有他们宝贵的光,好像我是下等人。"

"有些人鄙视王国之间的仇恨。"阿彻和迪肯捍卫自己的家园,但他们也爱自己的敌人。

"你在拥护他们吗?"她对我眯了一下眼睛,"如果你继续拒绝米黎亚德,我会被迫亲手杀了你。然后,杀了基利安。"

她拱了拱眉毛,突然很得意:"你在乎他,正中他的下怀。"她正在试图再一次操纵我,想让我跟这两个我欣赏的男孩对立起来。

"我不会让你伤害他。事实上,在我跟特罗里坎签约之前,你有三秒钟的时间将他从犬舍和项圈里释放出来。一。"

她的眼睛眯了起来:"你不能——"

"二。"

她有一种选择。要么拿起一把匕首,马上杀死我,要么妥协。

我不是说谎,我真的会跟她的敌人签约。

"他将被释放。"她脱口而出。

"现在,今天。"

她呆板地点了点头。

我们陷入沉默,我应该感到很得意。而实际上,我很难过。

我凝视着窗外,试图弄清楚我们要去哪儿。我知道这个地区是被指定给愚蠢而富裕的米黎亚德人的。我妈妈曾在这些商店里购物。

豪华轿车在一个矿泉疗养地前面停了下来。我被领进去的时候,什么也没说。亮闪闪的人行通道，似乎是由大理石和涂色的水泥做成的，棕榈树在带着花香的微风中摇曳。高耸的白色柱子和亮闪闪的楼梯，通向一系列宽大的拱形门道，这个建筑可以说是一个城堡。

我们进去的时候，珀尔待在我身边。几名工作人员走上前来，友善地微笑着，提供饮料供我选择，从香槟到陈年威士忌一应俱全。我拒绝了，我必须保持清醒的头脑。

大厅里没有其他顾客，我猜是珀尔把整个地方都租出去了。

有一座分层的瀑布，正像我在米黎亚德看到的那个一样，顶部栖息着一条美人鱼。休息区遍布整个大厅，配备有真皮座椅和豪华椅子。礼宾席建有两座雕塑，别提有多大了，其中一个是女人，身上缠绕着一条龙尾，遮挡了她的乳房和两腿之间的空隙；另一个是肌肉男，拿着一个世界地球仪。墙壁被漆成可爱的金色，空气中飘荡着丁香和薰衣草的香味。

"什么也别想，"珀尔说，"享受就好。"

在我见到基利安之前，我不得不合作下去，所以我点了点头。几个女服务员给了我一杯饮料，把我领到后面的一个包间，里面有两个软垫按摩床，两个装满热水的浴缸——如果基利安在这里，他会高兴得不得了。后台播放着轻柔的音乐。

珀尔和我都被脱光衣服。我讨厌没有武器以及周围都是陌生人，但我没有说出来。我不愿意去想珀尔也许会改变她的主意，突然攻击我。有人伺候我泡澡，涂上精油和按摩，在整个过程中，我保持高度的警惕。

珀尔满怀期待地看着我。我想，她相信艾希莉的记忆洪流会将我淹没，我会张开双臂，大声喊："妈妈！"

抱歉，你想多了。

我的指甲被涂成少女的粉红色，头发被修剪整齐并卷曲起来，两边的头发被拉到后面，化妆品被擦到我的脸上，然后被穿上一件漂亮的紧身连衣裙，希腊风格的，白色的，褶子刚好从我的乳房下面开始，一直拖到地板，细细的肩带露出脖子到手指的苍白皮肤。

"你最喜欢的，"珀尔从我身后说，"看。"

我居然在全身穿衣镜前旋转并喘息。

"你真让人惊艳。"她把我们的手指交叉在一起，"我已经为你安排了一个派对，是你喜欢的那种。"

我没有心情来庆祝我的伟大，但我没有提出任何抗议，我们回到豪华轿车上。我们行驶在同一条道路上，跟我们来时的路相同——我们要回我的家吗？我妈妈和弟弟刚刚去世的地方？

哦，是的。

坚持下去。

豪华轿车停在车道上，我盯着珀尔。"现在，你无须再忍耐。"在她否认这一点之前，我问道，"我爸还在这里吗？"

"没有，我把他弄走了。"至少，这件事情对我还好。

"基利安呢？"

"他在里面，等着你。"她冲着我笑，"也许你会见到另一个你更想念的人……"

她在打什么主意？

当我从车子里面钻出来，爬上门廊的台阶时，答案不言自明。前门打开了，詹姆斯踏上门廊。漂亮的詹姆斯，一定是他在等着我。詹姆斯，是他保护我免遭万斯的伤害，是他带给我额外的食物，并制定计划跟我一起逃跑。詹姆斯，在我们交往的每一天里对我撒谎。

他身材高大，但个子没有基利安高，暗金色的头发和棕色的大眼睛。如夜色般深黑的西装亲和地紧贴在他肌肉强健的身体上，蓝绿相间的领带在深色的衬托下显得很时尚。蓝色和绿色，就像我的眼睛。一种浪漫的姿态吗？真想吐。他与浪漫绝缘。

他微笑地看着我，仿佛很高兴看到我。

"他越来越爱慕你，"珀尔来到我身边，说，"所以我让他回避你的事情。"

撒谎！他没有喜欢我，他的工作没有做好。

"我错了。"她补充道。

"是什么让你以为我想他呢？"我抬起连衣裙的下摆，量了量门廊台阶的宽度。

"藤莉，"詹姆斯伸出手，希望我接受，"我很想你。"

我目不转睛地盯着他，他的笑容开始消退："我不愿意离开你，但是我别无选择。"

"真的吗？告诉我，穿着这件衣服，我的乳房看起来怎么样？"

当他目瞪口呆地看着我，我说："对不起。"我轻快地经过他，进入大厅。

遍地都是人，但是有足够的自由空间穿插到前厅。笑声比比皆是，还有各种互不协调的香水味。我皱着鼻子，扫视人海，寻找基利安。

詹姆斯来到我身边，挽着我的胳膊："藤，求你。你必须得听我的。"

她喜欢，呃，粗大的。

我猛地抽出手："我不必做任何事。"

"是的，你首先是一个指派给我的任务。但是，我爱上了你，而且——"

"你从来没有爱过我。如果你爱过我，你早就把真相告诉了我。"

他的眼中闪着怒火，但很快被假装的伤害所掩盖："如果我跟你说实话，我就会失去你。"

"反正你已经失去我了。"我的确很爱这个男孩，但那只是一种妄想。

女人们叽叽喳喳的声音引起我的注意，我看到一个楼梯。基利安站在顶部——光芒四射。我们的目光相遇了，噢，我热血沸腾，血液吱吱作响并将我融化。他在这儿。他安然无恙。

他缓缓地走下楼梯，他经过的每个女人，不管在做什么，都停下来看他，有些人甚至试图引起他的注意，还有几个伸手去触摸他，但是，他只专注于我。

"他？"詹姆斯向我吼叫，"你想要他吗？"

我忘了詹姆斯还站在我旁边，我再次挣脱他，我的心脏咚咚直跳。

像詹姆斯一样,基利安也穿着西装,黑色的细条纹,完全适合他的壳体。当他站在我的面前,他炽热的目光扫过我,让我发抖。

"你看上去……"他的目光缓缓地收回,"难以言喻。"

"谢谢你。"我用手捋顺裙子的两边,决定不把珀尔的威胁告诉他,"你也是。哇哦,只有五个字可以形容,美味小鲜肉。"

他轻轻的笑声温暖了我的皮肤:"这是我最喜欢的赞美吧。"

詹姆斯故意把胸部一起一伏:"基利安。"

当他与基利安的目光相遇,他的兴致戛然而止:"你走开,现在。"

詹姆斯结巴了。基利安甩了甩头,詹姆斯后退了几英尺远。

有个我从来没有见过的女孩悄悄地贴近基利安,一只手臂搂住基利安的腰。他一把将她推开,但她似乎并不介意这样的反应,又返回来,将她的头靠在他的肩膀上。

她将我打量了一番:"她就是你的本周所爱?好,我同意。这双颜色不一样的眼睛很引人注目,是不是?"

他用胳膊搂着我的腰:"不好意思。"他领着我走开了,她惊讶地盯着他。

"你的另一个战利品?"我问。

"我告诉你,这是我的强项,我是说真的。但是……"

我徘徊在期望的边缘,等待着他后面的话:"但是?"

"你不只是一份工作。"他停下来捏着我的下巴,深深地凝视我的眼睛,"我不喜欢今天我们被分开。"

我的膝盖变得非常脆弱:"我承认,我不喜欢我们被分开。"

他给了我一个缓慢而邪恶的微笑:"你承认?"

"我承认。"我靠在他身上,闻着他的气息。我永远闻不够他身上的香味。

詹姆斯再次接近我们,清了清喉咙。他总是这样烦人吗?

基利安一边用眼睛看着我,一边把手伸出去抓住他的领带,摇晃他:"走开。"

299

詹姆斯像个泼妇一样捆他的手,但那确实没有用:"我有礼物送给你,藤。"

"藤莉,"我厉声纠正他,"你可以把你的礼物塞进……"

面带笑容的斯隆从他的肩膀上偷窥过来:"其实,我想你会愿意留下这份礼物。"

第二十一章

为了完成任务,可以不择手段。

——米黎亚德

我把詹姆斯推到一边,张开双臂拥抱斯隆。看见她,我高兴得哭了起来。在开玩笑吧?我居然在哭。

"感谢你毁了我的妆。"我告诉她。

"别客气。"她笑了一下,退后一步,原地转了一圈,"告诉我,你从没见过比这里更加富丽堂皇的地方,而且你要发自内心,要不然我会永远恨你。"

"我从来没有见过比这里更加累人的地方,我说对了吗?"

她轻轻推开我,依然微笑着。猩红色的衣服一直延伸到膝盖,修饰着她的身体,膝盖处有亮晶晶的面料,随着她的每一个动作轻快地飞舞。她灰白色的头发垂至后颈,编成一个优雅的发结。

她用一根手指头指着我,从我的头顶一直指到脚后跟:"就算看得见睫毛膏的痕迹,你还是一个性感女郎。要是我喜欢女孩的话,我会跟基利安赌上一把。"

我哼了一声："你赢得了我的一点点欢心。"

"好像我还没有赢得全部欢心似的。"

"我很想有机会……"詹姆斯开口说话。

基利安一拳打到他的喉咙上，导致壳体的语音盒失灵。突然间，詹姆斯就只能动动嘴，发不出声音了。

我拍拍基利安的脸颊："这下，我的夜晚安宁了。谢谢。"

他咧开嘴笑了，凑到我的耳朵边吻我，低声说："我希望你选择米黎亚德，但我希望你自己愿意选择米黎亚德，我不会给你施加压力，我会证明这一点。"他用手指沿着我的胳膊轻轻地抠过去，我顿时冒起一阵鸡皮疙瘩："带斯隆去你的房间。"

什么？"不，我不想离开你。"我低声回应。

"那里有你需要看到的东西。我得让珀尔忙活起来。"他吻了吻我的脸，抬起头。

我的心直跳。我需要看到的是好事还是坏事？

"啊哈，够了，情意绵绵的废话。"斯隆说。

我面对她，挤出一个笑容："为什么我们不离开这里的噪音，到我的房间里去呢？"

"好啊，这是今天最好的安排！"她挽上我的胳膊，补充道，"那边那个家伙正想，我引用一下，教我狂喜是什么意思。"

"真是幸运。"我淡淡地说。我遇到基利安的目光，默默地告诉他，跟紧点。

他的目光在说，没有什么会让我离开。

好吧。要集中注意力要弄明白他想要我在楼上看到什么。我领着斯隆走了，一边问她："你跟米黎亚德签约了吗？"要不然，为什么珀尔会允许她到这里来？

"没有。我们一分手，我就和迪肯一起上路了，我的首要任务是彻底毁掉我的家庭。"

"嗯。"

她挺直身体，补充说："他们已经破产了，负担不起我继续留在普林收容所的费用，所以他们跟万斯做了笔交易。由万斯说服我嫁给那个他们挑选的男人，在此期间，万斯可以随时要我，只要他没有让我怀孕。我一直在想，我的准新郎会厌倦对我的等待，去和别人结婚，那样我就会最终获释，但是他一直都没有。"

我的手在微微发抖："噢，斯隆。我很难过。"我不知道怎么说才好。

"我猜，我是值得等待的。"她说着，字字伤心。

"我不知道你是怎么熬过来的。"我只是在增加她的问题。

当我们到达楼顶，她说："没人知道，这是我想要的方式。我恨他，恨他拜访我的时候。如果每个人都知道发生了什么事，我不认为我能够忍受这种屈辱。"

"我很难过。"我又说了一遍。一种多么可怕的存在！

她摆摆手，省略了一些话："反正，我解雇了我的米黎亚德劳工埃琳娜，她的态度有问题。"

"你是说，因为她没有完全按你的要求去做，所以你解雇了她吗？"

"完全正确，我很喜欢你特别懂我。"她满脸笑容地看着我，"反正，我的事情都交给詹姆斯了。他被邀请到这里，他叫我加入他的王国。我已经决定了，毁掉我的家庭可以再等两天，这样我就可以见到我的朋友。"

朋友，我又多了一个朋友，我自己结交的一个朋友，明白我的困境的人类朋友。

有一群人在二楼乱转，我们必须推开他们向前走。有个人向我们挥手，其他人向我们微笑。我们继续前进。一对男女醉醺醺地从我妈妈的房间里跑出来，我强忍怒火，但我还是忍不下这口气。

"没门，不能发生这种事。"我朝他们跺着脚。冷静，保持冷静！勉强管住自己不去咬烂他们的脸，"你们永远别进那个房间。永远！明白吗？"

斯隆抓住我的肩膀，把我拉回来："可以等一会儿再发脾气。"

303

"我是认真的，"我扫视身边其余的脸，"任何人都别去那个房间。"

人们匆匆地涌下楼去。终于摆脱了！

一名看守守在我的卧室门口。这是一个强壮的大个子，脸色阴沉，他打开门，好像知道我而且一直在等我。我默默忍受。

"不许任何人去其他房间。"

他点点头："你的命令，是我的荣幸。"

我喜欢他讨好的样子，但我又有点讨厌这种讨好。我不是他所认为的我。

一进到卧室里面，我猛地一脚把门关上。

"休息一会儿吧，"她说，"冷静下来。"

我走向床铺，高跟鞋咯噔咯噔地踏在硬木地板上。我扑到床边，叹了口气。上次我在这里的时候，阿彻和基利安紧紧地靠着我。

我想再次被靠紧。

"别这样了，但是这个地方是有点乏味。"斯隆说，她的嘴唇因厌恶而翘起。

"一个搞装修的人选择了这里的一切，他们期望我保持这里干净整洁。"这个房间应该是一个避难所，但却成了多年来我的镀金笼子。

还有一瓶香槟酒浸在冰桶里。基利安要我看什么呢？

我弹出酒瓶的软木塞，把酒水倒在床尾的白色地毯上。我上一次喝酒的时候，傻掉了。是的，太蠢了。

斯隆笑着说："你弄脏这里的地毯，而我打算放火烧了整座房子。我们怎么还要喜欢对方呢？"

我笑了："也许我们不应该把这个问题挖得太深。"

"说得对。"她叹了口气，"好吧，就这样。让我们言归正传。事实上。我需要你的建议。"

基利安打发我走的原因吗？

"说。"

"我向迪肯投怀送抱，但他好像有点拒绝我。"

"有点?"

"他告诉我,他永远不会跟王国之外的任何人约会,他的王国里永远不会有人会做出我这种计划——纵火烧了自己的家!所以我把他打发走了。然后,詹姆斯出现了,我想,差劲如他,也许会使迪肯嫉妒,从而刺激这个家伙有所行动。我知道,我知道,我不成熟,随便你怎么想。"

"我没有听到有什么问题。"

"你知道我是多么希望避开多终点国度。"

"我也是。而且我已经去过——两次——我可以正式给予这个王国一星评级。"

"什么!你死过?两次?为什么我才听到这事?"她跺着脚走过来,拍拍我的胳膊,"是什么感觉?"

"如果你的噩梦跟黑死病生了一个孩子,这孩子长大了嫁给了恶巫,他们生了一个孩子,这个孩子就是多终点国度。"

"哇哦,"她咚的一声落到我旁边,"你想知道什么是悲哀吗?它只是比我想象的稍微差了一点点。"

"你在等什么呢?"我问,"你为什么还不签约?"

她咬着下嘴唇:"米黎亚德和特罗里坎拒绝给我真正想要的。"

"那是?"

"万斯的灵魂。我恨他,超过我爱其他任何东西。"这一刻,我觉得她就像一根通电电线——准备攻击第一个傻到去触碰她的人,"特罗里坎不玩那种方式,而米黎亚德说他们无法获得他的支持。这样他就会作为未签约者死去,并且在多终点国度里终结。"从她声音里面,我听出了仇恨;这种仇恨是如此浓烈,一定正在让她窒息。

"我唯一真正的选择是自己也去多终点国度。"

不,我不希望她有那样的结局。

"沉迷于过去会阻碍你去获得一个美好的未来。"

"我不在乎。你不知道他做的事……"

我伸出手,拉着她的手。她的颤抖震动了我。

有个拍打窗户的声音。我和斯隆互相皱了皱眉,似乎没有什么异常,但还是有拍打声。我打开窗户,探出头去。

一个我从来没有见过的男孩在窗台边吊着。

"你是谁?"我问。

他看见了我,微笑着:"你为什么不猜一下?"

"你一定是在开玩笑吧。"迪肯的眼睛,"你在外面干什么?进来,进来。"

"请别介意。"他在窗台上踢了一脚,把自己甩了过来。在关上窗户之前,他拨了一下基利安安在窗格上的小设备,"最先我试着作为灵魂进来。你能猜到的,我办不到。"

我看了一眼外面。有武装人员在巡逻后院,也可能在巡逻整个房子。是让特罗里坎人远离这个派对——或者是把我关在里面吗?我拉上白色窗帘。

"你到底是谁?"斯隆吸了一口气,"迪肯?"

"正是本人。"他秀了秀他的肱二头肌,"你们觉得这个新的壳体怎么样?"

"它很古怪。"他是个光头,等我看见了他的全身,我意识到他几乎是赤裸的。他的皮肤近乎透明,使他与周围环境融为一体。他的"小弟弟"是用一块腰布包裹着,让他看起来像……"这太棒了!你是一个肯娃娃(美国的一种男孩玩偶)。"我笑了。

"我不是,"他瞪着我,"不要盯着我的包裹看。"

"所有壳体在解剖学上都是不对劲的吗?"斯隆问道,盯着他的包裹,比我盯得更死,"要么,这才是真正的你吗?我们应该叫你微型小超人吗?"

"只有迷彩壳体是这样的,非常感谢你。"他变得特别严肃起来,说话也特别快,"在特罗里坎,每月有一个为那些应受惩罚的人举行的仪式。仪式马上就要开始了,我希望你看看它。"

这就是基利安把我送到这里的原因吧。阿彻即将互换,他想让我看看，让我彻底放弃特罗里坎。但是这并不能解释为什么迪肯希望我看到它。

"我不明白，"我说，"你让我看这个有什么动机呢？"

"你曾经表达了对互换的好奇。现在，你可以亲眼见到它。"他大步走到床边，在中间伸展四肢，噢，看到他踪迹真的是很困难。我设法看到他，只是因为他的迷彩肉体像海浪一样起起伏伏。"过来。"他说。

斯隆捏了捏我的手，站在了迪肯的左侧。我一步步走近迪肯，膝盖发抖，站在了他的右侧。从他的手里投射出光芒，他光芒里打字。跟那次基利安给我提供的米黎亚德游览一样，在床上面的顶篷上出现了图像。图像开始扩大，直至整张床被我所见过的最令人惊叹的花园所环绕。花园里悬挂着紫藤、金银花和常春藤。果树正在结果，树枝上挂着沉甸甸的桃子、橙子和柠檬。

"通常我们可以用摄像机来给你引路，但是在这部分王国里，摄像机被禁用了。我已经连线到一个朋友，"迪肯说，"你通过她的眼睛看到特罗里坎。"

"她的？"斯隆摆了摆手，仿佛根本不关心，"无论是谁。你们两个把婚结了，生下一百万个孩子。"

这位朋友显然是在走路，把我们带进花园深处。我们通过了一道拱门和一小块野草莓和黑莓园地，穿过了一片迷宫般的野花。有人来到我们身边，一个脸色铁青的女孩，鼻子上有雀斑，长着跟消防车一样红的卷发。

"不想迟到的话，"她说，"最好快点。"

我们走出花园，来到一个人山人海的地方。没有任何人看上去在三十五岁以上，看不见一根白发或一丝皱纹。

"他们真是太美了。"斯隆说。

"是的，只有人体才会衰退。"迪肯回答。

"为什么每个人都穿着长袍？"在米黎亚德，人们的穿着，我觉得是来自他们的第一世的时代。但是在这里，几乎每个人披着绝对惊艳的

307

紫色长袍。紫色长袍上点缀着金色装饰物，精致而华丽。除了紫色长袍以外，就是红色长袍，我数了数，一个、两个、三个…六个人。绝对是少数。

"礼仪长袍。"迪肯说。

正前方是一个讲台，讲台后面是一座宫殿，宫墙像钻石一样闪闪发亮，那些装饰令人惊叹。有蓝宝石、红宝石、绿宝石、黄玉和绿柱石，还有玛瑙和碧玉，每一颗宝石都是纯净无瑕。有三个人离开宫殿，站到讲台的中央。他们也都穿着长袍，但是跟其他人不同的是，他们都戴着王冠。

一个高大强壮的男人站在中间。我分辨不清他的容貌。他身后闪耀着一道光芒——一道彩虹，好像背在他背上，像一把弓和箭——它的光芒如此明亮，淹没了他的部分容貌。

从他身上散发出力量，那种力量如此强大，以至于通过连接我都能感觉到它。它让我热血沸腾，我的皮肤仿佛被闪电划过。

"看哪，特罗里坎国王一世。"迪肯说，语气中充满虔诚，"王国的创造者，王子们的爸爸。"

站在他左边的是一位梳着长发辫的女人，洁白的肤色像刚刚落下的白雪。她的容貌看得比较清楚，她有着倾国倾城的美貌，当我盯着她看的时候，便禁不住想去接近她，去触摸她。

转移目光，转移目光。第三个人——一个男性——比特罗里坎国王一世年轻一点。他的容貌比其他人清晰，但是他并不漂亮。事实上，他几乎是相貌平平。但是他的眼睛……哦，他的眼睛，非同一般，像早晨的天空一样蔚蓝，当他的目光和我相遇——

我喘不过气来。他直直地看着我，好像知道我在观看。

他微笑着表示欢迎。

"这位特罗里坎国王是长子，在这里被称为国王二世，"迪肯说，带着同样虔诚的语气，"那个女人是国王二世未来的新娘。"

国王一世，国王二世和他的未婚妻。特罗里坎，意味着三。每个数字总是讲述一个故事。

尽管人山人海,全场却鸦雀无声,直到国王二世走上前去。他的手上有几个标记。这几个标记比我曾看到的任何标记都大,深入肌肤。

"我的人民,我的心。为了人人平等的公正,永恒不变,法律面前绝不能有例外。"他声音如雷贯耳,每一句话都让我体内的每一个细胞熊熊燃烧。"如果犯了罪,罪行必须受到惩罚。" 国王二世声音洪亮,扫过人群,充满坚强和肯定。"对于每一句话,每一个动作,都有一种选择。对与错,生与死,祝福和诅咒。很久以前,我就做出了选择——维护法律的完整。你们中间有谁违背了吗?"

人群分成了四排。一个接一个,男人和女人移动到讲台底下。我扫视过去,看到阿彻已经站在讲台上的那些人中间,就在那时,我意识到被惩罚的人是穿红色长袍的那些人。他们低着头,双手背在身后。

我数了数红袍,总共三十三个。我的肚子紧缩了一下。

三十三。是英语单词"A men"(阿门)的字母排序之和:1+13+5+14=33。当形成尾骨的骨头单独计算时,一个正常人体的脊柱有三十三根椎骨。砷原子序数也是三十三。

过了一会儿。没有任何反应,也没有人说话。

然后,一个接一个,穿红色长袍的人们开始跪下。有几个痛苦地哭了出来。其他人在颤抖,他们都低着头。

"他们怎么了?"我低声问。

"他们正在经历他们所伤害过的人的痛苦。"

互换。我突然得到了我如此想要的答案。阿彻正在经历克莱的死亡,在他的脑海里,他正挂在树干上,雪打在他的脸上。他在等着我……他正在下落……他的体内正像瓜一样爆开。

我的胸口开始疼痛。

"通过这种方式,我们了解我们的行为如何影响他人。"迪肯说。

我痛恨去想这样的体验,我痛恨去亲身经历我给别人造成的痛苦。但是在某种程度上,经验是一份礼物。知识就是力量。这里是慈悲诞生的地方。

体验结束以后,穿红色长袍的人们站立着。王室成员加入到他们中间,对每一个人轻声说话,跟他们握手,并给他们拥抱。

红色长袍的人们回到人群中,他们仍然低着头。阿彻推开人群,向他的朋友走来,与女孩的目光相遇,与我的目光相遇。他的表情充满痛苦和悲哀。

这是我第一次看见没有壳体的他,我注意到两者差别不大。他的皮肤色调更偏向古铜色,发梢像熔化的金子,睫毛更长,下巴更方一点。他确实相当漂亮。

这两个人一握手,我们的视野突然发生变化。我看到了这位朋友,而不是阿彻。这是一个女孩,就是我们刚才见过的那个红头发的人。

"谢谢你。"阿彻说。

她踮起脚尖,吻他的脸:"如果你需要我,只管叫我。"

两个人分开了。阿彻带着我们重新穿过花园,他的步伐很快。互换之后,一定没有留下疼痛。还好,没有身体上的疼痛。他走到另一边,一个街区映入眼帘。那些房屋的设计是个大杂烩:仿佛各自属于世界上不同地区。一座南部种植园旁边是一个西班牙印第安人村庄,旁边又紧挨着一个英国村舍。

等候在种植园前面的是——

"克莱!"我惊呼。

他向阿彻微笑着。他看起来气色不错,黑色的头发有点凌乱,眼睛闪闪发亮。他穿着一件白色 T 恤,把他强健的肌肉衬托得更加壮实了。有人在密谋着这一切,像个魔鬼一样。

"你叫我到这里来,"克莱说,"好了,我在这里了。"

阿彻拥抱了他:"对不起,真的对不起,在你出事之前,我挑起了争执,我没在那里救出你。"

泪水充满了我的双眼。

克莱拍了拍他的肩膀,退后一步。

"我告诉你,伙计。一切都被宽恕了。"

停了一会儿,我觉得阿彻真的想再次道歉:"怎么进行训练的?"

"我正在学习附着在一个壳体上,下一步,我会学习如何使用武器。我对氧化枪眼谗得要命。"

阿彻拍了拍他的肩膀:"光会带来视觉,我的朋友。"

克莱咧开嘴笑:"光会带来视觉。"

两人各自离开,我如释重负。

克莱是幸福的,他有一个光明的未来。

阿彻直奔种植园,经过高耸的石柱和一道道已经打开的、厚重的大门。里面是一个梦幻般的地方,图案栩栩如生的挂毯和水晶装饰从拱形天花板上垂吊下来。我想细细研究每一样东西,但阿彻什么都不注意,只盯着站在旋转楼梯底下的那个男子。

我认识他。列维,我以前的特罗里坎劳工。他穿着一套裁剪完美的西装。黑色的头发纹丝不乱,嘴唇凝成一个欢迎的微笑。他派头十足,是魅力和成熟的缩影。

他拍拍阿彻的肩膀:"你好,洛克伍德小姐,奥布琼小姐。"

我们都吃了一惊。

"藤,"他接着说,走向另一个漂亮的女人,她手里抱着个婴儿,"我觉得你会喜欢偷看一眼我们新出生的小可爱。"

杰里米?我颤抖着:"是的。哦,是的。"

他抱起小宝宝,哦!杰里米看起来那么健康,粉红的皮肤,圆润的脸蛋。他挥舞着胳膊,还蹬着小腿儿,他在微笑!他不在毯子做的襁褓里,也许在灵魂的形态里,他并不需要,但他穿着一件婴儿连体衣,上面大大地写着"打开灯!"

"他生机勃勃,"列维说,"他已经得到了人们的喜爱。从来没有这么多女性拜访过我的家。"

我用手捂住嘴,挡住哭声。这,这真是太好了。

房间里的灯光闪烁起来,列维皱起了眉头。他把杰里米递给那个女人:"用你的生命守护他。"

他大步走进另一个房间。

阿彻跟着他:"发生什么事了?"

"我们的一个中转者身处危险之中,我们必须——"

我跟阿彻还有特罗里坎的连接被断开,他的话中断了。

"不!"我喘息着,"中转者如何身处危险之中?"

整个房子震动起来,墙上出现了裂缝。

我就是那个处于危险之中的人吗?

震动一停下来,迪肯就把我们从床上推开。

"有人来了。"

我们刚跳下来站好,走廊里发出砰的一声。然后房门被撞开了,基利安大步走了进来。他的太阳穴上有一个伤口,伤口上渗出生命之血。

"我们现在得走了。"他对我说。

MYRIAD
【米黎亚德】

发件人：P_B_4 / 65.1.18
收件人：K_F_5 / 23.53.6
主题：这不是你最明智的行动。

　　你把那个女孩带到哪里去了，基利安？把她带回来，要不然你不会有好下场。

MYRIAD
【米黎亚德】

发件人：P_B_4 / 65.1.18
收件人：K_F_5 / 23.53.6
主题：回答我！

我们已经抓获了其中一个特罗里坎的中转者。他错误地离开了该王国。把那个女孩交给我，否则我会杀了这个中转者和你的妈妈。

MYRIAD
【米黎亚德】

发件人：P_B_4 / 65.1.18
收件人：K_F_5 / 23.53.6
主题：为时已晚

  这个中转者已经死了，你妈妈是下一个。

MYRIAD
【米黎亚德】

发件人：P_B_4 / 65.1.18
收件人：K_F_5 / 23.53.6
主题：最后机会

  特罗里坎正在被严重削弱。攻击的时候到了！
  你一直想有这样的机会。回来吧，你会得到这个机会。否则，我可以返回特罗里坎，追踪那个女孩，这事我一定会做。之后，我会把你指派到犬舍待上十年——如果我没有痛快地杀掉你。

第二十二章

我们知道你将会成为什么样的人。

——特罗里坎

基利安拉着我的手。他颤抖着把我从卧室里拽出来,我向斯隆投去一个告别目光,但迪肯已经忙乱地将她推向窗口。

"跳。"基利安说。他浑身上下有一道暗边,我从来没有见过。

我照做了,掉在那个看守旁边的地上,看守已经被杀。从他的太阳穴上拳头大小的肿块,以及顺着他的脸颊流下的细小血流来看,他是人,而不是壳体。

我刚才发火时说的话一定是传开了,因为这里没有出现其他客人。

"你在做什么,基利安?"

"确保你平安度过这个夜晚。"

我们经过我妈妈的房间。在走廊的尽头,他停下来挑开我爸爸房门上的锁。我们冲了进去。原来,不是每个人都听到我刚才的横冲直撞。基利安开灯的时候,三个不同程度裸体的人从床上跳起来。他拿起一把枪，瞄准，连发三枪。没有枪声，也没有弹壳，只有轻微的嗖嗖声。我意识到，那些是飞镖。这三个人都崩溃了。

他把我推进步入式衣柜，把其中一个衣架上的衣服扔出来。我踢掉高跟鞋，如果我们要跑，我就必须用尽全力去跑。

"如果抗议活动过分激烈的话，你爸爸需要房子里有一条出路，应该有一个锁。在这里！"

咔嚓。门道被打开了，露出一个阴暗潮湿的楼梯。我们走进去，身后的门自动关闭。灰尘的气味四处弥漫，让我的鼻子和喉咙发痒，我打了个喷嚏。

"我不想让你陷入困境，基利安。"我说。

"那是我的选择，藤。"

他用我的话来对付我："你为什么选择这么做？"

"我告诉过你，我会让你没有压力地做出决定。"

我们一到达楼梯底部，我就把他拦腰抱住，从背后拥抱他："基利安，你是一个了不起的人，比你曾经给自己打的分要高。"

他转过身，靠了我一会儿，只有一会儿。然后，他脱开身，仿佛我们之间什么都没有发生，继续向通道下面走。当我们到达通道终点，他用拳头在门垫上敲入一个密码。门的铰链吱吱作响，他探出头。

"你怎么知道这个密码？"

"阿彻告诉了玛吉，玛吉又告诉了我。"

这两个人又在一起合作吗？在没有我协助的情况下？

基利安领着我走进傍晚的阴霾中，防盗灯在房屋四周的墙上发出光亮。这不是问题。他在躲避小型照明灯和巡逻卫兵方面很专业。他把我们带上了道路，没有出现意外情况。一辆银色保时捷等候在那里。艾琳娜从车上下来，把车钥匙扔给基利安，这时我惊讶万分。

他草草地说了声"谢谢你"，便坐进了驾驶员座位。

"我希望你值得我们这么做，"她瞪着我，"他永远不会恢复原样。我也是。"

"谢谢你。"我不知道再说什么,知道她不会接受一个即兴的拥抱。我爬进乘客座位。基利安加速开动车子,轮胎发出刺耳的摩擦声。

"基利安——"

"我会没事的。"他伸出手来,握住我的手,他还在发抖。我们手指相扣,我不是想要这样,但我就是粘着他,"我一直都这样。"

"每件事情都有第一次。如果……"

"不,我们不能到那里去。"不能在恐惧的状态下去做,"今晚我们有一个目的地吗?"

"是的,你姑姑家。"

莉娜姑姑,疯子莉娜。"我好多年没有见过她了,"不知道今天会看见什么样的她,"那里不会是珀尔找到我的第一个地方吧?"

"是的,"他重复说,"她不会在那里找到你。"

"我不明白。"

"别担心,你会明白的。珀尔提到要追踪你,这意味着她已经在你体内置入了跟踪器。我早该知道。"

跟踪器?"怎么会?"我问,我感到震惊,"在哪里?"

他挤压我的一只手:"你知道我第一次见到你的时候在想什么吗?"

他的语气中有种紧迫感,好像他有很多话要说,但只有很短的时间说出来:"让我猜猜。太好了,她比我听说的更加疯狂。"

他的笑声很柔软,但是有点刺耳:"是的,那么后来呢?"

"我一拳打在你喉咙上之后吗?"

"在我们约会期间。"

"不,"我失去了耐心,"告诉我。"

"我想到了阿彻在决定投奔特罗里坎之前告诉我的一些话。那些话我从来不允许自己去想,直到那一天。关于一匹马——"

"嘿!"

他微笑着:"一匹战马,这是一种称赞。"

"好吧,那么,我们来听听这个所谓的称赞的其余部分。"

"阿彻选择了特罗里坎的那天,我告诉他,我们成了敌人,我会去攻击他。我告诉他,他的爸爸会永远恨他,会把消灭他作为自己的使命。他的回答让我困惑至今。他说,这匹战马狠狠地蹬着马蹄,冲进战局,为它的实力而欣喜。它嘲笑恐惧,无所畏惧;它不避刀剑,在疯狂地兴奋中啃光了地面;当号角声响起之时,它无法停滞不前。它在号角声中打了个响鼻,'啊哈!'它嗅到了远处战斗的气息,听到了指挥官的呼喊和战斗的呐喊。"基利安挤压着我的一只手。他接着补充说,"当你为你所相信的正义而战的时候,我的朋友,你已经拥有了胜利,没有什么好怕的。"

我把另一只手放在胸口,我被前所未有地感动了。一匹战马,它不惧怕战斗,渴望战斗,勇敢地挑战对手,敌人的努力只是让它发笑,因为它知道自己会赢。

"你原来觉得我很勇敢。"

"而且善良,还有点古怪。"

"嘿!"

"你震撼了我。其他任务所看重的东西对你毫无意义,我看重的东西对你毫无意义。只有当我谈到我不堪回首的过去,你对我的态度才温和起来,好像你在我身上看到了其他人不曾看到的东西。"

他也曾震撼过我,而且仍然在震撼着我:"你想知道我们见面的时候,我对你怎么想的吗?"

"拜托,基利安,吻我。"

哈!"闭嘴。我觉得你是我见过的最漂亮的男孩……哦,我最好还是多买几条贞操带。"

他噗一声笑了出来,但他的幽默不会持续很长时间,他脑子里还在想着什么东西。

"我想更多地了解你,我暗自高兴我们的约会。我被你的一切迷住了,从你自大的态度,到你的文身。这些设计都有一种模式吧。"

"是的,"他说,但是他没有提供更多细节,"有一天我会告诉你的。"

他肩膀上的小装备亮了起来,但他不小心碰到了一把剃刀,这把剃刀从我们之间的控制台上伸出来,我之前没有注意到。刀片划过他的胳膊,从壳体上割出了皮肉。他嘟囔着。随着光亮渐渐熄灭,浓浓的、亮闪闪的生命之血地从伤口里喷出。

我吓了一跳,赶紧把胳膊压在他的伤口上,并用力按住。他为了我不顾一切。

"她威胁我的妈妈。"他咬牙说道。

"哦,基利安,对不起。你能做些什么去阻止她吗?等等,我纠正一下,我能帮你做些什么去阻止她吗?"

他看了我一眼,带着满满的惊喜:"我需要去一趟史册馆,那里戒备森严。我知道妈妈的新身份之后,就可以保护她。"

我不再相信什么融合这回事了,但我没有勇气告诉他,他的妈妈可能已经一去不复返了。

当出血停止之后,我向窗外望去。棕榈树飕飕地掠过车窗,太阳从地平线上升起来,变成一个壮观的火球,温暖的金色霞光轻抚着我的皮肤。

第二次,他把我的手举到嘴边,亲吻我指关节的伤痕。他曾经吻过我的指关节,但是这次我觉得,这一次的动作里有什么特别的东西,烙在了我的灵魂深处。

"你想知道更多关于我的事情,"他说,"下面就是真相。我这么辛苦地争取你,因为我不希望你落得像我一样的结局——失败。"

我皱着眉头看着他:"你什么时候失败了呢?"

"我曾经也被认为与某位将军融合了。这就是为什么我被允许与阿彻一起训练。这就是为什么国王会跟我聊天。"

我感到害怕,但我说:"发生了什么?"

"我无法完成训练的最后阶段。国王很失望,当然,他给了我一个任务来挽回我。我被赋予了一个人类的名字,一个要我去杀掉的人的名字。"

我的害怕变成了恐惧:"杀害无辜是不对的,基利安。你的王国需要改革。"

"那么加入我们,并改革我们,藤。这样的变革只能从王国内部做起。"

啊,说得好。但是特罗里坎呢?他们也需要工作。

哇哦。我什么时候成了无所不知小姐?好像我的办法是最好的。

我叹了口气:"继续。"

"我被命名为迪奥·尼科尔斯。"

呵呵,原来如此。

"阿彻知道吗?"

"不知道。他已经叛逃到特罗里坎,而且众所周知,她是他的任务之一。我敢肯定,这就是为什么国王要我杀了她。我恨阿彻,但我看到他看着那女孩的样子,我就下不了手。我不能送她到多终点国度。我把她签给了米黎亚德,让她成为他的敌人,我做到了。但是我没有完成国王交给我的任务,我失败了。我被禁止在他的面前现身,并被安排在珀尔夫人的领导下当一个劳工。"

难怪工作上的失败会令他如此厌恶,难怪他努力完成他的每一项任务。他试图证明自己值得被爱并受到尊重。他的动机并不能原谅他的方法,但他不是过去的那个男孩了。

"你已经从过去的错误中吸取了教训。你知道什么是对,什么是错,而且在对待我的过程中,你正在一步步弥补过去的错误。"

他抛给我的目光里透露出一双痛楚的眼睛。他的内心有什么东西正在破碎:"你怎么能对我说这些?"他的声音里包含着各种疼痛。

"因为我对你的感情没有任何条件。"

他呼地把车开到路边。凭着自己的直觉,我解开安全带,爬过控制台跨坐在他腿上。他盯着我,满怀惊喜和希望——一种击破我仅有的一片依然完好的心的希望。

我用鼻子轻轻地去扫他的鼻子:"迷药一直在你嘴里吗?"

"只有当我咬破牙齿背后的胶囊之后才会有。现在只剩一颗还没更换的胶囊在。"

"那好。"我双手捧起他的脸,把我的唇压到他的唇上。

他立刻张开嘴,用舌头缠绕我的舌头。我品尝到糖果和一丁点肉桂的味道,我立刻上了瘾。我想要更多,想要吞噬一切。我们尽情地拥吻,一波又一波可口的感觉穿透我的全身,我发出了声音。

这是一个让过去的每一刻困惑与茫然都变得超值的吻,这是一个让每一个不眠之夜和受尽折磨的日子都变得超值的吻。这一个吻,能够重启一千颗死亡的心脏,能够抚平最最刺痛的伤口。

他把我抱在怀里,一只手伸进我的衬衫下面抚摸我的脊柱,另一只手压住我的脊背,将我推进。

不管我贴得有多近,我还是没能贴得足够近。

我喘息着呼唤他的名字。我用手指梳理他的头发,柔软如丝般的发丝使我手心感到痒痛。这种痒痛感点燃了激情的火花,游走于我的血管,让所到之处迅速升温,直到我从内到外燃烧起来。

"我感觉到你,"他喘息着,"你的热烈,它是那么美好。"

我坐不住了,我碰撞着他,其实是在他身上蠕动。他身体前倾,胸口压住我,我的背向后仰,不小心撞到了方向盘,发出一个短暂而响亮的喇叭声。

我咯咯地笑了,他也笑了。然后车子底下的地面震动起来,他突然挣脱我。他的手颤抖着,捋顺我脸上的头发。他的眼睛光亮透明,瞳孔放得如此之大,几乎让他金色的虹膜黯然失色。

他设法喘了一口气,说:"我们没有时间了。阿彻和朋友们正在与珀尔交战,试图阻止她跟踪你。他们已经失去了一个中转者,他们的王国陷入了光线昏暗的危险之中。他们现在有双倍的决心要解救并招募到你。"

我被惊醒了,各个世界和各个王国里发生着这么多事情,多得我无法视而不见。

"另外，"他补充说，"我不希望我们的第一次在车里。"

我们被约束在一个狭小的空间里，在我们分心的时候，任何人都可以接近窗户，攻击我们。

"由于我们的第一次将是我有史以来的第一次，"我说，我的脸开始发烧，"我也认为在车里不是最好的选择。"

他把前额按在我的前额上："你只是让事情更加困难重重，这个困难的意思是多方面的。"

我哼哼地笑了，打消了我对于这个话题很酷的幻觉，回到自己的座位上。做出决定的压力从来没有如此强大。我将解救基利安，或者我将拯救一个王国。但我开始怀疑我是否最终知道对于我的正确道路。

第二十三章

为我们而战,我们也会为你而战。和我们对抗,你会输。

——米黎亚德

莉娜在她的家门口等我。她的房子是一个很小却保存完好的平房,有白色的百叶窗和蓝色镶边。古朴而完美。当我还是小女孩的时候,我有时会梦想生活在这里。蒂姆大叔,她的丈夫,允许莉娜和我把蝴蝶结别在他的头发上,还允许我们给他染指甲。

当然,蒂姆大叔最终跟另一个女人跑了。他和莉娜离婚,告别了她疯狂的生活。

门廊的灯光照在她的身上,照亮她深色的头发和一张因担忧而留下岁月痕迹的美丽的脸。这就是莉娜姑姑!

基利安把车停在停车区,在我下车之前抓住我的手。"送你一个礼物,"他把手伸进杂物箱,取出两只皮质护腕,"我知道你有多喜爱你的那双旧的。"

"基利安!谢谢你!"我笑嘻嘻地把它们捧在胸前,"我确实喜欢。"

"这个笑容……我发誓，它会永远萦绕着我。"他叹了口气，"我就不和你一起进去了，我必须把车毁掉。"

我不喜欢看到他不在我身边，哪怕只有一秒钟，但我点点头。没有时间可以浪费了。

"我会想你，"他说，他的语气里还有一些别的意味，一种我从来没有见他用过的情感，"你会想我吗？"

"会非常想。"我倚过去在他的唇上印了一个重重的，强势的吻。再一次品味他，也让他再一次品味我，"快点回来。"

当我退回原位，他的手搂着我的脖子后面："我对你的感情没有任何条件。"

我给了他一个梦幻般的笑容，然后走了出去。夜晚的凉意扑面而来，我奔向那个一直超级想念的女人。当她在半路上遇见我，并用她的胳膊拥我入怀，我流下了热泪。

"藤！我很高兴你没事。当你的爸爸拒绝把你所在的寄宿学校的名字和地址给我，我就知道事情不对劲儿。直到那个女孩，埃琳娜，来见我。"

寄宿学校，他就是这样告诉家人和朋友的？"我在坐牢，莉娜姑姑，但我现在没事了。我其实感谢那段经历。"我更坚强了，而且我有了我一直渴望的答案。方向。基利安。阿彻。

"跟我来，"她带我走进房子，她的一只手臂始终牢牢地扣在我的肩膀上，"埃琳娜说你的体内有一个跟踪器，我需要——"

"是的，基利安告诉我了，虽然我不知道这是怎么做到的。"

"我们去木棚，我会解释给你听。"莉娜姑姑带我穿过摆放着印花图案的沙发，蕾丝花边桌布和猫俑的客厅，穿过铺着黄色油毡布，摆放着碎裂和掉漆橱柜的厨房，然后进入后院。后院里有一个木棚，它占了后院一半的空间。

我走进木棚，停顿下来。这里简直是连环杀手的乐园。锐利而闪亮的杀人工具挂在墙上。等待囚犯的还有一个可用带子加固的轮床。

"你信任我吗？"她问。

"相信。"当然,也许,说不定。天哪!这是在测试我的底线。

"我为米黎亚德工作二十年了。我听说过许多事,也见过许多事。我知道自己在做什么,亲爱的,躺在轮床上。"

我犹豫了:"你会为此惹上麻烦吗?"

"不会。谁可以证明是我做的?不管怎样,有些东西值得冒险。而你,亲爱的,值得我冒险。"

我希望你值得我们这么做。最近我听到这些话有多少次了?

我回想了一下,是三次。没有我印象中多。很多人为了我惹上麻烦,我做了什么回报?

当我按她的指挥去做的时候,我的胃在翻腾。

"这是为你好。"她把我的手腕和脚踝绑起来。

我没有抗议。想想万斯对我做的一切,保持沉默才是最好的应对。

她在木棚里走来走去,收集需要的一切之后,来到我旁边。

"一旦跟踪器被去除,我会把你带到一个安全的房子,既不在米黎亚德,也不在特罗里坎。"

离开?"基利安知道地址吗?"如果他回来发现我走了,那么他知道该去哪里吗?

"我告诉他了,我也告诉了那个女孩,埃琳娜。"

埃琳娜最好不要"忘记"告诉他,或背叛我。

"好吧,关键的时刻到了。"随着她的手腕一抖,莉娜姑姑把一块椭圆形的玻璃放在我的额头上,"你可以闭上眼睛。"

"不,我很好。"

"那好。"一道明亮的光线闪现,哇,我的角膜瞬间感觉像是浇上了漂白剂。

我闭上眼睛,感觉身上的每一寸肌肤都发热。

"让我们再试一下。"这一次,她停在我的左髋骨旁。自从列维给我分享了他的光,我的左髋骨就一直感觉灼热。"啊哈,找到你了!"

我猜是跟踪器。我想,我真的没必要去猜是谁或为什么或如何把这个追踪器放在我的体内。每当我跟万斯作对——有几次只是为了好玩——他总会给我注射镇静剂。

我无法忘记他把我打得昏迷的那几次。珀尔肯定给他报酬了。

背叛和被亵渎的感觉淹没了我。

我听到有液体流动的声音，看到莉娜姑姑的手上涂了厚厚一层液体乳胶。待液体乳胶一变干，她立刻把我的裙子折到我的下巴下面，然后举起充满霓虹蓝色液体的注射器，"它会使你麻木，这样我就可以进行必要的切口了。"

"如果我会感到麻木，为什么要把我绑起来？"

"这种药会造成一定的精神反应。"她用消毒剂在我身上揉搓。当她给我注射的时候，刺痛的感觉慢慢消退，"你现在可以睁开眼睛。光束没有直接照在你的脸上。"

我看着她拿起手术刀，稳健地切开我的臀部。当血从我身体里流出来，我也不觉得疼痛。我错过了追踪器装入我体内的过程，所以我不会错过把它取出来的过程。

她往伤口上喷了一些东西，出血停止了。借助她前面的镜子——光束照亮我的臀部——她拿起看起来像是镊子的工具，把尖头伸进我的伤口仍然没有疼痛的感觉，但我确实感到压力。

虽然她的手腕一点儿也不抖，工具在我身体里搅动着。轻微的嗡嗡声充斥着我的耳朵。

"准备好。"她说，"我已经差不多——"

咔嗒一声。

我腹部的肌肉收紧，我抽筋了，但没有我忍不过去的煎熬。

当莉娜姑姑俯下身用另一只手拿起一把手术剪刀的时候，电机发出的声音在加剧。在她做第一次剪断的那一刻，我浑身感到冷冽的洪水袭来，紧接着是排山倒海般的雪崩，最后我的脑子突然停了下来。

为什么她要去除跟踪器？我不希望去除。我想永远让它待在我体内，生生世世："莉娜姑姑，你必须停下来。"

"不能停止，亲爱的。"接着是另一个剪断。

我开始摆脱绑着我的带子。我无法获得自由，我弓着背扭到一边，希望能做些什么使那把愚蠢的剪刀远离我："你必须停止，好吗？我需要被追踪，我想这样。这一点很重要。"

"我想让你保持安静。"

我却挣扎得更剧烈。

她放弃言语表达，爬上桌子，然后跨坐在我身上，把剪刀插得更深。我疯狂地扭动臀部，晃动双臂。怎样才能让她明白？没有跟踪器，我会死。它是我的一部分，最好的部分。

"如果你这样做，我会永远恨你。拜托了，停下来，拜托！"

"不，你不会恨我。短短的几秒钟后，你会爱我。"汗水从她的太阳穴滴下来，她把光束拉回眼睛下面的位置，接着剪。"就还剩一点点……成功了！"

她举起剪刀，露出一片跃动着霓虹色液体的胶囊，从胶囊的中部伸出似蜘蛛腿一般的金属线。

"那是我的，把它放回原处。"此时我在低声咆哮。

当我脑子里的迷雾变薄，我迅速眨了眨眼。等一下，我恳求她把跟踪器留在我体内？"你是在跟我开玩笑吧！"

"一种药物，"她解释道，"我们称之为特殊K。"

"K？"

"K是指保持。"她像个女学生那样咯咯笑了起来，我不得不压抑住一声叹息。

她从我身上爬下去，把胶囊扔进一个满是黑色黏稠物质的罐子。"好了，是时候走了。"当她把束缚我的带子解开，我的体温开始上升，寒冷的感觉立刻消失。

她把我的肉用胶粘合起来，并在伤口放置绷带。然后，她帮助我站起来。我的裙子落回原位。她通过转动一个陈旧而生锈的杠杆，把轮床移开，露出了带有下水道的水泥地板。原来，这个下水道是一个拨号盘，她把手指放在拨号盘上转来转去,导致一个水泥裂缝张开,形成一个足以让我扭动身躯钻进去的缺口。我的双脚在台阶上保持平衡。

一只狗在远处吠叫。玻璃破碎的声音形成了可怕的背景音乐。

"我来做一个大胆的猜想,他们来了。"她说。

她朝我抛出一个背包,当我双脚离地去抓背包的时候跌倒在地。我落地的时候受伤了,大口大口地喘着气。她爬了下来,没有靠近我,而是再次进行拨号。水泥裂缝合上了。黑暗笼罩着我们。

衣服的沙沙声,我被碰了一下,我知道她站在我旁边。

"走吧。"她的声音在我看不见的墙壁上回荡。

我甚至看不见自己的手指。我把背包固定好,伸出胳膊摸索着前方,我摸到又冷又硬的石头。在我的指尖下,突然有了一点柔和的光芒。

"忘记那些事情,"莉娜一边说,一边在我前面移动,"我们必须保持安静。他们能听到我们的言行。"

"那别说话了。"

"好的。"她把一根手指压到嘴唇上,作闭嘴的姿态。

我碰到墙上的另一个地方,更多的光线涌现。我们身处一个小房间,除了灰尘和一潭不流动的死水之外,房间里是空的。等一下!右边的角落有一个爬行空间。

她向那个角落推进,我紧随她的脚步,听见不同的声音飘到耳边。倒塌的家具。坠落的工具。脚步声。我姑姑的木棚被翻了个遍。

是珀尔的命令,我敢肯定。

当我们从爬行空间的另一边出来,我把手伸进背包,搜索武器。我找到一个手机,一些绷带,一瓶水,一些高蛋白营养棒和换洗衣服,一双符合我的尺码的鞋子和一把带着弹药夹的枪。好的!我把枪别在腰上,然后把弹药夹装进口袋。这些动作牵拉着我最新的伤口,一股温热的鲜血顺着我的腿往下淌。

我们已经进入另一个黑洞。我把手掌按在墙上,希望——是的!柔和的光芒把我从缩成一团抽泣的状态拯救出来。这一次,我们不是在一个房间里,而是在一条狭窄的隧道中。我挺直身子,大步流星地向前冲,仍然是跟在姑姑身后。我们越往前走,感觉屋顶越矮,很快我们都只能弯腰驼背地前行。

她又咯咯地笑了,我在呻吟。不要做疯子莉娜了,拜托,拜托。至少现在不要。

一声安静的吱吱声是我听到的唯一警告,然后我看到三只老鼠朝我们的方向飞奔而来。当它们从我身边经过,莉娜向它们挥手,我必须咬住拳头才能忍住不发出尖叫。当我在猜测它们在追赶什么的时候,我不得不集中精力控制小便。

不能停止,必须继续走下去。

我敢肯定,这条隧道蜿蜒曲折有数英里。水位上升到我们的脚踝,而且还发出恶臭的味道。该死的恶臭!当一只死青蛙从我身边漂过,我感到一阵恶心。是否不同种类的细菌菌株和显微镜才能看见的其他生物已经爬满了我的皮肤?

我有点希望要是我留在木棚里战斗到死就好了。

最后,水逐渐变少,隧道变宽,使我们再次能够直立起身子。当我们到达一个死胡同,我干笑了起来。哦,真是讽刺啊!

等一下!角落里有另一个爬行空间。莉娜姑姑一扭一摆地钻了进去,我紧随其后。我们进入了另一个小房间,房间里的楼梯通向天花板上的下水道……又一个下水道。她往上爬啊爬,终于够到了另一个拨号盘。

她把手腕向右转,向左转,然后再向右转,拨号盘也随着她的手腕转。

成功了!一个新的爬行通道被打开。

"为什么你有这条通道?"我小声嘀咕,"怎么知道的?"

"我一直知道我们需要它,"她说,"知道在哪里生活,知道何时以及如何深入已经存在的隧道,它们遍布整个城市。特罗里坎在几个世纪以前就建造了它们!"

她,一个米黎亚德的忠实拥护者,是怎么知道这些隧道的?

她消失在楼梯顶部。我爬上楼梯。我的二头肌拉伤,小腿也感到灼热,我拖着沉重的步子来到浴室——里面有三个人。

我伸手拿枪，即使我在审时度势。两个男人，一个女人。其中一个男人睡在一个女人的身上，那个女人也是睡着的。两个人的身上都覆盖着已经干了的呕吐物。第三个人颓然靠在墙上，透过单眼皮看着我进来。我们的突然出现，还有我手里的枪并没有让他感到担心（或感兴趣）。地板上满是空针筒，止血带仍然缠在第三个人的手臂上。口水从他的嘴角往下流。

毫无疑问，这是一个用药的房间。当莉娜姑姑转动拨号盘的时候，我举着枪，以确保地板是关闭的，没有人可以爬进来。

"换衣服。"她一边说，一边开始脱衣服。一堆衣服已经在她旁边。

对。我们穿着流行色——粪便的颜色——将会汲取太多的关注。

我们把弄脏的衣服扔到垃圾桶，穿上干净的衣服——我的衣服来自背包。我对墙边的观众无动于衷，反正那个流口水的人不会记得我们——如果他甚至知道我们在这里的话。当我们走向门口，我注意到墙壁上到处画的数字，不同的数学题写了一遍又一遍，每道题的答案都是十（正好和我的名字"藤"是谐音）。这不可能是巧合。

"来吧。"莉娜拽我到门口。她转动旋钮，我们进入一个走廊。这里的灯都是关闭的，是一个幽暗的空间。但我能看到很多人坐着或躺在那里。烟雾飘荡在空中，令我的鼻子发痒。我尽可能屏住呼吸，因为我宁愿头脑清醒地离开。至少没有人攻击我们。

我不安地加快脚步，发现了客厅。这里有更多的人，有的神志清醒，大部分在打鼾。莉娜姑姑并没有朝门走去，而是捡起地板上的一支画笔，这更令我不安。她挪到墙边，将画笔的笔尖游移到其中一道答案等于十的数学题上。

"莉娜。"我轻声喊她。

"你死了。"她的声音很高，这使她的声音听上去仿佛是五岁的小女孩。该死！不是现在！"我很悲伤。"

我坚定地走过去，扣住她的手腕。"莉娜，"我尽可能温和地说，"我们需要离开。"

"你死了。"她面对我,但她的眼神是空洞的,"我很悲伤。"

"我还活着。我在这里,我想和你一起离开这里。"

"你死了,"她重复道,我不知道她在对我说还是自言自语,"我杀了你。我很抱歉。"然后,她猛地把画笔的笔尖插入我的颈静脉。

第二十四章

你看不到我们,并不意味着我们不存在。

——特罗里坎

起初,我太震惊了,没反应过来。而且我觉得我的肾上腺素太高,无论莉娜姑姑给我用了什么药,我仍然觉得麻木。但这种"油盐不进"的感觉并没有持续很长时间。

我的脖子突然像着了火般的灼热。

疼痛涌遍我的全身,使我的膝盖弯曲下来。当我喘不过气来,疯子莉娜把我挪到地上。

"你唱过的。你不记得了吗?你唱过的,你救了他们。"

我狂乱地环视这个房间。帮帮我!

她唱道:"藤的眼泪掉下来,我大声叫喊。九百棵树,但只有一棵是为我而种。八乘以八乘以八,它们会飞,不管你做什么,不要保持干燥。七个女人在跳舞,别理会她们的甜蜜邀约。用六秒钟躲起来,上去,上去,你会活下去。五乘以四乘以三,那是他的所在之处。我要拯救两个人,我要勇敢，勇敢，勇敢。我喜欢一个人，我会为了他回来。"

当她唱歌的时候，她轻抚我脸上的头发，如此温柔。与她之前的恐怖模样相比，真是判若两人。

我不……不能……不能说话。无法呼吸。

她还在唱："藤的眼泪掉下来，我大声叫喊。九百棵树，但只有一棵是为我而种。"突然，我开始下坠，然后砰的一声摔倒在地上。我感到头晕眼花，但我蹒跚着站了起来，迅速地眨了眨眼，扫视我周围的新环境。

欢迎返回多终点国度。

粗糙多节的树木在愉快地叹息。齿状的植物咧着嘴笑，仿佛举着刀叉盯上了我。灰烬臭虫叮咬我，我发出短而尖的叫声。今天的天空不是那么暗，但这并不完全是一件好事。空中有厚厚的黄云在剧烈地起伏。

这一次我只能待在这里了，不是吗？前两次，我的身体死了，我的灵魂来到这个王国，但前两次，男孩们来这里救了我。今天，我是单枪匹马的。

现在，我将永远和我的妈妈、弟弟、基利安、阿彻分离。无奈的泪水顺着我的脸颊往下流。当我擦去眼泪的时候，我的心在颤抖。

"藤的眼泪掉下来。"我大声叫喊。

这句歌词像闪电一样击中了我。当我死的那一刻，疯子莉娜这样唱到。难道是……不，不，当然不是……但也许……是一个生存指南？

你唱过的。你不记得了吗？你唱过的，你救了他们。

他们？是指其他的孩子们？

藤的眼泪掉下来，我大声叫喊。

"喂？"我喊道，"有没有人在？"

回应我的是沉默。也许我错了，但是……

"喂？"我又大声重复了一遍。

几码远的地方，灌木丛中传出一些声响。我紧张起来，怀疑我引来了最糟的结果，直到一个女孩大声喊道："你在哪里？"

335

"这边！"莉娜的歌是拯救我们的蓝图。一定是的，"循着我的声音过来。"

我一直保持说话，说了一堆无关痛痒的话，最后她走出了阴影。我认出了她那浅色的编织发髻——凯拉！于是我冲上前去。

"停，"她尖声喊道，我立刻听从她的话，"挪到右边。"

我照做了，避开空中飞来的一个闪闪发光的口袋。那个口袋直立着，像一个不易察觉的门廊："谢谢。"

我向她伸出手的那一刻，这个寻求和平的积极分子缩回她的手，打了我一个耳光，这一击很微弱，因为她是虚弱的，但仍然让我转过头去。

"我一直在等你，希望你能回来。"她瞪着我说，"我兄弟因为你被抓获。"

我揉了揉嘴角说："对不起。我试图引开野兽，试图帮助你们。"

"你没有。"她一边说，一边把手插在腰间，"你是怎么设法逃脱的？你身上发出一道光，然后你消失了。"

"我的身体被救活了。"现在，这样的闲聊必须要等一等。九百棵树，但只有一棵是为我而种。"我在寻找一棵特殊的树，一棵不会伤害我们的树。"

"你是怎么……算了，这边来。"她跑开，我跟随她，紧跟着她的脚步，她闪躲的时候我也闪躲，她跳的时候我也跳。树枝伸出来触到我们，植物噬咬我们，但是没有一个能够抓住我们。

"你怎么知道你要去哪里？"我问。

"土地像一个迷宫，充满了数百个看不见的门道，引你回到开始的原点或进入陷阱。你要么学会成功应付，要么成为动物的饵料。你不想成为诱饵。当你的器官被吃掉，再生，再被吃掉，你会加入尖叫的行列。"

多终点国度……

随着我们继续跑，我找到了她的行为模式。总是一个模式，没有偶然。八步一闪躲，九步一跳，十步一转弯，十一步也是转弯，十二步——

仿佛走得越远，就能赢得更多的时间。假如我转身朝相反的方向走——十二步一闪躲,十一步一跳,十步一转弯,九步也是转弯,八步一闪躲——这将是一个倒计时。

具有象征意义?

轰隆隆!

地面开始晃动,但我已经习惯了,我设法不跌倒在地。树木和树叶从我们身边消失,远处有蘑菇云升起。

"快点!"凯拉催促道,"当新鲜的肉体到来,那些鸟总是能够闻到。"

第一幕恐怖的景象出现了。一步,五步,八步,转身。响亮的嘎嘎嘎嘎的声音划破了烟熏火燎的空气。

"还有多远?"我在喘息。

"差不多快到了。"她的喘息声加重。

八乘以八乘以八,它们会飞,不管你做什么,不要保持干燥。

一只鸟俯冲下来,张开爪子,准备袭击凯拉。我扑向凯拉,把她推开,那些爪尖刮破我的后背,我哭了出来。我们一着地便向前滚动。正前方有一个蚁丘和一大群灰烬臭虫。我们终将面临和它们二者之一进行殊死搏斗,因为这是在怪异而极端的多终点国度,没有任何逃避痛苦的机会。

蚁丘赢了。

这些小动物们的眼睛高高地悬在脑袋上,很像鳄鱼,但它们有大黄蜂的肚子和毒刺,还有蟋蟀的腿。如果口水从它们的獠牙里滴出来,意味着藤已经上了它们的晚餐菜单。

它们一齐向我涌来,爬遍我的全身,噬咬着我。我尖叫着拍自己的脸和手臂。凯拉的尖叫声很快和我的尖叫声融为一体。我们正在被活活地生吞,我们不能再这样下去了。太过分了!而可悲的是,这样并不会杀死我们。

灰烬臭虫加入蚁群蛰我,让我的皮肤起水疱,但也杀死了一些蚂蚁。这时我突然有一个想法。这个想法很可怕,它会让我受伤。但我将会恢复。也许吧。

我走进一大群灰烬臭虫当中。它们反反复复地蛰我,我敢肯定我的皮肤正在熔化，但蚂蚁也奄奄一息，所以我认为这是一种胜利。

虽然我的眼睛肿得近乎全盲，我还是能够通过尖叫声找到凯拉。我们的四肢纠结在一起，灰烬臭虫也在攻击她。

当最后一只蚂蚁被杀死，我紧紧抓着凯拉，和她一起滚过草地，岩石割破了我们外露的肌肉，也压死了灰烬臭虫。当我们平静下来的时候，我已经流了很多的生命之血，连我自己都不知道我是否还有站起来的力气。

"差不多就在那里，"凯拉喘着气说。她的眼睛和嘴唇和我的一样肿。她的脸上，脖子和手臂上到处都是刺痕。她设法用四肢爬行，"这边。"

天空传来嘎嘎嘎嘎的声音。鸟儿围绕着我们盘旋，现在对付我们很容易。

我也咬着牙用四肢爬行。当我向前挪动的时候，头晕得几乎要倒下，我只能通过触摸跟在她后面，每次我都会伸出胳膊用手指掠过她的脚。

最后，幸好她停了下来。"吃吧。"她一边说，一边往我的手里塞了个东西。

我没有花时间去研究——为什么要尝试？我的眼睛肿得太厉害，看到的也只不过是阴影。我把她给的东西——一片叶子？我塞进嘴里，用仅剩的一点力气咀嚼。我吞下去的那一刻，感觉力量倍增。

我的肿胀感开始消退，皮肤也开始在肌肉上愈合。

我意识到，我来到了一颗紫藤树下。这是我见过的最大的树，树干有一栋房子的大小。树上开的花朵非常壮观，有的是深紫罗蓝色，有的是柔和的粉红色，有的洁白无瑕。所有的花朵根繁叶茂，绝对完美，像一串串葡萄从树枝上垂下来。

我站在树下，把凯拉扶了起来。甘蔗芬芳的气味弥漫了这里的一切。

"吃吧。"她重复道，一边摘下一把花瓣塞进嘴里。她吞下不久后，皮肤上的其余刺痕也逐渐褪去。

我也吃了一把花瓣，味道和闻上去一样香甜，我之前没有注意到，因为我太疼痛了。我吞下花瓣，我的皮肤开始发麻，血变热。这就是她和其他人活得这么久的原因，毫无疑问。但是这棵树为什么在这样一个荒凉的地方？

"当我们在这棵树的树荫下，鸟儿不会靠近我们。"她说，"我不知道为什么，我只知道这是王国的中心。"

"有多少其他灵魂在这里？"

"成千上万？数百万？我不确定。鸟儿带着他们来到山上。如果你想知道有多少人像我们一样是安全的，答案会随着新人的到来而波动，但此刻只有其他两个人，里德和我在森林里见过的那个人。"

"凯拉？"里德从一个汽车大小的树枝上探出身来。当他的目光发现我，他的眼睛眯了起来，"你回来了。"

"很不幸。"现在我想找到一条出路。你救了他们。

怎么救？

八乘以八乘以八，它们会飞，不管你做什么，不要保持干燥。

"上次我在这里，你告诉我有一个湖。"我说。

里德的笑容僵住了，他把手挥向他刚才来的方向："它就在树荫外面，但是当你到达岸边的那一刻，那些鸟也会降落在那里。"

"即使我跳进湖中？"不要保持干燥……

"不，如果你跳进去，鸟儿不能把你怎么样，但其他东西会。任何人只要触碰过湖里的一滴水，就会被吸到湖底深处，出来时已经变成碎片。"

第二十五章

如果一开始你就没有成功,那么杀死你的对手。

——米黎亚德

我站在树荫的边缘,口袋里装满了树上落下的叶子。凯拉和里德在我身边。那些鸟知道我的打算。它们肯定知道。它们在上空盘旋,等待着扑过来攻击,只要我移动。

凯拉交叉着双臂说:"你确定要这么做吗?"

七个女人在跳舞,别理会她们甜蜜的邀约。

"想要做什么和知道需要做什么是有区别的。"

"好吧,你为什么要这么做?"里德问我。

"我认为这是出路。"我选择诚实,而不是逃避。虽然我不想让他们抱太大希望,但我希望他们抱有希望。希望会给予力量。这是我们醒来的理由,也是我们继续前进的理由。"如果你们能够离开,就选一个王国吧。"

"是的。"他们异口同声地说。

"不再对和平感兴趣?"我问。

"和平永远是我的首选,但我知道在这里无法实现。"凯拉说。

我不忍心告诉她,其实她永远无法实现这个愿望。特罗里坎和米黎亚德永远不会宣布停战,而且它们之间的战斗会一直波及收获之地。

里德皱眉看着我:"也就是无论水里有什么,你有一个逃生计划,告诉我。"

"我会的。当我到达那里,我会想到办法。"

他搓了搓后颈。

"我有什么好损失的?我的生命?我早已领略了人生。"但接下来会发生什么?我不再相信融合。但我现在身处多终点国度,我不认为我会在这里安息。

"我简直不敢相信我会说这种话。"里德嘟囔道,"我要和你一起去。"

凯拉唉声叹气地说:"我知道你会坚持。"

"你倒不必……"他说。

"如果你们走了,我没办法留下来。"她打断了他,"不要建议我留下来。"

希望的泡沫在我胸膛里膨胀。里德点点头说:"只是做好最坏的准备。"

我讨厌让他们去冒生命危险。但如果我是正确的,那么这是我们最好的选择。

"我准备好了,"凯拉说,"每一天我都是准备好的。"

"你们对我的信心很小,伙伴们。"我把一只护腕上的金属丝穿在里德那沾满污泥的牛仔裤的两个腰带环上。凯拉没有腰带环,所以我把她的手指按在小金属钩上。"无论发生什么事,抓牢它。"

她点了点头,有点儿不情愿。但是,点头就是点头。

"对了,提醒一句。水里可能会有,也可能没有七个女人,如果她们试图诱惑你们,别理她们。"当他俩茫然地乱说一气,我抓住他们的手,"好了,各就各位,准备出发!"

我们向前一跃，以最快的速度奔跑。鸟儿立即俯冲下来，扑向我们。这还不是最糟糕的。一群大猩猩从森林的阴影中涌出来，用它们强有力的臂膀飞驰并提速。我应该知道它们在那里！

战胜恐慌。保持专注。任何这样的时刻，它们都会浮上心头。我跃向一边，把凯拉拖到我身边，避开另一个门口。然后，我向岸边冲刺，迫使里德和凯拉跟上我的脚步。最后，我们一头栽进水里，身体的上半部分在水中，腿还在地面上。

一只大猩猩抓住里德的脚踝，一只鸟用锋利的爪子刺进我的后背，另一只鸟咬着凯拉的小腿，吸取生命之血。我踢开攻击我的鸟，扭着身子朝这些动物泼水。水滴溅到它们身上，就像西方邪恶的女巫似的，它们的皮肉吱吱作响。我们被松开了，这使我们能够爬进更深的水里，但没有时间去感受喜悦，没有理由沉浸在如释重负的感觉中。没过几秒钟，我们被吸进一个漩涡，越陷越深。

当我又踢又踹，试图扑腾到水面的时候，由于我吞下过多的水，被呛住了。我们继续旋转，一圈又一圈，护腕上的金属丝缠绕着里德的腰部。天哪！我的计划几乎让他被切成两半。

最后，旋转停止了。我头晕眼花，但至少可以再次呼吸。水被吸走了，甚至连我肺里的水也一并吸走了。我们被困在一场又大又可怕的风暴中心，我想。鱼或是不可名状的生物在我们周围游动。它们有着女性的脸，躯干和体型。不同的是皮肤，它们被鳞片覆盖。长长的粉色毛发飘在它们鲨鱼般的身体后面。

"跟我来。"一个生物说。当她说话的时候，两排匕首般锋利的牙齿露了出来。

"不，不，跟我来。"另一个生物说。

它们像小女孩那样嬉笑着邀请我们。

第三个声音说话了："让我们做朋友，每个人都可以使用一个新朋友。"

是的，是的，我愿意结交新朋友。这听起来像是最好的主意。里德和凯拉一定同意我的观点，因为他们已经在向前游动，奔向跳舞的七个女人。

七个女人在跳舞，别理会她们甜蜜的邀约。

疯子莉娜的声音充斥着我的脑袋，湮没了笑声和叽叽喳喳的说话声。我摇了摇头，试图理清思绪并全力专注于眼前的任务，直到那时才意识到"女人们"正在舔着牙齿，准备啃食触手可及的第一个人。

天哪！我猛拉一下金属丝，想把伙伴们拉到我的身边。他们和我较劲，其实是在踢我，不顾一切地加入他们的新"朋友"。

为了破坏甜蜜的邀约，我大声地唱出那首歌。七个女人在跳舞，别理会她们甜蜜的邀约。伙伴们渐渐不和我较劲了，那些像鱼一样的女孩变得越来越激动，她们开始尖叫和咒骂。她们那长长的头发居然根根直立，像闪电一样噼啪作响，仿佛触电了一般。

当里德和凯拉平静下来，我们开始往下沉。

穿过一条黑暗的隧道，我们最后撞到某个尖锐的东西上。我们在泥土和岩石上翻滚。此刻，金属丝缠绕着我们所有人，把我的双臂勒破都露出骨头了。我流了很多血，力气以最快的速度耗尽。我开始发抖，当我把身上的金属丝解开，我的四肢已经瘫软了。

在我的口袋里，只剩下一片叶子，其他的叶子已经被水冲走。里德和凯拉也在搜索他们的口袋，结果发现空空如也。我把叶子撕成三片，每人吃一片。

我的皮肤在自我修复，体力恢复了一些，但没有完全恢复。

我试着站起来，里德和凯拉也挣扎着站在我旁边。

"我们在哪儿？"她低声问。她的声音里充满恐惧。我也感到恐惧。

"不知道。"

房间里点着骨头火炬，火焰在人体遗骸的末端噼里啪啦作响。地面不是岩石或泥土铺就，而是拔掉的牙齿和猫砂？小苏打的味道掩盖不住未清洗的尸体的味道。

墙壁高耸在我们四周，它们不是由石材，木材或石膏板制成，而是由一个个笼子堆叠而成。笼子多得不计其数，一个叠一个。每个笼子里面关着一个灵魂。未签约者？那些在多终点国度被捕获的人？笼子里的灵魂因不同部位的疼痛而扭曲着身体，发出不同程度的痛苦呻吟。

笑声突然响起来，但并非来自笼子。有人来了！

"有六秒钟的时间躲起来。快点，快点，这样才能活下去，"我轻声地命令道，"爬上去，现在。"

我们沿着笼子迅速攀登，就像地面着了火似的。我们把笼子上面的横条当作扶手，笼子下面的横条当作脚的支撑。笼子里的人们看着我们，但他们太痛苦了，没有人说话。

当三名男子转过拐角，我们一动不动。我在发抖，汗珠沿着我的太阳穴往下滴。三个男人都懒得四处查看，只是看最下面的囚犯。

向后退缩的囚犯使他们发笑。

他们停在最右边的笼子前面，打开门锁走进去，把一个正在抽泣的少年拖了出去。

"拜托，不要，"男孩恳求道，"拜托了！"

"你应该很清楚。"其中一名男子把男孩的嘴掰开，"你不会说话更好。"

另一个人举着一把匕首，伸手割掉了孩子的舌头。

这种赤裸裸的残酷让我倒吸了一口凉气。当他们把男孩拖走，男孩奋力反抗，但这对他毫无用处。他太虚弱了，而他们太强壮。

我也太虚弱，无法给予帮助。三对一。如果里德和凯拉愿意帮助，就是三对三。但谁知道他们是否愿意。我告诉自己，我会被抓，我们都会被抓。我们将被锁起来，我们对任何人都毫无用处。这是一个选择，一个聪明的选择。我可以为了他回来，为了所有人。我将知道怎么去一个安全的地方，我可以全副武装地返回。希望如此。

不过，我想起当鲍，也就是阿彻，在普林收容所里和看守搏斗的时候，我什么都没有做。后来内疚一直折磨着我。

我可能会后悔，但是……

我跳了下去，心提到了嗓子眼。我拉出手镯里的金属丝。谢谢你，基利安！然后降落在其中一名看守的肩上。看守咕哝了一声。我们一起倒下，我把金属丝缠在他的脖子上。就在我们落地的一刹那，我从他身上滚过，金属丝还在他的脖子上，把他勒得窒息。我把胳膊举过头顶，用力狠踢他的脸。他的脸被我踢得又青又紫。

他的眼睛凸出，他挣扎着解脱自己，发出微弱的咕噜声。

另一名看守飞起一脚踢在我的肚子上。我眼冒金星，疼痛涌遍我的全身。他没有帮助他的朋友，如果他们算是朋友的话。因为我身体的跃动只会让金属丝收得更紧。

踢我一脚的家伙收回他的腿，打算再次一击。我正准备接招，里德落在了他的肩上，他们俩的拳头纠结在一起。

第三名看守释放了被割掉舌头的男孩，跑了。如果让他跑掉，我们就完了。他会带来其他人。

有时你可以给第二次机会，有时不该给。

我用尽全力猛拉一下胳膊，金属丝完全割破了第一个看守的喉咙。突然之间，我摆脱了负担，转身去追最后那个看守。

凯拉比我抢先一步。她把他推倒在地，嘶叫着按住他的后背。他反手去抓她的头发，但我扣住了他的手腕，使他无法接触到她。

我怒火中烧，但孤注一掷使我冷静下来。我对接下来的行动感到极度矛盾。即使如此，我还是猛地把看守拖出来，对准他的头一顿猛踩，直到他像意大利面那样瘫软无力。

我气喘吁吁地靠近凯拉："你没事吧？"

"是啊，"她说，但她并没有正视我的眼睛，"我想是的。"

当我回头看里德的时候，我尽量保持平静。他的对手也是一动不动。他蹲在被割掉舌头的男孩旁边，那个男孩也是一动不动。是失血过多？

白忙活一场！我的心在呐喊。

笼子里的囚犯们被鼓舞了，他们为我们欢呼，即使当我们对他们示意"嘘"。

"假如另一个看守来了,我就没机会释放你们。"我说,最后他们终于安静下来。

我用了一两分钟研究锁,但锁上没有钥匙孔,我找不到别的方式。

"很抱歉,"我说,我必须把里德和凯拉送到安全的地方,"但我会回来的。"

下一步行动?

五乘以四乘以三,就是他所在之处。

我做了一下算术。五乘以四乘以三等于六十。六十是他的容身之处。他是谁?

自从莉娜为我创作了这首歌,她一定知道当看守到来的时候,我最终攀登的是哪堵墙。她一定知道我的直觉。我的直觉让我爬到第六十层笼子。

我讨厌我的直觉。"爬。"我一边说,一边回到最初爬上的那堵墙。

凯拉叹息着摇了摇头:"我觉得我爬不上去。"

"不要觉得,去做。"我从来就不是一个激励人心的演说家,"这是唯一的办法。"

"你可以做到,"里德鼓励她,"一定会。"

我们开始爬啊爬,里德和我不得不拉着凯拉登上几层才行。有几次,其中一个囚犯铆足劲紧紧抓住我们当中的一个,乞求帮助。这再次提醒我一定要尽我所能。我太想为这里的囚犯做一些事情,以至于我们到达第三十层的时候,我哭了起来。只爬了全程的一半!这些囚犯骨瘦如柴,肮脏不堪。他们身上有伤,没有希望。即便如此,我经常停下来试图松开几个锁,但每一次都是失败,这更给予我力量。

我要拯救两个人。我要勇敢,勇敢,勇敢。

对,我要坚持我的计划:让里德和凯拉获得安全,再回来救其他人。

到了第四十层,我控制不住地颤抖。到了第五十层,我想放弃。我给自己打气。经历过更糟糕的情况,反而会愈发坚强。如此接近这首歌曲的结尾——接近胜利。

终于到了第六十层，我做到了，我真的做到了！我的快乐是短暂的。我发现自己正盯着基利安的眼睛。

恐惧顿时袭来，但狂喜的感觉也随之而来。我喘着气叫出他的名字，"你在这里做什么？"

他抓着笼子上的横条，用肮脏的手指勾着我的手指。他仍然在壳体里，一个亮闪闪的金色项圈戴在他的脖子上。

"你死了。你是怎么死的？藤，我想让你活着。"

"不是我的错，我姑姑杀了我。"谈论我已经够多了！"你怎么在这里？你——"

"你什么时候和米黎亚德签约的？"他厉声问道。

"我没有，你……"

"你肯定是签了，你在王国最外围的部分——犬舍。"

"没有，别打断我！"绝望使我的语气更加严厉，"我在多终点国度，和你一样，我想知道你是怎么来到这里的。"

"这是米黎亚德，姑娘。"

难道这两个王国通过湖相连？

"我怎么才能让你离开这里，基利安？请让我帮你，拜托了。"

一只女性的手从基利安旁边的笼子里伸了出来，埃琳娜说："我要怪罪的人就是你。"

天哪！我也必须带着她离开。

"不怪她。"基利安更激动地说，"你得走，藤。接着爬，只有二十层了，你会爬到顶部。"

只有二十层？我呜咽着说："没有你，我不会离开。里德！凯拉！帮我放他出来。"

我们还是没能成功地打开锁，基利安用一只手擦拭脸上的污渍，"多终点国度和米黎亚德是相连的。我听说过这样的传闻，但从来没有相信过。我怎么会如此盲目？但这是有道理的，不是吗？否则米黎亚德为什么说宁可保持未签约状态，也不要和特罗里坎签约？"

347

"让我们以后再讨论，现在，闭上嘴帮助我。"

他通过横条伸出手："不。你得走——"

"说过四遍了，藤。"里德开始再度往上爬，"我不需要被告知超过两次。"

基利安金色的眼睛在恳求我："在顶部向左走，左拐，向右走，左拐，再右拐。杀死任何挡路的人。不要犹豫。你遵循这些方向，就会到达一个闪闪发光的门口。通过那个门口，就到了收获之地。因为你的灵魂是自由的，所以我不知道你最终会去哪里。"

任何地方都比这里更好，但我强烈地摇摇头："我说过，没有你，我不会离开。我是认真的。还有你，埃琳娜。"我匆忙但有些笨拙地把我护腕上的金属丝缠在金属锁上，开始锯。火花飞溅。

"我们很快就会被放出来。"他把指尖放在我的指关节上，"我们一直如此。你得走。"

"我至少取得进展了。"

"不够快。"

他在撕裂我的内心："基利安，我不能——"

"你可以的。快走。"

"除非你想今天被抓进来。所以，你没时间开锁。"埃琳娜插话道，"按他说的去做。"

即使我打着哆嗦，歌曲的最后几句也一直在我脑子里播放。我必须救两个人。我要勇敢，勇敢，勇敢。为了我喜欢的人，我会回来的。

莉娜甚至已经预见到这些。她知道我要面对的困境。

没有别的办法，不是吗？"好吧，好吧。"我说，"我会离开。我讨厌离开，但我会离开。"我松开金属丝，眼泪从我的脸颊滚滚而下，"我不相信命运，但我想我相信天意。"路就摆在我面前，只要我做出正确的决策，"我会为你回来。"

他看着我，仿佛他想抓住我的脖子亲吻我："将军现在同意珀尔的主意。与其让你死，也不让你和特罗里坎签约。但如果你和米黎亚德签约,藤,你会成为我们的一员。你会得到保护。你和我,我们能够在一起。"

我想要这样。我想和他在一起。他不是男孩,而是战士。他不是我可以任意摆布的人,对这一点我很高兴。当他看着我的时候,他知道我是什么人,他不用害怕。因为我们是天生的一对。我们一起燃烧,而且他只希望我烧得更旺。

他会为我下地狱,我对此毫不怀疑,我也会为他下地狱。但我不想和米黎亚德签约。这种地方?这些笼子?

我必须找到另一种方式和他在一起。

"我会回来找你。"我重复说道。当我从他身边爬走,我在抽泣,但我必须这么做。我继续往上爬,我的决心给了我足够的力量,在凯拉每次滑倒时扶她起来。

最后,我们到达顶部。里德在等着我们。他把我们拉上一条石头走廊。上下左右全是石头。每一块石头被雕刻成一个人类头骨的形状。当我摇摇晃晃地走在前头,那些空洞的眼窝也似乎在尾随着我。向左,向左,向右。我的膝盖在发抖。在这条走廊里,屋顶上悬挂着骷髅,每个骷髅披着一件紫色长袍。

特罗里坎的长袍?

当我们第一次向左走的时候,奇怪的符号在墙壁上闪烁,警报器发出要命的尖叫。

完了!我们被发现了。

没过多久,一阵脚步声就在我们身后响起。我从肩膀上回头看了一眼,只见看守已经挤在拐角处。一共六个人。

"走,走,"我发出指令,"我来转移他们的注意力。"

凯拉伸手拉住我:"不!我们一起。"

"里德。"我说,他明白我的意思。

他把凯拉拉到一边,迫使她跟上他的步伐。他们继续往右拐,消失在我的视线中。

我停下来转过身，面对着看守们，他们用枪管对着我。如果有必要，我会战斗到第二次死亡，阻止这些人越过我。

一秒钟后，看守冲了过来。

第二十六章

今天你活着,明天你可能死去。在此期间,你的所作所为应该有价值。

——特罗里坎

我猛地直立起来,迅速睁开眼睛。阿彻站在我身边,牵着我的手。

他把我的手放到他的胸口,脸上满是宽慰的神情:"你还活着,你会好起来的。"

"我在哪里?"我的声音像锉刀那样刺耳。我喘着气,我的皮肤湿冷,还感到头晕无力,"凯拉在哪里?里德呢?"

他扶我斜倚在一堆枕头上:"让我们从你说起,你在一间特罗里坎的安全屋。"

另一个安全屋,一个变成了临时外科病房的卧室。各种机器围绕着我们,有些机器跟着我的心跳哔哔作响。监控器被固定墙上,闪烁着一些我从来没有见过的数字和符号。

"凯拉和里德在特罗里坎,多亏了你。"阿彻说道,笑容灿烂,"你救了他们。"

"不。"我摇摇头,"基利安,基利安救了他们。但是你是怎么找到他们的?"

"他们穿过了米黎亚德的帷幕,灵魂留在了收获之地。他们大喊救命,碰巧有一个特罗里坎劳工就在附近。他们俩发誓要效忠于特罗里坎,绑定形成之后,特罗里坎劳工就能够护送他们来到王国。"

那么还有希望,未签约者还有希望,即使在他们死后也可以获救!他们只需要找到一条路离开多终点国度,离开米黎亚德。

我不寒而栗:"基利安需要我们的帮助,他陷入了困境。"

"你现在不适合……"

"我不在乎,我必须回去救他。他们把他关在犬舍,阿彻,狗笼子。"我强忍住抽泣,"我必须回去。"

"你回去对任何人都没有好处,除非你恢复了体力。"他松开我的手,把椅子拉到床边,"你的姑姑企图杀了你。"

"是啊,我记得。"我的喉咙疼痛。我举起手,我的手在颤抖,轻拍脖子。厚厚的绷带覆盖着画笔的尖头留下的小孔。当我的肩膀发软,胳膊无力地垂落到床垫上。

阿彻是对的。在这种状态下,我对基利安毫无用处。要想成功地应付多终点国度,爬上那些笼子且迅速穿过米黎亚德,我必须拿出最佳的状态。

即使如此,我的紧迫感还是没有减少。

"另外,"他说,"你欠我大把的时间,我救了你的命。猜猜我想要什么回报?待在床上,直到你完全康复。"

"你是怎么找到我的?"

"我从一个人那里收到一条消息,那个人知道我的等级和身份,告诉我十一月十二日十点十七分,有个女孩在一处破房子里死了。我决定把事情调查清楚,结果发现你的身体躺在血泊中。"

"莉娜给你发的信息?"

"我猜是的。"

"但是她怎么知道你的等级和身份？她是怎么得到她所需要的装备的？"

"这些都是她拒绝回答的问题。"

嗯，也许我已经知道答案了。疯子莉娜毕竟不是疯子。她天资聪颖，她能看见未来，她知道如何成功地应付两个王国。

"她现在在哪儿？"

"就在这里，她被锁在隔壁的房间，她不会再伤害你。"

她伤害我，是的，但她又联系阿彻，以便于他能够救我。现在，我不知道该如何看待她。

"我离开多久了？"

"仅仅两天。"

仅仅？那是四十八小时。如果他们还没有被释放的话，基利安和埃琳娜在狗笼子里已经待了四十八小时。他们似乎认为，他们会很快被放出来。

"你有基利安的消息吗？"

"没有。"

所以，他还没有被释放。我的心在下沉。

"列维来过这里，"阿彻说，"把他的生命之血分享给你。他的生命之血比我的强，能够使你的身体还活着，而灵魂仍在多终点国度。"

"还有米黎亚德。阿彻，多终点国度和米黎亚德是相连的。"

他把两根手指架在下巴的金色胡须上："我知道，里德告诉过我。所有特罗里坎人都为之震惊，而所有米黎亚德人都否认他的说法。米黎亚德不想让我们知道他们能够接触未签约者的灵魂。也许是因为他们不想让我们知道，他们对未签约者的灵魂都做了些什么。"

好了，现在基利安知道了真相，他会纠正错误的认识，我必须让他解脱出来："有那么多的灵魂被锁在笼子里，更不要说被用作鸟食的灵魂了。"更糟糕！

"这个我知道，孩子们告诉了我他们所经历的一切。"

"我必须帮助他们，他们所有人。"但现在我离开了犬舍，随着我的肾上腺素即将沸腾，我突然觉得要完成这项任务是不可能的。因为我不会和米黎亚德签约，我必须保持未签约者的身份再次进入多终点国度。而下一次，我要寻找和释放更多的人，要和怪物般的鸟以及可怕的大猩猩打斗。它们不会轻易放弃储藏人类食物的机会。

所以问题是：我要往前一步与特罗里坎签约吗？

我想这么做，这是我之前就倾向于与之签约的王国，但如果我走这条路，我可能无法在多终点王国找到另一条路。而且我还没有从阿彻那里得到一个非常必要的承诺。一个他可能不会给我的承诺。

我想让他把基利安从米黎亚德的盛怒中救出来。

"与特罗里坎签约，藤。"阿彻一定是从我的表情中读出了我的想法。他的眼神变得冷漠。"我们会找到一个方法来拯救多终点国度的灵魂，我们一起。"

"我们可以吗？我知道的唯一方法是再次体验第一世的死亡，然后你把我带回来。"这很危险！总有一天，我的身体无法苏醒。

"我们会找到另一种方法。"

我想信任他，是的，我信任他。在普林收容所，我不信任他。当我爸爸冲进我的房间，我不信任他。但他终究还是为我而来。

"你能把基利安从米黎亚德救出来吗？因为他们把他的生命和我的决定联系在一起。如果我和特罗里坎签约，他就要死。"

阿彻闭上了眼睛："我不能，我无法进入米黎亚德，而他正是被关在米黎亚德。"

"那么，我要再保持一段未签约者的身份。"

此时，他瞪着我："我们没找到解决方案，并不意味着没有解决方案。"

"你说的很对，但我还是没想好，这不是做改变一生的决定的时候。"

"这是最好的时候。"但他叹了口气，宽容地改变了话题，"来一首庆祝诗怎么样？"

"你喜欢押韵的,我猜。"

"只是因为我值得最好的。"

"哈!有一件事,我深信不疑。当我死了,我会被想念。你,阿彻·普林斯,觉得我很好,比数字六、七、八好多了。甚至是九!现在是你面对现实的时刻——没有我的生活充满遗憾。在你发火和试图否认之前,我要承认一件事情。我想我爱你,即使你让我痛苦。但我敢肯定,这意味着我完全疯了。"

为了努力恢复体力,我在跑步机上走了十分钟……二十分钟……在此期间,我一直看着窗外。强劲的风吹得树在摇曳,阳光照耀着连绵起伏的山丘。我想站在温暖的金色光线下,我渴望阳光。其实,我想在温暖的金色光线下亲吻基利安。

我必须尽快离开这间安全屋。

自从我第一次在床上醒来,已经过去两天了。还是一直没有基利安和埃琳娜的迹象。我的沮丧已经到了快要爆炸的程度。

"去他娘的!"我猛按控制台,让跑步机加快速度。

"在发脾气?"迪肯大步流星地走进健身房。这个健身房位于房子的后部,很宽敞,但里面挤满了健身设备。他穿着一件紧身衬衣,他的牛仔裤撕破了,战靴上粘着厚厚的泥。他站在跑步机上抱着双臂。

"是的。"我调慢速度,以便于说话时不会喘不过气来,"凯拉和里德怎么样?"

"他们很好,他们正在接受成为劳工的培训。"

他们俩对于剩余的未签约者而言,是引以为戒的故事。所以他们应该在新的工作中脱颖而出。话又说回来,也有像我这样的白痴……

我不能放下去多终点国度拯救那些被困灵魂的渴望,我也放不下基利安。

"你想知道谁的处境不好吗?"他继续说道,"斯隆,她失踪了。从我们聚会分手之后就失踪了。"

哦。我按下合适的按钮,让跑步机跑得更慢,甚至停了下来。我抓起毛巾，擦了一把额头的汗："阿彻怎么总是能找到我？你也找找她。"我不喜欢她失踪。

"你呼叫过他，但她一直没有呼叫过我。"

"我想，她打算回家一把火烧了她家的庄园。你去那里看过吗？"

他立刻点头："我首先去她家找过。"

砰！砰！砰！

我们步调一致地转向北墙。这堵墙隔着我们和莉娜，莉娜姑姑还是疯子莉娜？

砰！砰！砰！

自从离开病床，我见过她一次，但她甚至没有意识到我在房间里，当我抓着她的肩膀大声喊道："为什么？你怎么能那样对我？"她的眼睛越过我看向别处。我又愤怒又不满地离开了。

"我去看看她的状况？"他问。

"不用，我会去的。然后，我们将要寻找斯隆，还有基利安。"我平静地补充道，"一起。"

他嘀咕了一声，没有表示同意，也没有反对。

砰！砰！砰！

我沿着走廊往前走，走廊的尽头是莉娜的房间。我面前的墙壁不再是石膏制成，而是由防弹玻璃制成。令人赞叹的是，这些劳工竟然在如此短的时间里做出这样的维修和改变。莉娜在踱步，她的双手紧握在一起。她已经沐浴完毕，昨天出现的那个女性劳工不仅给她梳头扎辫子，还给她换了一件漂亮的带着褶边的粉红色礼服。

我把手放在身份识别面板上。一道激光在我的手指之间闪现，温暖着我的皮肤。门上的锁开了，紧接着门也开了。我走进门内，莉娜立即平静下来。

"你不该信任她。"她说。

疯子莉娜，我们又见面了。虽然我知道她不知怎的能够预见未来，但弄懂她话里的意思几乎是不可能的，直到事情发生之后才知道她在说什么:"我不该信任谁?"

"她。很抱歉,她死了。"

我的心揪在一起:"谁死了,莉娜?"

"你死了,我哭了。他死了,你哭了。她死了,好多人死了。"一滴眼泪从她的脸颊滑落,"为什么我没有死?"

虽然我对她很生气,但我不喜欢看见她心烦意乱。而且在某种程度上,我还很高兴出了这种情况。如果她没有杀我,我也不会释放凯拉和里德,我也不会了解到米黎亚德和多终点国度是相连的,我也不会有任何基利安的线索。

温暖的气息扑面而来,我眨了眨眼,才意识到莉娜就在我的面前。天哪!集中注意力!

"莉娜,"我说,"请帮我理清头绪,拜托了。"如果她是自杀的,她肯定了解她自己的情况。这一定是可怕的,她脑子里全是死去的人,她知道会发生什么事,但无法阻止灾难。"拜托了。"我重复说道。

她张开嘴,又突然闭上嘴:"这么多的名字。这么多的灾难。这么多的死亡。"

"谁,接下来,会死?"

她的眼神空洞或许是在凝视一个我仍然无法看到的未来:"公开处决。"

终于!我们取得了一些进展。虽然我很想摇晃她,但我保持安静。无论我感觉如何不可思议,我也不能冒险让她回到记忆的深渊,而那些记忆是没有发生过的。

"那个男孩劳工,那个人类的女孩。"她说。

我的血液顿时变凉。公开处决。一个劳工和一个人类的女孩。只有一个失踪的男性劳工,只有一个失踪的人类女孩。"基利安?斯隆?会有什么事发生在他们身上?"如果我知道,我可以去救他们。我一定要救他们!

"公开处决,"她重复道,"夫人她杀了他。他,劳工。你哭了,我很难过。"

不，不，不。"在哪里执行处决？"我几乎说不出话来。

"路……台阶……你穿着白色的裙子，看上去很漂亮。"

白色的裙子？在矿泉疗养地？是不是她混淆了在同一个地点的两个不同的日子？

她的手突然伸了出来，抓住了我的手。我惊讶极了。

"战争就要来到这里。涓涓细流，然后是洪水。"

她用的现在时。在这种状态下，我第一次听她用这个时态。为什么是现在？"什么战争？特罗里坎和米黎亚德之间的战争吗？"

"你无法阻止它，没有人可以阻止。巨龙出击，狮子怒吼。"她把我抓得更紧，"明天发生的事情将改变一切。"

明天执行处决。紧迫感驱使我吻了一下她的脸颊，喃喃地说："谢谢你。"然后，我冲向房门。

"你死了，我哭了。"她说。

又回到过去时。是因为我们不再触碰彼此吗？

我转身发现她又在踱步，扭着双手，她的眼睛再次凝视着远方。我会帮她。无论如何。但首先，我必须帮助基利安和斯隆。

"迪肯，"我一边锁上门，一边喊道，"阿彻！"

我朝客厅跑去，奔向健身房，那里是最后和迪肯说话的地方，但最后我们在厨房相遇，"我想我知道斯隆在哪里或她将要去哪里，我敢肯定她现在很危险。"

亮光一闪，阿彻出现在他朋友的身边。他面色苍白，嘴唇紧闭。

"珀尔正计划公开处决。"我说。

阿彻点点头："消息已经发送给所有特罗里坎人。基利安和斯隆将在清晨一大早被处死。"

"米黎亚德尽管很糟糕，但绝不会允许珀尔当众杀死一个未签约的人，"迪肯说，"这对他们不利。"

"斯隆，"阿彻悲伤地说，"在几个小时前已经和米黎亚德签约。

她的灵魂现在属于他们。"

迪肯闭上双眼，垂下肩膀。

我的朋友和我的敌人签约，然后他们都是我的敌人。他们在伤害我爱的人，并打算做更恶劣的事。

我捏着鼻梁，感觉就像斯隆的决定有一部分应归咎于我。在聚会上，我本该花更多时间和她在一起，本该更详细地讨论我们的未来。

不过说真的，又有什么用呢？她和我一样，见过互换仪式。她知道特罗里坎对所有生命的极大尊重。

我仍然爱她，我不想看着她死。"召集你们的军队，"我说，"我们紧随其后。"

他们没有说话，只是停下来交换了一个眼神。

"怎么了？"我急切地问道。

"你知道基利安和斯隆属于米黎亚德。"阿彻说。

"不管他们属于哪个王国,他们都是公民。如果你不帮他们,不帮我,那好，我会自己去救他们。"

"那样你会走进一个圈套，"阿彻说，"公开处决的消息发给我们，就是为了把你引出来，那是珀尔的诡计。在这里，至少你是安全的，她接触不到你。"

"我不在乎。"

我回到我的房间，把我收集的那些武器放到包里。然后，戴上我的皮质护腕。

当我转身的时候，看见迪肯作法斜靠在门框上："好吧，你说服我了，我和你一起去。为了斯隆，不是为了基利安。"

我接受能够得到的一切帮助："阿彻呢？"

"告诉你吧，小姑娘。特罗里坎有大批的军队，但每个军队都另有要事，尤其是现在我们的中转者下降到只有一个。这些军队驻扎在你生活的世界和我们自己的王国。它们所保护的人们看不见它们，甚至都想不到要感谢它们。它们不知疲倦地工作，很少有时间休息。它们还经常

359

受伤，它们有很多事情要做。"

"我对它们表示称赞，"我说，虽然我不知道他为什么告诉我这一切，"阿彻呢？"我重复问道。

"他打算向国王要求派一支军队来。"

第二十七章

你有第二次生命，但没有第二次机会。

——米黎亚德

那天晚上，迪肯和我前往矿泉疗养地。我们走了大约一英里远，遇到一个路障，是米黎亚德的壳体在巡逻。我们原路返回，极力想从另一个方向到达指定区域，结果发现另一个路障。试图偷偷地溜过去也许真的很愚蠢，也许是最聪明的选择。

事实上，一旦我们输了，我们就会出局。一切都完了。

最终，我们决定打退堂鼓。珀尔做了周密的计划，把她的人安插得比比皆是。他们分布在建筑物的顶部、一英里范围内的每条道路上，还有每个建筑物上的所有出入口。她穷凶极恶地抓捕我。或者更确切地说，谋杀我。通过杀死我并把我送到多终点国度，她确定艾希莉总有一天会得到另一个机会进入米黎亚德。她已经孤注一掷，这将毁了她。我不能和她一样。

我必须保持冷静，做好准备。

我们回到安全屋等待了一夜,终于等到了黎明的晨光。死刑预计将在一个小时之内开始执行。我们一看到基利安和斯隆,迪肯就要玩一把科幻片里的"传送我吧,斯考提",直接把我送到犯罪现场。他试图说服我不走那条线路,但我决意要走。即使当他告诉我,人体瞬间从一个地方去到另一个地方会有不良反应,我也愿意冒着会患一点晕动病的风险。管它呢。

来自世界各地的记者都在现场。客厅的每面墙上都在播放视频,为我们提供庆祝活动的全景。我们看到街上已是人山人海,人们不过是希望亲眼目睹可怕的事件罢了,就好像这不过是一场游戏。

公开处决并不是经常举行,但确实存在,而且是合法的。各王国被允许在它们认为合适的时候,惩罚违反合约的人。因为第二世是一件肯定的事,所以死亡并不被人们看得很重。

在我的有生之年,我看到过三次执行死刑。我记得当时我的父母对着屏幕投掷爆米花。

来吧,来吧,我们已经为最残酷的战斗做好了准备。我把一半的武器放在包里,所有我能拿得动的武器都在里面。有时候我喜欢和平,有时候我喜欢战争。

威胁到我爱的人,我就会付诸战争。毫无疑问。

迪肯厌恶地撇了撇嘴:"他们看上去都太兴奋了。"

他说的没错。无论摄像机拍摄哪个方向,到处都是微笑的脸。有人甚至还把一个沙滩球扔向周围的人群。

阿彻在哪里?为什么他没有回来?

伴随着口哨声和嘘声,突然爆发一阵欢呼声。我紧张地扫视房间的四面墙壁,最后发现了欢乐的源泉。最后,基利安和斯隆都被拖上了"舞台"——矿泉疗养地前的大理石台阶上的高台。

我期待看见他们,但眼前的景象令我触目惊心。我花了一些时间来研究现场。金项圈仍然套在基利安的脖子上,将他的灵魂困在壳体里。这个壳体现在完全是皮开肉绽,危在旦夕。他是一个美丽却令人毛骨悚然的形象，浑身上下沾满了如此多的生命之血，仿佛笼罩在灿烂的光芒中。他的舌头……他的舌头已经被割掉——我知道这一点，是因为它就别在他的衬衫上。他的手腕戴着镣铐，被锚定在他旁边的柱子上。他的脚踝也被地面上的镣铐所束缚。

他的身体形成了一个 X 形。X 代表罗马数字十。

斯隆的其中一只眼睛肿得睁不开。她的头发上沾有血迹，鼻子和嘴周围凝结有血块。她哭得太撕心裂肺，她的脸肿了，泪痕在脸颊上留下了印子。她也戴着镣铐，形成一个 X 形。

第三个人被拖到了高台上，我倒吸一口凉气。我爸爸的头低垂着，尽管他没有受伤，他的胳膊被束缚在身后。他的黑头发很凌乱，眼泪弄脏了他的脸颊。

他被置于离珀尔几英尺远的地方，珀尔看起来像一个天使，她穿着一件礼仪长袍，这件长袍和特罗里坎人的长袍很像，尽管她的这件像雪一样白。她浅色的头发像完美的波浪般垂到腰际。

就在这时，我有一种被闪电击中的感觉，我忽然悟到一个真理：原来最大的邪恶是用美德来掩饰自己。

珀尔没有浪费任何时间。她举起了枪，瞄准并扣动了扳机。一声巨响使人潮变得安静下来。我爸爸的身体猛地一颤，瘫倒在地上。

"这个男人企图不忠于他的合约，这样的行为绝不会被容忍。"

我又倒吸了一口凉气，举起双手捂住了嘴。我的爸爸躺在地上，他的眼睛睁着，鲜血从他两眼之间的一个硬币大小的洞里流出来。我的胃里感到一阵恶心，我的膝盖开始发软。他死了，我的爸爸死了。

眼泪在我的脸上泛滥。我也许不喜欢这个男人，他可能曾试图杀死我。这或许是他应得的报应，但曾经的小女孩依然爱他，那个小女孩会永远爱他。

"我很抱歉，藤。"迪肯尴尬地拍了拍我的肩膀，他似乎不知道该如何安慰我，"我不知道她逮住了你的爸爸。"

我双手下垂到身体两侧，握起了拳头。与此同时，人群出爆发出欢呼声，仿佛她说了一句惊人的话。

珀尔冲着摄像机微笑着说："如果你和特罗里坎签约，他们都会死。"她是说给我听的，她知道我在看屏幕，因为整个上午她不厌其烦地在扩散这个信息。

人群中的欢呼声变得更加响亮。我想我听到了一些抗议声。

是的，是抗议声。许多人举着人类对抗王国动乱组织的标语，上面写着："倘若你是下一个该怎么办？停止这种疯狂！"

珀尔举起手，示意大家保持安静，最后说道："我带着沉重的心情来到大家面前。"她的声音——现在是令人宽心的——在客厅里回荡："米黎亚德对你们的爱是无穷无尽的，我们总是想给你们最好的。但此刻我站在这里，我承认我们让大家失望了。我旁边的这两个叛徒加入了我们，却背叛了我们——也背叛了你们——投奔一心想毁灭我们的特罗里坎。"

人群中爆发出一阵嘘声。

她把手放在心脏上："这两个人试图伤害你们，我的人民，我的家人，这无法容忍的。我将永远为你们而战斗，为我们所认同的真理而战斗。今天，这两个叛徒将面对我的愤怒。终止他们想伤害我所保护的人的企图。"

欢呼声再次响起。

傻瓜！他们怎么就看不出她是元凶呢？

她直接看着摄像机，她的凝视仿佛直入我的灵魂："我们将继续进行，除非有人愿意提出异议？"

"我们现在就走，"我告诉迪肯，"我们不能再等待阿彻了。"

他没有抗议，这一点我很感激："你所要做的就是活着，藤。只要你在喘气，她就不会伤害他们。"

按这个推理，我应该留在这里。但我们都知道，这不该是一个选择。如果我这样做，珀尔会伤害基利安和斯隆。

"我会活下去。"我发誓。不惜一切代价。

他用胳膊护着我，但是没有发生什么。

我皱了皱眉："你确定这样有用？"

"当然，壳体是仿造人体的，我在等你闭上眼睛。"

来吧，我不想错过这一刻。我已经去过多终点国度，我可以应付任何事情。

"走！"

炫目的亮光几乎在焚烧我的眼角膜。我脚底一空，像一个棒球那样被抛出去，我周围的世界一片模糊。

"在这里。"迪肯说。

我听到惊喜的喘息声，但还需要一点时间来集中注意力。我的胃在翻腾不止，我蜷缩身体，喷出一堆脏物。我听到更多的喘息声，只是它们夹杂着厌恶。人们从我身边离开时，发出啪嗒啪嗒的脚步声。

当我挺直身子，用手背擦了擦嘴，世界映入眼帘。迪肯正好把我们降落在高台前面，就在珀尔下方一步之遥的地方。迪肯已经瞄准好，他开火了。

三个米黎亚德壳体从侧面蹿出来形成一堵墙，挡在珀尔前面，爆炸落在中间的那个家伙身上，他周围的空气顿时烟雾弥漫。他试图挥手驱散烟雾散发出的难闻气味，而他的战友却从他身边跑开，留下他独自衰退。他的头发掉落，皮肤开始迅速老化，皱纹出现、蔓延，然后变得越来越深。

他右边的家伙在他的两眼之间开了一枪，他的壳体立即化为灰烬。

咔嗒。咔嗒。咔嗒。

我不用看就知道，观众中的每一个壳体此刻都在用武器瞄准我。子弹已经上膛，还是已经发射？她从一开始就想杀死我呢，还是想再试一次让我相信米黎亚德比特罗里坎好？

我一直在注意基利安。他摇着头，他金色的眼睛——那双美丽的眼睛——在恳求我。快走，不要这样做。

看到一个如此坚强的男孩那么无助，我简直难受死了。

"我来这里谈条件。"我喊道。

他沮丧地低下头。

四秒钟过去了，珀尔向前迈了一步，她高高扬起下巴。四种血型。启示录中的四骑士。人类第一世的四个阶段：受孕，出生，生存，最后死亡。我要让她第二次死亡。

"谈条件的时机已过，"她对她的人点点头，"架着她。"

架着，而不是杀。她相信她有优势。

当震耳欲聋的爆炸声响起，迪肯飞快地把我拉进一道光束中。我一时感到目眩，看不清东西。当我们落地直接停在珀尔身后时，我的胃在抗议。

我冲着迪肯的靴子干呕，没有人注意到或听到。壳体和人类们在爆炸中摇摇欲坠。我们没在那里受到打击，他们停止了相互射击。

迪肯举起他的武器，将枪管瞄准珀尔的后脑勺。只见珀尔坐在桌子后面，根本配不上她那统帅的头衔。

她感觉到迪肯，随即闪躲，转身从长袍的口袋中掏出武器。当她发动攻击，迪肯把我推开，我们消失了，飞镖嵌入我身后的建筑物里。我抓紧时间，拔出匕首扔了出去。刀尖划破她的手腕，迫使她放下武器。

砰，砰的声音在我左边响起。我的脖子感到一阵剧痛，电脉冲穿透我的全身，使我全身痉挛，无力反抗。珀尔微笑着把匕首拔出她的手腕，然后点头感谢那些让我插满飞镖的壳体。

不能如此轻易地失败，如此之快。

她信步向我走来，每一步都趾高气扬。她洋洋自得，甚至有点忘乎所以。我的目光扫视到，迪肯正在和一大群米黎亚德士兵交战。他消失了一瞬间之后，他们也消失了。一瞬间之后，他重新出现，他们也重新出现，战斗从未停歇。有人总是在挥出重拳，挥舞胳膊或者飞起一脚。

"救命。"我使劲喘了口气。

"是啊，救救她。"珀尔喊道，她的声音里透着得意，"有人吗？"

迪肯瞥了一眼我的方向，一秒钟后出现在珀尔身后，但这正是她希望他做的事——引他过来，征服他。当他向她出拳的时候，她做了一个下蹲。她顺势在地上一滚，甩出一只飞镖刺中了他。

他跌倒在地，身体抽搐。不！

我的错！

不，是她的错。她站在那里，给了我另一个得意扬扬的笑容。我的匕首还在她手里。

"你是对的，你知道。你不可能和我的艾希莉融合了。这意味着我们对其他将军们的想法都是错误的，我们一定是错了。"

其他将军们？还是复数？

"错在哪儿？"

她不理会我，说："我本想尽一切可能让你加入，但我认为没有这种可能性了。"

飞镖发出的电脉冲穿透我身上的每一块肌肉，痛苦万分。比万斯曾经对我用过的任何惩罚都更痛苦。在去多终点国度之前，这种折磨有可能让我屈服，我有可能拔出它们。

我正经受的考验是最黑暗的时刻，但现在我把它们当作成功的基石。

当珀尔举起匕首，我已全然把我的痛苦放到一边。我的决心是空前的，阳光轻抚着我，渗透着我，在给我力量吗？我尽量飞起一脚，给了她一个扫堂腿。她摔倒了，倒下的时候被迫往后退了一步。我的疼痛加剧，但我的决心也随之更加坚定。太阳继续照耀着我，由内而外地温暖我。我可以够到并拔出我脖子上的飞镖了。

她和我站在一起对峙着。又一只飞镖——两只，三只，四只——扎进我的肉里，我不得不跪坐在地上。但只要一秒钟就足以拔出每一只飞镖，重新站起来。

惊讶和恐惧使她的眼睛黯淡下去："你不该……没有人能够……怎么……"

阳光继续轻抚我，我弯下腰去拔出迪肯身上的飞镖。我的眼睛一直盯着珀尔："你的骄傲让你来到这里，而我的决心支撑着我。我是一种不可忽视的力量，今天就跟你算总账。"

她从我身边退开,大喊道:"杀了他们!杀了基利安和斯隆。"

这一刻令人诧异。她改变了游戏方式。我成为她的最终目标,但由于她处于劣势,尽管军队在她周围,她决心采用一切可能的方式来攻击我。我朝迪肯投去惊惶的一瞥,他仍在恢复中。一秒钟后他消失了,然后重新出现在斯隆面前,我则扑向基利安。此时枪声响起,炫目的白光出现在整个高台,整个街道,甚至基利安和斯隆面前。

壳体!特罗里坎的军队。

阿彻阻挡了命中基利安的子弹。或者确切地说,是他的剑阻挡的。他一只手握着一个燃烧着蓝白色火焰的剑。我曾经问过他这把剑,剑柄上的光芒其实是来自他的手掌。他的另一只手握着盾牌,他做一个双臂交叉的动作,要么就烧毁飞镖和子弹等朝他开火的任何东西,要么就挡住它们。什么也无法从他身边漏过去。他自己安然无恙,基利安也免于第二次死亡。

我感到无限的宽慰,但我还是有些气恼。"你来晚了。"我对阿彻说。

一个调侃的笑容漾在他的嘴角:"其实我来得正是时候。"

珀尔忙着在手腕上的光亮中打字。她在发信息求助?

我蹒跚地站了起来,拍掉手心里的泥土和小石子。"你现在可以听我的条件了吗?"我不给她做出反应的机会,"让基利安和斯隆走,你会活下去。与我们作战,你会死。"

"谈谈我的条件如何?"在她身后,其他的光亮投射到地面,新的米黎亚德壳体出现了,每个壳体手持一根外观粗糙的长毛或弓箭。我料想是将军们不想让我们拿下他们其中一位统帅,尽管她违抗了命令。她违抗了吗?他们也可能是想让我死,那么珀尔单打独斗的故事只不过是愚弄大家。

"我们作战,你死。"

片刻之后,壳体与壳体相互厮杀。武器在猛砍。肢体横飞。

我只瞥了一眼这场大屠杀,一群特罗里坎战士围成圆圈出现在我周围。每个人手中握着一把闪着蓝白色火焰的剑,猛砍从任何方向朝我们抛来的物体。我是未签约者，但他们却在保护我，就好像我是他们的一分子。

其中一个特罗里坎士兵倒下了，他的壳体上满是箭头。另一名士兵蹲下身，靠近他的朋友，然后在光束中一起消失了。其他士兵收紧圆圈，我想知道为什么壳体没有化为灰烬，里面的灵魂被释放出来。一定是箭头使这变得不可能，就像基利安戴的项圈。是的！基利安曾经告诉我，他杀了一个特罗里坎的女人，他把她的灵魂困在壳体内。她无法逃脱，大出血而死。

今天有多少人会死？基利安也像我这样被拼命地保护起来吗？可能不会。他是另一个王国的人。再说，这支特罗里坎军队不是为我而来，而是为了两个应该成为他们敌人的人而来。

我不能只是坐在这里，什么都不做。眼看没有其他办法，我从我的保护者的两腿之间爬了出去。对不起，伙计。我的周围一片混乱，带着火焰的剑在挥舞，一个又一个的士兵倒下，灰烬漂浮在微风中。长矛和箭嗖嗖地在耳边呼啸而过。更多的尸体倒了下去，化为灰烬。咕哝声、呻吟声和尖叫声混杂在一起，形成了令人毛骨悚然的配乐。而这只是我所看到和听到的！没有人告诉我，我们周围的那些人类看不见的灵魂都发生了什么。

我尽可能快地爬，基利安已经在我的视线内。只有一个士兵守护着他。在这种情况下，一个就足够了。阿彻的技能让我眼花缭乱。我从来没见过他这个样子。他没有看到我的目光，但我觉得他知道我在那里。他的每一个动作都恰好在保护我免于被剑刺伤。最后，我来到基利安面前，我已经哭了起来。我号啕大哭。他糟透了，比我想象中还要糟糕。

我捧起他的脸，他费力地睁开眼睛。他的虹膜，美丽的金色比以前黯淡了，此刻甚至在褪色。不用有人告诉我发生了什么。他在壳体内奄奄一息。

"我告诉过你，我会为你而来，我要救你出去。"我拉了拉他的项圈，但无济于事。我按压他身上的每一处，试图寻找到能唤醒他的开关，但没有找到。

"你会痊愈的。我要轻手轻脚地为你疗伤。我发誓,你一定会以为我上过医学院。"

我猜想他会说"好吧",但也很难说。

当我努力卸下他脚踝上的镣铐的时候,酷热炙烤着我,我对自己说:"我要待在原地。藤莉·洛克伍德不会丢下别人不管,尤其是她的男人。"

镣铐弹开的时候,我的手上满是水泡。我遇到他的目光,此刻他的目光亮了些许,而且充满了决心——很好,这就很好——接下来,我把注意力集中到他的手上。

"快点。"阿彻朝我们的方向挥舞着剑,在飞镖从他身边飞过之前烧毁它们,"米黎亚德的壳体正在驱赶人类进入火线,打算利用他们作为盾牌。"

我了解阿彻,他不可能也不会伤害人类。

我疯狂地以最快的速度工作,最后,基利安的手铐打开了。随着又一声呻吟,他靠着我瘫软下来。我把他扶到地上,温柔地吻了一下他那沾染着生命之血的嘴唇,在他耳边低声说:"接下来这一部分会很疼。抱歉。"

在无计可施的情况下,我小心翼翼地把打开的脚镣穿过项圈,让镣铐外侧的热量软化金属。然后,我把护腕上的金属丝穿进去,开始竭尽全力地锯。金属丝是唯一一件把米黎亚德的锁锯开了一点的东西,为什么不可以锯开项圈呢?火花飞溅,金属屑如雨般落下。他在忍受被烧灼的痛苦,但也没有办法。我只能继续,最后,项圈变成碎片掉到地上,他摆脱了束缚。

"现在!烧掉他的壳体。"我告诉阿彻,让他的灵魂自由!

他转过身面对我,举起剑,准备——但他没有发出这一击。他的身体猛地抽搐,眼睛大大地睁着,原来是三支箭刺入他的后背,从他的胸口伸了出来。

第二十八章

如果你不站出来支持真理,谁会站出来?

——特罗里坎

一声拒绝的尖叫撕裂了我的嘴。阿彻仍然在抽搐,仿佛他的灵魂在奋力逃脱壳体,但是无法逃脱。

我扫了一眼对付他的人。那不是一个人,而是魔鬼。珀尔放下手里的弓,对我露齿狞笑。

她这样做会付出代价的。

"不,不。"阿彻说。

他只说了一个字,但我知道,我任凭对珀尔的仇恨牵动心弦——任凭她激怒我。这是米黎亚德的方式,不是我的方式。

不管她,我握紧阿彻的手。他更重要,我要保护他免受再一次攻击,即使付出我的生命。

珀尔转过头,从挂在肩膀上的袋子里滑出一支箭,但她没有时间瞄准。一支燃着火焰的剑把她的头和身体劈开,杀死了她。

我什么也感觉不到,甚至没有感到宽慰。当她的头颅从台阶上滚落下去,她的身体也倒在了地上,只见迪肯气喘吁吁地站在她身后。

"阿彻需要生命之血,"我告诉他,"现在!"

他向前迈了一步,但米黎亚德的士兵被他们统帅的死亡激怒了。他们丢掉人体盾牌冲上台阶,一齐攻击迪肯。迪肯把他们赶下台阶,离开了阿彻。

我应该怎么救他?

至少斯隆在高台的另一边是自由的,她倚靠在栏杆旁哭泣。她也帮不了我。

我把注意力放在阿彻和箭上,却意外地触动了他,突然发出嗡嗡的马达声。他拱起后背,发出痛苦地吼叫。

"不能移动箭,每当你往外拉它,转轴上的刃,就会滴毒药。"基利安的声音!他跑到阿彻身边,面对我们。他一直从一个倒下的士兵身上喝生命之血,他的嘴里闪闪发光。他的舌头已经又长出来了,他的皮肤也重新弥合到一起。"他需要生命之血。"

"我知道!但是没有人有多余的,而且……"等一下!我有。我有生命之血。我不只是一具肉身,我有灵魂,"基利安,我怎样能够在不死亡和不去多终点国度的情况下让灵魂离开身体?"

"你不要这样做,"他的语气此刻变得更强烈,"你不能这样做。"

"我必须这么做!如果我不把我的生命之血分给阿彻,他就会死。"

基利安深深地吸了一口气,他的五官痛苦地扭曲在一起:"我给你十秒钟,没有更多的时间。你的灵魂离开身体的那一刻,你的身体就会死亡。直到你的灵魂返回,身体才会恢复。你的灵魂和身体分开的时间越长,当你的灵魂试图返回的时候,身体接受灵魂的机会就更小,除非你可以喝到生命之血。但正如你所看到,生命之血现在供不应求。"

我不明白为什么他可以给我十秒钟。然后,他的壳体一动不动,眼睛是空洞的。他走了?但是——

一只看不见的手有力地抓住我的心脏。我猛地身体前倾——不,不是我的身体，一秒钟后我意识到是我的灵魂。突然，我蹲在基利安面前。真正的基利安。

我看着他的时候，只有那么一瞬间，但却似永恒。如此美好，柔和的阳光洒落在他身上，赶走了挥之不去的黑暗阴影。我几乎无法呼吸。他的头发像乌黑的丝绸，足够长的刘海垂在额头上，五官的轮廓完美得就像大师用凿子雕刻而成。他的眉毛也是黑色的，浓淡相宜。他那带有晶状斑点的金色眼睛具有纯粹男性的攻击性，热情完美。他那像刀锋一样完美的鼻子通向完美的胡茬阴影。他的上嘴唇和下嘴唇一样饱满，两片完美的嘴唇。他的皮肤是完美的古铜色，仿佛是被完美的笔触画出来的一样。

完美。是的，这就是他的模样。完美的肉身，或灵魂。

疤痕像蟒蛇一般环绕着他的脖子，但有文身很巧妙地掩盖它们。有更多线条和星星。它们凸现出来，活灵活现。我伸出手触碰他，看见我的一部分在发光。光束是柔和的。

"一。"他说。他已经握住我的肩膀，但现在把他的手滑下来，紧握我的手腕。他是让我不会返回多终点国度的那个人，不是吗？"二。"

他在倒计时！

我转向阿彻——他在发光，即使通过壳体在发光，也把我的眼睛晃得直流泪。我把箭一根接一根地拔了出来。他就像一条被去掉内脏的鱼一样笨拙地扑腾了几下，他太虚弱了，无法吼叫。我环顾四周，寻找武器。但我意识到，我不能触摸到什么。我现在是灵魂，触不到收获之地。

我咬住自己的手腕，就像狗啃骨头那样撕开自己的肉。

"六。"基利安说，他把我的手腕握得更紧了。

"给我长一点的时间！"我把我的手腕放到阿彻的嘴上。当我的生命之血注入他嘴里并滑下他的喉咙的时候，我身上的力气在损耗。我抬头一看，眼前的景象简直让我屏住了呼吸。

我看到壳体，也看到了灵魂。这是灵魂之间发生的最残酷的战斗。灵魂不只是在地上，打斗的时候，他们还在空中盘旋。冒着蓝色火焰的剑与冒着红色火焰的剑在交锋。我不想知道哪一方是特罗里坎,哪一方是米黎亚德。特罗里坎的灵魂似乎吸收阳光,而米黎亚德的灵魂上覆盖着暗黑的薄膜。

这些男人和女人,不是太阳与月亮的对抗,而是光明与黑暗的对抗。我要推进自己的计划。我想要和平。即使是现在,我意识到关于这两个王国,我还是有很多不知道的东西。

"九。"

"等等!"我说,"请给我只是多一点点的时间。他需要更多——"

"十。"基利安是冷酷的,他把我向后猛地一拉,把我的灵魂装进我的身体。我太虚弱了,无法阻止他。

当灵魂和身体连接在一起,我喘了一口气。我的第一个念头就是阿彻。我看了一眼他的壳体。尽管有我的生命之血,他的肉身还是没有自我修复。

"阿彻!"我喊他,我的下巴在颤抖。

"好了,我好了。"

不!一定还有其他我能做的事。一定有。"迪肯!"我喊道。

阿彻喘了口气,睁开了眼睛。他胡乱地寻找我的手,他的手指无力地和我的手指绞在一起。

我们的目光相遇,泪水充满了我的眼睛,然后滴落在他的面颊上。

"安息之地,"他一边说,一边给了我一个我永远不会忘记的微笑。一个心满意足的微笑。他过上了好日子,"终于。"

"不,"我使劲地摇着头说,"你待在这儿,你待在我身边。我需要你。你还有更多的事情要做。"

"没有我,你会……很好。照顾……迪肯,基利安……还有你自己……别忘了自己。"

"别说得就像我们在道别,"我的眼泪掉得更快。"迪肯,"我再次大喊,扫视了一眼战场,没看到认识的人,"有人吗?帮帮阿彻?他需要更多的生命之血。"

战斗继续肆虐。我再也看不到灵魂之间的厮杀，我不知道谁是赢家。

阿彻的笑容倏地消失了，现在剩下的是悲伤和渴望："没多少时间了……给我读诗。快乐的，押韵的。"

我的内心被撕成碎片，我闭上了眼睛。他不会好起来了，是吗？我的生命之血不够强。也许是因为我未签约。也许是因为我刚从伤病中恢复。也许是因为其他的一千个理由。我可能永远不会知道真相，但有一点突然变得很清楚：他的死是因为选择。珀尔选择来对付我。我选择拯救基利安和斯隆。

而现在，阿彻将为此付出代价。我的决定，我的优柔寡断，从来没有影响到我自己，却影响到每一个我喜欢的人，每一个我生命中的人。也许我会在某一天遇到他们，也许我永远也见不到他们。我嘲笑珀尔的骄傲，但看看我自己的骄傲要把我带到哪儿去？要把我的朋友带到哪儿去？

这些想法冲击着我，令我害怕，几乎彻底摧毁了我，但我极力克制如潮水般泛滥的遗憾和悲伤。此刻，我必须这样。阿彻需要我。这个很棒的家伙需要我为他坚强。在他为我所做的一切之后，我可以为他做这件事。我会为他做。

"一首诗，只为你而作。"我把一只颤抖的手放在他的额头上，像妈妈在床前安慰她的孩子，"年复一年，我讨厌我的生活。无论身在何处，我只看到冲突。唉，可怜的我，我没有为之而活的人……直到你来到我的身边，教我高空翱翔。"

他的睫毛颤振着，闭上了双眼，悲伤从他的笑容里消失了，只留下快乐。如此快乐，尽管战斗在我们身边肆虐。值得庆幸的是，特罗里坎士兵已经围绕着高台站岗，以阻止米黎亚德士兵逼近。

"请接着讲下去。"

我继续对他说："你把我从最糟糕的一种死亡中拯救出来，仿佛是你为我注入了第一个呼吸。你，阿彻·普林斯，哦，你是如此光彩夺目。从现在直到永远，你都是我的。我会想你，亲爱的鲍，为我们这段短暂的分离。"当我说到这里,我的下巴在颤抖,"好好照顾这份礼物,因为我给了你我的心。你被爱着,我爱你。因为你,我获得了新生。"

"好的。"他一边说,一边呼出最后一口气。

他的头歪向一边,紧握我的手的手逐渐松开了。我想象着他那明亮的光芒正在完全褪去。

他走了,他真的走了。

我瘫倒在他的胸前,哽咽着抽泣。他应该得到比现在好得多的结局。

"藤!"基利安喊道,他的声音里透着恐惧。

我挺直身体,转向他。他坐起来,迅速来到我面前。

"不。"他呼喊道,但为时已晚。

某种锐器刺穿了他的后背,从他的胸口扎了出来,接着刺入我的胸口,穿过我的后背,把我和基利安固定在一起。疼痛是令人难以置信的,几秒之内,疼痛就在我的身体里的每一个细胞扩散,直到我被彻底吞噬。

她刺中你的后背,莉娜说。

我预料攻击来自珀尔,但她已经死了。我惊惶地抬头一看,发现了斯隆。

眼泪在她的睫毛上反光。"对不起,"她哭着说,"我很抱歉,但是他们给了我无法拒绝的东西。"

她唯一想要的就是报复万斯,尽管万斯已经死了。无论是珀尔骗了她,还是她曾有办法接触万斯,这些都是基利安和阿彻无法做到的。

"我对他的恨超过了我对你的爱,我很抱歉。"她抽泣着说道。

一种背叛感几乎令我窒息。

"藤,"当基利安试图把长矛从自己身上拔出,电机发出嗡嗡声,伤害着他,也伤害着我,流出了毒药,"对不起,对不起。"

随着一声怒吼,他猛地向后倒,脱离了长矛。当他直起身子,他重复道:"对不起。"然后抓住长矛,用尽全力猛地一拉。

当刀刃在我体内切割而过,我失声尖叫。尽管最后,长矛从我身上离开了。

当鲜血涌上我的喉咙,我被噎住了。我设法转过头,只见基利安挥舞着长矛。溅满鲜血的金属闪闪发光——当它刺穿斯隆的肚子。她的眼睛睁得大大的,膝盖瘫软,跌倒在地。

她也活不过今天。

我想恨她,但随着时间一秒一秒过去,我意识到我只是为她悲哀。就像我一样,是她的决定带她来到这里。

基利安爬向我。我气喘吁吁,呼吸困难。这是垂死的挣扎,不是吗?我就要死了。我今天就会死去。只有几分钟……几秒……可活?

我曾经用数字简单地讲过我的生平故事,但现在一些数字发生了变化。

十七——我生活的年数。生存已不再是一个足够强大的字眼。

二——自从我逃离普林收容所以来所喜欢的男生数量。阿彻,是我渴望已久的家人。基利安把我的一颗破碎的心拼凑起来。

三——在我追求真理的过程中失去的朋友数量。

一——代表我已经离开的生活。

三——代表我永恒的未来所包含的选择。

"藤,你不会活下来,"基利安的声音里有一丝颤抖,"毒药……也在我的身体里。我的生命之血帮不了你。"

死亡之吻,即使在此刻也扑面而来。

他用手捂着我的脸,他在颤抖。

"走,"我竭尽全力地说,"为你去……寻找……帮助。"不要和我一起死!我有第二世,他没有第三世。

"很多事情我都想错了。"他在我的唇上印上一个温柔的吻,"胜利者并不总是被崇拜,失败者并不总是被憎恶。我不能和你签约……我输了……但我很高兴。和特罗里坎签约,藤。那是属于你的地方。"

我泪如雨下。这个男孩最讨厌输,但他却放我走。

"我们将是……敌人。"我低声说道,我的身体正在变得麻木,"你会被……杀死。"

"如果做我的朋友会很悲惨,不如做我的敌人。不要担心我,姑娘,他们可以尝试杀我,他们以前也试过。我总是能逃脱。"

如果他被困在米黎亚德,或许永远地被关在犬舍里,我不会开心。

但我在米黎亚德也不会开心,即使有这个男孩在我身边。

只有一个其他的选择。我保持未签约状态,回到多终点国度。在那里,我不一定能救赎被困的灵魂。没有阿彻,我可能永远不会恢复。

阿彻曾经要我信任他。他说,我们会想出一个办法进入多终点国度,去拯救灵魂。如果我能够进入多终点国度,就可以进入米黎亚德,可以救基利安。也许他可以向国王求助。

新的计划,新的目标。

他把我的手按在他的胸口,在那里,被长矛刺穿的伤口还在大大地张开着,他美丽的生命之血使他的皮肤闪闪发光。如果他不尽快离开壳体,他很可能死在里面。但我了解他,我知道他不会离开壳体或是我,除非我做了最后的决定。

我用尽全力握紧他的手:"我会再次……为你……而来,基利安。"

"藤——"

我微笑着看着他。

"我发誓我会去……"我吸了一口气,知道这是我的最后一口气,当我释放这口气的时候,我小声说,"特罗里坎。"

图书在版编目（CIP）数据

第一世 /（美）吉娜·肖沃尔特著；舒丽萍译. — 南昌：百花洲文艺出版社, 2017.9
ISBN 978-7-5500-2316-1

Ⅰ.①第… Ⅱ.①吉… ②舒… Ⅲ.①长篇小说—美国—现代 Ⅳ.① I712.45

中国版本图书馆 CIP 数据核字（2017）第 163600 号

江西省版权局著作权合同登记号：14-2017-0322

Copyright@2016 by Gena Showalter
Translation Copyright@2017 by Jiangsu Kuwei Culture Development Co.Ltd.
All right reserved including the right of reproduction in whole or in part in any form.This edition is published by arrangement with Harlequin Books S.A.
This is a work of fiction.Names,characters,places and incidents are either the product of the author's imagination or are used fictitiously,and any resemblance to actual persons,living or dead,business establishments,events or locales is entirely coincidental.
Simplified Chinese rights arranged through CA-LINK International LLC(www.ca-link.com)

第一世
DI YI SHI

〔美〕吉娜·肖沃尔特 著　舒丽萍 译

出 版 人	姚雪雪
出 品 人	刘运东
特约监制	肖　恋
责任编辑	黎紫薇
特约策划	肖　恋
特约编辑	郑淑宁　苗玉佳
美术编辑	程　然
出版发行	百花洲文艺出版社
社　　址	南昌市红谷滩世贸路898号博能中心1期A座20楼
邮　　编	330038
经　　销	全国新华书店
印　　刷	三河市南阳印刷有限公司
开　　本	880mm × 1230mm 1/32
印　　张	12
版　　次	2017年9月第1版第1次印刷
字　　数	330千字
书　　号	ISBN 978-7-5500-2316-1
定　　价	39.80元

赣版权登字：05-2017-262
版权所有，盗版必究
发行电话 0791-86895108
网　址 http://www.bhzwy.com
图书若有印装错误，影响阅读，可向承印厂联系调换。